WINTER GARDEN

冬季花园

（美）克莉丝汀·汉娜 著　　吴颖婕 译

四川人民出版社

图书在版编目（CIP）数据

冬季花园/（美）克莉丝汀·汉娜著；吴颖婕译. —成都：四川人民出版社，2019.4

ISBN 978-7-220-11148-8

Ⅰ.①冬…　Ⅱ.①克…　②吴…　Ⅲ.①长篇小说-美国-现代　Ⅳ.①I712.45

中国版本图书馆 CIP 数据核字（2018）第 283100 号

DONGJI HUAYUAN

冬季花园

（美）克莉丝汀·汉娜　著

吴颖婕　译

责任编辑	王其进
版式设计	张　妮
封面设计	张　科
责任校对	吴　玥
责任印制	祝　健
出版发行	四川人民出版社（成都槐树街 2 号）
网　　址	http://www.scpph.com
E-mail	scrmcbs@sina.com
新浪微博	@四川人民出版社
微信公众号	四川人民出版社
发行部业务电话	（028）86259624　86259453
防盗版举报电话	（028）86259624
照　　排	四川胜翔数码印务设计有限公司
印　　刷	成都国图广告印务有限公司
成品尺寸	160mm×235mm
印　　张	21
字　　数	380 千
版　　次	2019 年 4 月第 1 版
印　　次	2019 年 4 月第 1 次印刷
书　　号	ISBN 978-7-220-11148-8
定　　价	45.00 元

一如既往，献给我的丈夫本杰明。

献给我的母亲，多希望在有机会的时候能多听听你的人生故事。

献给我的父亲和黛比，感谢你们让我经历一段毕生难忘的旅程，给我留下经久不褪色的回忆；献给我深爱的塔克，你是我的骄傲，你的冒险才刚开始。

不，这不是我的，这是别人的伤口。
假使是我，如何能承受。
就将苦难带走，掩藏，插在土里。
干脆把灯火也拿走……
只留下茫茫夜色。
——安娜·阿赫玛托娃，《阿赫玛托娃诗选》

序

1972

在这样一个连呼吸都变得有形状的寒冷季节，浩荡的哥伦比亚河岸边，这个名叫贝耶诺奇的苹果园寂静无声。冬眠的苹果树向着视线所不能及的地方延伸，树木坚固的根盘绕在冰冷而肥沃的土壤之下。随着气温骤降，大地和天空失去了颜色，成片的白色冬景使人致盲。日子与日子之间失去了明显的界限。一切都被冻住，继而变得脆弱。

寒冷和寂静在梅瑞狄斯·惠特森的家里显得尤为突出。十二点，梅瑞狄斯发现了人与人之间隔着看不见的间隙。她渴望这个家能像她在电视节目里看到的那样，一切看起来都是那么的完美，每个人都和睦相处。但没有一个人明白，就连她深爱的父亲也无法理解她心里时常涌现出来的孤独感。在这个四面围墙里，她觉得自己是个可有可无的透明人。

但明天晚上，这一切都会改变。

她想到了一个绝妙的计划。她写了一个剧本，是根据妈妈曾讲过的一个童话故事改编而成。她要在一年一度的圣诞聚会上演出这个剧本。这正是电视剧《鹧鸪家庭》里会上演的情节。

“为什么就不能让我演主角呢?”妮娜抱怨道。自从梅瑞狄斯写完剧本后，妮娜已经不下十次问起这个问题了。

梅瑞狄斯坐在椅子上转过身，低头看着自己九岁的妹妹，她正趴在她们卧室的木地板上，在一条旧床单上画着一个薄荷绿的城堡。

梅瑞狄斯咬住下嘴唇，尽量不让自己皱起眉头。这个城堡被画得一团糟，完全不像样。“我们真的得再讨论一遍这件事吗，妮娜?”

“可是我为什么就不能扮演嫁给王子的乡下女孩呢?”

“你明知道为什么呀。杰夫会来扮演王子，他已经十三岁了，你和他站在一起显得多傻。”

妮娜把画笔放进一个空的汤罐头里，直起身坐到自己的脚上。她留着一头黑色的短发，浅绿色的眼睛，苍白的皮肤，模样活像一个小精灵。“那明年我总可以扮演乡下女孩了吧？”

“那当然。”梅瑞狄斯露齿而笑。想到自己有可能从此便创下一项家庭传统，她心里不禁觉得欢喜。朋友们的家里都有传统习俗，就自己家没有，惠特森家永远都与众不同。每逢节庆日家里不会有众多亲戚前来拜访。感恩节没有火鸡，复活节也没有火腿，更没有大家常说的祷告环节。老天，她们甚至连母亲有多大年纪都拿不准。

因为她们的母亲是俄国人，在这个国家没有一个亲友。起码爸爸是这么告诉她们的。而母亲没有说过太多关于自己的事。

一阵敲门声让梅瑞狄斯感到很意外。她抬起头正好看到杰夫·库珀和爸爸走了进来。

梅瑞狄斯就像一个松瘪的长形气球，被慢慢地鼓足了气，随着每一缕气体的鼓入变得充盈而新鲜。在这里，杰夫·库珀就是这个气体。她和杰夫从四年级开始就是最要好的朋友。但是最近，和杰夫在一起，梅瑞狄斯有了一种不一样的感觉，是兴奋。有时他看着她的时候，她会觉得呼吸困难。“你来得正好，我们正要排练呢。”

杰夫用一个迷人的微笑回应她。“千万别告诉乔伊和那几个家伙，为这事他们可没少跟我唠叨。”

“说起排练……”爸爸说着朝前迈了一步。他身上还穿着他的工作服，那是一套有橘色明压线的棕色休闲西装。令人意外的是，他说这话时浓密的黑胡子下面和眼睛里没有像以往一样藏着笑意。他拿出剧本接着说道：“你要演的就是这个剧本吗？”

梅瑞狄斯从椅子上站起来追问：“你觉得她会喜欢吗？”

妮娜也站了起来，她心形的脸蛋上一反常态地带着严肃，“会吗？”

地板上铺着一幅巨大的、毕加索式风格的绿色城堡画作，床上摆着演出的戏服。父女三人你看看我、我看看你，用表情传递着那个心照不宣的事实，阿妮娅·惠特森是一个冷漠的女人，只有对着丈夫时才会展露自己的温情。她的女儿很少能感受到妈妈的温暖。在她们年纪更小的时候，爸爸总是努力假装没有这样的事，他像魔术师一样转移她们的注意力，用父爱对女儿们施展催眠术。可是，和所有催眠导致的错觉一样，背后的真相最终总会显现。

所以，大家都知道梅瑞狄斯真正想问的是什么。

“我也不知道，梅瑞狄森，”爸爸一边说着一边在口袋里摸索香烟，“你妈妈的故事……”

“我很喜欢妈妈讲的故事。”梅瑞狄斯说。

“只有讲故事的时候妈妈才会跟我们说话。”妮娜补充了一句。

爸爸点燃了香烟，透过打旋的灰色烟雾看着两个女儿，棕色的眼睛眯了起来。“没错，”他喷出一口烟，“只不过……”

梅瑞狄斯朝爸爸走过去，一边小心注意不踩到地上的画。她能理解他的犹豫。他们谁也不知道妈妈会被什么样的事惹恼，但是这次梅瑞狄斯很笃定自己已经知道了答案。如果说有什么事能讨得妈妈的欢心，那一定就是这个童话故事，这个讲述了一个乡下女孩排除万难与王子相恋的故事，“只要十分钟就好，我掐着时间算过，爸爸。所有人都会喜欢的。”

“那好吧。”他终于松口了。

她感到骄傲和希望在心里膨胀。她第一次有机会在节日聚会上成为妈妈眼中的焦点，不再是蜷缩在客厅某个阴暗的小角落里看书，或者待在厨房里刷洗盘子了。这出戏剧会证明，梅瑞狄斯把妈妈所讲过的每一句宝贵的话都听了进去，甚至是在那些为数不多的故事时间里，妈妈在黑暗中以轻细的语气讲过的话也不例外。

接下来的一个小时里，梅瑞狄斯指导她的演员们排练了这出戏剧。只不过需要指导的只有杰夫一个人，这个童话故事她和妮娜已经听了很多年了。

排练结束大家各自散去后，梅瑞狄斯还在继续忙活。她制作了一个告示牌，写着“仅此一夜：圣诞节大型演出”，并将他们三个的名字写上去。接着她给手绘的背景幕布做最后的修饰（想要修饰得很完美是不可能的，因为妮娜总把颜色涂到线外），把告示牌摆放到客厅合适的位置。布置妥当后，她又给一条薄纱芭蕾舞裙改成的公主礼服加上一些亮片，她会在演出快结束时穿上这条裙子。等她忙完上床睡觉时已经快深夜两点了。即便如此，她还是因为太过兴奋翻腾了很久才睡着。

第二天时间过得格外缓慢，好不容易熬到下午六点，宾客们开始陆续抵达。其实客人并不是很多，不过是平日里常见的那些人。在果园里工作的男人、女人和他们的家人，几个邻居，还有父亲唯一一个还活着的亲戚，他的姐姐朵拉姑姑。

梅瑞狄斯坐在楼梯顶，盯着楼下的玄关。她的脚在台阶上不由自主地轻轻跺着，心里琢磨着该什么时候开始她的计划。

就在她准备站起来的时候，她听到了一阵乒乒乓乓的敲打声。

“坏了。”她一下子弹了起来冲下楼，但已经来不及了。

厨房里，妮娜正在用一把金属勺子敲一口平底锅，大声嚷嚷着：“演出时间到！”要说抢风头，没人能比得过妮娜。

从厨房到客厅，回荡着宾客们零星的说笑声。客厅里巨大壁炉旁的一个铝制银幕上挂着那幅城堡的画。右边是一棵大大的圣诞树，上面挂着药店的装饰灯，还有妮娜和梅瑞狄斯这些年来制作的小饰品。画的前面就是他们的“舞台”：硬木地板上支起一座小木桥，还有一个硬纸板做的路灯，路灯顶端用胶带绑了一只手电筒。

梅瑞狄斯调暗了客厅的灯光，打开手电筒，然后走到背景画布后面藏好。妮娜和杰夫已经换上戏服，做好了准备。

画布后面仅有一点点藏身的空间，只要她往旁边侧侧身子就能看到一部分宾客，反之那些宾客也能看到她，但好歹画布还是隔开了他们。等房间里安静下来后，梅瑞狄斯深吸一口气，开始念她绞尽脑汁写出来的旁白：“她的名字叫维拉，一个贫穷的乡下女孩，一个无名之辈。她住在一个名叫‘雪国’的魔幻王国里。但是，她深爱着的这个世界正在逐步消亡。恶魔来到了这片土地上，它乘着黑色马车在鹅卵石街道上肆虐，那是邪恶的黑暗骑士派来的马车，而黑暗骑士的目的就是摧毁这里。”

梅瑞狄斯出场了，她小心地走上舞台，注意不被自己长长的蛋糕裙绊倒。她望向台下的观众，她看到妈妈站在房间的后面，即使身边有很多人，她还是一副孤孤单单的样子。她漂亮的脸隐没在香烟的烟雾中，这是她第一次直视着梅瑞狄斯。

“快来，妹妹，”梅瑞狄斯朝路灯走过去，大声地说道，“不要让寒冷阻止我们。”

妮娜从窗帘后面走出来，她身上穿着破旧的睡裙，用一块方头巾裹住头发。她攥紧了双手抬头看着梅瑞狄斯。“你觉得这是黑暗骑士干的吗?”她大声吼出这句台词，引得人群中发出一阵笑声。“是他用坏魔法让这里变得这么冷的吗?”

“不，我不知道。父亲失踪了，我害怕得直打战。他什么时候才能回来?”梅瑞狄斯用手背贴着额头，夸张地叹了口气，“最近到处都能看到那些马车的踪影。黑暗骑士的力量越来越强了……我们眼睁睁看着人们变成一缕烟消失不见……”

“快看，”妮娜指着画的城堡说道，“是王子……”她用充满崇拜的语气说道，听得出来她尽力了。

杰夫走到舞台上。他身穿蓝色运动上衣和牛仔裤，一顶一看就很廉价的金皇冠压在他小麦色的头发上。他的模样是那么英俊，看着他，梅瑞狄斯竟一时忘了台词。她明白他此刻其实很尴尬，浑身不自在——他脸颊上泛起的红晕已经说明了一切——但他还是站到了舞台上，这足以证明他对朋友是多么的仗义。他冲她微微一笑，就好像真把她当成了公主。

他手里握着两朵丝绸做的玫瑰花。“我有两朵玫瑰，送给你。”他对梅瑞狄斯说，声音有些颤抖。

她刚碰到杰夫的手，还没来得及说出自己的台词，就听得台下发出一声巨响。

梅瑞狄斯转过身，看到母亲呆若木鸡地站在人群中央，脸色苍白，蓝色的眼睛仿佛能喷出火来。她的手在滴血。鸡尾酒杯被她打碎了。尽管还隔着一段距离，但梅瑞狄斯还是清楚地看到了她手掌上插着一块玻璃碎片。

“够了，”她的声音很尖锐，“在宴会上表演这样的节目让人一点都开心不起来。”

宾客们一时间不知所措，有人站了起来，也有人还呆呆坐着没动。屋里陷入一片寂静。

父亲连忙跑到母亲身边，将她拉到自己身边，胳膊环住她，想给她一个拥抱。但她僵立着不动。面对丈夫的安慰，她没有丝毫服软的意思。

“我真不该给你们讲那些荒唐的童话故事，”因为愤怒，母亲的俄国口音听上去格外刺耳，“我忘了，你们这些丫头根本没有脑子，成天只会幻想。”

梅瑞狄斯羞愧难当，她站在原地一步都迈不动。

她看着父亲领着母亲走进厨房，应该是带她去水池边帮她清理手上的伤口吧。此时屋里的宾客一哄而散，仿佛这个家变成了失事的泰坦尼克号，所有乘客慌忙向着拴在门外的救生艇跑过去。

只有杰夫没走，他看着梅瑞狄斯，她能感觉到他在替自己难为情。他朝她走过去，手里还攥着那两朵玫瑰花，“梅瑞狄斯……”

她推开杰夫，冲出了客厅。一直跑到走廊尽头的阴暗角落，她站定，急促地呼吸，泪水模糊了双眼。她听到父亲的声音从厨房传来，他还在安抚愤怒的妻子。一分钟后，她听到大门咔嗒一声关上，她知道杰夫也离开了。

“你怎么惹到她了？”妮娜走到梅瑞狄斯身边，轻声询问。

“谁知道？”梅瑞狄斯擦擦眼睛，“这女人就是个混蛋。”

“这字眼可不好。”

梅瑞狄斯听出妮娜的声音里带着颤抖，她知道这个小妹妹是在尽力忍着不哭出来。她弯下腰，握住妮娜的手。

“我们现在该怎么办？是不是应该去道歉？”

这话不禁让梅瑞狄斯想起上一次惹母亲生气，她向她道歉的情形。“她不在乎的，相信我。”

“那我们该怎么办？”

梅瑞狄斯希望自己能像早上那样，成熟又有主见，但是她已经没有了自信。她已经预见到接下来会发生什么了：父亲安抚好母亲，让她平静下来，接着来到姐妹俩的房间里，想方设法逗笑她们，再用结实的手臂搂住她们，给她们一个大大的拥抱，他会告诉她们，妈妈其实是爱着她们的。等他的笑话和故事讲完以后，梅瑞狄斯会拼命地让自己去相信他的话。已经不是第一次了。“我知道我要怎么办。”她说。她穿过玄关，朝厨房走去。站在厨房门口朝里面张望了一眼，她只能看到母亲的一个侧影——她穿着单薄的黑丝绒连衣裙，苍白的手臂露在外面，她的头发花白。“我再也不会听她讲那些愚蠢的童话故事了。”

我们不知该如何道别；

肩并肩一直走个没完。

日头西沉；

你沉思，我默默跟随。

——安娜·阿赫玛托娃，《阿赫玛托娃诗选》

一

2000

说真的，一个人到了四十岁以后会变成什么样？过去这一年，人们对梅瑞狄斯的称呼从“女士”变成了“太太”，这样的转变中间并没有什么过渡。更要命的是，她的皮肤开始失去弹性，原本紧致平滑的地方出现了小细纹，脖子上也有了皱褶，这些迹象很明显。唯独头发还没有变白，这让她有一种得救的感觉。她把栗色头发修剪成严肃的齐肩短发型。但写满倦意的眼睛已经出卖了她，她知道这样的疲惫不仅仅是因为清晨六点就起床的缘故。

她从镜子前走开，脱下身上的旧 T 恤，套上一条黑色运动裤，一双短袜和一件黑色的长袖衬衣，将头发扎成一束粗马尾，接着她离开浴室，走进昏暗的卧室。丈夫轻柔的鼾声让她有爬回床上的冲动。要是换作以前，她肯定就毫不犹豫地回到床上，依偎在丈夫身旁再睡个回笼觉。

她走出卧室，关上身后的房门，穿过走廊向楼梯走去。

走廊上的两盏夜灯投射出苍白的光。她走过孩子们的卧室，房门紧闭。其实她们已经不能算是孩子了，吉莉安今年十九岁，在加州大学洛杉矶分校念大二，她一直都梦想当一名医生。还有麦蒂——梅瑞狄斯的小宝贝——今年十八了，是范德堡大学的新生。自从她们去外地上学后，这个家——连同梅瑞狄斯的生活——一下子安静了下来，变得空荡荡的。将近二十年的时间里，她极力避免变成母亲那样，现在看来她成功做到了，她和两个女儿的关系就像好朋友一样。两个孩子离家后，她感觉自己仿佛失去了主心骨，整个人迷失了方向。她也知道这样想是在冒傻气，就算孩子们离开了，她自己还有很多事要操心，她只是很想念这两个小丫头，仅此而已。

她继续往前走。生活也在继续，还要耐着性子过下去，目前看来，这似乎是解决一切事情最好的办法。

下楼后，她在客厅里停留了片刻，插上圣诞树装饰灯的插头。门口储物间的两只哈士奇一看到她就跳了起来，直往她身上扑，它们摇着尾巴，高兴地乱叫。

“卢克，莱娅，不许跳。”她呵斥两只狗，挠了挠它们的耳朵，领着它们走到后门。打开门的一瞬间，一阵冷空气灌进房间，昨天夜里又落雪了。现在是十二月中旬，尽管清晨的屋外还是漆黑一片，不过她还是能看清楚泛着淡珠光色的马路和田地。她呼出的气凝成一团团薄雾。

她和两只狗走出门准备出发，此刻的时间是六点过十分，天空是浓重的紫灰色。

时间正好。

一开始梅瑞狄斯跑得很慢，要让自己先适应一下冷空气。每个工作日的清晨她都是这样的。先顺着从她家出来的砾石路往外跑，途中会经过父母住的房子。接着拐上一条老单行道，再往前跑一英里左右要爬一座小山，从小山所在的地方绕着环路跑到一个高尔夫球场，然后折返回来。整整四英里路。这已经是她的老习惯了，没有特殊情况的话她都会坚持晨跑。说来这也是没办法的事，因为梅瑞狄斯生就一副高大壮硕的体格。她个头高，肩膀又宽，翘翘的屁股，一双脚很大。就连她的五官也偏大，安在她苍白的鹅蛋形脸上显得有些不成比例——一张茱莉亚·罗伯茨式的大嘴巴，大大的棕色眼睛，浓密的粗眉，又厚又密的头发。只有坚持锻炼，在饮食方面慎之又慎，用好的洗护发用品保养，外加用一把大号的镊子修修整整，才能让她保持良好的外形。

她折头往回跑的时候，初升的太阳已经照亮周围的群山，积雪的山顶披上了一层淡紫和粉色。

她身旁两侧分列着上千棵光秃秃的苹果树，细长的枝干立在冬日的雪景中，就好像一根根棕色的木棍直插在白色的棉布上。这块布满裂缝的肥沃土地归她的家族所有，至今已有五十年的时间了。一所高大的房子傲气十足地伫立在土地的正中间，这就是她从小长大的家，贝耶诺奇庄园。就算在此刻昏暗的光线下，这所大宅看上去还是显得很招摇，有一种和周围环境格格不入的感觉。

梅瑞狄斯继续跑上小山，速度越来越快。一直到喘不上气，一侧肋骨隐隐作痛时她才放慢速度。

待明亮的金色阳光洒满整个山谷时，她已经在自己家的门廊上停下了。她喂过两只狗，急匆匆地跑上楼。杰夫刚从浴室里出来，身上只裹着一条毛巾，泛灰的金发还湿漉漉的。杰夫侧身给她让路，正好她也侧开了身子。两人谁也没有说话。

七点二十分，她在吹头发。到了七点半——这个时间正好——她穿上一条黑色牛仔裤和一件绿衬衫，衬衫修身合体。接着她描了眼线，稍微涂了点睫毛膏，打上一层薄薄的腮红，再涂上一点唇膏，准备出门上班。

来到楼下，她看到杰夫在餐桌旁。他坐在平时常坐的椅子上，正在翻看《纽约时报》。两只狗在他脚边睡觉。

她走过去拿起咖啡壶给自己倒了杯咖啡。“再来杯咖啡吗？”

“不了。”他回答道，没有抬起头。

梅瑞狄斯往他的咖啡里倒了些豆奶，看着咖啡的颜色由浓变淡。她突然想到，最近和杰夫的交流都是这样不咸不淡的，就好像两个陌生人一样，或者说像一对不再对彼此抱幻想的夫妇，而且谈话的内容也仅限于工作和孩子。她漫不经心地在脑子里搜寻他们上一次做爱的情形，却怎么也回想不起来。

也许这样才是正常的。也理应如此，毕竟他们结婚的时间不短了，这样相对无言的沉默似乎也是不可避免的。只是回忆起两人当初的情意绵绵，多少让她觉得伤感。第一次跟他约会时，她十四岁（他们去看了《新科学怪人》，这部电影至今仍是他们的最爱），说老实话，那次约会后她就再也没有对别的男孩上过心。如今回想起这些，她觉得有些怪怪的。她从不觉得自己是个浪漫的女人，但她对他确实不折不扣的一见钟情。在她的记忆中，她早已和他融为了一体。

他俩早早就结了婚——是太早了——她跟着他去西雅图念大学，晚上和周末，她要在烟雾缭绕的酒吧里打工赚学费。两人住在西雅图大学区一个狭促的小公寓里，但她一直很喜欢那个小家。他们念大二的时候，她怀孕了。一开始她觉得很害怕，因为担心自己会变成她母亲那样。而且草草便为人父母，总觉得欠考虑。但是她后来发现，她和母亲是截然相反的类型，为此她感到无比庆幸。或许这多少归功于她的年轻吧，天知道，梅瑞狄斯出生时母亲已经不再年轻了。

杰夫摇了摇头。只是一个很微小的动作，几乎不易察觉，但她还是看到了。她和他之间一直有默契，只是最近一段时间，他们对彼此的失望之情好似在频频发出某种声音。像是尖利的口哨声，只有她才能听到。

“怎么了？”她问。

“没什么。”

“你不会无缘无故地摇头吧。怎么了？”

“我刚刚问你点事来着。”

“我没听到，你再问一次。”

“算了，不是什么要紧的事。”

“那好吧。”她端着咖啡朝餐厅走去。

那段路她重复走过无数次，然而当她从缀着几片略显多余的塑料槲寄生的老式吊灯下走过的那一刻，她的视角突然变了。

就好像被抽离了出来，她站在远处观察自己：一个四十岁的女人，手里端着一杯咖啡，注视着餐桌旁的两个空座位，注视着还留在这里的丈夫。有那么一瞬间她很想知道，如果可以重新选择的话，她现在会过着什么样的生活？她想知道，如果没有回来帮家里打理果园、抚养女儿，现在会是怎样一种情形？如果没有那么早就结婚，她会变成什么样的女人？

而这些不过是一念之想，就像很快消失了的肥皂泡，她又回到现实中来。

“你今天会回来吃晚饭吗?”

“我哪天不回来吃?”

“七点钟。”她说。

“当然，”他翻了一页杂志，“定个时间。”

八点钟，梅瑞狄斯已经坐在办公桌前。像往常一样，她是第一个到公司的人。她先去仓库二楼的隔间转一圈，把灯打开。路过父亲的办公室——此时里面一个人也没有——她在门口驻足片刻，扫了一眼父亲的奖牌。父亲曾十三次被评为“年度最佳种植商”。尽管他这十年来已是半退休状态，只是偶尔才会来一下办公室，但来向他讨教种植经验的同行还是络绎不绝。六十年代早期，他是带头种植金冠苹果的先锋，七十年代时开始种植澳洲青苹果，到了九十年代，他又成了种植布瑞本苹果和富士苹果的领军者。他设计的冷藏库在苹果种植业掀起了一场变革，从而让最优质的苹果能够出口到全世界。就算是现在，他也依然是贝耶诺奇果园的活招牌。

毫无疑问，梅瑞狄斯对公司的成长和成功也有不小的贡献。在她的带领下，他们扩展了冷藏仓库的规模，开始为其他种植商提供蔬果储藏服务，现今这已经成为公司的一项重头业务。她还把以前的路边苹果售卖摊改成了礼品商店，出售本地手工艺品、特色美食和贝耶诺奇的纪念品。每年一到圣诞节，无数的游客就会搭乘火车来到莱文沃思，为的就是来看看这里最负盛名的圣诞树点灯仪式。在这段时期，不少游客都会专门上这个礼品商店转转。

回到自己的办公室后，她的头一件事就是给小女儿打电话。此刻田纳西州已经十点多了。

“喂?”麦蒂嘟嘟囔囔地接起电话。

“早上好，”梅瑞狄斯的声音很欢快，“听起来某人今天睡过头了哦。”

“哦，你好妈妈。我昨晚熬夜了。学习来着。”

“麦迪逊·伊丽莎白。”梅瑞狄斯只需要说到这里，意思就很明了了。

麦蒂叹了口气，“好吧，昨晚有兄弟会的派对。”

“我知道派对很好玩，也知道你想把大学生活体验个遍，可是你的第一次期末考试就在下周。星期二早上，对不对?”

“对。”

“你必须要学会兼顾，玩乐的同时学业也不能落下。所以现在赶紧动动你白嫩的屁股，从床上爬起来去上课。能开派对玩通宵，也要能准时起床才行，这是一项生活技能。”

“翘一节西班牙语课而已，又不是世界末日。”

“麦迪逊。”

麦蒂大笑起来。“知道了，知道了，我这就起床。西班牙语入门课，我来了。后会有期……亲爱的。”

梅瑞狄斯笑了。“星期二我再打电话给你，检查你的西班牙语学得怎么样了。还有，给你姐姐打个电话。她最近因为有机化学的考试压力挺大的。”

“好的，妈妈。我爱你。”

“我也爱你，小公主。”

挂上电话后，梅瑞狄斯觉得心情好多了。接下来的三个小时里，她专心致志地工作。就在她重新翻看最新的收成报告时，公司的内部电话响了起来。

“梅瑞狄斯？你父亲来电话了，在一号线。”

“谢谢你，黛西。”接着她拿起电话，“你好，爸爸。”

“今天回来吃午饭好吗？我和你妈妈都想你了。”

“爸，我这挺忙的……”

“拜托了?”

梅瑞狄斯永远没办法拒绝父亲，“好吧，但我一点钟必须赶回公司。”

“太好了。”她能听到父亲话音里带着笑意。

她挂上电话继续工作。最近一段时间苹果的产量有所增加，但市场需求量却在走低，再加上出口和运输的成本飞涨，导致她经常要花一整天时间来应付这样那样的难题，今天也不例外。到了中午时，她感到脑袋底部一阵隐隐作痛，那是紧张性头痛发作的前兆，疼痛有愈演愈烈的迹象。她离开办公室，穿过冷藏仓库。一路上，她一直对迎面碰上的员工保持微笑。

几分钟后，她就把车停在了她父母家的车库前。

贝耶诺奇的大宅有一个两层楼高的露台，外观设计成角楼的样式，配上精致的镂空装饰，她父母居住的这所房屋就像是从俄国童话故事里走出来的背景建筑。尤其是到每年的这个时候，当屋檐和围栏上的圣诞装饰灯一亮起来，这种感觉就更明显了。锻铜的屋顶在冬日灰蒙蒙的天色映衬下显得有些灰暗，但是在阳光好的日子里，屋顶就会闪闪发光，好似铺了一层鎏金一般。房子处在一个和缓的斜坡上，可以俯瞰整个山谷，四周栽种着高大优雅的白杨树。他们的这所大宅相当有名气，常有过往的游客在家门前驻足，拍照留念。

这房子是依照母亲的想法建盖的，结果就成了这样，他们有了一栋与整个西华盛顿州大环境都格格不入的俄式乡间宅第，或者叫它夏季别墅什么的。就连果园都取了这么一个古里古怪的名字，贝耶诺奇。

贝耶诺奇是俄语，意思是“白夜”。可笑，这里的夜晚黑得就像刚熬出来的沥青。

母亲什么都不在乎，对身边的一切事都淡淡的。她做任何事都可以随心所欲。而她也确实有这样的资本，因为只要是阿妮娅·惠特森想要的东西，丈夫都会尽力满足。她想要一个童话故事里的俄国城堡，想要给果园取一个拗口的俄国名字，都不是问题。

梅瑞狄斯进屋前先敲了敲门。她走进厨房后看到的炉子上炖着一大锅汤，但是没有人在。

客厅北面的整个墙体都做成了两层楼高的圆形落地窗，这便是贝耶诺奇最负盛名的角楼式露台，光线透过这些落地窗照亮了整个客厅。打过蜡的木地板闪闪发光。母亲一直坚持用黄蜂蜡来保养地板，这种蜡会让地板变得特别滑，尤其是只穿袜子在上面走的时候，效果完全能媲美溜冰场。一面墙的正中央安了一个巨大的石材壁炉，几个式样华丽的古董软垫沙发和椅子围着壁炉；壁炉的上方挂着一幅油画，画的是一辆行驶在茫茫雪地里的俄国三套车，这是一种看起来颇有浪漫情调的马车，拉车的马模样也很俊俏，这幅画的场景就和俄国电影《日戈瓦医生》里的一样。在她左边的一面墙上贴了无数张俄国教堂的照片，照片下面是一张小桌子。桌子上摆着几个古色古香的圣像，还有一支常年不灭的蜡烛，就里是她母亲所谓的“朝圣角”。

梅瑞狄斯在客厅后面看到父亲，他最喜欢待在这个位置。他的身边立着一棵圣诞树，上面满满当当挂了很多装饰品，让整棵树显得沉重无比。此时他正舒服地枕着暗红色的马海毛靠垫，伸直了身子躺在一张长软榻上看书。他已经八十五岁了，所剩无几的几缕白色头发贴在他粉红色的头皮上。由于常年风吹日晒，他的皮肤上有许多斑点和皱纹，看上去就像一条愁容满面的巴吉度猎犬。就算是在笑的时候，这张脸还是会给人一种苦闷的印象。但是人人都爱伊凡·惠特森。他这人很难叫人不喜欢。

看到梅瑞狄斯进来，父亲的脸亮了起来。他用力地握了握她的手，片刻才放开，“你妈妈看到你一定很高兴。”

梅瑞狄斯笑了笑。父亲假装母亲其实是爱梅瑞狄斯的，而梅瑞狄斯也假装相信他，这个游戏他们已经玩了很多年了，“太好了，她在楼上?”

“她一早上都待在花园里，我怎么劝都不肯进来。”

梅瑞狄斯一点也不觉得惊讶，“我去叫她。”

她让父亲在客厅里等，自己走了出去。穿过厨房，来到房子的正餐厅，推开后面的一扇法式门，她看到积雪覆盖的大地，白茫茫的一片。向远望去是一个数英亩地的苹果园，果树正在冬眠。眼前有一棵玉兰树，一条条冰凌结缀在树枝上，这棵树在这里已经五十年了。树的下面是一方小花园，以古旧的锻铁栅栏围成。栅栏的开口处装了一扇华丽的大门，上面密密匝匝地缠绕着藤蔓。现在这些植物只剩下光秃秃的褐色藤枝，门露出的部分结了霜，泛着寒光。等夏天来看就是另一副光景了，郁郁葱葱的树叶铺满整扇门，朵朵小白花开在绿叶间。

不出所料，她在。梅瑞狄斯看到自己八十多岁的母亲独自一人待在花园里，身上裹着毯子，安静地坐在黑色的长凳上。此时天空中飘起了小雪，细碎的雪花模糊了眼前的景象，恍惚间仿佛是走进了一幅印象派的油画中，所有景物都没有固定的形态，脆弱得好像碰一下就会扑簌簌地碎落满地。精心修剪过的灌木和一个鸟水盆上落满了雪，给花园平添了几分奇特而超凡脱俗的味道。这里就是母亲所谓的冬季花园。她端坐在花园的正中间，双手交握放在膝盖上，脸上什么表情也没有。

小的时候，梅瑞狄斯总觉得母亲独处的样子很吓人，但长大以后，这只会让她觉得尴尬，甚至是恼火。像母亲这么大年纪的女人一个人孤孤单单坐在冰天雪地里，叫人怎么想都觉得很不像话。母亲的借口是自己视力不好，左右也无事可做。但梅瑞狄斯不买这个账。母亲的眼睛确实不大好，她分辨不出颜色，看到的所有东西都是黑白的，要不就是一团团的灰色阴影，可梅瑞狄斯却觉得这么说很牵强，就算是个年轻的小姑娘，也没理由大冷天跑到户外发呆，而且一待就是一上午。

她出了门，走进寒冷的空气中。她的靴子一下就陷进了齐脚踝深的雪里，有好几处地方的雪结成了硬块，踩上去发出咯吱咯吱的声音，她好几次都差点滑倒。“妈妈，你不该在外面坐着，”她说着走到母亲身边，“你这样会得肺炎的。”

“气温才刚到冰点，还没那么冷，不至于让我得肺炎。”

梅瑞狄斯翻了个白眼。母亲常会说出这种可笑的话来。“我的午饭时间只有一个小时，所以你最好现在就回屋里去。”雪花轻柔无声地飘落，她说话的语气在此情此景下显得格外刺耳。说完她心里就后悔了，她希望自己没有把话说得那么生硬，语气也能再柔软一些就好了。可说不清楚究竟是怎么了，对着母亲的时候她的态度总是会不自觉地变差。“爸爸叫我过来吃午餐，这事你知道吧?”

“我当然知道。”尽管她嘴上这么说，但梅瑞狄斯还是听出她在撒谎。

母亲从长凳上站起身，动作流畅没有一丝拖沓，就好像一个姿态高傲的古代女神，习惯了受众人敬仰和崇拜。她脸上没有什么皱纹，十分光滑，没有瑕疵的皮肤几乎是半透明的。她的骨架很小，撑起了一副能让众多女人羡慕嫉妒的标致身材。然而她的眼睛才是最能集中体现她的美的地方，浓密的睫毛，深邃的眼窝，眼珠的颜色是奇妙的水蓝色，泛着金色的光点。梅瑞狄斯敢打赌，不论谁，只要看过这双眼睛就再也不会忘记。但讽刺的是，这样一双惊艳的眼睛却分辨不出颜色。

梅瑞狄斯搀扶着母亲的手肘，带她往回走；没走出几步，她发现母亲的手光溜溜地露在外面，已经冻成了紫色。

“我的老天，你的手都被冻紫了。这么冷的天，你怎么也该带双手套……”

“你不知道真正的冷是什么样的。”

“随你怎么说吧，妈妈。”梅瑞狄斯催促着母亲快步向温暖的室内走，“要不你去洗个热水澡吧，暖暖身子。”

“我用不着暖身子，多谢了。今天才十二月十四号。”

“好吧。”梅瑞狄斯看着母亲颤颤巍巍地走到炉子旁，搅拌那锅汤。她身上披着的灰色旧羊毛毯滑落下来，掉在了地板上，她也没有理会，任由它堆在自己脚边。

梅瑞狄斯摆好餐桌，屋子里难得地有了一些响动，多多少少有个家的样子了。

“我的女孩们在这呢。”父亲说着走进厨房。他看上去苍白而瘦弱，因为体重缩水，曾经壮实宽阔的肩膀彻底塌了下来。他走过来，手搭在妻子和女儿肩上，将梅瑞狄斯和母亲拉近了一些。“我最喜欢这样了，一家人在一起吃个午餐多好。”

母亲的脸上露出一丝不自然的笑。“我也一样。”她说话又快又清脆，带着浓浓的俄国口音。

“我也是。”梅瑞狄斯说。

“太好了。”父亲满意地点点头，然后走到餐桌旁坐下。

母亲端出一盘温热的羊奶酪玉米面包，往上面淋了一些黄油，然后在每个人的盘子里放上一片，接着又去把汤盛进碗里。

“我今早上果园转了转。”父亲说。

梅瑞狄斯点点头，在父亲旁边的椅子上坐下。“A 区后面那块地你注意到了吧？”

“是的。那块斜坡给我们添了不少麻烦。我已经叫埃德和阿曼达去解决了，收成不会有问题的，别担心。”

“我倒是不担心这个。我在考虑别的问题。”

梅瑞狄斯喝了口汤，味道浓郁爽口。这是用自制羊肉丸和番红花一起炖的风味肉汤，配上像丝一样柔软的鸡蛋面，美味得让人想哭。要不是梅瑞狄斯需要严格控制饮食的话，她真想一口气喝干整锅汤。只是这样她下午就得逼自己再去慢跑一英里。她说：“是吗？你在想什么？”

“我想在那块地上改种葡萄。”

梅瑞狄斯慢慢地放下汤勺，“种葡萄？”

“现如今我们果园的金冠苹果已经算不上最好的了。”父亲没等她接话就赶紧抬起手，示意她把话听完，“我知道，我知道，咱们全是靠着金冠苹果才有了现在的一切，但是时代在变，情况已经不同了。说起来，这都快到 2001 年了，梅瑞狄斯。现在葡萄酒正流行，我是想改种葡萄以后，咱们最起码还可以做冰葡萄酒和晚收葡萄酒的生意。”

“非在这个时候不可吗，爸爸？现在亚洲市场收紧得厉害，光是运输水果就会让我们投进去一大笔钱。市场竞争越来越激烈，见鬼，去年我们的利润下滑了十二个百分点，今年看来也没有什么好转。我们只是在勉强支撑着。”

“你应该听听你父亲的话。”母亲插了一句嘴。

“拜托，妈妈。自从我们升级了冷藏系统后，你就没到那个仓库看上一眼吧。还有，你上一次看公司的年终报表是什么时候的事了？”

“别说了，”父亲叹了口气，“我说这些不是想惹大家吵架。”

梅瑞狄斯站起来，“我得回公司工作了。”

她把自己的碗拿到水池里清洗。接着把剩下的汤倒进一个特百惠的塑料保鲜盒里，放进塞得满满当当的冰箱里，然后又顺手把空锅洗干净。锅碰到水池的滤网发出咣当一声响，这个声音在静默的房间里听起来格外刺耳。“妈妈，汤非常好喝。辛苦了。”她跟父母匆匆道了个别后便离开厨房。她在玄关穿上外套，推开门走了出去，一阵冷冽的空气扑面而来。她站在门廊上，深深吸了一口冷空气，这时父亲也跟在她后面走了出来。

“一到十二月和一月她就这样，你也知道。冬天对她来说是难熬的季节。”

“我知道。”

他把她拉进怀里，紧紧地拥抱了她一下，“你再努把力，跟你妈妈好好相处。”

这句话深深刺痛了梅瑞狄斯。这样的话父亲已经跟她说了一辈子了，她多想听到父亲对她说，该努力缓和关系的是母亲，真的，哪怕就一次。“我会的。”她没有多说什么，只想将和父亲之间的这个童话故事说圆满，让它一如既往地圆满下去。而她也真的会去努力，从头到尾都是她一个人在努力，但她和母亲永远也不可能如父亲所愿变亲密了，毕竟冰冻三尺非一日之寒。“我爱你，爸爸。”她说着吻了一下他的脸颊。

“我也爱你，梅瑞狄宝，”父亲脸上露出灿烂的笑容，“考虑下种葡萄的事，没准我在死前还能当个葡萄酒商呢。”

梅瑞狄斯讨厌父亲开这样的玩笑。“你可真会说笑。”她回了父亲一句，转身回到车上，发动引擎。这时候挡风玻璃外的落雪织成了一张网。她挂上倒挡准备掉头回去。透过客厅的窗户，她看到她的父母站在客厅里。父亲将母亲拉到怀里，吻了她一下，接着两人开始慢悠悠地跳起舞来。屋里可能没有放音乐，但她知道父亲并不需要。他常说，情歌就装在他的心里。

梅瑞狄斯赶忙开车远离这个亲密温情的场景，但这幅画面已经深深印在她脑海里。

这周接下来的几天里，她发现自己根本忘不掉之前看到的那一幕，她虽然如常工作，不是分析比较运营策略，就是想方设法让利润最大化，可就在她耐着性子应付没完没了的问题，安排一个又一个的会议时，父母恩爱的样子时常浮现在她的脑海里。

可她一直没法理解，一个明明深情爱着自己丈夫的女人，怎么可能同时又深深厌恶着自己的子女呢？不，这么说不对，母亲并不厌恶梅瑞狄斯和妮娜，她只是不在乎她们。

“梅瑞狄斯？”

听到有人叫，梅瑞狄斯猛地抬起头，但一时间还没回过神来，她想自己的事想得太入迷了，全然忘了现在自己身在何处。她还坐在办公桌前，手里拿着一份害虫报告。“哦，黛西，抱歉，我大概是没听到你敲门。”

“我要回家了。”

“已经很晚了吗？”梅瑞狄斯瞥了一眼钟，已经六点三十七分了，“妈的……我是说，该死，我弄太晚了。”

黛西大笑起来，“你总是在公司待到很晚。”

梅瑞狄斯急急忙忙地开始整理桌上凌乱的文件。“开车小心点，黛西小姐。”这是一句老玩笑话了，但还是逗得两人都笑了起来，“还有，别忘了明天早上九点，苹果委员会的乔希要过来开个会。准备好甜甜圈和咖啡。”

“放心吧，明天见。”

她整理好办公桌，把明天要用的东西放好后就赶忙走出了公司。

回去的路上雪下得又大又密，挡风玻璃外一片模糊。雨刷动得飞快，但还是很难保证清晰的视线。每次会车时，对头车的前灯都会耀得她有片刻什么也看不见。尽管她对这条路的熟悉程度几乎到了闭着眼睛都能走的程度，但她还是谨慎地放慢速度，肩膀绷紧，凝神开车。她想起有一次教麦蒂开车也是这样下着雪，不过也只有那么一次。想到这件事，她脸上不自觉地露出微笑。只是下雪而已，妈妈，路面都没有结冰。我有必要开这么慢吗？我走路回去都比这快。

麦蒂就是这样，永远都火急火燎的。

梅瑞狄斯进家后用力把门关上，急急忙忙进厨房。她瞟了一眼时钟，知道今天回来晚了。

她把手袋放在厨台上，喊了一声：“杰夫？”

“我在这里。”

她循着声音走进客厅，看到杰夫正在吧台边给自己倒酒，原本客厅里并没有这个小吧台，是到八十年代末期时才搭起来的。“对不起，我回来晚了。外面雪下得……”

“我知道。”其实两人心知肚明，她又在公司待到很晚，“要喝一杯吗？”

“好，白葡萄酒吧。”她看着杰夫，一时有些说不出来的感受。他还和以前一样英俊，一头深金色的头发，只有两鬓的部分略微有些花白，方正有力的下巴和一双总是带着笑意的青灰色眼睛。杰夫不锻炼身体，胡吃海塞毫不讲究饮食，可他却一直保持着瘦长结实的身材，岁月好像并没有在他的身体上留下衰老的痕迹。今天他的穿着和平常一样，一条洗旧的李维斯牛仔裤，上身套一件印着珍珠果酱乐队的旧 T 恤。

杰夫递给她一杯白葡萄酒，“今天过得好吗？”

“爸爸突然说要种葡萄。还有，妈妈又跑到她的冬季花园里傻坐着了，这么冷的天，真担心她会得肺炎。”

“你母亲那么冷漠，再冷的天对她也没有影响。”

梅瑞狄斯一时语塞，她发觉和杰夫在一起那么久，他们之间的羁绊已然随着时间定型。早在二十多年前杰夫就对她母亲有了根深蒂固的看法，而且这么多年来都没有任何改变。“上帝保佑她。”她说着，背靠在墙上，连日连月忙碌而疯狂的工作好像突然压垮了她，她疲惫地闭上眼睛。

“我今天写完一章。不长，就七页。不过我觉得写得不错。我给你打印了一份出来。梅瑞狄斯？梅？”

她睁开眼，看到杰夫正盯着她，眉头微蹙。她有些茫然，不知道他刚刚是不是说了什么重要的事，她连忙想了想，但发现自己根本没有注意到他说了什么。“抱歉，我今天太累了。”

“你最近都这样。”

她努力想从他的语气中找提示，但还是判断不出他这么说是在责怪，还是只是在陈述一个事实。“你也知道，一到冬天事情就多。”

“到了春天、夏天也一样。”

她知道了，是责怪。要换作去年，她也许还会问问他，他们之间是不是出了什么问题，然后向他大吐苦水，告诉他每天面对那么多不顺心的事真的让她迷茫又无助。但是现在这样亲密的倾诉和交心在他们之间已经不大可能了。具体为什么她也说不清楚，不知道从什么时候开始变成了现在这种状况。无形的隔阂在他们之间扩散，就好像泼洒出来的墨水，在所有东西上都留下难以抹去的印渍。“大概是吧。”她淡淡地回了一句。

“我去办公室了。”他冷不丁冒出一句，说着就拿起了放在椅子靠背上的外套。

“现在吗？”

“不行吗？”

这算是一个问题吗，她思索着。是不是应该不让他走，找个理由让他留在这里？她拿不准他是不是真的想要离开。但说实在的，此刻她并不是那么在乎。她只想去泡个热水澡，喝上一杯葡萄酒，脑子放空，不要费心去想该在晚饭时跟他聊些什么，最好是连晚饭都不要自己动手做。“没什么不行的。”

“好吧，”他在她的面颊上吻了一下，“我也是这么想的。”

二

他们徒步在雨林里转了两周才找到那只被猎杀的动物。

半空中飞舞的昆虫和死亡的气味提醒着他们，就是这个地方。

妮娜在一块林间空地站定，身边是带她找到这里的向导。那一瞬间，她被眼前可怕的景象怔住：成群的苍蝇在空地上嗡嗡乱飞，血肉模糊的尸体上爬满蛆虫。有几处蛆虫格外密集的地方，一眼看上去白乎乎的一片。这片位于非洲的雨林静谧无声，但这也意味着掠食者和食腐动物很有可能就在附近，观察着他们的一举一动。

她看了片刻后就开始工作。先是以一个专业摄影师的视角将现场划分成几块区域，随后掏出一个测光计迅速地测量了一下现场的光照强度。这一套准备工作完成后，她从挂在脖子上的三个相机中挑出一个，镜头对准她要拍摄的对象。这是一头被猎杀的山地大猩猩，尸体已经被毁得不成样了，场面相当血腥。

咔嚓。

她一边绕着尸体走，一边不停地对焦，手不住地按动快门。需要时再换上另一台照相机，调整镜头，检测光照强度。她全身每一个细胞都在亢奋着，肾上腺素飙升。只有在拍照时她才感觉自己是真正活着的。敏锐的观察力是她的天赋，此外能做到不被周围的事物干扰也是她的长处之一，这两项品质相辅相成、缺一不可。要成为优秀的摄影师必须要学会先用眼睛去观察，把感想留到以后。

拍了一阵后，她停下来，在鼻子下面多抹了一些维克斯牌伤风膏，然后蹲下身子凑近了一些，镜头对准尸体被斩断的颈部。她听到某处传来一阵呕吐声，大概是那个跟妮娜一起来的年轻记者吧。但现在她完全顾不上去关心其他人。

咔嚓。咔嚓。

盗猎者只会带走猎物的头、双手和双脚，这些才是真正值钱的部位。大猩猩的手做成的烟灰缸是某些有钱人追捧的收藏品，全世界有这样爱好的混蛋不在少数。

咔嚓。咔嚓。

接下来的一个小时里，妮娜专心工作，一张接一张地拍照，频繁更换照相机和镜头。用完的胶卷装进胶卷盒，贴好标签，塞进工装背心的口袋里。不知不觉天色渐渐暗了下来，他们踏上了漫长的回程。黄昏的雨林依旧炎热，路面坑洼湿滑，一行人默默地在雨林里艰难行走。此时的雨林很是热闹，昆虫、鸟，还有猴子发出的声音不绝于耳，天空呈现绯红色。橘色的太阳在树间跟他们玩捉迷藏。在来的路上一行人还有说有聊，待这会儿回去时，所有人都安静沉默，脸上带着凝重的表情。对妮娜来说，碰上这样的事件，最可怕的部分往往是在事后回想时。她发现自己有时候很难忘掉先前所见一切，那些恐怖的画面会出现在她的噩梦里，让她从酣睡中惊醒。虽然不想承认，但她不止一次在夜里醒来时发现自己脸上挂满了泪水。

回到山脚，一行人来到一个小前哨站。由于这里地处卢旺达的偏远山区，这个前哨就相当于一个小型村镇。他们的吉普车就停在那里，接着又开几小时的车才他们才回到保护中心。在保护中心他们深入采访了几个问题，妮娜又拍了几张照片。

“妮娜女士?”

妮娜站在保护中心的大门口，擦拭一个镜头，听到有人叫她的名字，她连忙把相机放到一旁，抬头看到叫她的是中心的向导负责人。尽管她已经累到虚脱，但还是努力在脸上堆出一个灿烂的微笑，“戴蒙苏先生，你好。”

“抱歉打搅你了，我知道你这会儿有很多事要忙，但我们之前忘了告诉你，西尔维女士给你打过电话，说有重要的事。她要我们转告你给她回个电话。”

“多谢你了。”

妮娜赶忙从随身的包里掏出一个笨重的卫星电话，带着电话所有的配套装备来到营地中间的空地上。她先用指南针检查一下，确定好卫星的方位，然后展开盘状接收器，放置在地面，对准东北六十度的方位。接下来是把电话连接到接收器上，开启电源。液晶显示屏闪了几下，信号显示是橘黄色，颜色代表了信号的强度。拨拨弄弄了一会儿，看到信号良好，她拨通了电话。

听到她的编辑接起电话后，妮娜对着电话说：“你好，西尔维。我今天拍到非法盗猎者的照片了。真是一帮变态的混蛋。我看，再给我十天时间吧，我就能把照片给你，怎么样?”

“你有六天时间，我们在考虑用这个做封面故事。”

封面故事。这是妮娜最爱听的词。这个世界上有一些女人喜欢钻石，她不一样，她追崇的是自己的照片能在《时代》杂志的封面上登出，或者《美国国家地理》也不错，她不挑剔。她就盼着有一天能拿下一期封面故事，用十六页篇幅来刊登她的摄影专集，标题她都想好了，就叫“世界各地的女性战士”，这是她最骄傲的项目。只要等她完成手头的工作——也不知道究竟什么时候才能做完——她就会提交自由撰稿的申请。“你就放心吧。接下来我会去纳米比亚，跟丹尼碰面。”

“你真走运。替我好好风流快活一下。但下周五你得给我回来上班。塞拉利昂的暴力冲突再次升级，看样子和平谈判是要崩了。我要你赶在圣诞节前回国。”

“你还不了解我吗？只要接到通知，我马上就跳上飞机打道回府。”

“除非爆发新的战争，否则我不会轻易给你打电话的。我保证，”西尔维在电话那头说道，“我都已经快忘了做爱的滋味了，趁着我还没忘，赶紧去做一次。”

几天后，妮娜辗转来到纳米比亚，此时她正坐在租来的路虎车里，丹尼负责开车。

尽管现在是十二月份，但刚到早上七点太阳就已经明晃晃地挂在天上，气温在慢慢升高，等到了午后一点的时候，温度就会升至46℃左右，很有可能会更热。他们行驶在一条弯弯曲曲的小路上，严格来说并不能算是路，路面不过是一层厚厚的灰红色沙子，车轮碾在上面随时有陷下去的可能，人坐在车上被颠得左歪右倒。妮娜一只手紧紧拉住门把，直直地坐着，她的身体随着车子一起摆动，这样多少能起到减震的效果。

她的另一只手托住挂在脖子上的照相机，以免照相机的带子勒进肉里。她用一件T恤包裹住照相机和镜头，这样子来防尘不是专业做法，但以她多年在非洲的经验来看，这是最有效的办法，既能保护照相机和镜头，又不耽误使用。在这些地方工作，很多时候你只有极短暂的一瞬间来抓拍某个画面，等你笨手笨脚地取下带子、从保护套里拿出相机后，往往就错过了最佳拍摄时机。

妮娜盯着车窗外的荒凉景色，灼热的天气几乎要将大地融化。走了几个小时，他们已经深入到南非真正的荒蛮之地，文明世界离他们越来越远。这一路来，她看到越来越多饥饿的动物群无助地站在干涸的河床边。非洲酷热的夏季在慢慢耗尽这些动物的生命，它们一边苟延残喘一边绝望地等待着雨季的到来。到处都能看到风化的白骨。

“你真的要去找辛巴族的部落吗？”丹尼开口问道。这时车轮差点陷进沙地里，他们被车甩得歪向一边，丹尼扭头看了一眼妮娜，咧开嘴笑了，一口白牙和蓝眼睛在他沾满灰尘的脸上显得格外明亮。他的衬衣和蓄到领口的黑色头发上也落了一层灰。“一连好几个月我俩都没能抽出一周时间来单独待会儿。”

经过一段坑洼难行的路面后，这条所谓的路又好走了一些。妮娜举起相机，透过取景窗看他。聚焦，稍微放大一点光圈，取景窗里他的样子变得清晰起来，她突然觉得此时自己是在观察一个陌生人：一个英俊的爱尔兰男人，高颧骨，鼻梁有断过的痕迹，还不止一次，年轻时跟人在酒吧里打架弄的，他是这么解释的。他已经三十九岁了，她看到他的嘴角周围有了细小的皱纹。他眼睛盯着前方，专心看路。她知道他一路上都在担心之前瞎听别人的建议走错了路，但这种事他肯定不会说出来。他是战地记者，习惯了“狗屎一样”的环境。他总喜欢说，为了追一条故事，上刀山下火海也不在话下。哪怕这个故事跟他没有任何关系。

她按下快门。

他转过头对她笑了笑，她又拍了一张。“你下次再拍女性题材的照片，我给你点建议，去拍游泳池酒吧里的女招待。”

这话让她大笑起来，她将照相机放回到腿上，扣上镜头盖，“这事算我欠你的。”

“你说得对，亲爱的。相信我，你欠我的我都一笔一笔记着呢。”

妮娜向后一仰，靠在椅背上，破破烂烂的座椅坐着相当不舒服。她努力不让自己闭上眼睛，但其实她已经累得不行了。先是安哥拉发生暴动，她跑到里那待了四个星期，看民众互相残杀；紧接着又一头钻进雨林里，耗了两个星期时间追踪盗猎者。这样马不停蹄四处奔波的生活让她累到散架。

但她甘之如饴。世界上再没有一个地方能像非洲这样深深地吸引着她，而她所做的事也是她全部的激情所在。寻找“绝佳素材”的旅程充满了刺激和惊喜，永远不会让她厌倦，尽管在这个过程中会有牺牲，要付出许多代价，但她不在乎。早在十六年前她就很清楚自己想要的是什么，那时她二十一岁，带着刚拿到手的新闻学学位证和一台二手照相机就出来闯荡，四处寻找机会。

有那么一阵子，她愿意接任何跟摄影有关的工作。一直到了 1985 年，她才遇到了一个大转机。1985 年举办了一个救济饥荒主题的大型摇滚演唱会，名叫“拯救生命”，妮娜就是在这个活动上遇到了当时还是《时代》杂志菜鸟编辑的西尔维·波特，是西尔维为妮娜敞开了一扇新世界的大门。接下来，她毫不犹豫地抓住这个机会，立刻踏上了去埃塞俄比亚的旅程。而她在埃塞俄比亚的经历改变了一切。

自那之后，她拍摄的照片不再单纯地停留在图像的层面，开始有了自己的故事。1989 年，台风盖伊席卷泰国，超过十万的民众在灾难中流离失所，其中有一个女人，孤立无助地站在齐胸深的污水里，她把自己啼哭不止的婴儿高高举过头顶，妮娜拍下了这一幕，这张照片登上了《时代》杂志的封面。两年后，她在苏丹拍摄的饥荒专题报道获得了普利策奖。

这一切都是来之不易的，她的职业生涯充满了艰辛。

这趟寻找辛巴族部落的旅程也是如此。为了找到这个行将消失的原始游牧民族，妮娜自己也快变成了一个游牧人。其中的曲折困难自然不必说。舒适的床垫、干净的床单和流动的活水成了奢侈品。但她早已习惯了，就算没有这些东西也能活下去。

“你看那边。”丹尼指着前面一个地方对她说。

一开始她只看到了橘红色的一片天，灰尘弥漫。整个世界仿佛被烤焦了一般，空气中满是烟尘的味道。渐渐的，前方山脊的轮廓越来越清晰，她看到几个瘦削的人影站在高处，俯视着这辆脏兮兮的路虎，车上的人并不比车干净到哪去。

“是他们吧？”丹尼问。

“一定就是了。”

他点点头，一口气开到山下，在一个干涸的河床边停好车，两人下车向部落走去。

看到有生人来，辛巴族的人只敢站在远处注视着他们。

丹尼慢慢地靠近他们，他知道这种时候部落的酋长一定会出面。妮娜默默跟在他身后。

之后他们来到族长的棚屋前，但没有直接走进去。棚屋前生着一堆火，那是辛巴族的圣火，一股白烟直升上天，此时天空已变成了紫色。两人弯下腰，小心翼翼地绕过圣火，一定不能从圣火前走过去，那是相当不敬的行为。

部落的酋长在棚屋里迎接他们，结结巴巴地用斯瓦希里语跟他们交流。他们和酋长商量好让妮娜在这里拍照，作为交换，他们会给这个部落钱和干净的水。妮娜这次带了十五加仑的水来交易，对于辛巴族的人来说，这已经是相当可观的礼物了。水在这里是非常稀缺的资源，他们往往要徒步走上数英里路才能找到少得可怜的水。

谈妥后，丹尼和妮娜突然间成了受欢迎的客人。部落里的人没有了先前的戒备，对他们亲切热情得就像久别重逢的老友一样。一群小孩子跑来他们身边，咯咯笑着、蹦跳着把妮娜围在中间。族人们簇拥着她和丹尼进入村庄，用传统的玉米粥和豆奶招待他们，给他们表演节目。一直到深蓝色的夜空中挂起一轮明月，他们才跟着村民去了一个泥土棚屋里。这种棚屋在当地叫“兰多沃”，外观呈圆形，有个尖尖的屋顶。棚屋里铺着一张用草和树叶编成的垫子，妮娜和丹尼并排躺在上面。空气中弥漫着烤玉米和干燥土壤的味道，甜蜜而温馨。

妮娜翻了个身，面对着丹尼。在幽暗的蓝色光线下，丹尼的脸看上去很年轻，只是写满沧桑的眼睛暴露了他的年龄，不过她自己的又何尝不是。今天的这个交易其实要担很大风险。他们曾经历过太多可怕的事，但就是这样的经历让两人找到了共同语言，继而走到了一起。这个世界上有太多事吸引着他们去探寻，他们都渴望看到事情的全部真相，不管有多可怕，也想去了解一切。

那年刚果爆发第一次战争，妮娜和丹尼碰巧在一个废弃的棚屋里躲避战火，两人便是在那时相识的。她默默地将一个新的胶卷装进相机，而他在一旁包扎肩膀上的伤。

“你的伤看起来好像挺严重的，”她说，“要我帮你包扎吗？”

丹尼抬头看到她的一瞬间，时间仿佛停止，祈祷一定是灵验了，上帝把我的天使送到我身边了，他在心里说道。

那次之后他们就一起走遍了全世界，苏丹、津巴布韦、阿富汗、刚果、卢旺达、尼泊尔、波斯尼亚都留下了他们的足迹。虽然两人现在都是专业的驻非记者，但只要有重大新闻发生，不管在哪，他们基本上都会第一时间赶到。两人在伦敦有各自的公寓，只是大部分时间都没有人在住，公寓成了囤积垃圾邮件和电话留言的地方，落满了灰尘。由于专长和兴趣不同，两人常分散到不同的地方进行工作，丹尼着重报道各地的内战消息，而妮娜侧重于人道主义悲剧方面的新闻，于是一连几个月顾不上见一面对他们来说是常有的事。妮娜并不介意聚少离多，这样只会让他们每次做爱更有激情。

“我下个月就满四十岁了。”丹尼平静地说。

她爱死他的口音了，一个再简单不过的句子从他口里说出来，一下子就变得性感而有张力。我，下个月，就满四十岁了。

“别担心，四十岁的你依然能迷倒苍生。从你身上还能看到当年在摇滚乐队的风范。”

“准确来说是庞克摇滚乐队，亲爱的。”

她紧贴着他的身体，亲吻他的脖颈，一只手顺着他赤裸的胸膛往下抚摸。他的身体立刻就有了回应，一点也没让她失望。他迅速脱去她的衣服，顺理成章地做了一次。

激情过后，丹尼紧紧拥着她，“我们天南地北聊了个遍，为什么就是不能说说我们自己的事呢？”

“我们有什么事可说的？”

“我说我就快四十岁了。”

“那我应该把这当一个话题来讨论吗？我三十七岁了呢。”

“你不在的时候，我想你了怎么办？”

“你知道我的，丹尼。一开始我就跟你说得很清楚了。”

“老天爷，那都是四年前的事了。这个世界上所有事都在改变，只有你不会变，是这样吗？”

“正是这样。”她翻过身，用背贴着他的身体。他的怀抱一直都让她有满满的安全感，就算身处战乱中，外面子弹满天飞，凄厉的尖叫声在深夜回荡，只要在他怀里，她就会感到很安心。但今夜，简陋的棚屋外只有火堆哔剥作响的声音和偶尔几声虫鸣打破暗夜的寂静。

她略微挪动了一下身体，想挣脱他，但是他的双臂紧紧搂住她，让她不能动弹。

“我并没有要求你什么。”他在她耳边低声呢喃。

你要求了，她在心里说道，一种陌生的焦躁感让她的腹部一阵揪紧，她闭上了眼睛，只是你自己还不知道。

妮娜蹲在一个山脊上俯瞰这个临时村庄，她身边是一条干涸的河，河床的边缘寸草不生，松散的泥土稍微用力一踩就大块大块地往下掉。长时间蹲着不动，让她的腿又酸又麻。这时才刚到清晨六点，太阳已经在蓄积能量，天空呈湖蓝色，混着几抹橘色，看上去很美。

一个辛巴族女人从妮娜下方走过，她头上顶着一个沉重的水罐，胸前系着一条彩色的吊兜，托着一个婴孩。妮娜举起相机，用长焦镜头放大，透过取景窗将画面调至最清楚。和这个非洲游牧部落所有女人一样，这个年轻的女人也袒露着上身，下身裹着一条带毛边的山羊皮裙。她的脖子上挂着一串大大的海螺壳项链，这样的项链通常是在母亲和女儿之间一代代传下来的，在这里是非常珍贵的物品。戴着项链说明这个女人已经结婚，而且她的发型也是已婚女子的发式。为了保护皮肤不被毒辣的太阳晒伤，年轻母亲从头到脚都涂着一层赭石粉和乳脂，这让她的皮肤呈现旧砖头一样的颜色。脚踝是辛巴族妇女全身上下最私密的部位，她们会用几个薄薄的金属脚环遮住那里的皮肤，走路的时候脚环互相碰撞，叮当作响。

这个年轻的女人没有注意到到妮娜正在观察她，她在河边停住，出神地望着裸露的河床，那里本来应该是有水的。她伸出手轻轻抚摸在襁褓中的孩子，脸上的表情由凝重变成了绝望。这样的表情妮娜在全世界无数的女人脸上看到过，尤其是在战争或灾难的时期，动荡和不安带给她们的是深入骨髓的恐惧，她们不确定自己孩子的以后会怎样，是不是还有未来，也不知道在这片干旱的土地上，哪里还能找到赖以活命的水。

妮娜把这一切记录在胶片上，她不停地按动快门，镜头一直跟着这个女人返身回到她自己的泥土棚屋。棚屋里有几个妇女围坐在一起，年轻的母亲加入到她们中间。一群女人一边叽叽喳喳地聊着天，一边把红赭石放到一块平坦的石头上碾碎，用葫芦做成的碗收集粉末。

妮娜盖上镜头盖，站了起来，活动了一下酸痛的腿。这个早上她一口气拍了无数张照片，但是不用看她也知道，其中最好的是那个年轻母亲站在河床边的照片。

她在脑海里想象着剪裁好这张照片，冲印出来，跟自己这些年来拍下的最得意的几幅照片挂在一起。会有那么一天，她的照片会向全世界的人展示女性的坚强和力量，以及她为此所付出的努力。

妮娜取下用完的胶卷，在胶卷盒上贴标签，塞进口袋里，再拿出一卷新的装好。走进村庄，她微笑着跟村民们打招呼，从兜里掏出糖果、缎带和手链送给村里的女人和孩子，她总是随身携着这样的小礼物。在村庄里，她又抓拍到一张四个辛巴族的女人刚做完草药烟熏桑拿的照片，在缺水的地区，这些原始部落的人就是用这个办法来清洁身体的。照片上四个女人手拉手，嬉笑着，那样子和全世界任何地方的女人没有什么不同。

丹尼从她身后走过来，站在她的身边，“早啊。”

她靠着他，为今天早上拍到的照片感到满意，“我最爱看这些女人和孩子们在一起的样子，尽管生活艰难，活下去的希望是那么渺茫。看着她们跟自己孩子在一起的时候让我很想哭出来，能让我哭的也只有这个了，可为什么呢？我们都已经见过那么多悲剧和不幸了。”

“所以你的摄影主题其实是母亲吗？我还以为你想记录全世界各地的女性战士的故事呢。”

妮娜皱起眉头，这个问题她从来没有想过。丹尼的话让她感到不安，“也不总是母亲。我关注的重点是女性的抗争，还有她们战胜逆境和困难的故事。”

丹尼微微一笑，说：“这么说来你还挺浪漫的。”

妮娜被逗笑了，“你说得没错。”

“可以走了吗？”

“我已经拍到我想要的了，可以走了。”

“这是不是说我们接下来可以找个带游泳池的地方，舒舒服服地待上一星期了？”

“我也正有此意。”妮娜说着收起她的摄影器材，然后返回土棚屋收拾行李。丹尼去跟部落的酋长辞别，把说好的报酬交给部落里的人。临走之前，妮娜拿出卫星电话，放在一块光秃秃的空地上，打开卫星电话的接收板寻找能收到信号的地方。

不出所料，电话没人听，这个时候杂志社的办公室已经关门了，于是她给编辑留了言，告诉她接下来他们会去赞比亚，等到了乔贝河旅社再联系。收拾妥当后，妮娜和丹尼爬上那辆快散架的路虎重新上路，卡奥科费尔德像月球表面一样的风景一点点向后退直至消失。车开到机场，他们跳上一架向南的飞机。傍晚时，他们已经在乔贝河旅社开好了房间。房间临河而建，带一个私人露台。坐在露台上，服务生给他们端来金汤力酒。日头在地平线缓缓下沉，一群大象在河对岸漫步，一百码开外的高草地里有狮群在狩猎。

妮娜换上了一套比基尼，已经是好几年前的款式了。她伸展四肢，躺在豪华双人休闲椅上闭目养神。入夜后的乔贝河畔弥漫着一股浑水和枯草的味道，还有被无情烈日烤得像石头一样干硬的泥土味道。好几个星期以来，妮娜干练的黑色短发第一次洗得这么干净，指甲下面也没有了红色的泥土。这些对她来说都是非常奢侈的事。

她听到丹尼朝着露台走来的脚步声，他在迈出每一步之前都会有一个轻微的小停顿，不仔细观察根本看不出来。那是为了减轻右腿的压力，那条腿在安哥拉时中过弹。虽然他装作没有什么大碍的样子，有人问起也说早就不会疼了，但妮娜知道他一直在服用止疼药，也经常在夜里翻来覆去找不到一个舒适的姿势睡觉。她给他按摩身体的时候会格外用心地帮他按摩那条腿，尽管他并没有要求她这么做，而她也不会承认。

“给你。”他说着将两个酒杯放在妮娜手边的柚木桌子上。

她仰起脸对他说谢谢，却发现他有些不对劲，首先他端来的不是金汤力，而是一大杯纯龙舌兰。并且他忘了带配龙舌兰的盐来。最糟的是他的脸上没有笑容。

她警觉地坐直身子，“出什么事了吗？”

“你还是先喝点酒吧。”

如果一个爱尔兰人跟你说，你先喝口酒，那就说明他接下来会告诉你一个坏消息。

他在她身边坐下，她往一边挪了挪，给他腾点地方。

晴朗的夜空中挂着星星，在淡淡的银色光线下，妮娜看着他棱角分明的侧脸，深陷的脸颊，蓝色眼睛和卷曲的头发。看到他露出的悲伤神情，妮娜突然想到，丹尼其实是一个很爱笑的人。无论是在毒辣的太阳下被炙烤，还是被灰尘呛到快窒息，抑或是冒着枪林弹雨，他总是能用微笑来面对种种困境。

只是现在，他的脸上一点笑意也没有。

丹尼递给她一个小小的黄色信封，“是电报。”他说。

“内容你看过了吗？”

“当然没有，但这时候来电报，想必不会是好事。”

全世界的记者、制片人和摄影记者都知道接到电报意味着什么。尽管现在卫星电话和互联网已经很发达了，但那些在外工作的人的家人还是会通过电报来传递坏消息。她接过信封的手有些颤抖。看到电报是西尔维发来的，她长舒一口气，脑海中出现的第一个想法是“谢天谢地”。但是随着她继续往下读，轻松的感觉瞬间消失得无影无踪。

妮娜。

你父亲犯心脏病。

梅瑞狄斯说情况很糟。

西尔维。

她抬起头看着丹尼说：“是我父亲……我得立刻赶回去……”

“现在不行，亲爱的，”丹尼温柔地说，“最早的一班飞机也要等到明早六点。我去买从约翰内斯堡直飞西雅图的机票，我们从那里开车回去比较好吧？”

“我们？”

“是的。妮娜，我想陪着你。很严重吗？”

她不知该如何回答，一句话也说不出。她从来不会向别人寻求安慰，这让她觉得很别扭。她不想暴露自己脆弱的一面，给别人伤害自己的筹码。这种自我保护的意识还是从母亲那里学到的。碰上这样难以给出明确答复的情况，她一贯的做法是先敷衍过去。于是她的手顺着丹尼的身体往下摸，碰到了那个开关，“带我到床上去，丹尼尔·弗林。帮我熬过今晚。”

等待的时间可以用一个词来形容，那就是“无止无尽”，但是这个词会让梅瑞狄斯联想到“终止”，继而是“死亡”，而这些不吉利的词又会让梅瑞狄斯一直努力压抑的情绪统统翻涌上来，一触即发。她一向的应对办法是让自己保持忙碌，只是此刻这办法对她完全不起作用，不管她怎么努力也没用。她搬来一大堆跟保险相关的资料逼自己去研究，搜索心脏病和治愈率方面的信息，还列出了一份国内最好的心脏病专家的名单。可只要她一放下笔，或者眼睛从电脑屏幕上挪开，悲伤就会像洪水一样将她淹没。眼泪在眼眶里拼命地打转，但是到目前为止，她还没有让一滴眼泪落下来。如果哭出来就意味着心里的防线崩溃了，而她要死守着这道防线，拒绝放弃。

此刻她站在候诊室里，用力地抱紧双臂，眼睛直愣愣地盯着一个鱼缸，里面养了几条五颜六色的鱼。运气好的话，她的注意力会被一条鱼暂时吸引过去，让她有那么一微秒的时间忘掉父亲此刻正在生死边缘挣扎，很可能会死去的事实。

杰夫从身后靠近她，因为铺着地毯，她没有听到脚步声，但能感觉到。“梅。”他轻轻唤她，手搭在了她的肩膀上。她知道杰夫在想什么，他希望她靠到他身上，让他从后面拖住她。事实上，她心里有一部分也希望如此，她又何尝不渴望在这个节骨眼上得到丈夫的安慰。只是她现在仿佛正憋着一口气，只要一松懈所有希望就会化为乌有，她不敢让自己有丝毫的放松。在他的怀里她可能会崩溃，这样有什么好处呢?

“让我抱着你吧。”杰夫在她耳边说道。

她摇了摇头，他怎么会不明白她的想法呢?

她在担心父亲的病情，这种焦灼不安的心情在一点一点地吞噬着她。就好像有一把匕首深深地插进了她的胸口，撕裂了肌肉，穿透了骨骼，锋利的刀剑对准她的心脏，随时准备向里推进，只要稍有不慎，这个柔软的器官就会被利刃刺穿。

她听到杰夫在她身后轻轻地叹了口气，没有再坚持，“联系上你妹妹了吗?”

“能问的地方我都问遍了，也留了消息。你也知道妮娜，要是她回国了就一定会赶回来。”她又看了一眼钟，“这个该死的医生怎么折腾这么久都没动静?好歹应该来跟我们说说情况。再等十分钟，要是再不出来，我就去找他们科室的负责人反映。”

杰夫好像在跟她说些什么（说实话她没听进去多少，她心跳得太快，心跳声几乎盖过了外界所有的声音），他还没说完，候诊室的门开了，渡边医生走了进来。梅瑞狄斯、杰夫和母亲立刻向医生围拢过去。

“他怎么样了?”母亲问话的声音穿透了整个候诊室。在这种时候她怎么还能如此中气十足地说话?只有浓重的俄国口音透露了她的不安，除此之外，她的表现一如往常的平静。

渡边医生淡淡一笑，那个笑容转瞬即逝，他开口说:“不是太乐观。在送他去手术室的时候他的心脏第二次发病。我们尽全力把他抢救回来了，但现在他非常虚弱。”

“有什么办法吗?”梅瑞狄斯问。

“办法?”渡边医生皱了皱眉，他眼中流露出的同情让人害怕。“什么办法也没有，他的心脏在这两次发病中严重受损。现在我们只能等着……但愿他能熬过今晚吧。”

杰夫的手臂揽住了梅瑞狄斯的腰。

“现在你们可以去看看他，他在加护病房里。不过一次只能进去一个人，好吗?”渡边医生说着轻轻搀扶住母亲的手肘。

细节，梅瑞狄斯看着母亲沿着走廊往前走的背影，心里默默想，专心考虑下细节的问题。想办法解决这事。

可是她专心不了，什么也想不出来。

回忆变成一幅幅画面聚集在她视线之外的某个地方等候，只要一逮到机会就蹿到她眼前来亮个相。她看到高中体操比赛时父亲站在看台上，活力十足地给她加油打气，弄得台下的她好不尴尬。还有在她的婚礼上，父亲在牵着她走过教堂甬道的时候当着众人的面哭了起来。而就在上个星期，他还把她拉到一边，悄悄跟她说:“跟我去喝啤酒吧，梅瑞狄宝，和以前一样，就我们两个。”

只是当时她回绝了他，跟他说下次有机会再说……

送衣服去干洗真的就比陪父亲去喝两杯重要吗?

“应该给两个孩子打个电话，”杰夫说，“叫她们搭飞机回来。”

这句话仿佛让她心里的某样东西破碎了。她也知道这么想很无理取闹，但她真的很恨杰夫讲出这样的话来。这表示他已经放弃了。

“梅?”杰夫一把拉过她，紧紧地搂住了她。“我爱你。”他轻声说。

梅瑞狄斯在他怀里没有动，一直到她觉得快受不了了才轻轻推开他。没有说话，也没有看他一眼。她默默顺着母亲刚才走过的路向前走去。一种彻头彻尾的孤独和无助感笼罩着她。整个冠心病重症监护区的气氛严肃而忙碌，穿着蓝色手术服的医生在她眼前走来走去，但她统统看不见也不在意，此刻她眼里只有她的父亲。

父亲躺在一张窄窄的病床上，周围摆满了各式各样的插管、输液管和监护仪器。她的母亲守候在一旁。她的丈夫躺在那里，性命垂危，生死之间仿佛只连着一根紧绷着的细线，而她却是以一种异常、近乎傲慢的平静在面对这一切。她站得笔直，姿态完美。如果非要说她的双手在颤抖的话，那颤抖的幅度大概得找个地震学家来才检测得到吧。

梅瑞狄斯抹了抹眼睛，她一点也没注意到眼泪什么时候已经涌了出来。她站在病房外，努力按捺着。医生说一次只能一个人进去，她不想当那个破坏规定的人。但最终还是没忍住，她走进病房，站立在他的床脚边。监护仪器运转的嗡嗡声吵得叫人难以忍受，她轻声问："他怎么样了？"

母亲重重地叹口气走开了。不用看梅瑞狄斯也知道，母亲出去后一定是站在一扇窗户前，默默地盯着窗外的雪夜。当然，是独自一人。

任何时候母亲都只想一个人待着，要是换作平常，梅瑞狄斯一定会被她这样的举动惹恼，但是这一次她不想去苛责她。这场变故让所有人都崩溃了，大家都在以自己的方式承受，强打着精神振作起来。

她俯下身，轻轻抚摸着父亲的手，"嘿，老爸，"她在他耳边轻声说道，努力让自己露出微笑，"你的梅瑞狄宝来了。我就在这，我爱你。爸，和我说说话。"

回答她的只有风敲打玻璃窗的声音，窗外的灯下雪花在静静飞舞。

三

妮娜站在混乱的约翰内斯堡机场，仰起脸看着丹尼。她知道丹尼想和她一起走，至于理由，她想象不出。此时此刻她没有什么可以给他的，也没有什么可以给任何人。她只想快点走，离开，回到家里去。“我想一个人走。”她说。

她知道，她的话伤害了他。

“当然。”他说。

“对不起。”

他抬起被晒成深棕色的手理了一下乱糟糟的黑色头发，低头看着她，灼热的目光让她不由得倒抽一口冷气。他的目的达到了，这个表情给了她重重的一击。他缓缓地伸出手将她揽进怀里，旁若无人得仿佛全世界只剩下这对恋人，空间和时间都不再重要。他没有说话，只是用一个吻来宣誓，她是属于他的。那一吻深情而热烈，带着近乎原始的力量。妮娜瞬间心跳加快，一团热气在胸口膨胀。这样的反应来得毫无道理，她是一个成熟的女人，不是未经世事的处女，在此刻性爱的事完全不能在她的考虑范围内。

“记住这个吻，亲爱的。”他说着退后了两步，但没有转移目光。

丹尼的吻让她的悲伤得到了片刻的缓和，压在心头的重负也减轻了一些。她欲言又止，差点就改变主意，可还没等她组织好语言，他就已经转身走开了。看着他离开的背影，她僵立在原地；一分钟后她捡起丢在脚边的背包，也转身离开了。

三十四个小时之后，她开着租来的车驶进医院停车场，天已经完全黑了，停车场的地面上覆盖着一层白雪。停好车，她急急忙忙地冲进医院，心里默默祈祷着此时还不算太晚。坐在越洋航班上的每一分每一秒，她都在这样的祈祷中度过。

妮娜一口气奔上三楼的候诊室。候诊室里摆着一个鱼缸，里面养着五颜六色的热带鱼，这样喜气洋洋的装饰物在气氛肃穆的候诊室里显得格外突兀。她看到姐姐站在鱼缸旁，身子绷得笔直，像个哨兵一样。妮娜猛地刹住狂奔的脚步，不敢贸然开口说话。梅瑞狄斯和妮娜性格差异很大，她们应对事情的方式向来都不一样。打小妮娜就是个爱横冲直撞的姑娘，经常摔跤，摔倒后也不哭不闹，拍拍屁股一骨碌就爬起来了。梅瑞狄斯则不一样，她总是很小心，走路稳稳当当，做事深思熟虑。冒失的妮娜经常会不小心打碎东西，事后总是梅瑞狄斯来安慰她，帮她收拾。

这正是妮娜此刻需要的，她需要姐姐在身边支持她，让她不至于崩溃。“梅？”妮娜轻声呼唤姐姐。

梅瑞狄斯转过身，两姐妹一人站在候诊室的一头，尽管还隔着这么一段距离，头顶一盏日光灯投下的光线也昏暗不清，妮娜还是清清楚楚地看到了姐姐脸上的憔悴和疲惫。梅瑞狄斯的栗色短发平时总是梳得一丝不苟，此刻却乱糟糟的。因为没有化妆，她的脸色很苍白，棕色的眼睛看上去比带妆的时候更大了，一张过大的嘴巴没有任何颜色。“你回来了。”梅瑞狄斯说着走了过来，一把将妮娜搂进怀里。

姐妹俩紧紧相拥了片刻，妮娜轻轻抽身，她的身体在颤抖，呼吸有些不规律，“他怎么样了？”她问梅瑞狄斯。

“不太好。心脏病发作了两次，第二次挺严重的。一开始医生还说可以手术……但现在他们说他这种情况根本上不了手术台。心脏损伤太严重了。渡边医生认为他可能都撑不到这个周末。不过才送进来时医生也说过，他可能第一个晚上都撑不过去。”

妮娜听完痛苦地闭上了眼睛。感谢上帝她及时赶回来了，还来得及见见他。

失去他是妮娜无论如何也无法想象的事。他一直是她坚实的后盾，是她的北极星。是永远都会等着她回家的那个人。

她慢慢地睁开眼睛，看着姐姐问：“妈妈在哪？”

梅瑞狄斯侧开一步。

她在那里，妮娜看到满头白发的母亲坐在一张廉价的软垫座椅上，她还是那么漂亮。即使还相隔一段距离，妮娜也能感觉到母亲此刻异常的镇定和从容。小女儿回来了，她没有起身欢迎她的意思，甚至连看都没有看她一眼，只是直直地盯着前方某个地方，她的蓝色眼睛在苍白到没有血色的皮肤衬托下明亮得吓人。她在织毛线，母亲总是编织针不离手。他们家大概能有三百件毛衣和毛毯，绝大多数都用不到，就整整齐齐地折起来堆放在阁楼里。

“她还好吗？”妮娜问。

梅瑞狄斯耸耸肩，不用说妮娜也明白姐姐的意思。谁能真正了解她们的母亲？对她俩来说她太过疏离陌生，她们永远也搞不懂她，天知道她们两姐妹为此付出了多少努力，当然，主要是梅瑞狄斯在努力。

在那个圣诞夜戏剧表演事件之前的很多年时间里，梅瑞狄斯就像一只热情的小狗，时时刻刻都跟在母亲身后，拼了命地想引起她的注意。但那个耻辱的夜晚过后，梅瑞狄斯退缩了，从此都刻意同母亲保持距离，不再花心思去讨好母亲。一直到今天，一切都还是老样子，她和母亲的关系也没有丝毫缓和。甚至可以说，经过这么多年她们之间的隔阂越来越深了。妮娜不像梅瑞狄斯，她很早就在心里默默接受了母亲的冷漠和疏离，一点都不指望能和母亲有多亲密。说起来她和母亲很多地方挺像的，她们并不需要任何人。除了父亲之外。

妮娜点了点头，撇下姐姐朝候诊室另一头走去。她在母亲跟前轻轻跪了下来，一股没来由的渴望涌上心头，她希望有人告诉她，他会好起来的。

“嗨，妈妈。”她说，“我尽最快的速度赶回来了。”

“很好。”

妮娜听到母亲的声音中仿佛有一条细细的裂缝，梗在她和母亲之间本就脆弱的连线上。她鼓起勇气握住母亲纤细苍白的手腕，几根青色的静脉血管在白色的皮肤下凸显。比起来妮娜被晒成古铜色的手指倒显得太过有活力了。她心想，也许这一次母亲也需要安慰，于是说：“他是个坚强的人，他的生命力旺盛着呢。”

母亲缓缓地低下头看着妮娜，那动作迟缓得就好像是一个快没电的机器人。而让妮娜吃惊的是母亲苍老的面容和掩饰不住的疲惫，可她看上去还是那么坚强。这样的组合原本挺不可思议的，可母亲就是这样一个矛盾体。小的时候两个孩子只要离开自家院子的范围都会让她担心得不行，而她们在家的时候她又很少理会她们；她一边声称这世上没有上帝，一边又仔细布置着她的“朝圣角”，让蜡烛一直亮着；她自己吃得不多，只要能维持体力就行，但却强迫孩子多多地吃，也不管她们吃不吃得下。“你觉得这就够了吗？”

母亲残酷的语气让妮娜吓了一跳，她连忙说：“我只是觉得，我们必须相信他会没事的。”

“434 号病房。他一直念着想见你。”

妮娜深吸一口气，然后鼓起勇气打开了父亲的病房门。

房间里很安静，只有监护仪器发出单调的嗡嗡声。她缓缓地靠近病床，拼命忍着不让自己哭出来。

他看上去是那么瘦小。想想曾经的他是那么高大壮硕，躺在儿童床上还会露半截身子在外面。

“妮娜。”他叫着小女儿的名字，声音又轻又细，虚弱得她都快认不出这是他的声音了。他的皮肤苍白得吓人。

妮娜强迫自己微笑，希望这样强扯出来的笑看上去不会太假。她知道父亲一向很在乎欢笑和发自内心的快乐。如果看到她难过，一定会让他很伤心。

“嗨，老爸。”儿时亲昵的呼唤脱口而出，她有好多年都没这样唤过父亲了。

他知道，他当然知道，于是露出了微笑，只是笑得黯淡而又疲惫，妮娜俯下身帮他轻轻擦掉唇边的口水，“我爱你，老爸。”

“我想……”因为呼吸困难，他无法把话一口气说完，“想回……家。”

妮娜不得不凑到他唇边才能听清他说话，“你现在不能回家，爸爸。你在这才能好好治病。”

他摸索着抓住妮娜的手，用力握住，“要死在家里。”

这下她的眼泪再也忍不住了。眼泪顺着她的脸颊滚落，滴在白色毛毯上印的灰色花瓣上，“别……”

他的呼吸滞重，可依旧固执地盯着她；他的眼里已经没有了往日的光芒，意志在一点点暗沉下去，他的样子深深地刺痛了她，胜过任何言语上的伤害。

“这事可不好办，”她说，“你了解梅瑞狄斯，她喜欢把所有事情都安排得井井有条。她肯定会坚持让你留在医院，不会让我们胡来的。”

父亲听了又笑了笑，那笑容里透着的伤感与寥落让妮娜心都碎了，“你……一向不喜欢简单的事。”

“说得对。”她轻声细语地回应父亲。如果父亲不在了，就再也没有人能这样了解她了，这个突如其来的念头让她的心钝痛起来。

他闭上了眼睛，缓慢地呼出一口气，吓得妮娜还以为他就这样去了，撇下她独自坠入了黑暗中。幸好有那些监护仪器。听着机器平稳运行的声音，她揪起的心才又落了下来。他还在呼吸。

妮娜瘫坐在病床边的椅子上。她心里清楚父亲为什么要央求她来做这件事。如果他真心希望如此，母亲自然能做主，让他出院回家，只是这样一来梅瑞狄斯一定会怨恨母亲。父亲这一辈子都在努力，一心想填补妻子和女儿之间空缺的爱，就算是现在他也没有放弃。他只能把自己的想法告诉妮娜，指望这个小女儿能实现他的心愿。她还记得，父亲以前常说，妮娜是他的小淘气精，说她是小暴脾气，当她说要去战火连天的地方去工作时，父亲是那样为她的勇气而骄傲。

她无论如何也要实现父亲的心愿。也许这是他这辈子拜托她的最后一件事了。

当天晚上忙完父亲的出院手续后，妮娜离开医院大楼走进黑暗的停车场。她没有忙着开车，在租来的车上默默地坐了很长时间，她努力想把和梅瑞狄斯的不愉快抛到脑后。为了让父亲出院的事，两姐妹大吵了一架。妮娜争赢了，但赢得一点也不容易。最终她疲惫地叹了口气，发动汽车，驶离了医院。蒙住挡风玻璃的雪花刚被雨刷刮掉，马上又落了一层。因为视线不好，妮娜这一路几乎是屏住呼吸在开车，一直到看清楚了贝耶诺奇庄园的轮廓，她才舒了一口气。

这里还是妮娜记忆中的样子。他们家的房子坐落在山谷一处 V 形地带，一条河从旁边经过，周围群山环绕，在雪夜里透着一种遗世独立的美。再加上有圣诞灯的点缀，庄园看上去更漂亮了，仿佛被施了魔法一样。

每每看到贝耶诺奇庄园，妮娜总会回想起她和姐姐小时候听的那些童话故事，想起故事里的邪恶魔法，英俊的王子，还有石头狮子。或者干脆说，这一切让她想到了她的母亲。

妮娜站在门廊上跺了跺脚，看登山皮靴上的雪掉落得差不多了才打开门进屋。一进门就看到玄关处凌乱地堆放着几件大衣和几双靴子。走进厨房，她看到咖啡杯和空盘子就在厨台上胡乱摆着，简直就像一个垃圾场。母亲最珍爱的俄国萨摩瓦尔黄铜茶壶在灯光下闪闪发光。

梅瑞狄斯在客厅里，只有她一个人，愣愣地盯着壁炉。

妮娜能感受到姐姐此刻有多脆弱无助。所有微小的细节都没有逃过她摄影师的眼睛：梅瑞狄斯的手在微微颤抖，眼睛里是满满的疲惫，她的背是僵硬的。

她伸出手，紧紧地抱住了姐姐。

“他走了我们会怎么样?”梅瑞狄斯依偎着妮娜，轻声低语道。

“会垮掉。”这是妮娜唯一能想到的答案。

梅瑞狄斯抹了一把眼睛，突然身体绷直，推开妮娜，好像突然意识到自己刚才有那么一刻变软弱了。“今晚我留在这。妈妈有什么事也好有个照应。”

“还是我来照顾她吧。”

“你?”

“是的，你放心。回去和你性感的丈夫放纵一下，疯狂地做一次爱。”

梅瑞狄斯皱起了眉，要知道她现在根本不可能去考虑这些愉快享乐的事，她又问了妮娜一次："你确定没问题吗？"

"我确定。"

"好吧。我明天会早点过来做好准备的。爸爸一点钟到家，你记得吧？"

"我记得。"妮娜一边回答，一边送梅瑞狄斯走到门口。看姐姐走了，妮娜忙着拿起餐桌上的背包和相机包，顺着狭窄的楼梯爬上二楼。她走过父母的卧室，来到和姐姐儿时一起住过的那间小屋。房间内的布置乍一眼看去是对称的——两张一模一样的小床，配对的两个小书桌，还有两个白色梳妆柜——但仔细看就会发现，其实住在里面的两个女孩完全不一样，注定了她们往后会过上截然相反的生活。即使是在她们小的时候，这两姐妹也基本上没有什么相同之处，也没有一起做过什么事。仔细回想起来，那年圣诞梅瑞狄斯张罗的那出戏剧大概就是姐妹俩一起做过的最后一件事了。

那件事之后母亲就变了，梅瑞狄斯又何尝不是？她真的说话算话，再也不听母亲的童话故事了。不过守这个约并不难，因为母亲自那天后就再也没有给她们讲过故事。倒是妮娜一直觉得很遗憾，她是真的很喜欢那些童话故事。白色的树，雪女，被施了魔法的瀑布，乡下女孩和王子，这一切都让她着迷。母亲偶尔会在临睡前给她们讲一个故事，哄她们睡觉，只是这样的机会少之又少。母亲的声音让她着迷，故事里那些熟悉的语句让她感到安心，这些她都还记得。母亲从来不会照着书来念，所有故事都是母亲凭着记忆讲述出来的，并且基本上每次都能说得一字不差。母亲告诉过她们，故事张口就来在俄国是人人都会的，基本上就像传统一样。

那出戏剧惹得母亲很生气，梅瑞狄斯一直耿耿于怀，母女之间的关系因此出现了裂痕。妮娜想修补，也努力了，只是结果不尽如人意，那时候妮娜只有十一岁，但她能理解。妮娜自己也无数次被类似的事情伤害，最终也退缩了。

她走出和姐姐的房间，顺手掩上房门。

站在父母卧室门口，妮娜顿了一下，然后轻轻敲了敲门，"妈妈，你肚子饿吗？"

没有人回答她。

她又敲了一次，"妈？"

门内依然悄无声息。

她打开门走了进去。房间简单朴素，收拾得干净整洁。一张大号双人床，一个古色古香的梳妆台，一只古旧的俄式衣箱，再有就是一个小书架，上面的小型精装本小说多得都快堆不下了，这些都是从母亲加入的那个俱乐部拿来的。

母亲并不在卧室里。

妮娜皱起眉头，忙转身下楼，一边呼唤一边寻找母亲。本来还不是很担心，直到她无意间瞥了一眼外面，心一下子提了起来。

她看到母亲坐在冬季花园里的长凳上，低头看着自己的手。锻铁栅栏上缠着的白色圣诞灯，让夜幕笼罩的花园看起来就像一个魔法盒子。雪花在母亲周围轻轻飘落，画面宛如幻境一般。妮娜赶紧跑到玄关，随便找了一双雪地靴套上，抓起大衣就急急忙忙地冲出门外。出了门，她迅速披上衣服，雪花落在脸颊和嘴唇上有微微的灼烧感，她强迫自己不要去理会。这就是她选择在赤道附近工作的原因，她讨厌寒冷的天气。

“妈妈？”她走到母亲身边，对她说道，“这么冷的天，你不该出来的。”

“还不算冷。”

母亲的声音很是疲惫，妮娜想起在医院看到她时满脸憔悴的样子。这一整天让所有人都受了不少折磨，而真正糟糕的还在后面，想到这些，她也不再坚持，在母亲身边坐了下来。

她俩谁也没有说话，就这样安静地坐了好长一段时间。最后还是母亲先开口：“你父亲觉得我无法承受他的死。”

“那你可以吗？”妮娜问。

“你根本不敢相信，人的心究竟能承受多大的苦难。”

妮娜知道这是事实，她走遍全世界，眼见了无数这样的事。说起来，这也正是她的女性战士摄影想要表达的主题。“可痛苦并不是那么容易就能忍过去的。我经历过科索沃的战争，采访过……”

“不要和我说你工作的事。这些事留着跟你父亲谈。我对战争没有兴趣。”

妮娜并没有为此感到伤心，最起码她是这样告诉自己的。她知道这个时候最好不要同她计较什么，也不要去安慰她，于是说：“对不起。我只是想找点话题。”

“不需要。”母亲说着伸出手去抚摸一根立在藤蔓中间的铜柱，藤蔓已经枯死，只剩光秃秃的褐色藤条互相缠绕在一起。这个时节只有冬青的叶子仍旧油亮鲜绿，尽管已被雪掩去了大部分，但仍然能看到红色的冬青浆果在雪地里若隐若现。只可惜这些色彩母亲是看不到的。这个先天的视力缺陷让母亲无法看到花园真正的美。一个眼睛只能看到黑色和白色的人，偏偏又爱在花草树木上花心思，这是梅瑞狄斯永远也无法理解的事。但妮娜却深知黑白影像背后暗藏着怎样的力量。其实很多东西只有剥离了繁复的颜色，才能显露其最真实的本质。

“走吧，妈妈，”妮娜说，“我去做晚餐，我们一起吃。”

“你又不会做饭。”

“这能怪谁呢?”妮娜想也没想便脱口而出，“烧饭做菜本来就该是母亲教给女儿的事。”

“我知道，我知道。是我的错，都是我的错。”母亲一把拿起她的编织针，起身走开了。

四

一进门，两只狗立刻扑过来，热情地迎接梅瑞狄斯，好像它们有十年没见过她了似的。她心不在焉地挠了挠它们的耳朵才走进屋里。从厨房到客厅，她一路将灯打开。

“杰夫？”她叫了一声。

屋里一片静默。

等了等没有听到回答，她拿出一只酒杯倒朗姆酒（几乎是满杯），掺上一点健怡可乐，可其实她并不想这么做。她端着酒杯走到屋外，在门廊的白色情人椅上坐下，望着月光下的山谷。从这个角度远远看去，果园似乎笼罩在一片诡秘而不祥的气氛中，光秃扭曲的树枝立在雪地里，积雪下面的污土层是果树盘绕的根脉。

梅瑞狄斯伸出手，从左边一个篮筐里拿出一条旧羊毛毯裹在身上。她很迷茫，不知道该怎样压抑无止无尽的悲伤，也不知该如何去面对接下来会发生的事。

没有了父亲，梅瑞狄斯害怕自己会像那些冬眠的苹果树一样，光秃秃地曝露在冰天雪地里，脆弱得不堪一击。她很想告诉自己，她不会一个人承受这份悲伤，可谁会陪在她身边安慰她呢？妮娜吗？或者是杰夫？还是母亲？

想到母亲，她觉得好像是听到了一个天大的笑话。母亲永远不会给她任何安慰。现在她和母亲就只是两个孤单的人，只有那个病重垂危的男人是她们共同的牵挂，是他用亲情和爱在她们之间系起了一条单薄脆弱的细线。

梅瑞狄斯身后的门开了，杰夫走出来，“梅？天这么冷，你怎么在外面？我一直在等你。”

“我要一个人待会儿，”说完她后悔了，看到杰夫受伤的表情，她很想收回，或者换一种说法，但话已出口，她知道来不及了，“我不是那个意思。”

“是的，你就是那个意思。”

她猛地一下站起来，毛毯从她肩膀滑落，掉在椅子上。她挤出一个生硬的笑，绕过杰夫走进屋里。

回到客厅，她在壁炉旁的扶手椅上坐下，心里很感激杰夫生了火。她觉得身上突然被冻僵了一样，握着酒杯的手指绷得紧紧的，于是忙吞了一大口酒。杰夫轻轻走到她身旁低下头，她这才反应过来，应该坐到沙发上的，这样他就能在自己身边坐下了。

杰夫替自己倒了杯酒，在壁炉前的地板上坐下。看得出他很累，也有几分失望。“我以为你会想跟我谈谈。”他安静地说道。

“老天，千万不要。”

“那我要怎么帮你?”

“他就快死了，杰夫。你看，我说了，我们在谈了。我现在感觉好多了。”

“见鬼。”

她看着杰夫的脸，知道自己在犯浑，也知道这样对他不公平，可她就是控制不住一再说出伤人的话。她只想一个人静静地待着，找一个黑暗的角落蜷缩起来，假装这一切都没有发生。她心碎了，他看不出来吗？他凭什么觉得说上三言两语就能帮到她？“你还想让我怎么样，杰夫？我不知道该怎么面对这件事。”

杰夫靠近她，将她从座椅上扶起来。酒杯里的冰块摇晃起来，发出清脆的响声，她才发现自己全身都在颤抖。杰夫拿走她手里的酒杯，放到扶手椅旁的茶几上。

“我今天和伊凡说了会儿话。”

“我知道。”

“他很担心。”

“他当然会担心，因为他就快……”她没法再说一遍那个字眼。

“就快死了，”杰夫轻轻替她说了出来，“但他担心的不是这个。他是担心你和妮娜，也担心你母亲和我。他怕自己一走这个家就散了。”

“真是荒唐。”她虽然这么说，但明显软下来的语气出卖了她。

“是吗?”

杰夫轻吻她的嘴唇，让她想起曾经有多爱他，就算是现在她也很想好好爱他。她想用双臂环绕着他，依偎在他的怀抱里。可是她太冷了。身体是麻木的。

他好像有很多年没有这样紧紧地拥抱她了，如果她此刻推开他，他感觉自己会立刻破碎崩溃，于是他吻了吻她的耳朵，轻声说：“抱着我。”

她仿佛听到自己身体裂开的声音，心瞬间溃散。她努力想抬起手臂抱住他，却怎么也做不到。

杰夫不再坚持，放开她，向后退开了。没有说话，只是久久地凝视着她，她被看得有些不自在，搞不清楚他到底在看什么。

他似乎想说些什么，可最后他只是沉默地走开。

其实，又有什么可说的呢?

父亲剩下的时间不多了，没有什么能改变这个事实。任何言语都是苍白无力的，就像掉在不起眼的角落，或塞在某个夹缝里的硬币，根本不值得人花力气去捡。

妮娜和无数受伤或垂死的人打过交道，见证他们的不幸，通过个人的苦难揭示全人类共同的痛苦。她也很擅长应对这样的事，在完全融入进去的同时也能抽离出足够的理智，用旁观者的角度来记录。在外工作时，她住的地方经常就安排在临时医院的旁边，看着那些在灾难中受伤的人饱受痛苦的样子是一件可怕的事。可这些跟现在比起来都显得苍白了，她在经历的，不是别人的痛苦，而是自己的。父亲从医院回到家的时候，她再也没法好好将悲伤收进盒子里紧紧锁住。

在父母的卧室里，妮娜站在窗边，俯瞰楼下的冬季花园，还有远处的苹果园。天空是纯粹的蓝色，晴朗无云。苍白的冬日照耀下来，积雪结起的一层泛黄硬壳在太阳的温度下渐渐消融。融化的雪水从房檐上滴下来，门廊栏杆下面一圈的积雪上结起了一排小冰凌。

她抬起照相机，镜头对准梅瑞狄斯，梅瑞狄斯低头看着卧床的父亲，努力想对他笑笑；妮娜按下快门，姐姐憔悴的脸，和写满哀伤的眼睛定格在胶片上。镜头下一个对准的是母亲。她站在窗边，高贵的神态和女演员劳伦·白考尔有些相似，冷淡的样子有几分像芭芭拉·斯坦威克。

大床上摆着洁白的靠枕和毯子，父亲就睡在中间，他看上去又瘦又老，整个人像是枯萎了一般。他缓慢地眨着眼睛，布满老人斑的眼睑像降半旗一样垂下来，过了很久才又吃力地抬起。父亲眼睛湿湿的，一层薄薄的黏液覆盖在角膜上。透过相机的取景窗，她看到这双眼睛正盯着自己。妮娜心头一怔，他直视的目光吓了她一跳。

“不要拍照。”他的声音沙哑而无力，完全不像是他的声音了，这个仿佛从陌生人嘴里发出的声音比什么都来得糟糕。她知道父亲为什么不让她拍照，他了解他的小女儿，他知道此刻相机对她来说有多重要。

妮娜慢慢地放下照相机，感觉就像突然间失去了所有的保护，一下子变得脆弱。没有了那层薄薄的玻璃镜片的阻隔，她就在这里，不是别处，挣扎在生死边缘的人是她的父亲。她走到床边，和梅瑞狄斯并排站着。母亲在床的另一边。以这张床为中心，他们真正意义上地聚在了一起。

“我出去一会儿，很快就回来。”妈妈说。

父亲对她点点头，两人对望的神情是那么亲密，让妮娜觉得自己在这里就像一个外人。

母亲出门后，父亲看着梅瑞狄斯，“我知道你心里害怕。”他安静地说。

“我们没必要讨论这个问题。”梅瑞狄斯说。

“要是你想说的话，我们就谈谈吧，”妮娜说着拉住父亲的手，“爸，你一定很害怕吧……害怕死亡。”

“我的老天啊。”梅瑞狄斯猛地向后退了两步。

妮娜不想跟姐姐解释，现在不是说理的时候。这么多年来，死亡一直与她如影随形，有人在平静中死去，有人含愤而终，也有在绝望中咽下最后一口气的，这些她都经历过，也目睹过。对她来说难的是考虑在他临终之际能为他做点什么，她很想帮他。她把落在他前额的几缕白发轻轻梳理到一边，看到他斑斑点点的额头，她突然记起他年轻时候的样子，成天在果园里工作，他的脸晒得黑黢黢的，唯独前额那块不一样，因为戴帽子的缘故，他的额头常年都是苍白的。

“你妈妈，”他说话已经明显很吃力了，“我走了，她会很伤心……”

“我会照顾好她，爸爸，我保证，”梅瑞狄斯颤抖着说，“你是知道的。”

“她不能再经历一遍……”父亲说，“帮帮她。答应我。”他说完闭上眼睛，叹了一口气，好像用完了所有的力气。

“不能再经历一遍什么？”妮娜问。

“你以为你是芭芭拉·沃特斯吗？”梅瑞狄斯厉声呵斥，“走开，让他休息。”

“可他说……”

“他嘱咐我们要照顾好妈妈。这还有必要专门嘱托我们吗？”梅瑞狄斯忙着给父亲掖好毯子，拍松枕头，像一个称职能干的护士。妮娜能理解她；梅瑞狄斯心里不安的时候就会不停地给自己找事情做。她还知道，等忙得差不多了，姐姐就会逃也似的离开这里。

“别走，”妮娜叫住她，“我们谈谈……”

“不行，”梅瑞狄斯说，“我不能丢下果园的事不管。一个小时后我就回来。”

说完就急匆匆地离开了。

妮娜本能地拿起她的照相机，开始拍照；照片不会拿给别人看，这是她拍给自己的。她低下头，用镜头对着他毫无血色的脸，那一刻，她一直拼命忍着的眼泪涌了上来，让躺在那张宽大的四柱木床中间的父亲变成了一个灰白色的拖影。她想对他说，我爱你，爸，可那几个字像是长了倒钩一样，怎么也说不出口。

妮娜悄悄地走出房间，轻轻掩上门。在走廊上，她和母亲迎面碰上，她们对视了片刻，看着母亲和自己一样，眼里充满了悲伤，妮娜伸出手想安慰她。

但母亲蹒跚地绕开了小女儿的手，径直走进卧室，随手关上了门。

妮娜一个人站在那里，儿时所有的回忆在安静的走廊上重演了一遍。最糟的是，妮娜早就习以为常了。

母亲就是这样，她不需要任何人的安慰。

当晚，梅瑞狄斯和杰夫在火车站接到他们的两个女儿。原本女孩们回家是一件高兴的事，但这次没有人笑得出来。所有人都默默不语，表情凝重。

坐上车，关好车门后，吉莉安问："外公怎么样了？"话一出口，所有人都陷入了沉默。

梅瑞狄斯想撒个谎，不让两个女儿太过难过，但她自己也知道说谎没用了。"不太好。"她安静地说，"不过外公会很开心见到你们两个的。"

麦蒂的眼睛里一下子就噙满了泪水，她怎么会不难过。小女儿是个情绪化的孩子，开心时麦蒂总是笑得最大声的那个，而难过时没人比她哭得更伤心。"我们今晚能去看望外公吗？"麦蒂哽咽地说道。

"当然可以，宝贝。他在等我们回去。妮娜姨妈也回来了。"

听梅瑞狄斯这么说，麦蒂勉强笑了一下，但能看出那不是发自真心的笑。"那太好了。"麦蒂说。

不知为什么，女儿随口说出的这句"太好了"比什么都让梅瑞狄斯伤心。她仿佛从这短短几个字里听出了即将会到来的变化。经历了这件悲伤的事后，这个家都会被打散，再重新分配。麦蒂和吉莉安一直崇拜妮娜。在她们眼里，妮娜就像摇滚明星一样。

但现在这些事都还没有发生，不过是一句安静、小声的"太好了"。

"也许应该再找个专家来给外公看看。"吉莉安说，声音平静，没有任何起伏，在梅瑞狄斯听来，这话颇有些医生的感觉，她想，女儿以后就会成为这样的医生吧，淡定从容，任何时候都不会手忙脚乱。这就是她的吉莉安。

"已经有好几个顶尖的医生给他看过了。"杰夫说完等了片刻，等大家都理解了这句话的意思后才发动车子。

要换作是平常，他们这一路少不了欢声笑语，说说各自遇上的事，等回到家以后，一家人就围坐在餐桌旁玩玩纸牌，或者在客厅一起看部电影。

可是今天这段路走得很安静。女孩们试着找话题聊天，说来说去都是学校和女生联谊会规则之类的无聊事，要不就是扯两句天气。可不管她们说什么，始终没有办法压过笼罩在车里的压抑气氛。

车子开进贝耶诺奇庄园，四人进屋后直接走上二楼。在狭窄的楼梯顶，梅瑞狄斯停了下来，转过身来看看跟在身后的女儿，她本来想提醒她们，外公病得很重。但转念一想，对小孩子才用得着这样叮嘱。于是她只是轻轻点了点头，打开门，带她们走进卧室。“爸爸，你瞧瞧，谁来看望你啦。”

妮娜坐在石头壁炉前，背对着明晃晃的橘色炉火。看到他们走进来，她站起身来，“这两个丫头不会是我的外甥女吧。”妮娜说道，只是这次她没有像往常那样加上一个爽朗的笑。

她走上前紧紧地抱住两个女孩，然后拥抱了一下姐夫。

“外公一直在等你俩回来，”母亲在一旁开口说道，她原本坐在窗边的摇椅上，这时也站起身来，“我也在等你们。”

母亲对女孩们说话的语气明显不一样，梅瑞狄斯不知道是不是只有她一个人注意到了。

母亲一直是这样，对外孙女慈祥温柔，可对女儿却冷若冰霜。母亲明显是偏爱吉莉安和麦蒂的，这让梅瑞狄斯心里暗暗难过了很多年，不过说到底她还是挺感激母亲对自己女儿的关爱。

女孩们过去轮流拥抱了外婆，然后才转过身面对着卧室中间的四柱大床。

父亲躺在床上一动不动，脸色苍白得吓人，他虚弱地笑了笑。

“我的外孙女。”他轻声说道。两个女孩见到他，脸上露出了复杂的表情，这一切梅瑞狄斯都看在眼里。从出生到现在，外公在她们心里就像是贝耶诺奇果园里的一棵苹果树，坚实而可靠。

吉莉安先俯下身子亲吻了他一下，“外公，你好。”

麦蒂的眼泪一下子涌了上来，她伸出手，握住姐姐的手。她张了张口，也想说点什么，可一个字也说不出。

父亲颤抖着抬起满是老人斑的手，摩挲着麦蒂的脸颊，“不要哭，我的小公主。”

麦蒂赶忙擦了擦眼泪，对他点了点头。

看父亲想坐起来，梅瑞狄斯忙走到床边扶起他。她将靠枕拍松，放在他后面让他靠着。

一阵剧烈的咳嗽，他吃力地说道："一家人都到齐了。"然后转过脸看着母亲，"阿妮娅，是时候了。"

"不。"母亲平静地说。

"你答应过我的。"他说。

梅瑞狄斯感觉好像有什么东西盘旋在房间里，像一阵烟雾。她瞥了一眼妮娜，妮娜点点头。看样子她也察觉到了。

"就现在。"父亲用命令的口吻说道。梅瑞狄斯从来没有听过父亲这么严厉地说话。

母亲没有再拒绝，但也没有接话，只是颓然地坐回到摇椅上。

梅瑞狄斯被母亲的妥协震惊，还没等她理清头绪，父亲接着又说："你们的妈妈答应给我们讲个童话故事，就像以前那样。她有好多年没讲过了。"

他看向母亲，他充满爱意的笑脸让梅瑞狄斯心碎，她别过脸不去看他。"我记得有个乡下女孩和王子的故事。那个故事一直是我最喜欢的。"

"不。"梅瑞狄斯说——也许她没有说出口，只是心里这么想而已。她向后退了一步。

妮娜绕到房间的另一头，在母亲脚边席地而坐，就像两姐妹小时候那样。

"来，麦蒂，"妮娜拍拍地板，"坐到我身边来。"

杰夫也走了过去。他在壁炉旁的扶手椅上坐下，吉莉安依偎在他旁边。只有梅瑞狄斯没有动，她的腿一步也迈不动。这么几十年来，她反复对自己说，母亲讲的那些童话故事没有任何意义；但现在她不得不承认，她一直在骗自己。她喜欢听母亲的故事，在听故事的时候，她潜意识里是爱着母亲的。也正是因为这样，她才不愿去听这些故事了，太叫人伤心。

"坐下吧……梅瑞狄宝。"父亲温柔地唤她，听到他叫这个昵称，梅瑞狄斯放弃了抵抗。她木然地绕过大床，坐到一块东方地毯上，她不肯离母亲太近。

母亲平静地坐在摇椅上，粗糙变形的手交握着放在腿上。"她的名字叫维拉，是一个穷苦的乡下女孩，一个无名之辈。不过她当然意识不到自己是个身份低微的人。毕竟她那么年轻，很多事都还不懂。她只有十五岁，她生活的故乡名叫'雪国'。因为被施了魔法，如今这个地方从里到外都透着腐朽的气息。愤怒的黑暗骑士来到这个国度，目的就是要将这里摧毁。"

梅瑞狄斯打了一个寒战，突然想起小时候听故事的情形：睡觉前，母亲偶尔会来她和妮娜的卧室，给她们讲故事。石头狮子，被冻住的树，还有能吞下星光的仙鹤，那些奇思妙想的情节梅瑞狄斯至今都还记得牢牢的。母亲在黑暗中娓娓道来的声音在当时听来有一种扣人心弦的魔力，如今也一样。故事让她们变得亲密，但只是暂时的，等到了早上，一切又会恢复原状，她们又再度变得生分。那些故事再也不会提起。

“黑暗骑士就像病毒一样四处肆虐，待乡民们真正认清这个现实的时候一切都晚了。整个国度都被感染了：冬天的雪不再洁白，变成了可怕的紫黑色；街道上的水坑长出了触手，将那些粗心的行人拉进泥浆里；树木成天只会不停地争吵，再也结不出果实。尽管善良的乡民们深爱着他们的王国，但却无力阻止恶魔。人们只好埋下头，小心翼翼地逃避无处不在的危险。”

维拉并不能理解这些事情。她还这么小，如何能明白呢？她只知道雪国是她的故乡，对她来说就像她的脚掌，或者手掌那样，是她生命中的一部分。

一天晚上，也不知道为什么，维拉突然在半夜醒来，她蹑手蹑脚地下床，小心不吵醒熟睡中的妹妹。她走到卧室的窗边，将窗子大敞开来。从这里，她能清楚地看到远处的小桥。

六月的空气中弥漫着阵阵花香，入夏后，夜晚短得就像蝴蝶翅膀上的鳞毛一样。她出神地望着窗外的夜景，不由得胡思乱想起来，她想象着自己的将来，一幅美好的画面在眼前展开。

一到夏季这个地方就会出现白夜，就算是夜最深的时候，天也不会完全变黑，只是浓重的紫蓝色，缀着零星几点星光。在这几个月间，街道就没有彻底安静的时候。大街小巷时时刻刻都有三五成群的人，桥上有携手漫步的情侣。咖啡馆里狂饮的大臣们一直要到天亮才会离开。等到太阳出来以后，草地上到处是瘫倒的醉汉。

不过现在夜晚还没有过去，维拉听到父母在隔壁房间争吵的声音。虽然知道不该去偷听，但她忍不住。她踮起脚尖轻轻走到门边，把门推开一条小缝。透过门缝，她看到母亲站在炉子旁边，抬头看着父亲，双手的手指扭在一起。

“你不能继续做这些事了，培提尔。这太危险了。黑暗骑士的力量越来越大。乡民一个接一个地变成烟雾消失。这样的事每天晚上都在发生。”

“你不能逼我做这事。”

“我非逼你不可，没有别的办法了。就照黑暗骑士跟你说的写吧。不过是几句话而已。”

“几句话而已？”

“培提尔。”母亲说着哭了起来，躲在门后偷听的维拉吓坏了。她从没见过母亲哭泣，“我替你担惊受怕。”母亲顿了顿，然后压低了声音又说，“你也让我感到害怕。”

父亲抱住母亲，“我会小心的，我一直都很小心。”

维拉关上房门，父亲和母亲的对话让她困惑不已。她不理解这些话的意思，也许又明白了那么一点。只是她知道，一向坚强的母亲害怕了，这可是她从来都没有见过的。

可爸爸永远不会让坏事发生在他们一家人身上。

第二天她本来还想去找母亲问问，究竟为了什么和父亲争吵，可是一觉醒来什么都忘了。看到外面明媚的阳光，她一阵风似的跑到屋外。

她深爱的王国在阳光下散发着勃勃生机，她也是。如此灿烂的阳光下，怎么会有坏事发生呢？

她心情很好，甚至都不觉得带妹妹去公园是件麻烦事了。

“维拉，你快看，我给你露一手！”十二岁的妹妹奥尔嘉一连做了好几个侧手翻，想引起姐姐的主意。

“真厉害。”维拉虽然嘴上这么说，但其实根本没有认真看妹妹的表演。她靠在长椅上，闭上眼睛仰起脸，让阳光照耀在脸上。熬过了漫长而寒冷的冬天，此刻阳光的温度让人感到无比地舒服惬意。

“我给你献上两朵玫瑰。”

维拉慢慢地睁开眼睛，一个少年站在她面前，维拉从来没有见过这么英俊的男孩。

是亚历山大王子。在这个王国里没有女孩不认识他。

他身穿的衣服上有金色的珠子做装饰，精美无比。在他身后停着一辆洁白锃亮的马车，四匹白色的骏马拉着车。他的手里握着两朵玫瑰花。

维拉知道这是一句诗，于是用后面两句来回应他，心里暗暗感激，父亲平日里让她读的书终于派上了用场。

“想不到你年纪不大，竟然也知道这首诗。”王子高兴地说，她知道自己已经给王子留下了一个好印象。

“你是谁？”王子问她。

她挺起背，坐直了身子，希望王子能注意到她微微隆起的胸部，“我叫维罗妮卡，而且我年纪也不小了。”

“是吗？你父亲一定不允许你和我一起散步。”

“我可以随便约会，不用经过任何人的允许，王子殿下。”她知道自己在撒谎，脸颊腾地一下红了。

他大笑起来，那笑声听起来也好像音乐一般。

“那好吧，维罗妮卡，我们今晚见，十一点钟。我到哪儿找你呢?”

十一点，这个时间她应该上床睡觉了。但是她不能说出来。也许可以装病，把一条毯子裹起来放在床上，假装自己在好好睡觉，然后从窗户偷偷溜出去。她想找一条能配得上王子的裙子，不过这得施展一点魔法才行。他是王子，当然不会同一个穿着破烂麻布裙的穷乡下姑娘散步。也许她可以偷偷去一趟阿拉基沼泽，那地方住着一群出售爱情的女巫，只要付出一根手指的代价就可以和她们交易。想到这里，维拉瞥了一眼妹妹，奥尔嘉看到王子了，正朝这边走来。

“在魔法桥上见吧。”她说。

“你会放我鸽子吧，其实你不会去赴约的。”王子说。

奥尔嘉大声喊着维拉，眼看着就要到他们跟前。

“不会的。我说实话，我不骗你。”她朝奥尔嘉瞥了一眼，不想她过来听到，“保证不会。你先回去吧，亚历山大王子，我们到时见。”

“叫我夏沙。”王子笑着说。

就这样，她爱上了这个面带微笑的年轻人。尽管这个人并不适合她，他是地位在她之上的王子。而且他们在一起，她的家人也会有危险。她低下头看着自己苍白纤瘦的手，由于经常在粗糙的石头上洗衣服，她的手上磨出了茧子，她心里想，她会愿意用哪一根手指来交换爱情……如果要让王子也爱上她，又会要付出多少代价呢?

可是这些问题是没有答案的，而且对维拉来说也不重要了，因为这段爱情已经开始了。维拉和英俊的王子深爱着彼此，他们悄悄地离开了，并且结了婚，从此过着幸福的生活。

母亲从摇椅上站起来，“故事结束。”

“阿妮娅，”父亲责备地说，“我们说好的……”

“没有了。”母亲对两个外孙女淡淡地一笑，走出了房间。

梅瑞狄斯暗暗松了口气。可事与愿违的是，她的心再一次被这个童话故事牵动了。“孩子们，我们走吧。外公需要休息。”说着她站起身来。

“不要逃。”父亲叫住她。

“逃?快十点了，爸爸。孩子们大老远回来，在路上耗了一整天也累了。我们明天一早会再来看你。”她走到床边，俯身吻了一下他满是胡茬的脸。“你也睡一会儿吧，好吗?”

他抬起手抚摸梅瑞狄斯的脸，干燥的手掌轻轻摩挲她的脸颊。“你好好听了吗?”他盯着她的眼睛。

“当然。”

“听她的话。她是你母亲。”

她很想说现在不是听童话故事的时候，而且母亲很少跟她说话，就算她想好好听母亲说话，那也要有这个机会才行。但是她什么也没说，只是对父亲笑笑，“我知道了。我爱你，爸爸。”

父亲慢慢地收回手，“我也爱你，梅瑞狄宝。”

母亲的童话故事是妮娜最珍贵的童年回忆，尽管已经有几十年没有听过，但故事里的每一个细节她都还牢牢记着。

她不明白为什么父亲今天会突然想到要母亲讲故事。他当然知道旧事重提会让大家都不自在。梅瑞狄斯和母亲没来得及逃开。

她站到父亲身边。现在屋里只剩下他们两个了。她身后的壁炉里，燃烧的木柴发出噼啪爆裂的声音，被烧完的木头从火堆滚落下来，变成带着橘色火星的黑色余烬。

“我最喜欢听你母亲说话了。”父亲说。

这下妮娜明白了。父亲就是用了这个办法，他知道只有这个办法能让母亲开口说话。“你是希望我们一家人聚在一起。”

他轻轻叹了口气，声音轻得几乎快听不到。他的脸愈发苍白了。“你知道人在这种时候……都会想些什么吗？”

妮娜握住他的手，“想什么？”

“想犯过的错。”

“你可没有犯过错。”

“她其实很想和你们两个好好说说话的，后来因为那次圣诞节的表演……是我不好，不应该让她逃避。只是她真的很伤心，我不忍心逼她。”

妮娜俯身亲了亲他的额头，“没关系的，爸爸。你别自责。”

他抓住妮娜的手，仰起头注视着她，他棕色的眼睛里氤氲着一团湿气。“这很重要，”他的嘴唇在不住地颤抖，声音虚弱得她几乎快听不清，“她需要你们……你们也需要她。答应我。”

“答应什么？”

“我死了以后，要试着去了解她。”

“怎么了解？”他俩都知道，母亲是一个难以接近的人，要了解她不是那么容易的事，“我试过了。可你也知道，她是不会和我们多说话的。”

“让她给你们讲那个乡下女孩和王子的故事。”他说着又闭上了眼睛，呼吸有些急促，“这一次让她把故事讲完整。”

“爸，我知道你心里在想什么。她的故事能拉近我们的距离。我甚至还想过……但其实我错了。她是不会……”

“去试一试，好吗？你们从来没有完整地听过那个故事。”

“可是……”

“答应我。”

她把手放到他的脸颊上，他好几天没有刮过胡子，白色的胡茬摸上去有些扎手，他脸上有几道湿湿的泪痕。这个下午他一直强打着精神，再加上和她说了这许多话，他一定筋疲力尽了。他的头靠回到枕头上，柔软的枕头仿佛会将他吸进去。她知道他快睡着了。他一直希望女儿和妻子能相亲相爱。他把希望寄托在童话故事里，满心期盼着心愿能实现。“我答应你，爸爸……”

“爱你。”他断断续续地说，声音小到快听不清，她只能凭着那个熟悉的字眼判断出他在说什么。

“我也爱你。”妮娜又弯下腰吻了一下他的额头。她把毯子拉到他的下巴，关上灯，拿起照相机挂在脖子上，离开了他的房间。

关上门后她先深吸了一口气，调整一下呼吸，然后才走到楼下。母亲在厨房，她站在厨台旁切甜菜根和黄洋葱。炉子上炖着一大锅罗宋汤。

一点也不奇怪。每当遇到困难的时候，梅瑞狄斯的应对办法就是不停地做家务，妮娜会拿起照相机拍照，而母亲则是沉默地做饭。反正就是不说话，仿佛这就是他们惠特森家女人的风格。

“嘿。”妮娜倚靠着门框，跟母亲打了声招呼。

母亲慢慢地转过身来对着她。她将一头白发整齐地拢到头后，在颈背上挽起一个芭蕾舞女演员式的发髻，棱角分明的脸上没有一丝乱发。她苍白的脸色让一双水蓝色的眼睛显得格外明亮，不太符合她这样的年纪。妮娜这才注意到，她冷淡的表情中带着一丝脆弱，这个发现让妮娜稍稍有了一些勇气。

“我一直很喜欢你的故事。”她对母亲说。

母亲在围裙上擦了擦手，说：“童话故事是讲给小孩子听的。”

“爸爸也爱听。他有一次跟我说，你每年平安夜都会给他讲一个故事。也许今晚你可以讲一个给我听。我很想听完那个乡下女孩和王子的故事。”

“他快死了。”母亲冷冷地说，“我想说的是，现在讲什么童话故事都来不及了。”

那一刻妮娜意识到，她就算再努力，也无法兑现对父亲的承诺了。想要了解母亲的世界根本就是不可能的事。从前不可能，以后也不可能。

五

梅瑞狄斯掀开被子下床，伸手取下挂在浴室门背后的浴袍。刷牙的时候她尽力不去看镜子。任何能映出自己模样的东西她都不想看。

才从卧室走出来，她就听到了楼下的吵闹声：家里的两只狗跑来跑去，不时叫唤两声，隐约能听到电视机的声音传来。梅瑞狄斯脸上露出微笑，已经有好几个月没有这样热闹过了，现在总算又有家的感觉了。

她走下楼，看到吉莉安在厨房里摆餐桌。两只狗寸步不移地守着她，盼着能分到点残羹剩饭。

“爸爸不让我叫醒你。”吉莉安对她说。

“谢了，”接着又问，“你妹妹呢？”

“还没起床呢。”

杰夫递给梅瑞狄斯一杯咖啡。“你还好吗？”他轻声问她。

“一晚上没睡好。”她从杯子边缘上方看着杰夫。昨天的童话故事激起了很多旧时的回忆，再加上惦记着父亲的病情，她整个晚上都睡得很不安稳。“是我吵到你了吗？”杰夫又问。

“没有。”

她想到他们以前总是相拥入睡，可最近一段时间他们睡在一起时都会刻意保持距离，免得自己睡不着翻来覆去影响到对方。

“妈妈？”吉莉安叫了她一声，她回过神来。吉莉安放下餐巾纸继续说：“今早我们可以去看看外公外婆吗？”

梅瑞狄斯绕开杰夫，到厨台上拿了一小片黄油面包。“我现在就要过去。你们吃完早餐再一起来吧？”

杰夫点点头，“我们遛了狗就过去。”

梅瑞狄斯点了点头，端着咖啡走上二楼。回到卧室，她脱下浴袍和睡衣，换上舒适的牛仔裤和高领针织毛衣，下楼跟女儿和丈夫道个别后匆忙走出家门。

这是个难得的大晴天。沿着门前的坡路往下走四分之一英里路就是父母住的大宅，梅瑞狄斯边走边呼出一团团的白雾。她整晚做梦都梦到了父亲。也许是醒了一个晚上，她看到的那些画面是缠绕在她脑海里的回忆。或者两种都是，有梦也有回忆。她不想去纠结这些，她现在唯一想做的是坐到父亲的身边，听他讲所有他想说的话。她想听他一生经历的故事，她要牢牢记下这些故事，将来有机会还要将它们讲给下一代人听。他们一直忘了要将家族的故事一代一代传下去。也许应该做一个剪贴簿，在里面放上家人们的照片，可这些事统统被他们遗漏了。父亲在俄克拉荷马州有一两个亲戚，只是没什么来往，对他们几乎没有了解，也不知道在困难的经济大萧条时期他们是怎么熬过来的，吃了多少苦。他们知道父亲曾经参过军，他就是在服役期间认识了母亲，但也只是模模糊糊知道个大概。他们家族为人所知的故事基本上只能追溯到贝耶诺奇庄园建成的那天。而梅瑞狄斯和大多数孩子一样，从来都只考虑自己的生活，并没有过多地关心过父亲的这一生。

现在她想要弥补这个缺失。昨天母亲讲完故事后她慌里慌张地逃走了，她承认自己不该这样，她想为此跟父亲道歉。她知道那样伤害了他，而她最不想的就是让他难过。她下定决心，等见到父亲，她要给他一个吻，告诉他自己有多爱他，然后向他道歉。如果他真的那么在意，她愿意认认真真去听母亲讲那些愚蠢的故事，听多少都可以。

她一边想一边快步走进庄园。只敲了一下门，然后自己开门走进去。

“妈妈?”一进门她先喊了一声，没有人回答。关上门后她立刻注意到，今早还没有人煮咖啡。

“干得漂亮，妮娜。”她小声抱怨了一句。

拐进厨房，她先把咖啡煮上后才向二楼走去。父母卧室的门紧闭着，她轻轻敲了敲门，“嗨，我来了，你们在里面吗?”没听到回答声，她打开门，看到父亲和母亲在床上紧紧依偎着。

“早。我煮上咖啡了。萨摩瓦尔茶壶也打开烧着了。”她走到窗边，拉开厚重的窗帘，“医生交代过，爸爸多少要吃点东西才行。今早吃水煮蛋配土司怎么样?”

阳光从宽大的拱形窗户洒进来，照亮蜜色的橡木地板和房间正中央华丽的东欧大床。整个卧室里基本上没有什么彩色的物件。白色的床上用品和黑色木制家具。角落里扶手椅和踏脚凳上的软垫也是雪白的缎面。房间是母亲亲手布置的，因为眼睛看不到颜色，她索性就不用任何色彩。墙上唯一的装饰品是妮娜比较有名的几幅摄影作品，全都是黑白照，用黑色的胡桃木画框装裱起来。

梅瑞狄斯转身看着父母。他们的身体紧挨在一起，父亲躺着朝左边，面对着床头的梳妆柜，母亲蜷着身子，紧贴着他的后背，手臂环抱着他。她在小声同他说话，梅瑞狄斯听了一会儿才发现母亲说的是俄语。

“妈妈?”梅瑞狄斯皱起眉头。虽然母亲是俄罗斯人，但她从来不会在家里讲俄语。

“我想让他暖和起来。他太冷了，”母亲用力地搓着父亲的手臂和身体两侧，“实在太冷了。”

梅瑞狄斯突然一步也迈不动了。本来以为自己知道痛苦的感觉，可直到这一刻她才发现，她其实并不知道。

父亲静静地躺在床上，头发乱糟糟的，嘴巴微微张着。他紧闭着眼睛，看上去安详而平静，好像只是睡了个懒觉而已。可是他嘴唇的边缘泛起了一圈青紫色，看起来完全没有了生气。他的皮肤是可怕的死灰色，那张她再熟悉不过的脸，现在看来却无比的陌生，她深爱着的那个男人已经不在了。他再也不会伸出手来，将她紧紧地拥进怀里，再也不会在她耳边对她说，我爱你，梅瑞狄宝。她的膝盖发软，是身体里残存的一丝意志力在支撑她，她才没有立刻瘫倒。

她走到床边，抚摸他苍白的脸颊。

他的身体真的很冷。

母亲抽泣着，一边还在用力地摩擦着他的肩膀和手臂。“我给你留了几块面包。醒来吧。”

梅瑞狄斯从来没有听过母亲发出如此绝望的声音。其实应该说她从来没有听过任何人发出这样的声音，但她能理解，那是一个人发现脚下的地面在陷落时发出的呼喊，它来自坠落前的绝望。

梅瑞狄斯拼命逼自己不要去想究竟还有什么话还没来得及对父亲说，但这个念头却始终挥之不去，就好像有一个阴暗的人不怀好意地贴在身旁，缓缓地往她耳朵里灌毒药。我爱你，这句话她到底有没有对他说过?

拼命忍着的眼泪仿佛要将她的眼睛灼伤了，但她知道这时候还不能向它屈服。只要她一认输就会彻底迷失。她急切而绝望地盼望这一次会有所不同，就这一次，她希望自己变成一个小孩子，被母亲搂在怀里。但这样的希望注定不会实现。她颤抖地走到电话旁，拨打了 911 急救电话。

“我父亲在家里去世了。”她小声对着话筒说。仔细把情况跟接线员说明后，她转身走回床边，她轻轻抚摸母亲的肩膀，“妈妈，他已经走了。”

母亲抬起头，瞪大眼睛看着她。

“他身上好冷，”母亲的声音里充满了哀伤和恐惧，她突然变得像小孩子一样，“他们都是冷冰冰地死去……”

“妈妈？”

母亲扭开脸，茫然地盯着丈夫的身体。“我们得准备好雪橇。”

梅瑞狄斯扶母亲站起来。“我去给你泡茶。等他们来……来接他的时候我们可以喝杯热茶。”

“你要找人来接他走？这得花多少钱？”

“别担心钱，妈妈。来吧，我们到楼下去。”她挽着母亲的胳膊，生平第一次和母亲在一起让她感觉自己变得更坚强了。

“他就是我的家啊，”母亲摇着头说，“没有他要我怎么活下去。”

“你还有我们呢，妈妈。”梅瑞狄斯擦去自己脸上的泪水。这只是一句空洞的安慰，丝毫不能减轻她心中的疼痛与哀伤。母亲说得对。他就是家，是他们所有人的核心。他走了，他们该怎样将生活继续下去？

天还没亮妮娜就来到果园，她想专心地投入到摄影中，好忘掉其他的事。在一小段时间里，这法子挺有效果的。她被果园里的果树迷住了，树枝上挂着长长短短的冰柱，把光秃嶙峋的树变成了晶莹剔透的艺术品。再以黎明橘色和粉色的天幕做背景，这些树木散发着一种动人心魄的美。这样拍出的照片父亲一定会喜欢，毕竟他对这些树有很深的感情。

她决定今天要做一件很多年前就该做的事，她要好好给果树拍一组照片。这里的每一棵树都是父亲毕生事业的代表，他会很高兴看到自己辛劳一生换来的成就的。也许稍后还可以去翻翻家里的相册（虽然没有几张照片）找找看有没有果园以前的照片。

扣上镜头盖，她慢慢转过身，身后便是贝耶诺奇庄园，尖型铜屋顶在初升的阳光照耀下金光闪闪。现在去给父亲送咖啡太早了点，而且她知道母亲肯定不会想跟小女儿一起坐在餐桌旁，于是妮娜收拾好她的摄影器材，打算沿着坡路往上走一段到姐姐家去。她先从果园最深处往外走，等她绕到大路上的时候已经累得气喘吁吁。

说真的，她觉得姐姐每天都沿着这条路晨跑是一件很不可思议的事。

看到姐姐住的老式农家房屋时，她的脸上不由自主地露出了微笑。房子的每一寸都挂上了圣诞装饰，杰夫一定费了不少工夫来折腾这些圣诞彩灯。

这是意料之中的，梅瑞狄斯一向热衷各种节日。

妮娜敲敲门，然后自己开门走了进去。

两条狗立刻蹿出来，热情地迎接她。

“妮娜姨妈！”麦蒂大喊着朝她跑过来，伸出双臂给她一个大大的拥抱。昨天晚上见面时也没来得及好好同两个外甥女说会儿话。

“你好啊，麦蒂，”妮娜微笑着说，“我都快认不出你了，小丫头。你现在变得漂亮极了。”

“那我以前呢，难道是癞毛狗不成？”麦蒂揶揄她。

“绝对是。”妮娜笑得灿烂。麦蒂拉着她的手带她走进厨房，杰夫正坐在餐桌旁看《纽约时报》，吉莉安在做烤饼。

妮娜定定地站着。昨天晚上过得太不真实了——光线昏暗的房间，母亲的童话故事和每个人心里默而不宣的悲伤——她没有时间好好看看她的两个外甥女。她仔细打量着她们。麦蒂的模样就是一个不折不扣的年轻少女，她还像小时候那样瘦小活泼，一头狂野的棕色长发，又粗又密的眉毛和一张大嘴巴。吉莉安看上去就成熟多了，严肃沉着，已经不难想象她以后成为医生的样子。从那个整个夏天到处抓昆虫，然后把虫子放在玻璃罐里研究的金发胖女孩，到现在这个站在炉子边做烤饼的高挑少女，这中间仿佛存在一根看不见的线，直接而又真实。麦蒂和在她这个年纪时的梅瑞狄斯简直是一个模子里刻出来的，只是那时的梅瑞狄斯不会允许自己像麦蒂这样活泼。

说来也奇怪，看着侄女们长大后的脸，妮娜这才实实在在地感受到在自己身上流逝的岁月。她第一次意识到自己就快步入中年，不再是个孩子了。当然，这种事她之前就应该想到，只是对一个独自生活，随心所欲想干什么就干什么的人来说，时间好像不曾真正地流逝过。

“你好，妮娜姨妈。”吉莉安跟她打招呼，一边把烤盘里的最后一块烤饼盛出来。

妮娜抱了抱吉莉安，接过她递过来的咖啡，然后走到杰夫身旁。“梅瑞狄斯呢？”她轻轻捏着他的肩膀。

杰夫把报纸放在桌上，“她去看你爸爸了。走了有二十分钟了吧。”

妮娜看着杰夫问：“她怎么样？”

“我想这个问题你不该来问我。”他说。

“什么意思？”

杰夫还没来得及回答，麦蒂就跑来妮娜身边，问她：“妮娜姨妈，你要吃烤饼吗？”

“不了，谢谢你，宝贝。我得赶紧回去才行。你妈妈看到我没煮咖啡能把我撕成八瓣。”

麦蒂咧开嘴笑了，“她绝对干得出来。我们再过半个小时也去。”

妮娜亲了亲两个女孩，跟姐夫道别后就赶忙往回走。

回到家里，她把外套挂在玄关的挂钩上，这件衣服还是她借来穿的。她叫了叫姐姐，刚煮好的咖啡香引着她走进厨房。

姐姐站在水池边，头低垂着，愣愣地看着水哗哗地流。

“我没煮咖啡，你不打算吼我吗？”

“不。”

姐姐说话的样子和语气很怪，妮娜微微一怔。她扭头看了一眼楼梯，“他醒了吗？”

梅瑞狄斯慢慢地转过身来。看到她的眼神妮娜便全明白了；整个世界倾斜了。

“他走了。”梅瑞狄斯说。

妮娜倒抽一口凉气。一种从来没体会过的痛苦在胸口聚集，也许是在心里，她分不清楚了。脑海里突然闪过一段奇怪的回忆。她那时只有八九岁，是个留着黑色短发的假小子，她不情不愿地跟在父亲后面走在果园里。接着她摔了一跤——脚趾被绊了一下，整个人都飞了出去。旅途愉快，妮娜小乖乖，父亲对她说，秋天再见啦。他大笑着将她一把抱起来，架到自己宽大的肩膀上，就这样托着她走出果园。

泪水模糊了她的双眼，她走上前去，扑进姐姐的怀抱。她一闭上眼睛，他好像就站在她们身边，就在这间屋里和她们在一起。还记得在海边他教我们放风筝那次吗？可这事也和刚才那件事一样，是一段冒傻气的回忆，绝对不是她记忆中最好的一件事，但它还是没来由地冒了出来，只让她想哭。昨天晚上她有没有把该说的话都跟他说了？有没有告诉他，她对他的爱有多深？有没有好好跟他解释这些年自己总在外面跑不回家的原因？

“我想不起来有没有对他说我爱他。”梅瑞狄斯说。

妮娜退后了一点，看着一向坚强的姐姐眼里含满了泪水，她的脸因为痛苦而扭曲在一起，“你告诉他了。我听到你说了。他知道你爱他。他知道。”

梅瑞狄斯点点头，抹了抹眼泪，“很快……很快就会有人来处理他的事。”

妮娜看到姐姐努力让自己镇静下来了，于是又问：“妈妈呢？”

“她在楼上守着爸爸。不管我怎么说她就是不肯离开他。”

两人交换了一个眼神，彼此的想法全在这个眼神中。妮娜说：“我去试试。那……接下来呢？”

“要开始安排后事了。还有打电话。”

想到父亲鲜活的一生最后就变成了几项具体的死亡事宜，让妮娜觉得难以忍受。但她别无选择。她跟姐姐说了一声后走出了厨房。到二楼的这段路她走得无比艰难，她又哭了。轻轻的没有发出一点声音，但却怎么也止不住。

她敲敲门，立在门边等了一会儿。没有听到回应，她便扭动门把走了进去。

出乎她意料的是卧室里只有父亲，他躺在床上，被子严严实实地一直盖到他的下巴，看上去就像他的身上落了一层刚下的雪。

她摸摸他的脸，把落在他眼睑上的一根白发轻轻拨开，然后俯下身子亲吻他的前额。冰冷的皮肤让她心头一震，突然一个念头闯进脑海：他再也不会对我笑了。

她深吸了一口气，然后站直身子，低下头久久地看着他，想要记住他脸上的每一道纹路，每一个细节。“再见爸爸。”她轻声说道。想说的话当然不止这些，她有无数的话想同他讲，她知道她会在什么时候把这些话讲出来：在夜里，在感到孤单的时候，在她离开家远走他乡的时候。

她往后退了两步，离床稍微远了一点（她不得不这样，在彻底崩溃前，她必须逼自己后退，离开那里），她拿起电话给丹尼打电话，但还没等接通她就挂了。要跟他说些什么呢？这样的痛苦又岂是三两句话就能减轻的。她眼角的余光瞥见后院有一个模糊的人影，在雪地上走过。

她走到窗边。

是母亲在外面。她踏着雪，脚步沉重地朝温室的方向走去。

妮娜忙冲到楼下，穿上那件借来的外套和湿漉漉的靴子，穿过门廊的时候经过厨房的窗子，她看到梅瑞狄斯在厨房里打电话，她的脸色是像石灰一样的灰白色，嘴唇颤抖着。妮娜不确定梅瑞狄斯有没有看到她走过去了。

走下门廊拐角的楼梯，她一脚踏进厚厚的雪里。走了几步就追上了母亲的脚印，她踩着母亲的脚印继续往前走。

在温室前，她定定站了一阵子，等鼓起足够的勇气才推开门进去。

母亲穿着棉布睡衣和雪地靴跪在地上，从土里把没长成的小土豆拔出来堆到一边。

“妈妈？”

妮娜喊了两次，母亲一点反应也没有；最后她只得走上前去，尖声喊了出来，“阿妮娅。”

母亲停了下来回头看。她白色的长发披散着，乱蓬蓬地垂在脸颊两边。“这有土豆。吃点东西他就会好……”

妮娜走到母亲旁边跪下。看到她这个样子妮娜吓坏了，但也莫名有种安慰的感觉。她和母亲终于有一次感受是一样的了。“嗨，妈妈。”她轻轻抚摸母亲的肩膀。

母亲瞪着她，眉头慢慢皱了起来。漂亮的蓝色眼睛里满是迷茫和困惑。她摇摇头，喉咙里咕噜了一声，像是打了个嗝。涌上来的泪水驱散了她眼里的迷茫。“土豆也没用了。”

“是的。”妮娜轻声说。

“他走了。伊凡走了。”

“回去吧。”妮娜搀着母亲的手肘，扶她站起来。她们离开温室走进积雪的后院。

“我们进屋去吧。”妮娜说。

母亲没有理会她，径自踏进齐小腿的雪地里，她身后的头发和睡裙被微风翻卷起来。她走到她的冬季花园里，在黑色长凳上坐下。

当然是这样。

妮娜跟在母亲后面。她解开纽扣，脱下外衣披在母亲瘦弱的肩膀上。

妮娜浑身发抖，也在母亲旁边坐了下来。她想她能理解母亲为什么喜欢这个花园：这里平静而有序。在庞大的果园中，这一方小花园让人有安全感。除了夏季和秋天落叶时，花园里唯一有颜色的东西是一根铜柱，设计简单，装饰朴实无华，柱顶托着一个白色的大理石碗，一到春天里面就会垂下开白花的蔓生植物。

“我不想把他埋在土里，”母亲说，“不能在这么冷的土里。我们把他的骨灰撒了。”

熟悉的冷漠和强硬又回到了母亲的声音里，妮娜有些想念一分钟前她那副疯狂的模样。起码在温室里的那个女人是有感情有温度的。而眼前的母亲又恢复到一贯克制和冷漠的样子。妮娜渴望能倚靠着母亲，轻声对她说，妈，我会很想他，也许在她还是小女孩的时候就该这么做了，只是母亲从来没给过她机会，儿时形成的一些习惯是根深蒂固难以更改的，就算过了几十年也一样，她不会向母亲寻求安慰。最终她说道：“好的，妈妈。”

陪母亲坐了一会儿后，她站起来，“我要进去了。梅瑞狄斯那儿需要有人帮忙。你也别在外面待太久。”

“为什么不行？”母亲盯着铜柱说。

“你会得肺炎的。”

“你觉得我会被冷死是吗？我可没那么走运。”

妮娜伸出手放在母亲肩膀上，却感觉到她缩了一下，她在抗拒和女儿的接触。这个畏缩的小动作竟让妮娜觉得既受伤又可笑。即便是到了现在，在她们共同面对父亲离世的时候，母亲还是只想一个人待着。

妮娜回到屋里，梅瑞狄斯还在厨房里打电话。看到妹妹进来，梅瑞狄斯挂了电话转过身。

她们不必多说什么，从彼此的眼神里就明白了此刻她们的处境。妮娜，母亲和梅瑞狄斯，她们三个人的关系变成一个三角形，遥遥相连，又彼此独立，父亲苦心建立起来的那个亲情圈就此被打散。想到这里妮娜突然有奔向飞机场的冲动。“把要联系的号码给我一份。我来帮你打电话。”

那天有超过四百人赶来教堂跟伊凡·惠特森告别；许多曾在贝耶诺奇生活和工作过的人也专程回到故地，举杯向逝者致敬。从梅瑞狄斯清洗的杯盘来看，很多人都喝了酒以示对故人的尊敬。妮娜没有让人失望，在守灵告别会上扮演了一个称职主人的角色，她自然地招呼前来致敬和告别的客人，一杯接一杯地喝酒，和来客一起谈论父亲的种种；母亲一直高昂着头穿梭在人群中，面对众人的问候和安慰只是礼节性地回应，不会过多地停留；而梅瑞狄斯则承担起所有繁重的工作。她将宾客带来的食物仔细分摆好，在会场上准备足够的餐巾纸、盘子、餐具和酒杯，确保宾客们在需要时不会找得团团转，还有冰块也要备足；整个告别会她几乎全程都在一刻不停地洗杯盘。这是她的老习惯了，在感到压力过大时就不停地给自己找事情做，没有特定的目标，只盼着能隐藏在没完没了的事情里。因为她觉得自己还没有完全准备好面对亲友和邻里们的慰问，她还没办法用平和的心态去聆听他们讲述有关父亲的回忆。悲伤还太新，也太脆弱，此刻要她握住一个又一个带着醉意的人伸出的双手似乎太难了些。

到了快午夜的时候，杰夫走进厨房，看到梅瑞狄斯的双手还泡在深至肘关节的肥皂水里。他一把将她拉进怀里。就好像走过了一段漫长而煎熬的旅程，此刻终于回到了家里，梅瑞狄斯在过去这些天以来一直强忍着的泪水统统倾泻了出来，再加上白天在追悼会上被反复触及的伤痛在这一瞬间也毫不留情地发作起来。杰夫紧紧抱着她，像安抚痛哭的孩童一般轻轻抚摸她的头发，在她耳边一遍又一遍地说着那个天大的谎话，一切都会好起来的。一直哭到好像身体里什么都不剩了，她才轻轻推开杰夫。感觉身体在不停地发抖，她努力挤出一个微笑，“我好像压抑得太久了。”

“你一直在压抑自己。”

“你说得这好像是一件很糟糕的事一样。难道要我崩溃了才好吗?”

“也许吧。”

梅瑞狄斯摇摇头。杰夫这样说只会让她觉得更加孤立无助。在他看来她就好像一个花瓶，就算碎了也可以用胶水再粘起来，只是他没有想过最坏的可能，如果她真的就像玻璃一般被打碎，有些碎片也许再也找不回来了。

“你还有我，”他说，“我父母去世时是你帮我熬过来的，现在让我来帮你。”

“我没事。真的。要崩溃也得晚点再说。”

“梅瑞狄斯……”

“别。”她本不想把话说得这么决绝，无奈话已出口，她也看得出他因此受到了伤害。只是她现在连自己都快顾不过来，实在没有精力去顾及别人的情绪，“我是说，你不用担心了。这里的事我会打理好。两个小姑娘累坏了，要不你送她们回去吧?”

“行。”他答应道，但眼里露出了戒备神色，让她觉得很陌生。

所有人都离开后，梅瑞狄斯一个人站在收拾得干净整齐的厨房，顿时有些不知所措。多希望能重新做一个选择。好的，杰夫，抱着我，带我回家……把这句话说出口能有多难?

她将洗碗布随手扔在厨台上，离开了厨房。对她来说，母亲的这个厨房就好像一个可以让她躲起来的藏身之地。

妮娜一个人在客厅里，站在父亲巨大的遗像前出神。她穿着一条皱巴巴的卡其布裤子，和一件黑毛衣，再加上凌乱的黑色短发，这副模样像是一个准备去参加游猎旅行的少女，一点都没有世界知名摄影家的样子。

梅瑞狄斯看到了妹妹绿色眼睛里的悲伤。就像是在玻璃杯里装了太多的水，就快要满溢出来，她知道妮娜和自己一样，她们都不知道该如何表达自己的感情，甚至可以说她们都没法像正常人一样去充分感受某些情绪。想到这里，梅瑞狄斯很替自己和妹妹感到难过，同时也为此刻躺在二楼空荡荡床上的母亲难过，那种失落而又无助的感觉于她们来说并没有什么不同。如果母女三人能坐在一起相互倾诉，或许多少能减轻在心里郁结的悲伤。只是她们不是这样的人，不会互相寻求安慰。梅瑞狄斯放下手中的酒杯，走到妮娜身边。脑海里浮现出儿时在睡不着的夜里，这个小妹妹轻声央求她讲故事的情形，她们在黑暗的房间里，一遍一又一遍地回忆和复述母亲曾讲过的那些童话故事。“我们还有彼此。”梅瑞狄斯对妮娜说。

“是的。”妮娜赞同姐姐的话，但眼神却早已出卖了她们，道出了两人的真实心声。她们都知道，这是不够的。

那天梅瑞狄斯回到家时已经很晚了。钻进被窝靠在杰夫身边时她突然想到自己也许犯了个大错，后悔在心里纠结让她无法入睡。今天是父亲葬礼前的守夜告别会，可从头到尾她只顾着忙前忙后，做了一个称职的承办人该做的一切，却没有以一个女儿的身份参与到其中。她把一直害怕泄露的情绪锁进盒子里，小心不去碰触，可一味地躲避让她错过了告别会上所有的事，前来致哀的宾客在讲述跟父亲有关的回忆和故事时妮娜一定都好好听了，而她却失去了这样的机会。

凌晨三点左右，梅瑞狄斯索性下床，走到屋外，抓起毯子裹在身上，在门廊坐下，呼出的气体遇到冷空气变成了上升的白雾，她盯着雾气消失的地方发愣。这天还不够冷，还不足以麻痹她的悲伤。

往后的三天时间里，妮娜一直在努力让自己真正成为这个家里的一分子，只是她所有的尝试都失败了。父亲一走，他们就成了棋盘上散乱的棋子，没有了共同的目标，也没有章法可言。母亲长时间待在床上，两眼直愣愣地瞪着前方，手机械地打着毛线。她拒绝下楼吃饭，只有梅瑞狄斯能哄着她去洗个澡。

和做事麻利仔细的姐姐比起来，妮娜一直觉得自己挺没用的，而现在这种感觉愈发明显了。梅瑞狄斯就像那个小游戏里的吃豆人，干任何事都很稳妥，有条不紊地解决掉所有该做的事。更叫人觉得不可思议的是，葬礼过后的第二天她就回去上班了，打理果园和公司储藏库的同时还要照顾女儿和丈夫，但她仍然有办法每天至少来贝耶诺奇庄园三趟，本来该由妮娜做的家务事，她样样都要插手过问。

妮娜好像什么都做不对；不管是吸尘、洗碗还是洗衣服，只要看不过眼梅瑞狄斯就要重头再做一次。妮娜有时想分辩两句，但想想又觉得无所谓，她真的不在乎。此时的梅瑞狄斯就像一只受了惊吓的鸟，扑扇着翅膀，叽叽喳喳叫个不停。也仿佛是一个马上就要跳下或跌落悬崖的人，神色间有掩饰不住的恐慌。

然而所有这些妮娜都还能应对。

真正让她窒息的，是悲伤对她的消磨。

他走了，她总在最不合时宜的时候想到这个，随即便如同万箭穿心一般，一口气半天喘不上来，或者是脚底一绊差点摔倒，要不就是失手打碎手中的杯子。（梅瑞狄斯又可以借题发挥了。）

她得赶紧离开这里。就是这样。既然留在这对谁都没有好处，好歹为自己考虑下吧。

这个念头一旦形成，就再也没法轻易打消了。这一整天她都在努力劝自己不要考虑离开的事，她对自己说不能逃避，尤其是不能在临近圣诞节的档口上。到了下午三点的时候，她上楼回到自己的房间，轻轻关上门，给在纽约的西尔维打了个电话。

“你好，西尔维。”电话接通后，她对着电话说道。

“你好啊，妮娜。我一直很惦记你。你父亲怎么样了？”

“他去世了。”她努力用平静的语气说出这个词，但真的很不容易。她提着电话走到卧室的窗边，看着外面飘落的雪花。才刚到下午三点，天已经开始黑了。

“妮娜，真的很遗憾。”

“嗯，我知道。”人人都说着遗憾，劝她节哀。除此之外还能说什么呢？“我想回去工作了。”她说。

电话那端停顿了一下，“这么快？”

“对。”

“你想好了吗？这种时候不陪在家人身边，往后可就没机会了。”

“相信我，西尔维，我最不想的就是再经历一遍这样的事。”

“那行吧。我来安排一下。这阵子我确实需要派人去一趟塞拉利昂。”

“战区吗？听上去正合我意。”妮娜说。

“你面临的情况可不一般，你明白的，对吧？”

“是的，”妮娜说，“我明白。”

和西尔维聊了一会后妮娜挂断电话。感觉好些了，或者更糟了。她返回楼下，看到梅瑞狄斯在厨房里洗碗，一点也不意外。

妮娜拿起一条抹布，“我正打算洗呢。”

“昨天午饭和晚饭的脏碗盘都还堆在这没动，妮娜。你打算拖到什么时候？”

“哇，你别生气，不过是几个碗盘，又不是……”

“又不是有人要饿死了。我知道你要说什么，我懂。你干的事情才是重要的。而我，我所做的不过就是管管果园的生意，照顾下父母，然后就是跟在我那个大人物妹妹的屁股后面收拾。”

“我不是那个意思。”

梅瑞狄斯转过身来看着她，“当然不是。”

妮娜被姐姐看得很尴尬，仿佛她所有的错都被戳穿了。“我还在这帮忙呢，不是吗?”

“不，我没觉得你的心在这。”梅瑞狄斯拿起清洁剂，转过身去擦白瓷水池。

妮娜走近姐姐。“对不起。”这是她唯一能想到的话。

梅瑞狄斯再次转过脸来看着她。她用手背抹了一下额头，不小心把肥皂水也蹭了上去。“你要在家待多久?”

“快走了。塞拉利昂眼下的局势……”

“你少扯了。我看你是想逃跑才对。”梅瑞狄斯的脸上露出了一点笑意，“见鬼，要是可以我也想一走了之。”

妮娜从来没像现在这样内疚过。她确实想逃，逃离这个空荡荡的家，逃离冷若冰霜的母亲，也逃离这个脆弱又强势的姐姐，最好连同这个地方的回忆也一并抛下，逃得远远的。或许这才是最主要的原因。她不是不在乎自己的自私会给姐姐带来多大困扰，也没有忘记对父亲的承诺还没有实现，只是她真的很无助，似乎这些还不足以支撑她留下来。“那他的骨灰怎么办?”

“她想等明年五月他生日那天再撒。那时土地就彻底解冻了。”

“到时候我会回来的。”

“一年内回来两趟?”梅瑞狄斯说。

妮娜看看她，“今年特殊。”

那一瞬间梅瑞狄斯好像被打垮了，一副马上就会崩溃痛哭出来的样子，妮娜感觉自己的眼泪也有不受控制的趋势。

沉默了一阵后，梅瑞狄斯先开口说话，“别忘了跟两个小丫头告个别。你也知道她俩有多崇拜你。”

“我会的。”

梅瑞狄斯轻轻点头，抹了一把眼睛。“我一小时后还得回公司。走之前我会把地板打扫干净。”

妮娜本想说留着她来打扫就好——好歹最后再努力一次——但因为已经下定了决心要离开，现在的她就如同一匹站在起跑线上的赛马，只想拼了命地逃离这里。“那我去收拾行李。”

当天晚上，妮娜把为数不多的几样东西装进背包，再塞进租来的车里。之后她进屋寻找母亲。

她看到母亲裹着毯子坐在壁炉前。

“你要走了。”母亲头也不抬地说。

“我的编辑来电话了。说要我去跟一条新闻。现在塞拉利昂的局势很紧张。”她走到壁炉前坐下，火堆的暖流扑面而来，反倒让她的身体颤抖起来。“我们有义务让全世界都看到那个地方发生了什么。无数人在生死边缘挣扎，不幸的事每天都在发生。”

“你觉得你拍几张照片就是尽义务了?”

母亲话里的轻蔑之意刺痛了妮娜。“战争是很可怕的事，妈妈。你舒舒服服地坐在家里对我的工作评头论足是挺容易的。可要是你也见过我经历的那些事，一定就不会这么说了。我的工作很重要。你根本无法想象这世界上还有一些人在过着怎样水深火热的生活，如果都没有人看到……”

“我们要在你父亲生日那天撒掉他的骨灰。到时你来不来都可以。”

“好的。”妮娜只得这么回答。爸爸会理解我的，可这么想着，悲伤的情绪又卷土重来了。

“我走了，再见。圣诞快乐。”

道过别后，妮娜准备动身离开贝耶诺奇庄园。出了门，她在门廊上驻足了片刻，望望远处的山谷，又盯着飘落的雪花看了一阵。她用摄影师的专业眼光打量这个地方，努力把所有画面统统收进眼底，并在心里分好类，默记下所有的细枝末节。三十九个小时后她的世界将会是另一番光景，脚下踏着干裂的土地，尘土落满肩头。而保留在她脑海里的画面就会像在毒辣太阳暴晒下的骸骨，渐渐泛白褪色，用不了多久，颜色就褪到完全看不见。而至于家人——尤其是母亲——将会成为影影绰绰的记忆。他们是妮娜可以在远方爱着的亲人。

六

梅瑞狄斯强打着精神撑过了父亲去世之后的几个星期。除此之外她还把日程安排得满满当当，让自己每天都忙得像在新兵训练营里似的。

悲伤变成了她沉默的伙伴。她时刻都能感觉到它如影随形地跟在自己身边。她渴望去拥抱这个伙伴，但她明白，只要她转向它，哪怕就一次，就会在无尽的黑暗中彻底迷失。

所以她不敢回头，不敢停下来。

这种情形下圣诞节和新年自然是过得一塌糊涂，尽管她坚持所有的节日传统都不能变，但结果还是一样。用心做的火鸡大餐和精致的配菜只会让餐桌旁那个空座位更加显眼。

杰夫不理解她。他一直说如果她能放开哭出来就没事了，说得好像流几滴泪就能好了似的。真是荒唐。

哭对她来说不会有任何帮助。她在睡梦中哭过无数回了，好几次她在夜里醒来时都发现自己脸上挂满了泪水，可哭过之后她没有觉得情况有丝毫好转，反而更难受了。所以她知道，这种表达悲伤的方式一点用也没有。只有拼命地压抑住才能帮她撑过这段难熬的时间。

于是她打起精神让生活继续，带着灿烂的笑容出现在公司，用一种近乎绝望的激情去解决一件又一件的日常事务。就这样一直熬到女儿返校。她们离开后她才意识到，其实假装出来的平静生活于她的悲伤也毫无帮助，她只觉得筋疲力尽。父亲的葬礼过后她就没有一个夜晚睡好过，和杰夫交流也出现了问题，她发现两人现在基本上无话可说。

她试过向他解释自己的感受，说她觉得冷，冷到快失去知觉，但他不肯理解她。他认定她需要的是“释放出来”。鬼知道这是什么意思。

不过话又说回来，很大程度上这是她的问题，她并没有尽力去跟他沟通。有时候他们可以一连几天不说一句话，只是在迎面碰上的时候点个头。她确实应该再努力一点才行。

她将刷洗干净的咖啡杯放到滤水架上，接着就上楼去杰夫专门用来写作的办公室。在门口先轻轻敲了两下门，然后推门进去。

杰夫坐在办公桌前，这桌子从买来到现在至少有十个年头了，他们管它叫杰夫的“写作空间”，这还是一次两人在桌子上做爱时想到的名字。

将来有一天你会出名，成为下一个雷蒙德·钱德勒。

想起这件事她脸上露出了微笑，可也不由得伤心起来，不知从什么时候开始他们就像走上了分岔路，不再有共同的梦想了。

“你的书进展如何了?”她倚在门框上问。

“哇。你可有好几个星期没关心过我的书了。”

“真的吗?”

“真的。”

听到这话梅瑞狄斯皱了皱眉。其实她一直很喜欢丈夫写的文章。两人刚结婚那阵，杰夫还只是个苦苦打拼的小记者，他的每一篇文章梅瑞狄斯都一字不落地读过。几年后他第一次大胆尝试创作小说，她就成了他的第一个读者，总是给出最用心中肯的评价。起码他是这么说的。尽管那本书没有出版社问津，但她毫不怀疑他有一天会成功，她自始至终都相信他。当他终于开始第二本书的写作时，她是真心实意地替他高兴。这她有没有告诉过他呢？“对不起，杰夫，”她说，“我最近的状态糟透了。可以把写好的给我看看吗?”

“当然没问题。”

看到简简单单一句话就让杰夫开心起来，梅瑞狄斯心里充满了内疚。她很想走过去亲吻他。原本一个吻对他们来说就像是呼吸一样自然而平常，可现在她却莫名地退缩了，她迈不动脚步向他走去，好像吻他一下成了件很冒险的事。她默默在心里把“读杰夫的书”加进自己的待办事项中。

他靠在椅背上，对她笑了笑，但能看出笑得有些牵强，毕竟他们共同生活了二十年，她能看出这个笑容下面暗藏的脆弱。“去吃晚饭吧，吃完再一起看个电影，你真的需要休息下了。”他说。

“明天再说吧。今晚我得把母亲的账单结了。”

“你早晚会把自己累垮的，就像两头烧的蜡烛。”

梅瑞狄斯很反感他说这种可笑的话。现在有哪件事是她可以放手不管的？工作吗？家务活吗？还是可以不用再操心母亲的事了？“只是这几周事情比较多。你就放我一马吧。”

“是你在逼你自己。”

她不懂他这么说是什么意思，但此刻她不想去解谜。“我得走了。晚上见。”她俯身轻轻拍拍他的肩膀，走出了他的办公室。下楼后她先把狗关到后院一块专门用围栏隔出来的小活动场里，之后就驱车朝父母的房子驶去。

现在应该说是她母亲的房子了。

当这所房子出现在眼前时她的心抽痛了一下。她把车靠边停好。

进屋后她随手把门带上，呼唤母亲。

屋里静悄悄的，没有人回应，她并不觉得奇怪。

看到母亲在正餐厅里她有些意外，最近这间屋子很少用了。母亲坐在餐桌旁，嘀嘀咕咕地跟自己说话，她说的是俄语。桌上摆了一堆零零碎碎的小东西，全都是这些年父亲送给她的珠宝首饰，还有一个装饰华丽的首饰盒，这是很多年前她的女儿们送她的圣诞礼物。

梅瑞狄斯看到连日来的悲伤在母亲漂亮的脸上留下的痕迹：她的双颊深陷，颧骨明显凸出来；皮肤也一天比一天苍白，到现在看上去已经和她的头发颜色差不多。只有她的眼睛还和一个月前一样，相比白纸一样的肤色，她蓝色的眼睛依旧美得动人心魄。

“嗨，妈妈，”梅瑞狄斯一边跟母亲打了个招呼，一边走到她身边，“你在干什么?”

“我们还有这些首饰。蝴蝶的那个一定就在这里面。”

“怎么想起戴首饰了，有什么事吗?”

母亲猛地抬起头来看着她。在她们目光正对上的那一刻，梅瑞狄斯看到母亲幽蓝色的眼睛里带着困惑的神色。“可以卖掉这些首饰。”母亲说。

“妈，我们用不着卖你的首饰。”

“很快他们就不发钱了，你等着瞧吧。”

梅瑞狄斯凑上前，弯腰轻轻拨弄桌上的首饰。这些小玩意值不了几个钱，父亲从来不会挑选特别昂贵的礼物送人，比起价格他更看中的是心意。“妈，那些账单你不用操心了，我会帮你付的。”

“你?”

梅瑞狄斯点点头，伸手去搀扶母亲，她顺从地站了起来，这倒让她有些意外。她牵着母亲上楼，母亲也没有抗拒，默默地跟着她走。

“蝴蝶好好的吧?”

梅瑞狄斯又点点头，叫她放心。“全部东西都好好的，妈妈。”她扶着母亲躺到床上。

“那就好了。”母亲叹了一口气，闭上了眼睛。

梅瑞狄斯没有立刻离开，而是站在床边看着母亲入睡。过了很久她终于伸出手摸摸她的额头（确认她没有发烧），她温柔地拨开落在母亲眼睑上的发丝。

确定母亲已经熟睡后，她轻轻走下楼，拨通了办公室的电话。

铃响过一声黛西就立刻接起电话，“你好，这里是梅瑞狄斯·惠特森·库珀的办公室。”

“你好，黛西，是我。”梅瑞狄斯皱着眉对电话说，“今天我就在贝耶诺奇庄园办公了。我母亲今天的举动怪怪的。”

“人伤心难过的时候难免会这样。”

“你说得对。”梅瑞狄斯想到自己近来总是满脸泪水在夜里醒来。而且昨天她还因为太过劳累，误把橙汁当豆奶加进咖啡里，喝了半杯才反应过来。“确实会这样。”她说。

如果梅瑞狄斯真的是一支两头烧的蜡烛，那么到了一月底的时候，她已经烧得只剩火苗了。她知道杰夫现在对她越来越不耐烦，有时甚至是怒气相向。他不止一次提出要她去雇个人来帮忙照顾她母亲，或者让他帮忙也行，最叫她为难的是他已经把话说得再直接不过，希望她好歹能抽点时间给他，在意下他们两人的关系。可她有那么多事要操心，哪里还有时间来顾及他们的事？她试过给母亲找一个管家来照顾她的生活起居，但结果完全是灾难。那个可怜的女人在贝耶诺奇干了一个星期就不声不响辞了工作，事后问起，她一个劲抱怨受不了母亲无时无刻不盯着她，不让她碰家里的任何东西。

那么问题来了，妮娜一拍屁股跑得无影无踪，母亲也变得越来越古怪，越来越冷漠，梅瑞狄斯没有办法，只得把所有的担子揽到自己身上。她答应过父亲会照顾好母亲，绝对不可以让他失望。所以她咬牙继续，像个陀螺一样不停地做事。只要还在继续忙碌，她就能和她的悲伤好好相处。

固定的生活模式成了她的救命稻草。

早上早早起床，出去晨跑四英里，给丈夫和母亲做好早餐后去公司上班。八点整准时坐到办公桌前干活。到了正午时她会回庄园一趟看看母亲，付付账单，或者打扫卫生。之后再回公司工作到下午六点。在下班回去的路上买好菜和日用品，然后绕去母亲家照顾她，一直到晚上七八点左右。如果母亲那天的表现不是特别怪的话，她可以在八点半时回到自己家吃晚餐，晚饭无外乎就是和杰夫随便找点东西胡乱对付下。晚上一到九点她一定会靠在沙发上睡着，然后凌晨三点时再醒来。这种连轴转的生活唯一的好处就是她可以早点给另一个时区的麦蒂打电话。有时候两个女儿的声音就是她熬过漫长一天的动力。

现在离正午还差一点，但她已经筋疲力尽，于是她按下了公司的内线，

“黛西，我要回家吃午餐了。一个小时后再回来。麻烦你把库房报告交给赫克特，还有提醒埃德把关于种植葡萄的资料给我。”

挂上电话办公室的门打开了，黛西走进来，顺手把门关上。“我很担心你。”黛西一脸关切。

梅瑞狄斯心里有些感动，“谢谢你，黛西。不过我没事。”

“你干活太拼了。你这样他不会开心的。”

“这我知道，黛西。谢谢。”

目送黛西离开后，她迅速收拾钱包和钥匙准备出门。

外面又开始落雪了。她看到停车场和路上积满了脏兮兮的雪泥。

她慢慢地把车开到母亲家，在门口停好车后便进了屋。她在玄关脱下外套挂起来，喊了一声，“妈妈，我来了。”

没有人回答。

她打开冰箱翻找了一阵，拿出头天晚上从冷冻仓拿出来解冻的煎饺，还有一份装在特百惠保鲜盒里的扁豆汤。趁着煎饺在微波炉里加热的时间，她打算到楼上去找母亲，一瞥眼却看到冬季花园里有个暗暗的人影。

已经不是一次两次了……

她穿上外套顶着大雪向花园走去。“妈!”她听到自己怒不可遏地吼了出来，“你真的不能再这样了。快跟我进屋去。我做煎饺和汤给你吃。”

“从城外弄来的?”

梅瑞狄斯摇摇头，但其实她完全不知道母亲在说什么。“走吧。”她扶着母亲站起来，她看到她又光着脚，已经被冻得发紫了。拉着母亲走进厨房后她找了一条大毯子裹在她身上，然后扶她在餐桌边坐下。“你没事吧?”

“你要担心的不是我，奥尔嘉，”母亲说，“去看看我们的狮子。”

“是我，梅瑞狄斯。”

“梅瑞狄斯。”母亲喃喃地念着这个名字，好像在努力搞明白这是谁的名字。

母亲看上去还是没想明白，反而更困惑了。梅瑞狄斯皱起眉头。一般人就算再难过也不至于到这个地步。肯定出什么问题了。“好吧，妈妈。我想咱们有必要去找伯恩斯医生看看了。”

“我们可以拿什么去换钱?”

梅瑞狄斯再次叹气，她从微波炉里拿出金黄色的羊肉馅煎饺，找了一只没那么烫的盘子盛好，端到母亲面前。“小心点，饺子很烫。我去给医生打个电话，然后拿你的衣服来。在这等我，好吗?”

交代完她便走上楼拿衣服，在母亲的卧室里她给黛西挂了个电话，请她帮忙跟伯恩斯医生约个急诊。她带着衣服回到楼下，母亲还坐在那，她走过去扶她起来。

“都吃完了？”看到盘子里一个煎饺也不剩，梅瑞狄斯惊讶地说。“太好了，”她给母亲套上一件毛衣，帮她穿上袜子和雪地靴，“你自己把外套穿上。我去预热一下汽车。”

等她回到屋里的时候，母亲已经站在玄关等了，她看到她外套的扣子全扣错了。

“来，我帮你扣。”梅瑞狄斯解开扣错的纽扣，再重新帮她扣上。扣到最下面那颗的时候她发现外套是热的。

她把手伸进母亲的口袋里，从里面掏出了还热乎的煎饺，母亲把它们包在纸巾里，纸巾已经被油渍浸透。搞什么鬼？她完全摸不着头脑。

“这是留给阿妮娅的。”母亲说。

“我知道，这些都是给你的。”梅瑞狄斯说，眉头皱得更紧了。“就放在这等你回来再吃好吗？”她将饺子放进玄关茶几上的瓷碗里，“妈妈，我们走吧。”

她牵母亲出门，扶她坐上她的多功能车。

“你一定很累了，妈妈。靠到椅背上睡一会吧。”她一边跟母亲说话一边发动汽车。一路开到镇上的卡什米尔医院后，她将车停在砖砌办公楼前的一个角落里。

乔治娅·爱德华兹坐在接待台的后面，她还是那么漂亮，和在卡什米尔高中啦啦队的时候一样活力十足。“你好啊，梅。”她笑着跟梅瑞狄斯打招呼。

“你好，乔治娅。黛西帮我妈妈预约过了吗？”

“你还不了解吉姆吗？你们惠特森家的事他一定会尽全力的。带她去一诊室稍等下吧。”

快走到诊室门口的时候母亲好像突然反应过来自己在哪。“太荒唐了。”说着猛地甩开了梅瑞狄斯的手。

“不管你乐不乐意，今天我们一定要看医生。”梅瑞狄斯对她说。

母亲不理会她，挺直身子扬起下巴，快速地走进第一间诊室。在诊室里唯一的一把椅子上坐下。

梅瑞狄斯跟着她走进去，关上门。

她俩等了一会后，詹姆斯·伯恩斯医生面带微笑地走了进来。他秃顶的脑袋活像台球桌上的白球，看到他灰色眼睛里同情的神色，梅瑞狄斯想起了父亲。父亲和他一起打高尔夫好多年了，吉姆的父亲也是她父亲生前最要好的朋友。吉姆紧紧地拥抱了梅瑞狄斯一下，这个拥抱包含了两人为着同一个原因的哀痛之情，也包含了那句心照不宣的话，我也很想他。

“那么，”寒暄了一阵后，吉姆转向母亲，“你感觉怎么样，阿妮娅？”

“我好得很，詹姆斯。多谢关心。你也知道，梅瑞狄斯太神经质了。”

“不介意的话我替你做个检查吧？”他温和地问。

“当然可以。”母亲回答，“只是完全没必要。”

吉姆先做了个一般的流感检查。完了以后他在她的就诊表上做了些记录，“今天是什么日子，阿妮娅？”

“2001 年 1 月 31 日，”她清楚地回答，眼神坚定没有犹豫，“今天星期三。新总统上任了，名叫乔治·布什，他是老乔治的儿子。奥林匹亚市是华盛顿州的首府。”

吉姆顿了一下，“阿妮娅，你感觉怎么样？说真话。”

“我的心脏在跳，我还有呼吸。晚上睡觉，天亮醒来。”

“也许你应该去找其他人帮忙。”他温柔地说。

“找谁？”

“去找能疏导你的医生谈谈，毕竟你刚失去了亲人。”

“死亡不是可以拿出来到处说的事。你们美国人总觉得说说话就能改变一件事。这是不可能的。”

他点了点头没有再说下去。

“也许需要疏导的是我女儿。”

“那好吧，”说着他又在就诊卡上做了个记录，“要不你到诊室外面稍等下吧？我和她谈谈。”

母亲迅速地走出诊室。

“她真的很不对劲，”母亲出门后梅瑞狄斯立刻对吉姆说道，“她最近总是迷迷糊糊的。觉也睡得很少。今天她把午餐藏进口袋里，说到自己的时候用了第三人称。她一直在担心狮子什么的，还管我叫奥尔嘉。我觉得她是把童话里的事跟现实搞混了。昨天晚上我听到她一个人在讲故事……那样子就好像我爸爸在一旁听似的。你也知道，一到冬天她的情绪就会很低落，但这次的情况不太一样。一定有哪不对劲。她会不会是得阿尔茨海默症了？”

“在我看来她的神志没有问题，梅瑞狄斯。”

“可是……”

“她只是还没从伤心中走出来。给她点时间。”

“可是……”

“这种事也没有什么常规的解决办法。毕竟你父母结婚五十多年了，现在突然只剩她一个人，她难免会接受不了。可以的话你就耐心地听她说说话，多跟她聊聊。不要让她觉得太孤独了。”

“吉姆，相信我，不管我在不在她都是孤独的。”

“那你们就在一起孤独。”

“是啊，”梅瑞狄斯说，“你说得对。多谢你今天抽时间见我们。我得送她回去了，我还要赶回去上班。两点一刻有个会要开。”

“也许你应该试试放轻松点。需要的话我可以给你开点安眠药。”

假如每次有人给她提这种建议时她都能得到十块钱——尤其是她的丈夫杰夫——那她现在已经攒够去墨西哥海滩旅游的钱了。“我知道了，吉姆，”她说，“我会放松下来好好享受生活的。”

这天的气温极高，酷热的折磨远比妮娜一个月前离开华盛顿州时厉害。在她四周不知挤了多少饥渴交迫的难民。放眼望去，每一个又脏又破的帐篷前都有一群难民在等候救助，他们蜷缩着身体，看上去情况很不妙；很多人被送进来的时候满身是血，有中枪的人，也有被强暴的妇孺。这些面对绝望的难民表现出了惊人的忍耐力。毒辣的太阳和厚重的尘土让他们的处境更为艰难；他们往往要走上数英里路才能找到一小桶水，或者是排队等候好几个小时才能从红十字会领到一点救济口粮。可依然能看到三五成群的孩童在灰土地上玩耍，欢乐的笑声不时能盖过现场的哀号声。

妮娜此刻也和身边的难民一样，又饿又累，身上脏兮兮的。到今天为止她已经在这个帐篷住了两个星期了。之前在塞拉利昂时，她每天都在东躲西藏，一不小心就有中枪和被暴徒强奸的危险。

她蹲在肮脏干燥的红土地上。成群的蚊蝇，杂乱的人声和远处机器的声音在帐篷里汇集成单调的嗡嗡声，吵得叫人难以忍受。从左边看过去，一个军用帐篷上插着一支印着医疗标志的旗子，旗子已经破烂不堪，风一吹就猎猎作响。成百上千的伤员耐心地排队等待救助。

在她面前有一个瘦小干瘪的黑人老头，他伸开四肢仰面躺在妻子的怀里，身子一半在帐篷里，一半露在外面。他刚失去了一条腿，伤口流血不止，盖在他身上的毯子被染成红色。他来了好几个小时了，他的妻子就这样一直守着他，支撑着他，她的身体看上去又瘦又弱，这样一连数小时维持同一个姿势她一定早就吃不消了。她一滴一滴地把宝贵的水滴进丈夫嘴里。

妮娜扣上镜头盖站起来。她朝帐篷外看去，觉得自己仿佛被耗尽了一般，这种筋疲力尽的感觉以前还从来没有过。干这一行这么久，她第一次觉得这样的悲剧就快让她承受不住。不是说这里比她以前经历过的情况糟糕。不是这个原因。情况本身并没有改变，改变的是她。无论她走到哪，失去父亲的伤痛始终跟随着她，这份负担已经扰乱了她的理智，让她无法将自己从别人的悲剧中抽离出来。

一般人会以为她的工作就是出现在事件的现场，举起相机一通乱拍，似乎任谁都可以做到。其实不然，她的照片就是她个人的延伸，是她思想和感受的寄托。她在拍照时保持绝对的专注，捕捉悲剧中人的苦痛与挣扎，并将它们细致地呈现在胶片上。她必须百分之百地投入到那个场景中，让自己融入那一刻，但同时也要足够清醒，分清楚她所拍摄的一切都是别人的事。

她打开背包，从里面拿出卫星电话。她朝着东边走去，一直走到不敢再往前的时候，她支起了设备，搜索卫星信号，给丹尼打了个电话。

听到他声音传来的那一刻，她觉得堵在胸口的一团气散开了。“丹尼。”她必须扯着嗓子吼才能盖过嘈杂的静电音。

“妮娜亲爱的，我还以为你把我给忘了。你在哪?”

他的话让她心里一紧，“我在几内亚。你呢?”

“赞比亚。”

“我累了。”话一出口她自己也吃了一惊。记忆中她还从来没有说过这样的话，起码在工作的时候从没有过。

“星期三我会去尼姆巴岛。”

蔚蓝大海，白色沙滩，冰块，缠绵的性爱。这些画面在脑海里掠过。“我也去。”她果断地说。

收了线，她收拾好电话，把设备包挎到肩上折头往帐篷走。一列红十字会的货车队抵达营地，引得人群骚动起来，食品分配可以继续了。两个妇女迎面向她走来，她们手里抱着刚领到的物资。妮娜侧身让她们先走。

在她住的帐篷前，她看到那个缠着绷带满身是血的男人已经死了。他的妻子还坐在他的身后抱着他，轻轻摇着他，在他耳边低声哼着歌。

妮娜停下来，举起相机拍了张照，可这次镜头也无法保护她了，当她把相机从眼前挪开时，她发现自己在哭。

多功能车里开着空调，妮娜坐在舒适的后座上，看着车窗外桑给巴尔岛迷人的风景。弯曲狭窄的主街道上挤满了人：有穿着传统穆斯林长袍的女人，有穿蓝白校服的学童，还有三五成群的男人。小贩在路边卖力地兜售各式各样的物品，从水果蔬菜、网球鞋到穿过一两次的二手 T 恤什么都有。路后面的丛林里有三三两两的妇女——大部分都背着或抱着婴儿——在采摘丁香。这些香料摘下来后就堆放在路的两边，在烈日暴晒下干瘪脱水，成了一堆堆肉桂色的色块。

出租车缓缓开出主街道，拐上通往海边的土路时，妮娜紧张地抓紧车门把手。这条路和整座岛屿一样，是纯珊瑚石的，路面没有铺垫任何材料，轮胎碾在上面随时有爆胎的可能，他们只得放慢速度缓缓向前开；沿途的景色变得荒凉起来，偶尔能路过一个村庄；牲口关在临时搭成的畜棚里，穿着鲜艳颜色的裙子、蒙着面纱的妇女在捡拾木棍，孩童聚在水井边打水。这些村民居住的房子又小又简陋，基本就是用木棍、泥土和大块的珊瑚这类随处可见的材料搭建起来的，看上去采光也不太好。所到之处看到的一切都蒙着一层红色的尘土。

路尽头的海滩又是一派繁忙的景象。几艘小木船停泊在浅水区，随着波浪摇摆，男人在一旁的沙滩上把渔网铺开来晒。几个衣衫褴褛的男孩在海边游荡，眼睛专门瞄着过往的游客，盼着他们提出合照的要求，好赚取几美元的报酬。

她踏上了一艘线条优美的白色汽船。那一刻她才发现之前自己的神经绷得有多紧。连日来一直梗在她喉咙的那个结总算是松开了。海面很平静，海风吹在脸上，拂过她蓬乱打结的头发。她呼吸着咸湿空气，心想自己这一生实在是很幸运，尽管心里还带着悲伤，但起码她可以离开那个可怕的地方，她的未来只需要一通电话和一张机票就可以改变。

尼姆巴岛是桑给巴尔群岛的小环礁，是个景色怡人的度假地。岛上的经理佐尔坦早已拿着白葡萄酒和凉爽的湿毛巾在岸边等候。看到妮娜的船靠岸，他黝黑帅气的脸上立刻露出灿烂的笑，“很高兴再次见到你。”

妮娜跳下船，踩进温暖的海水里，她小心地把装相机的包举过头顶。“谢谢你，佐尔坦。我也很高兴能来这，”她接过佐尔坦递过来的酒杯，“丹尼来了吗？”

“他住七号房。”

踏上沙滩她才把相机包放下挎在肩上，再背起背包。脚下的沙子是白色的，这是珊瑚原本的颜色，碧蓝色的海水让她想到了母亲，她的眼睛也是这种迷人的颜色。

岛上的客房是茅草屋顶、侧开式的私人小别墅，一共有九栋，每一栋都掩藏在岛上茂密的植被中。住在小屋里的客人平时看不到其他人，只有到了饭点，在专门的用餐棚屋里才会见到别的客人和岛上的员工。或者是在黄昏的时候，客人们坐在小屋前喝鸡尾酒时能互相打个照面。

妮娜是先看到几张沙滩休闲椅上隐蔽的七号标志才确定没走错方向。她沿着沙子路往前去寻找丹尼的小屋。半路碰到两头小羚羊，体型和兔子差不多大，头上尖尖的犄角像碎冰锥一样。它们从她眼前跳过，很快就没了踪影。

丹尼坐在竹椅子上，赤着的脚搁在一张咖啡桌上，妮娜看到他时他正捧着一本书在看，时不时端起啤酒来抿一口，完全没有注意到她走过来。她靠在木栏杆上说："那杯啤酒虽然算不上这屋里最好看的东西，不过也差不多了。"

丹尼放下书站了起来。他穿一条洗旧的卡其布短裤，黑头发显得略长，看起来有必要好好修剪下了，下巴上也一层密密的胡茬，尽管有些邋遢，但他的模样还是那么英俊。他一把拽过妮娜，把她抱在怀里，吻住她就不放。妮娜轻轻推开了他。"我身上脏死了。"她笑着说。

"我最爱你这个样子。"他说着抬起她的手，亲吻她满是泥土的手掌。

"我要洗个澡。"她一边说着一边解开了衬衫的纽扣。丹尼拉起她的手，领着她穿过卧室，沿着一条木板铺的小路走到别墅的浴室和室外淋浴间所在的地方。妮娜站在花洒下面，当热水冲在身上时，她迅速地解下胸罩，脱掉短裤和内裤，再把湿透的衣服踢到一边。丹尼在一旁帮她擦洗身体，动作极具挑逗意味。于是在他的爱抚下，她伸出手钩住他。他抱起她，带她走进卧室，她光滑的身体上还残留有沐浴露的泡沫。

他们躺在挂着帷幔的大床上，身体仍纠缠在一起，一番激情过后，两人渐渐平静下来。她把头埋在他的臂弯里，"哇，我都忘了我们有多擅长做这事。"

"我们擅长的事多了去了。"

"我知道，但这件事我们格外擅长。"

丹尼停顿了一下，她知道他接下来要说的话是她此刻最不想听的。"我听说你父亲去世了，西尔维告诉我的。"

"我该怎么办？打电话给你大哭一场吗？还是告诉你他要死了？我说得出吗？"

他翻过身，将她拉近自己，他们的脸贴在一起。他的手顺着她的背往下抚摸，最后停在她的臀上。"你忘了吗，我来自都柏林？我懂失去亲人是什么滋味，妮娜。那感觉就像在你身体里放了一块硫酸电池，拼命烧你。我也知道在这种时候人会想逃避。孤身跑来非洲的人不光是你，你知道吗？"

"你想要我怎样，丹尼？我能说什么？"

"跟我说说你父亲的事。"

她看着他，觉得自己被逼到了一个角落里。她也想把一切都告诉他，很想给他想要的，只是她不能。失去父亲的悲伤像一根绷紧的弦，如果她任由自己沉溺进这些情绪里，她就再也找不到回头的路了。

“我不知道该怎么说。他对我来说……就像我的阳光。”

“我对你的爱也是如此。”他轻轻在她耳边说。

妮娜很希望听到这话后能感觉好一些，可事实上并没有。她明白什么叫不平等的爱，也知道在一段关系中付出比较多的那一方有多受挫。她确定曾在父亲注视母亲的眼神中看到过这样破碎的失落。而这样低到尘埃里的痛苦只要看过一次就不会忘记。如果丹尼也用这样的眼神看她，她一定会觉得很心碎。他会的。她很爱父亲，但某种程度上她还是像母亲多一点，他早晚会发现这一点。

“我们可不可以不说……”

“暂时不说。”他说道。但她知道这事不会就此打住。

她也许会失去丹尼，这个想法让她感到莫名的焦躁。每当她觉得极度不安时都只想做一件事：她的手放在他赤裸的胸膛上，慢慢地往下，摸到他肚脐下面那条小径，再继续往下。在抚摸他的时候，她能清楚地感受到他对她的反应有多激烈，她知道他还是属于她的。

暂时还是。

青灰色的天空布满乌云。一只落单的海鸥在头顶盘旋，努力与狂风对抗，发出凄厉的叫声。她是一个绑着长马尾的瘦弱女孩，膝盖上有擦破的伤口。她在他身后拼命追赶。一只风筝落在她面前的沙地上，风筝线缠结在一起；还没等她碰到就被一阵风吹走了。

“爸爸，”她尖声叫喊，“我在你后面……”可他早已走远，她知道他听不到她的叫喊。

梅瑞狄斯在一阵惊悸中醒来。她茫然地坐起来，四下环顾了一圈，意识到他已经不在了。又是一个梦。

她一整夜翻来覆去，睡得很不安稳，这下醒来更觉得身体酸痛疲乏得厉害。她轻手轻脚地从床上下来，小心不吵醒杰夫。她走到窗边，外面漆黑一片。离天亮还有一阵子。她双臂紧紧地抱在胸前，努力想让自己镇定下来。最近总有一种感觉，好像她的灵魂在一片片地剥落，如同一个在精神上患了麻风病的人，渐渐露出了丑陋的形态。

“回到床上来，梅。”

“对不起，我没想吵醒你。”她没有回头。

“要不你今天就多睡会吧。”

真是好主意，让自己埋进他的怀抱，裹着毯子沉沉地睡去，就这样缺席一天，让生活自己继续吧。“我也想。”她说道，其实心里已经在盘算今天早上要做的事。既然已经起了，她可以去研究下公司这个季度的税务报表。约好了下周跟会计师碰面，她得提前做好准备才行。

杰夫也爬下床，走到她的身后。漆黑的窗玻璃上映出了他们两个人的脸。

“梅，你要操心那么多事，还要照顾所有的人。可谁来照顾你呢？”

她转过身，靠到他怀里，“我有你啊。”

“我？”他苦涩地说道，“我不过是你任务清单里的某件待办事项吧。”

要是换个时间，比如去年，她一定会反驳他的话，告诉他这么说不公平，可是现在她只觉得心力交瘁，没有心情去理会他的埋怨和责备。

“别这样，杰夫，我现在不想跟你吵。”这是她唯一能想到可以说的话。

“我知道你难过……”

“我当然难过，我父亲死了。”

“不单是因为这件事。你不停地逼自己做事，”他平静地说，“其实你还在拼命地想引起她的注意，就像……”

“那你要我怎么办？不管她吗？还是干脆辞了工作算了？”

“雇个人来帮忙。不管你做多少她都不在乎。我知道这么说很伤人，宝贝，但是她从来没有在意过你。”

“我做不到。她也不会同意我撒手不管。而且我答应了爸爸的。”

“要是她彻底伤了你的心怎么办？你爸爸愿意看到这样的结果吗？你这么付出，可她拿正眼看过你吗？”

她何尝不知道他说得都没错。这时候她真希望他们没有在一起这么久，因为对彼此知根知底，有些事他看得太清楚。那年圣诞戏剧的事他也在场，类似很多事他都亲身经历过，所以他了解她的心，知道这些事让她有多煎熬痛苦。“跟她没有关系，真的。是我的问题。你也知道，我就是这样的人。我真的没办法……不管她。”

“你爸爸担心的就是这个，记得吗？他很怕没了他我们这个家成了一盘散沙，现在看来他的担心完全有道理。这个家越来越没有家的样子。你也走在崩溃边缘，还不肯让任何人帮你。”

“伯恩斯医生说了，妈妈过段时间就会好起来的。等她没事了，我保证雇个人来帮她打扫房子，账单也交给别人去打理，好吗？”

“你保证？”

她轻轻吻了一下他的嘴唇。争论就算到此为止。但只是暂时的。“我稍后回来吃早餐，好吗？我会弄煎蛋和水果。今天就我们两个人。”

她绕开他朝浴室走去。关门的时候他说了句什么。她好像听到了“担心”什么的，她不想去深究，轻轻关上了浴室的门。

她没有开灯，在黑暗中摸索着换上晨跑的衣服。离开卧室来到楼下，她先把咖啡煮上，然后带着两只狗走进二月初清晨寒冷的户外。此时天还没有亮。

今天早上她跑得比平常卖力，希望运动能帮自己理清头脑。身体上的酸痛要比心痛容易应付得多。两只狗跟在她身边，一路打闹嬉戏，欢快地叫着，它们偶尔会跑开，钻进路边积雪较深的地方打个滚，随后又快跑几步跟上她的脚步。待她跑到高尔夫球场准备折头的时候，天才开始渐渐亮起来，曙光将山谷镀上了一层金色。已经快两个星期没有下过雪了，积雪最外面的一层硬壳在初升的阳光下闪闪发光。

拐进贝耶诺奇庄园后，她在母亲家门口先喂两只狗吃了饭。这个习惯是最近一段时间养成的，梅瑞狄斯调整过每天的安排，尽量让自己一次能多做几件事。进屋后她脱下跑鞋，到厨房里把萨摩瓦尔茶壶打开烧着，然后上楼去叫母亲起床。直到站在母亲卧室门口时她都还在喘着粗气，脸上的两团红晕也没有褪去。

打开门，她看到床上没有人。

“见鬼。”她暗骂一声。

走进冬季花园，梅瑞狄斯在母亲身旁坐下。母亲穿着薄薄的蕾丝睡裙，一条蓝色的马海毛毯子裹在她肩上。这条睡裙是去年圣诞节父亲送她的礼物。梅瑞狄斯看到她的下嘴唇出血了，应该是她自己咬的。她脚上只穿了一双长袜，已经被雪水打湿，沾上了棕色的泥土。

梅瑞狄斯鼓起勇气伸出手，轻轻放在母亲的手上。她的手冷得像冰一样。她一时不知该说什么来配合和母亲难得亲密的接触。

“回去吧，妈妈，你得吃点东西。”最终她开口说道。

“我昨天吃过了。”

“我知道。跟我回去吧。”她拉着母亲的手扶她站起来。在冷冰冰的金属长椅上坐的时间太久，母亲的身体有些僵硬，突然一动关节嘎吱作响。

站起身后母亲立刻甩开梅瑞狄斯的手，一个人朝前面走。

梅瑞狄斯也由着她，默默跟在她身后，沿着后院的石板路朝屋子走去。

母女俩一前一后走进厨房，梅瑞狄斯给杰夫打了个电话，通知他不能回去吃早餐了。“我妈又一个人跑到花园里傻坐着了，”她在电话里说，“我今天可能得留在这里办公了。”

“我一点也不惊讶。”

“拜托，杰夫。别这样……”

他已经挂了电话。听筒里传来的忙音刺痛了她的心。

接着她又给吉莉安拨了个电话。简单地问候一下后她们就开始闲聊，这几乎已经成了每天的例行公事。聊天的内容也不固定，从学校、洛杉矶，到天气变化，随心所欲，想到什么就说什么。最近一段时间和女儿通电话，梅瑞狄斯总会有种惊奇的感觉。听吉莉安在电话那头讲生物和化学，还有在医学院的事，明显能感觉到她真的成长了，并且坚定不移地走在自己的人生道路上。好像昨天她还是那个两颗门牙间有条缝、身材微胖的小女孩，而今天就突然变成了一个举手投足间都散发着自信的年轻少女。梅瑞狄斯不知道这一切的变化是从什么时候开始的。

还记得这个大女儿从小就是个执着的孩子，她可以花一整个下午的时间守在苹果树旁，就为了等着看花芽开花。快了，妈妈，马上就要开花了。我应不应该叫外公来？

还有那次教吉莉安学开车，总共也就用了十分钟的时间。放心吧，妈妈，我看过说明书的，你不用那么紧张，相信我。

“我爱你，吉莉安。”说完梅瑞狄斯就立刻反应过来，自己这么没头没脑地冒出一句，打断了女儿的话。她好像正在讲跟酶有关的话题，或者是伊波拉病毒？梅瑞狄斯笑了起来，这下该被女儿抓住她走神了。“我太为你骄傲了。”她连忙补充了一句。

“听我说话叫你闷坏了吧？”

“只是有点想睡觉。”

吉莉安大笑起来，“好吧，妈妈。我也得挂了。爱你。”

“我也爱你，小宝贝。”

挂上电话后梅瑞狄斯觉得舒服了一些，心情焕然一新。和女儿们通电话就是治疗忧郁最好的处方。当然，如果她们的话题绕到那件事时则例外……

接下来的时间，梅瑞狄斯没有去公司，就在母亲家的厨房里办公；除了缴税，看作物报告和检查仓库开支以外，她还要抽空哄母亲吃点东西，帮她付账单和洗她换下来的衣服。

一直到她把晚餐的盘子洗干净，收起剩菜的时候，已经是晚上八点了。

她走进客厅，看到母亲坐在父亲最喜欢的座椅上打毛线。整个房间只有椅子旁的一盏落地灯开着，昏暗的光线让她的脸有种不真实的温柔感觉。左边是母亲的“朝圣角”，圣坛上的蜡烛火光摇曳，随着烛芯噼啪一声响，一缕青烟袅袅上升。

母亲握着编织针，手指机械地动着，她闭着眼睛，睫毛在苍白的脸颊上投下一片扇形的阴影，让她的表情透出一种怪异的悲伤。

“妈妈，该上床睡觉了。”梅瑞狄斯尽量不让自己的语气听上去不耐烦或疲惫。她打开天花板的吊灯，明亮的光线瞬间驱散了房间里温暖亲密的气氛。

“我的作息时间我自己能安排。”母亲回她。

又开始了，每天劝母亲上楼睡觉就是一件没完没了的苦差事。这个过程中的每一件事母亲都要同她争执：刷牙，换睡衣，脱袜子，没有一件是顺利的。

到了九点钟，梅瑞狄斯终于把母亲安顿到床上。就像以前哄吉莉安和麦蒂睡觉那样，她替母亲掖好被子，跟她道晚安，“睡个好觉，能梦见爸爸就好了。”

“做这种梦会痛苦。”母亲平静地说。

梅瑞狄斯一时不知该如何接话。“那就梦见你的花园吧。说来番红花就快开了。”

“番红花能吃吗？”

最近一段时间总会发生这样的事，一分钟前母亲还一切都正常，转脸就变了一个人，眼里是一片迷茫和困惑的神色。好像那个正常的她突然离开了似的。

梅瑞狄斯之前还相信，母亲之所以会有这些奇怪的改变和突然间茫然不知所措的状态，都是因为她还没有从悲伤中走出来。如果是这个原因的话，那悲伤会有结束的一天。

可这样的情况每天都在继续，并没有好转的迹象。每次母亲搞不清楚状况，好像跟世界脱离的时候，梅瑞狄斯就会对伯恩斯医生之前的说法产生怀疑。她担心这并不是由悲伤引起的，而是她患了阿尔茨海默症。除此之外，很难找出别的理由来解释母亲为什么会突然对皮鞋和黄油着迷（梅瑞狄斯发现过母亲藏起来的黄油），她也不止一次听母亲提起童话故事里的狮子。

梅瑞狄斯再次伸出手，像对待受惊吓的小孩那样轻轻安抚失常的母亲，“别担心，妈妈。我们家里有很多吃的。”

“我就睡一分钟，然后我会去屋顶的。”

“不可以去屋顶。”梅瑞狄斯疲倦地说。

母亲叹口气，闭上了眼睛，没一会就睡着了。

梅瑞狄斯把卧室里母亲丢得到处都是的毯子和其他东西捡起来收好。

下楼后她往洗衣机里扔了一堆脏衣服，这样她明天过来的时候直接晾起来就可以了。接着她打包了两个礼物包裹准备寄给吉莉安和麦蒂。等所有事都做好后已经是晚上十点了。

回到家，她看到杰夫在办公室里埋头写书。

“嗨。”她打了声招呼。

“嗨。”杰夫没有抬头。

“你的书写得怎么样了？”

“挺好的。”

“我还没抽空读呢。”

“我知道。”说着扭过头看了她一眼。

杰夫满脸失望的表情在她的意料之内。那一刻她好像在以一个旁观者的视角远远地注视着自己和杰夫，通过这个全新的视角，她觉得所有事情都变了，“我们之间出问题了，对吗，杰夫？”

他稍微松了口气，好像一直在等她这么问。“是的。”他回答。

“哦。”她看到自己的反应又让他的脸上写满了失望。她知道他想好好聊聊她突然意识到的问题，想跟她谈谈一直困扰她的事。但是她不知道该说什么好。老实说，现在她一点都不想纠结这些，母亲的精神出了问题，随时都有可能疯掉，而丈夫却觉得他们的关系出了问题。

她走出他的办公室，不想去面对他伤心失望的表情，明知道这样做是不对的，但也无从去纠正。回到他们同住了多年的卧室，梅瑞狄斯脱去身上所有的衣服，只穿着内衣裤，然后换上一件旧 T 恤，爬上床准备睡觉。睡前她吃了两颗安眠药，但是根本没用。不知过了多久，到他上床睡觉的时候她还是清醒的，他也知道她没睡。

她翻个身紧贴着他的背，轻声说：“晚安。”

他俩心里都很清楚，一句“晚安”和什么都不算的亲昵举动，解决不了任何问题。而真正需要好好谈谈的事就摆在那里，像一团越滚越大的暴风云一样，在远处蓄积着能量。

七

二月中旬，绿色大有夺回大地主色调的趋势。白色的番红花和雪花莲布满绒毛的纤细花茎从尚未消融的晶莹积雪下钻了出来，花朵一夜之间尽数开放。

梅瑞狄斯每天都发誓要和杰夫谈一谈他们亮起红灯的婚姻，可每次她向自己立下保证后又总有这样那样的事冒出来搅局。但老实说，对于谈话一事她心里是抵触的，她并不想谈。母亲莫名的怪异举动和突然失神的状况发作得越来越频繁，这就够让她吃不消的了。一个新婚不久的人还有可能不明白，婚姻中出现的很多问题都是可以无视的，但任何一个结婚超过二十年的女人都知道，只要不提，假装看不见，那几乎所有的矛盾都可以当作不存在。

只要一天接一天地熬过去就好了。好比一个有酒瘾的人，只要忍住不去喝第一口酒，就不会有往后的麻烦，而一对夫妇只要不开口挑起某些话题就能相安无事。

但问题始终还是存在，像悬在空中消散不去的有毒二手烟，不知道什么时候就在你身体里种下了癌症的种子。

最终，梅瑞狄斯还是下定决心正视这个问题，把话说开。

这天刚到五点，她提早收工下班，本来计划在回家途中要做的事也暂时先放一放。送去干洗的衣物可以晚点再取，食品杂货什么的就算一天不买也能应付。离开公司后她就直接驱车去母亲家。

不出所料，母亲又没有好好待在屋里。她坐在冬季花园里，身上只穿着两件套的睡衣，披了一条毯子。

梅瑞狄斯扣上大衣的纽扣也走进花园。靠近她的时候，梅瑞狄斯听到母亲用近乎哼唱的语调低声地自言自语，说的好像是饥饿的狮子还是什么的。

又是那个童话故事。母亲一个人来到外面，给她爱的男人讲故事。

“妈妈。”梅瑞狄斯唤了她一声，大胆地伸出一只手放在她的肩膀上。她最近发现了，这种时候母亲不会抗拒她的触碰；有时候这样的接触甚至能减轻她的困惑和不安。“外面那么冷，而且马上就要天黑了。”她对母亲说。

“不要让阿妮娅一个人走。她会害怕。”

梅瑞狄斯叹了口气。她本来还想说点什么，一瞥眼看到花园里多了点东西。在原来那根生锈的铜柱旁边多了一根闪亮的新铜柱。“妈妈，这根新柱子你是什么时候弄起来的？”

“要是我有糖可以给他就好了。他最喜欢糖了。”

梅瑞狄斯扶起母亲，领着她回屋。走进温暖明亮的厨房，她给母亲倒了杯热茶，又热了一碗汤给她喝。

母亲蜷缩着坐在餐桌旁，身上抖得厉害。梅瑞狄斯切了片面包，抹上厚厚的黄油和蜂蜜递给她。接过面包她抬起头来看了梅瑞狄斯一眼。

“你爸爸最喜欢面包涂蜂蜜了。”

听到这话梅瑞狄斯既吃惊又伤心。父亲一直对蜂蜜过敏，这么重要的事母亲竟然忘了，看来她的问题已经比先前的“搞不清楚状况”更严重了。“我真希望可以跟你好好聊聊他。”这句话更像是她对自己说的。最近梅瑞狄斯感觉自己比以往任何时候都需要父亲。她想跟他倾吐婚姻的问题，也只有对着父亲她才可以畅所欲言。要是他在这里，就会拉起她的手，和她一起到果园里散步，跟她讲她需要听的话和劝解。“他会告诉我该怎么办。”

“你知道该怎么办，”母亲一边说，一边撕下一块面包装进口袋里，“告诉他们你爱他们。这才是重要的。然后把蝴蝶给他们。”

这也许是梅瑞狄斯这辈子感到最孤独的一刻。“你说得对极了，妈妈。谢了。”

接下来母亲安静地吃晚餐，她就在厨房里忙着干家务。等母亲吃完后就领着她上楼回卧室，她得亲自动手帮母亲刷牙，就像曾经照顾年幼的女儿那样，而母亲也像一个听话的小孩，顺从地照她说的去做。可是在梅瑞狄斯给她脱衣服的时候，两人的拉锯战又开始了。

“拜托，妈妈，你该上床睡觉了。这身睡衣已经脏了，让我给你换一身干净的吧。”

“不。”

这一次梅瑞狄斯受不了了，她太累了，不想同她没完没了地争执下去，于是她放弃了，任由母亲穿着脏兮兮的睡衣上床睡觉。

安顿好母亲后她走出卧室，守在门口，一直等着母亲睡着，轻轻打起鼾来才下楼。离开前她替母亲锁好了大门。

开车回家的路上她仔细回想母亲跟她说的那些话。

你知道该怎么办。

告诉他们你爱他们。

这也许只是母亲没头没脑的几句疯话，但现在回想起来倒不失为一个好建议。

上一次对杰夫说这句亲昵的话究竟是什么时候的事了？原本是他们随时挂在嘴边的话，最近一段时间已经从他们的对话中消失了。

既然她已经下定决心要补救他们的婚姻，要跟杰夫敞开心怀谈谈，那“我爱你”这三个字无疑是最好的开场白。

进家后她叫杰夫，但没人应答。

他还没有回家。这样她就有时间做准备了。

想到这她笑了笑，然后上楼洗了个澡。她拿起刮毛刀的时候才注意到自己有一段时间没有好好修整下了。怎么可以任由自己邋遢成这样?

吹干头发，再用卷发器把头发弄卷，接着化了点妆，换上一条好多年都没穿过的丝绸睡裤。她赤脚走下楼，闻到自己身体上还留着沐浴露的栀子花香。她打开一瓶香槟，给自己倒了一杯。走进客厅，她给壁炉生上火，然后坐下等候丈夫回来。

靠着沙发柔软的垫子，把脚抬起来搁在咖啡桌上，她闭上眼睛，心里琢磨着待会该跟他说些什么，尽量把要说的话组织成段。

是狗叫声把她吵醒的。听到门外的动静两只狗蹿了起来，争先恐后地冲到门口。

杰夫一进门立刻就被狗热情地包围住，狗尾巴甩打在硬木地板上砰砰直响，两只狗都争着想欢迎杰夫，但还是尽力克制着没有跳起来。

“你回来了。”他一进门梅瑞狄斯就打了个招呼。

杰夫在挠莱娅的耳朵。“嗨，梅。”他没有抬起头来看她。

“想喝一杯吗?”她继续说，“我们可以，你知道……坐下来聊聊。”

“我今天头疼得要命。我想去洗个澡，然后早点休息。”

其实她大可以提醒他，有必要把该说的话敞开来说一说了，想必他也不会拒绝。他会走到她身边坐下，然后开始这个一直让她害怕的对话。

她也许应该强硬一点，只是她也不确定自己是不是真做好了准备，不论他说什么都能心平气和地聆听。早一天晚一天又会有多大区别呢？况且看他样子确实是累了，这种感觉她再清楚不过了。等以后再告诉他她有多么爱他也可以。“那好吧，正好我今天也挺累的。”

两人躺下后，梅瑞狄斯紧紧依偎着杰夫。几个月以来她第一次睡得那么沉，并且没有做梦。

清晨五点四十五分时，她被电话铃声吵醒。她头一个反应是出事了，于是她猛地坐起来，心狂跳不止。

她一把抓过电话接起来，“喂?”

“梅瑞狄斯吗？我是埃德。很抱歉那么早把你吵醒。”

她打开床头灯，朝杰夫比了个口型，向后靠在床头板上，“埃德，出什么事了?”

“是你母亲。她跑到果园里去了，在 A 区。她还……还拖着你那副旧雪橇。”

“该死。拦住她。我马上过去。”梅瑞狄斯说着掀开被子跳下床，然后在卧室里转来转去，手忙脚乱地翻找合适的衣服穿。

“怎么回事?”杰夫也坐了起来。

“我八十多岁的老母亲一个人拖着雪橇跑出去了。看来是我想错了，她不是什么老年痴呆，她就是伤心。”

“是啊，你说得对。”

“我跟吉姆说了，”她终于从衣柜的最底层翻出一件运动衫套上，“上个月我带她去找吉姆看了三次，每次她脑子都清楚得不得了。吉姆说她就是伤心过度。她把不正常的一面全部留给我了。”

“她需要找专业的人看看了。”

她抓起放在床脚长凳上的钱包，飞快地跑了出去。走时也没有说再见。

到了春天时，梅瑞狄斯和杰夫彻底陷入沉默。这段婚姻已经明显陷入了困境，他们不是不知道，每一次眼神交换，每次无意间的触碰，还有每一次敷衍的假笑都在向他们传达这个信息，只是他们谁都不提罢了。他们白天的工作时间变长，到了晚上也只是睡前亲吻对方，互道晚安后便再无下文。天亮后又分开做各自的事。近一段时间母亲突然陷入混乱的状况发作次数少了一些，看她有所好转，梅瑞狄斯也开始相信伯恩斯医生的判断是对的，她终究会走出悲伤好起来的。

这天快到中午时，梅瑞狄斯合上了公司的分类账簿，把自动铅笔收进抽屉，接着按下电话上的内部通话键通知黛西，“黛西，我回庄园吃个午饭。大概一个小时后回来。”

“没问题，梅瑞狄斯。”

她拿起连帽风雪大衣去停车场开车。

已经到三月末了，晴好的天气让她的心情也为之一振。就在上周，一道暖风掠过山谷，将还在垂死挣扎的冬日严寒赶到了一边。阳光在大地上留下了抹不去的痕迹：道路两边，沟渠里解了冻的水欢畅地流着；闪着光的水珠从逐渐苏醒过来的苹果树上滴落，在树脚残留的雪泥堆上留下了一片网眼状的图案。

梅瑞狄斯将车停到庄园前的车道上。走到门口时看到一个穿工装服的男人在果园里检修烟熏炉，一阵阵黑色的浓烟飘了过来，她朝工人挥了挥手，然后忙掩住口鼻穿过浓烟。

进屋后她脱下外套，一边唤了一声，“妈，我来了。”

走进厨房，眼前的一幕让她一下子愣住了。母亲手里拿着一张报纸和一卷胶带，爬上了厨台。

“妈，你在干什么？快从那上面下来，”梅瑞狄斯回过神来，立刻冲上前去，伸出手想扶母亲下来，“快，抓着我的手。”

母亲的脸白得像一张纸，头发凌乱不堪。衣服也是乱穿的，仔细一看她在身上裹了至少四件完全不搭调的衣服，但两只脚却光着。她身后的炉子上不知炖着一锅什么东西，现在已经煮沸了，水不停地往外扑，发出嘶嘶的声音。“我要去银行，”母亲恍惚地说道，“趁还来得及，得赶紧把钱取出来。我们没有多少东西可以拿去交换了。”

“妈妈……你的手流血了。你到底干了什么？”

母亲往餐厅的方向望了一眼。

梅瑞狄斯迟疑地朝餐厅走去，一边迅速地扫视了一眼厨房的情况，萨摩瓦尔茶壶没有开着，现在已经冷透了，厨台上放着一个空的水果篮子。

走进餐厅，她看到那副巨大的“日落下的涅瓦河”油画已经从墙上取了下来，摆在餐桌旁。墙纸被剥去了一大块，梅瑞狄斯注意到裸露的白色墙壁上有几块深色的污迹。是干掉的血迹吗？是不是母亲发疯似的剥墙纸时擦破了指尖？扯下来的墙纸被撕成条，装在餐桌上的一只小碗里，乍一眼看上去就像是某种怪异的干花桌饰。

厨房炉子上的那锅东西还在继续沸腾，水溅得到处是，不断地发出嘶嘶声。梅瑞狄斯又忙冲回厨房关掉炉子。等沸水落下去后她才看清里面煮的东西，竟然是撕成一条一条的墙纸。

“这到底是搞什么鬼？”

“我们总会肚子饿的。”母亲回答。

梅瑞狄斯走到母亲身边，轻轻拉起她流血的手，“来，妈妈，我带你去把手洗一洗，好吗？”

母亲好像根本听不到她讲话，嘴里含混不清地念叨着银行里的钱，现在急需把钱取出来之类的话，但还是任由梅瑞狄斯牵着她走上楼。在二楼的浴室里，梅瑞狄斯翻出急救包，扶母亲坐在马桶盖上，自己则跪在她跟前帮她清洗包扎。洗去血迹后梅瑞狄斯才看清楚母亲手上的伤，指尖上的伤口平整利落，看起来不是剥墙纸时擦破的，而是利器割伤。梅瑞狄斯疑惑地问："妈，你是怎么受伤的？"

母亲左顾右盼，没有回答她的问题，"有烟。我还听到枪声了。"

"是果园里的烟熏炉在检修，你是知道这事的。你说的枪声大概是麦尔文车子回火的声音。他就是来检修烟熏炉的。"

"烟熏炉？"母亲不解地皱起眉。

处理好母亲的伤口，梅瑞狄斯扶她躺到床上，帮她盖好被子。就在这时她看到了床头柜上摆着一把沾有血迹的美工刀。母亲就是用它故意割伤自己的。

老天。

梅瑞狄斯守在床边，看着母亲闭上眼睛才走开。回到楼下，她看着满屋子的狼藉——煮在锅里的墙纸，被毁的墙壁，还有餐桌上恐怖的"桌饰"——她的心里充满了恐惧。这时麦尔文开车离开了，她走出门站在门廊上。是身体里残存的意志力在支撑着她没有失声尖叫出来。

她从口袋里掏出手机，给正在上班的杰夫打了个电话。

"你好，梅。有什么事吗？我正准备……"

"杰夫，我需要你。"虽然语气很平静，但事实上她觉得自己随时有可能会崩溃。她尽了全力去兼顾和做好所有的事，也努力去完成对父亲的承诺，但现在看来，她终究还是失败了。她感到孤立无助，不知该如何面对这一切了。

"出什么事了？"杰夫在电话那头问。

"妈妈又发疯了，这次情况格外离谱。你可以过来一下吗？"

"我十分钟后到。"

"谢谢。"

接着她又给伯恩斯医生打了个电话，请他立即过来一趟。她毫不犹豫用了"紧急状况"这个词。在她看来这件事绝对属于"紧急"的范畴。

听到伯恩斯医生答应立刻过来，梅瑞狄斯没再多说什么，立刻收了线，接着拨通了妮娜的号码。她不知道博茨瓦纳或者津巴布韦现在是什么时间。不管妹妹现在身在何处，她只知道等妮娜一接起电话，她就马上告诉她，我再也没办法一个人面对这些事了。

妮娜没有接电话，听筒里传来的是电话留言的录音，妮娜用活泼的语气说："嗨，感谢你的来电。我这会儿在哪儿还不一定呢，请留下口讯，收到后我会尽快联系你。谢谢。”

哔。

梅瑞狄斯没有留言，默默挂断了电话。

留言有什么意义？

她手里握着电话站在原地，直愣愣地盯着慢慢散去的浓烟。烟雾熏得她眼睛疼，但此刻这不是她要在意的事。她已经哭了出来，并且想不起是什么时候开始的。只是这一次，她不在乎了。

杰夫没有食言，不到十分钟就赶了过来。下了车他便急忙朝她跑来。走上门廊，他张开双臂拥抱梅瑞狄斯。有了他怀抱的支撑，她才逐渐平静下来。

“她怎么了？”拥抱了片刻后杰夫问道。

还没等她回答，俩人便听到厨房里传来一声巨响。

梅瑞狄斯来不及细想，忙转身冲回屋里。

母亲身体扭曲地趴在餐厅地板上，一只手里抓着一条墙纸，另一只手握着自己的脚踝。她旁边倒着一张椅子，想必她就是从上面摔下来的。

梅瑞狄斯赶到她身边，弯下腰试着摸了摸她肿起来的脚踝。“杰夫，帮我把她抱起来，让她躺到客厅的软榻上。”

杰夫也走过来弯下腰，他先跟母亲打了个招呼：“嗨，阿妮娅。”他温柔的语气让梅瑞狄斯想起，杰夫一直是个很好的父亲；在两个女儿伤心流泪时，他总有办法让她们破涕为笑。而这些年来母亲待他如何，梅瑞狄斯是看在眼里的，尽管母亲一直冷落他，但他还是关心她，足见他的善良和宽厚。“我抱你去客厅，好吗？”

“你是谁？”母亲盯着杰夫的灰色眼睛，仿佛想从中找到答案。

“我是你的王子，你忘了吗？”

母亲听到这话立刻平静了下来，“你给我带什么来了？”

杰夫对她微笑，“是两朵玫瑰花。”说着将她抱了起来。他抱着母亲进了客厅，将她放到软榻上。

“躺下，妈妈，”梅瑞狄斯说，“我去拿冰袋敷在你的脚踝，好吗？你把脚抬起来，搁在这个枕头上。”

“谢谢你，奥尔嘉。”

梅瑞狄斯朝她点点头，跟着杰夫走进厨房。

“她是从椅子上摔下来的吗？”杰夫瞥了一眼被弄得乱七八糟的餐厅问道。

“我猜是这样的。”

“老天。”

“是啊。”梅瑞狄斯看着他，一时也不知该说什么了。

过了片刻，她听到伯恩斯医生车子的引擎声，心里才略微松了口气。

他进屋时手上还抓着吃了一半的三明治，一脸不堪其扰的表情。“二位好啊，”他边往里走边同梅瑞狄斯和杰夫打招呼，“出什么事了？”

“我母亲无故把墙纸撕得乱七八糟，刚才还从椅子上摔下来了。现在她的脚踝肿得像个气球。”梅瑞狄斯向伯恩斯解释情况。

伯恩斯医生点点头，顺手把三明治放在玄关的小茶几上。“带我去看看。”

可是等他们走进客厅的时候，母亲已经坐了起来，若无其事地打着毛线，好像之前把墙纸拿去煮还有割伤自己的事统统没有发生过一样。

“阿妮娅，”吉姆走上前去，“今天是怎么了？”

母亲对他灿烂地一笑。她蓝色的眼珠此刻澄净无比。“我是想重新装修一下餐厅来着，没想到摔了一跤。是我太笨了。”

“重新装修？为什么偏偏选这个时候呢？”

她不以为然地耸耸肩，“女人的心思谁说得准呢？”

“让我检查下你的脚踝好吗？”

“麻烦了。”

伯恩斯医生小心地查看了母亲的脚踝，然后找来布绷带帮她包起来。

“这点小伤小痛算不得什么。”母亲说。

“你手上的伤是怎么回事？”他又查看了母亲指尖上的伤口，“看样子这是你自己割伤的吧。”

“瞎说。我跟你说了，是装修时弄伤的。”

伯恩斯又仔细观察了母亲脸上的神色，然后温柔地笑了笑。“来，让我和杰夫扶你回你的房间。”

“好的。”

“梅瑞狄斯，你就在这等吧。”

“好的。”她听话地没有跟上去，只是忧心忡忡地看着他们缓缓走上楼，一直到背影消失在楼梯的拐角。

梅瑞狄斯焦躁地踱来踱去，她不停地啃着大拇指的指甲，一直到指头流血都没有察觉。

终于等到杰夫和伯恩斯医生下楼了，她忙迎上去，看着医生的脸，“怎么样？”

“脚踝扭伤了。休养几天就会好了。”

“我不是问这个。你知道我在问什么，”梅瑞狄斯说，“你也看到她指头上的伤口了。而且我还在她床边发现了一把美工刀。我想她是故意弄伤自己的。她一定是得了阿尔茨海默症，要不就是某种痴呆症。我们现在该怎么办?”

吉姆若有所思地点点头，显然是在考虑该怎么回答。“韦纳奇有个地方可以让她去住上半把个月。以养伤的名义住进去。你们的保险是包含了这一部分费用的，而且她这样的年纪，恢复会比较慢一些。虽然不是长远的解决办法，但好歹可以给她，也是给你一点时间来调整。也许离开贝耶诺奇和这里发生的事一段时间对你们能有帮助。”

梅瑞狄斯的心揪紧了，“你是说送她去养老院?”

“没人喜欢养老院，”伯恩斯医生说，“但有的时候这可能是最好的办法。你别忘了，这只是暂时的权宜之计。”

“你可不可以去告诉她，去那里只是为了让她养伤?”听杰夫这么说，梅瑞狄斯直想上去咬他一口。他明知道做这样的决定对她来说有多难。

“当然。”

梅瑞狄斯深吸一口气。她知道这一刻的决定日后将会在她的脑海里一遍又一遍的回放，也许每回想一次，她就会更厌恨自己一点。她也知道如果换作父亲，是一定不会做出这个选择的，也不会同意她就这样把母亲送去养老院。但是不可否认，这个决定确实是她需要的。

她跑到花园里睡觉……撕墙纸……从椅子上摔下来……天知道后面还会发生什么。

“上帝啊，帮帮我吧。”她轻声说道，尽管杰夫就站在身边，但她却有种彻头彻尾的无助感。她以前从没想过，原来一个简单的决定所带来的影响是极其深远的，它可以将一个人推出人群，站在一个孤立的境地。“好吧。”她最终回答。

那天晚上，梅瑞狄斯躺在床上久久不能入睡，时钟的数字每分钟跳动的声音清晰入耳。

关于白天的那个决定，她左思右想都觉得不对。这是个自私的决定。而最后这件事终将会有一个定论——这是她的决定。

她强迫自己待在床上，试着放松下来；一直到深夜两点时，她终于放弃装睡，起身下床。

来到楼下，她在昏暗寂静的房间里徘徊，四处翻找能帮助入睡的东西，或者干脆找点让她分心的事做：看电视，看书，泡一杯茶喝……

当她的目光落在电话上时，心里一下子有了主意，她知道自己需要什么了：她要妮娜来当她的共犯。如果妮娜也赞同养老院这个决定，那她便可以卸去一半因愧疚而造成的负荷。

她按下妹妹国际手机的号码，坐在沙发上等电话接通。

“你好？”接电话的人说话带着很重的口音，大概是爱尔兰，或者是苏格兰的口音，梅瑞狄斯暗自猜想。

“你好。我找妮娜·惠特森，我是不是打错电话了？”

“没错，这是她的号码。请问你是哪位？”

“梅瑞狄斯·库珀，我是妮娜的姐姐。”

“啊，太棒了。我叫丹尼尔·弗林，你应该听说过吧？”

“没有。”

“太叫我失望了，不是吗？我算是……你妹妹的好朋友吧。”

“敢问是哪种程度的好朋友呢，丹尼尔·弗林？”

他在电话那头大笑了起来，笑声低沉，性感得一塌糊涂。“丹尼尔是我那老爹的名字，他是个恶毒的老混蛋。还是叫我丹尼吧。”

“我想你还没有回答我刚才的问题呢，丹尼。”

“在一起差不多四年半了。”

“可她从没有提起过你，也没带你回来过。”

“是挺遗憾的，对吧？和你说话很愉快，梅瑞狄斯，只是你妹妹一直在旁边恶狠狠地瞪我，我还是把电话交给她吧。”

梅瑞狄斯说完再见，听到听筒里传来一阵沙沙声，大概是丹尼和妮娜在那头争抢电话。

妮娜接了过来，听她的声音还有些气喘吁吁的，“你好啊，梅。有什么事吗？妈妈怎么样？”她笑嘻嘻地说。

“我给你打电话就是因为这个。妈妈她不太好，最近总糊里糊涂的。有时候会叫我奥尔嘉，而且经常念叨那个该死的童话故事，也不知道那故事有什么意义。”

“那伯恩斯医生怎么说？”

“他不觉得妈妈有什么问题，只是悲伤罢了，可是……”

“没事就好。真不希望看到她落得跟朵拉姑姑一样的下场，可怜巴巴地待在养老院里，吃着果子冻看竞赛节目，每天就那么熬着。”

妮娜的话刺痛了梅瑞狄斯，“她今天摔了一跤，扭伤了脚踝。幸好当时我在场，可我不能保证一直都在那守着她。”

“梅，你是一个圣人，我说真的。”

“我不是。”

“特蕾莎修女也这么说。”

“我不是什么特蕾莎修女，妮娜。”

“你就是。你那么尽心尽力地照顾母亲，打理果园。爸爸一定会为你骄傲的。”

“别这么说。”梅瑞狄斯的声音低下去，仿佛被抽走了所有的力气。此刻她真的希望没有打出这个电话。

“听我说，梅，我不能跟你聊了。我们正准备出门。你有什么重要的事要告诉我吗?”

这一刻全取决于她：她可以将真相一股脑地倒出来，任由妮娜来评判（圣人梅，决定要将母亲扔进养老院里）或者什么也不说。要是妮娜不同意该怎么办呢？梅瑞狄斯之前没有考虑过这个可能性，但现在她算是看清楚了。妮娜是不会支持她的，告诉她只会让情况更糟。她不能忍受被妮娜指责自私。“没了，我没什么要紧事。我自己能解决。”

“那就好。别忘了，爸爸生日的时候我就回来了。”

“好的，”梅瑞狄斯无力地说道，感觉像是生了一场大病，“到时见。”

妮娜说完“再见”就立刻收了线。

梅瑞狄斯挂上电话。她叹了口气，关了灯，然后回到楼上，轻轻爬上床躺到丈夫身边。

……可怜巴巴地待在养老院里……

圣人梅瑞狄斯。

黑暗中，她躺在床上努力不去回想很久之前去探访朵拉姑姑的情形，那几次的经历实在叫人太不舒服。

梅瑞狄斯确信自己没有睡着，但她确实是被早上七点的闹铃声震醒的。

杰夫站在床边，手里端着一杯咖啡，“你还好吗?”他问。

她想说不好，而且是尖叫着吼出来，甚至想放声大哭，但这样做有什么好处呢？最糟糕的是杰夫太了解她的心思了。他又用那副悲伤的表情看着她，那副“我在等着你向我求助”的表情。如果向他说真话，他大概就会走上前来握住她的手，亲吻她，然后告诉她，她所做的一切都是正确的。那样的话她就真的会彻底迷失了。“我没事。”

“我猜到你会这么说了，”他说着向后退了两步，“我们大概一小时后就得出发。我九点钟约了人谈事情。”

她点点头，拨开散落在脸上的乱发，“好的。”

接下来的一个小时里，她像平常一样收拾妥当准备出门，可当她坐上多功能车的驾驶座的那一刻，突然就失去了伪装的能力。她所做的那个选择的真相在拷打着她，让她心生寒意。

杰夫发动了停在她前面的一辆小货车，两人各开一辆车，一同向贝耶诺奇庄园驶去。

母亲在客厅里，定定地站在“朝圣角”旁。她穿一条黑色的羊毛长裙，脖子上围了一条白色的丝巾，她在尽力营造一个既优雅又坚强的形象。笔挺的背，紧绷的肩膀，雪白的头发一丝不苟地梳朝脑后，当她转头看向梅瑞狄斯的时候，那双冰蓝色的眼睛里没有一丝彷徨。

梅瑞狄斯的决心消失殆尽；进门前的坚定被满满的怀疑取代。

“我要把‘朝圣角’带去我的新家，”母亲说道，“蜡烛得一直燃着才行。”她抓起伯恩斯医生给她送来的拐杖架到胳膊下面，一瘸一拐地走向梅瑞狄斯和杰夫。

“你需要人照顾，”梅瑞狄斯看着慢慢向自己走来的母亲说道，“我没办法一直待在这里陪你。”

然而梅瑞狄斯完全看不出母亲有没有听到她的话，或者她是不是在意。她只是慢腾腾地绕过梅瑞狄斯，向大门口走去，“我的包在厨房里。”

梅瑞狄斯早该明白，想从母亲这里得到赦免根本是不可能的事。其实不管她想从母亲身上得到什么，统统是没有希望的，她很清楚。也许这才是让她下定决心的主要原因。她赶到母亲前头，走进厨房。

不是这个包，头天晚上梅瑞狄斯亲手帮母亲收拾好随身物品，装在一个大大的红色行李箱里，现在却换成了这个小行李包。她蹲下来打开包检查。

母亲在里面装了满满的黄油和皮带。

八

妮娜被一阵枪声惊醒。

紧接着窗外也响起巨大的爆破声；震得旅馆破旧斑驳的墙壁抖动起来。天花板的泥灰和松动的墙皮掉了一地。某处传来玻璃窗碎裂的声音，还有一个女人的惊叫声。妮娜翻身下床，跪趴着来到窗边。

一列坦克在遍布瓦砾的街道上开过，穿着军服的男人——确切地说应该是男孩——列队走过长街，他们挥舞着手里的机关枪，胡乱扫射，嘲笑着那些被吓得抱头逃窜的平民。

妮娜从窗前闪开，背转过身靠在粗糙的墙壁上，她慢慢蹲下去，一屁股坐在满是灰末的地板上。一只老鼠从她眼前仓皇跑过，一头钻进简陋衣橱的阴影里。

上帝保佑，她已经厌透了这样的生活了。

眼下正值四月末。一个月前她还和丹尼在苏丹，此刻回想起来仿佛是过了一辈子那么久。

她的电话响了起来。

妮娜又从肮脏的地板上爬到房间的另一头，她靠坐在床边，伸手将床头柜上一个支票簿大小的电话够了过来，按下通话键，"喂？"

"妮娜？是你吗？我听不大清楚你的声音。"

"枪声太响。你好，西尔维，有什么事吗？"

"我们不能采用你的照片，"西尔维说，"连修都没法修，这次的照片拍得不好。"

妮娜无法相信她听到的，"见鬼，你跟我开玩笑呢吧？我状态最差的时候也比你手下那群废物强。"

"可这次的照片比你状态最差时拍的还糟啊，孩子。你到底是怎么回事？"

妮娜拨开挡在眼前的头发。她已经好几个星期没有理过发了，这蓬乱的头发现在脏得结成了块，用手拨开就维持着那个僵硬的形状。自战事升级以来，她住的这间旅店——乃至整个街区——已经停水数天了。“我也不知道是怎么了，西尔维。”她无奈地说道。

“你就不应该这么急地回来工作。我知道你有多爱你的父亲。我能帮你点什么忙吗?”

“登上封面是最能让我宽慰的事。”

西尔维在电话那头沉默了一阵，“带着悲伤上战场本来就是不明智的，妮娜。也许你要去的地方不该是那里，所以你才会失了优势的。”

“好吧，那么……”

“祝你好运，妮娜，我说的是真心话。”

“谢了。”说完她挂断了电话。

她环顾脏乱昏暗的旅馆房间，感觉机枪的回声正顺着她的脊柱向全身蔓延，这里一切让她感到无比厌倦，心力交瘁。刚交上去的照片被说得一文不值，多少在她的意料之中。她太疲倦了，完全没法集中精神。好不容易睡着了，又总是因为梦到父亲惊醒。

最近一段时间，父亲临终前的遗言，还有在他面前立下的保证总在不断地拷问着她。也许问题就出在她身上，也许正是那种不安让她无法集中精神工作。

她没能遵守自己的诺言。

也难怪她会失去魔力。

所有的问题都出在贝耶诺奇，她的魔力掌握在那个她答应过要去了解的女人手上。

五月的第一个星期——这个日子比妮娜原本预计的提早了几天——刚过早上七点，妮娜的车已经开进韦纳奇山谷。除了蜿蜒崎岖的卡斯克德山脉上仍有积雪覆盖外，天地间万物都已换上了春装。

贝耶诺奇果园里一派花团锦簇的景象，数英亩的苹果树上开满了鲜亮的花。妮娜一边往庄园的方向开，一边想象着父亲就在果园里，他骄傲地走在果树间，一个黑发小女孩紧紧尾随在他身后，不住口地问东问西，苹果熟了吗，爸爸？我饿了。

时间到了它们自然就长熟了，妮娜小乖乖。很多时候你得学会有耐心才行。

是这些树伴随着她长大的，在成长的道路上，她知道了自己不是一个有耐心的人，也想明白了，务农并不是自己心之所向；父亲毕生奉献的事业终将不会由她来继承。

到了庄园，她将车停在车库前的车道上。

一旁的果园里很是热闹，几个工人在果树间穿梭忙碌，检查有没有受虫害或腐烂的树木。

妮娜将相机包挎在肩上，朝大宅走去。庭院里一片郁郁葱葱，那绿色鲜亮明艳得叫人难以直视。沿着栅栏线和人行道的两旁满是成团成簇的白色花朵。

站在门口，妮娜觉得没必要敲门，便自己开了门进去。进了屋她顺手打开玄关的灯，脱下靴子，一边呼唤母亲："妈妈？"

但没有人回应。

她走进厨房。

屋子里弥漫着一股霉味，并且有种空旷的感觉。楼上也是一样，静悄悄，空荡荡的。

虽不愿承认，妮娜还是感到一阵失望。本想给母亲和姐姐一点惊喜，但她也知道这种想法多半会失败。

她只得回到车上，准备到姐姐家去。到了一个 V 字路口，她见一辆货车迎面驶来。

她把车靠边一停，打算等货车先过。

小货车缓缓开下来，然后在她旁边停住。杰夫摇下车窗，"你好，妮娜。真意外啊。"

"杰夫，你是知道我的，就是这么风风火火的一个人。妈妈呢？"

杰夫瞥了一眼后视镜，好像有人跟在他后面似的。

"杰夫？怎么回事？"

"梅瑞狄斯没有告诉你吗？"

"告诉我什么？"

他终于正视妮娜的眼睛，"她也是没有办法了。"

"杰夫。"妮娜的声音提高了，"你说什么我听不懂。我妈到底在哪？"

"园景山庄。"

"养老院？开什么玩笑？"

"别急着下结论，妮娜。梅瑞狄斯是考虑到……"

妮娜猛踩一脚油门，那辆租来的车掉了个头，绝尘而去。不到二十分钟，车已经开到养老院。在砾石车道上将车停好后，她从副驾驶座位上一把抓起沉重的帆布相机包，急匆匆地穿过停车场，走进养老院的大楼。

养老院的接待大厅用了明亮的颜色来装饰，刻意营造出欢快的气氛，可不管怎么看都叫人心生厌恶。头顶的荧光灯泡连在一起，很像一排萤火虫趴在杏色的天花板上。她的左手边有一间接待室，里面放了几张原色的椅子，和一台美国无线电公司生产的老式电视机。正前方是一张大大的木头接待桌。桌子后面有个女人在眉飞色舞地打电话，她的头发烫得很精致，绘了圆点花样的指甲有节奏地敲击着仿木头桌面。

“我说真的，玛姬妮，她真的肥了一大圈呢……”

“打扰一下，”妮娜走上前硬邦邦地说道，“请问阿妮娅·惠特森住哪一间房，我是她女儿。”

接待员中断了电话闲聊，“146 号房，左拐。”她简明扼要地回答了问题后又忙着接上被打断的聊天。

妮娜沿着宽敞的走廊往前走。走廊两边大部分的房门紧闭着；透过少数几扇敞开的门可以看到屋内的情况，房间不大，和医院的病房差不多，所有房间里都有两张一模一样的单人床，被送进来的老人便是在这样的地方度日。她回想起朵拉姑姑以前住在这里的情形。每个周末他们来探望姑姑时，父亲总是没有好脸色，他恨透了这个地方。交钱进来等死，这是父亲对这里的评价。

梅瑞狄斯怎么可以做出这样的事？更过分的是她怎么可以一直瞒着不说呢？

等找到 146 号房间时，妮娜已经是满腔怒火了。生气的感觉挺好，自从父亲去世后，她还是第一次有这样真实炙热的情绪。

她重重地敲了敲门，听到房门内有人回应：“请进。”她打开门走了进去。

母亲坐在一把难看的格子纹躺椅上织毛线。白色的头发乱蓬蓬的，身上穿的衣服都是胡乱搭配的，只有一双蓝色的眼睛明亮而澄净。她抬起头来看着走进房门的妮娜。

“你为什么要住进这种活见鬼的地方？”妮娜说。

“说话注意点，妮娜。”母亲说。

“你应该住在家里。”

“你这么想吗？你父亲都不在了。”

母亲的话像一滴毒药，慢慢地唤醒了妮娜的痛苦记忆。她呆滞地走上前去，感觉母亲的视线像一枚钉子牢牢地钉在她身上。她看到母亲在一个老旧的橡木梳妆柜上布置了一个新的“朝圣角”。

妮娜身后的门打开了，梅瑞狄斯走进狭小的房间。她手里提着一个塞满了特百惠保鲜盒的大手提袋。

“妮娜。”她快步走了过来。梅瑞狄斯一如既往地把自己打理得无可挑剔，栗褐色的头发修剪成经典的短发款式。笔挺的黑色裤子配一件粉色衬衫，衬衫下摆束进腰带里。她苍白的脸上化了精致的妆，可即便有化妆品的修饰，还是掩盖不住她满脸的疲惫。而且她看起来消瘦了不少。

妮娜转过身看着姐姐，“你怎么能干出这种事来？把她甩来这里你可轻松多了吧？”

“她的脚踝……”

“关她的脚踝什么屁事？你明知道爸爸恨透了这种地方。”妮娜毫不客气地指责。

“你怎么能这么说？”梅瑞狄斯气恼地说，脸也涨得通红，“我一个人……”

“别吵了，”母亲提高了声音吼道，“你们两个是怎么回事？”

“她就是个蠢货。”梅瑞狄斯对母亲说。然后彻底无视妮娜的存在，径自走到小桌旁，将手提袋放到上面，“妈，我这次给你带了卷心菜煎饺和鸡蛋沙拉。泰贝莎要我送一团新的毛线给你，就放在袋子最下面，此外还有个新的编织花样图，她说你会喜欢。我下班后会再来看你。”

母亲点点头，什么话也没说。

梅瑞狄斯交代完，一言不发地走出房间，房门在她身后重重地关上。

妮娜犹豫了一下追了出去。梅瑞狄斯脚步匆忙地穿过走廊，她的鞋跟重重踩在油毡地板上，留下一串铿锵的嗒嗒声。

“梅瑞狄斯！”

姐姐没有停下来，抬起手向她竖了个中指。

妮娜只得回到房间里。现在再看，这个仅有两张单人床、一把丑陋的躺椅和一个破旧木头梳妆柜的房间实在是又小又寒酸。只有“朝圣角”挂着的几幅俄国圣像画和蜡烛透露出这个房间住客的些许信息，为母亲保留了原本生活的习惯。父亲一走她的生活就被彻底打乱，这是父亲早就想到会发生的事，毕竟她是他深爱着的人。

“走吧，妈妈。赶紧离开这个该死的地方，我带你回家。”

“你？”

“对，交给我。”妮娜坚定地说。

“该死的妮娜。她怎么可以对我说出那么可恶的话？而且还是当着母亲的面。”梅瑞狄斯跑到丈夫的办公室里大发牢骚。

杰夫在报社工作的办公室又小又挤。他负责编辑一个名叫“城市节拍”的专栏。不过他们所在的这个地方算不上什么了不得的大城市，也没多少值得拿出来报道的事。电脑旁的一摞稿纸提醒了梅瑞狄斯，杰夫的小说她至今都还没抽出时间看。

她一刻不停地踱步，啃咬大拇指的指甲，直到咬得疼了才停下。

“我早说了，你应该跟你妹妹说实话的。”

“现在才来马后炮有什么意思?”

“可你之前是联系过她的，不是吗？你母亲住进园景山庄后你还和她通过两三次电话。妮娜生气也在情理之中。换成你，你也要生气，”杰夫靠在椅背上说，“让妮娜和她待一段时间。最多到明晚，她就会理解你为什么会做这样的决定了。等她见识了你妈妈失神发狂的样子，一定会跑来向你道歉的。”

听杰夫这么一说，梅瑞狄斯站定了，“你觉得会吗?”

“我知道会这样的。你把妈妈送去那种地方不是因为照顾她让你负担太大，尽管这也是事实。你送她去那是为了保证她的安全。记得吗?”

“你说得对，”梅瑞狄斯希望这么说能让自己理直气壮一些，“说来她在养老院住了一段日子后确实好了很多。吉姆也这么说的。光着脚跑进雪地里，剥墙纸或者割伤自己手指这些事也没有再发生了。让我安心了不少。”

“那么也许我们可以考虑把她接回家了。”杰夫说道。梅瑞狄斯察觉到了他话语里的敷衍，看得出他已经不想就这个话题和她讨论下去了。梅瑞狄斯不知是因为他此刻有别的心事，还是因为这些话他已经翻来覆去听了太多次，早就失去了耐心。也许是后者吧，过去这一个月里，她确实把大部分心思都放在母亲身上，担心的话说了无数，杰夫全听在耳里。仔细回想起来，最近她和杰夫的话题好像除了母亲就再也没有别的了。

“我得走了，”杰夫说，“二十分钟后我有个采访。”

“好，你去吧。”

杰夫送她离开，一直送到她的车旁才返身折回那间脏乱狭窄的办公室。

梅瑞狄斯坐上驾驶座，发动车子离开报社。

回到公司，梅瑞狄斯坐在办公桌旁看了一会修剪果树的报告，猛地想起刚才告别时杰夫没有吻她。

妮娜开着租来的车朝着贝耶诺奇庄园的方向开去。她瞥了一眼坐在旁边副驾驶座上的母亲，她还在织毛线。

此刻母女两人的关系进入到了一个陌生的领域。因为联手从养老院里出逃，让她们之间有了一种伙伴的感觉，这在过去是从来没有过的，但仅仅只是一次的亲近，妮娜也不相信和母亲的关系能就此有所改善。“我应该留下来的，”妮娜对母亲说，“我该留在这里照顾你。”

“我看这对你来说不大可能吧。”母亲说道。

妮娜不知道这算不算是一句奚落的话，母亲想强调的重点是对“你”不抱什么希望，或者说她只是在表述一个事实而已。

“可是……”话说了半截，妮娜也不知该怎么接下去了。她感觉自己一瞬间又成了那个围绕着母亲的轨道打转的小孩子，期待着她能有所回应——一个眼神，一次认可的点头，一些感激或悲伤之情。只要不是编织针咔嗒咔嗒的声音，什么都好。

车在庄园前停好后，母亲收起编织针，抓过装着“朝圣角”圣像的包，打开车门走了出去。她像个女王一样穿过翠绿如茵的草坪，踏上石头铺就的小路回到自己的家里，房门在她身后关上了。

“谢谢你带我回来，妮娜。”妮娜小声嘟囔了一句，摇了摇头。

她把行李箱搬进家后，看到“朝圣角”又重新在客厅里布置好了，蜡烛也点着了，但是却哪都不见母亲的身影。

妮娜拖着行李箱走上二楼。母亲卧室的门没有关，她站在门口听了一会儿，除了编织针咔嗒咔嗒的声音，还有一个轻柔的、像是吟唱一般的声音：母亲也许在自言自语，要不就是在和谁通电话。

怎样都好，反正她是不愿意跟女儿说话的。妮娜把母亲的行李箱放在门边，走进自己以前的卧室。放好背包和摄影器材后妮娜又回到楼下。

她爬上父亲最喜欢的软塌，将靠枕堆到脑袋后面枕着，摊开四肢躺下，然后打开电视。不一会儿她就睡着了。

这是她数月来睡得最好的一觉，几乎全程无梦。醒来后她觉得神清气爽，又有了迎接这个世界挑战的勇气了。

她上楼敲了敲母亲卧室的门，“妈妈？”

“进来。”

打开门，妮娜看见母亲坐在窗边的摇椅上织毛线。

“妈妈，你饿了吗？”

“我昨晚觉得肚子饿，今早又饿了，不过我做了些三明治。梅瑞狄斯不准我用炉子做吃的。”

“我竟然睡了一整天？真该死。答应我，千万别告诉梅瑞狄斯。”

母亲严厉地瞪了妮娜一眼，“我不跟小孩子做保证。”说完她的注意力又回到了手中的毛线上。

妮娜离开母亲的卧室，去洗了一个长长的、只有回到美国才能享受到的热水澡。从浴室出来后，尽管穿着皱巴巴的卡其布旧裤子，但她终于觉得自己有个人的样子了。

接着她进厨房绕了一圈，考虑该做点什么当午餐。

打开冰箱，她看到里面塞了几十个装满食物的保鲜盒，每个盒子上都用黑笔做了标记，此外还认真地标注了日期。母亲做饭总有种大张旗鼓的架势，每次做的量足够喂饱一个野战排，一家人根本吃不完。而且他们惠特森家的餐桌上从来不会扔剩菜剩饭。所有吃剩的都要好好装起来，标上日期放进冰箱里待用。如果真的到了世界末日那天，贝耶诺奇庄园里也绝对不会有人挨饿。

她的目光被贴着“酸奶油牛肉”和“手擀面”标签的两个保鲜盒吸引过去。

十足的疗愈食物，这正是她和母亲需要的。她打开炉子烧上水准备下面条，然后把酱汁放进微波炉里解冻。正准备摆餐具的时候一缕阳光吸引了她的注意力，她走到窗边，整个果园就好像一个花的海洋。

她冲上楼，从相机器材包里选了一个合适的相机。来到户外，她立刻沉浸在取景和拍摄中。可以拍的素材太多了，她把身边的能拍的所有东西都拍了个遍——果树，花海，烟熏炉——每次按下快门，她都会想到父亲，这是他最喜欢的时节。拍完后，她盖上镜头盖，慢悠悠地往回走。路过母亲的冬季花园时，她站定脚步。

今天的天气好得出奇，花园里莺飞草长，翠绿的茎和叶间开满了白色的花。花朵散发着香甜的气味，阵阵花香中混杂着泥土丰沃厚重的味道。她走进花园，在铁制的长椅上坐下。

一直以来她都觉得这个花园是属于母亲一个人的。但置身于苹果花海中，她突然觉得父亲也来到了这里，这种感觉如此强烈，仿佛此刻他就坐在自己旁边。

她拿起相机开始拍照：绿叶上的两只蚂蚁，泛着珠光色、洁净无瑕的玉兰花；还有花园里最醒目的那根铜柱，铜柱上蓝绿色的铜锈……

妮娜放下照相机。

现在花园里有两根铜柱。其中一根明亮有光泽，上面雅致的雕刻花纹清晰可辨，显然是最近才立起来的。

妮娜再次举起照相机，镜头对准这根新铜柱。柱子的上半截是一副华丽的蚀刻画，有涡卷形花纹，叶片，常春藤和花朵。

还有一个字母 E。

再扭过头去看旁边那根旧铜柱，她把藤枝和花拨到一边，研究起上面的花纹来。

这根铜柱她以前看过无数次，但今天却是第一次看得这么仔细。她发现上面的涡卷花纹中藏着几个俄文字母。她认出有字母 A 和 P，然后是一个圆圈的符号——也许是○——还有一些看上去就像蜘蛛一样。有几种她完全认不出是什么。

她正准备伸出手去摸一摸这些字母时猛然想起，炉子上还烧着水。

“该死。”妮娜忙抓起相机，急匆匆地往回跑。

九

梅瑞狄斯想了个计划，并且坚持一切按这个计划来。她决定让妮娜和母亲单独待上两个下午再加一个晚上，这段时间应该能让妮娜理解她送母亲去养老院的决定了。最近这几个星期母亲的情况是有所好转，但梅瑞狄斯觉得她还是没有恢复到可以照顾好自己的程度。

让妮娜清楚地了解眼下的状况很重要，甚至可以说很残忍。梅瑞狄斯真的不想再一个人背负这个决定带来的负担了。母亲在养老院里住了六周，脚踝已经痊愈。现在他们面临着要做一个永久性的决定，而这次梅瑞狄斯拒绝一个人拿主意。

下午四点半，她离开公司开车去养老院。一进大厅她先朝前台接待苏·艾伦挥了挥手，然后大步走过接待台。她昂首挺胸，一只手里握着钥匙，另一只手拿着手提包，轻车熟路地找到母亲住的房间。

她先是在门口站了一会儿，心里默默宽慰了自己几句，调整好情绪后她才打开门。

房间里有两个穿着蓝色连体工装服的男人在做清洁：一个人在拖地，另一个在擦窗户。母亲所有的私人物品都不见了。单人床上铺了一条朴素的蓝色床单，不是梅瑞狄斯之前买来换上的新床单。

“惠特森夫人呢？”

“搬走了，”一个男人头也不抬地回答，“也不提前通知我们一声。”

梅瑞狄斯眨眨眼睛，“你说什么？”

“人搬走了。”

梅瑞狄斯扭头就走，又回到接待前台，“苏·艾伦，”她的两根手指按在左边的太阳穴上对接待员说道，“我妈妈去哪了？”

“她和妮娜走了。搬出这里了。也没通知我们，就那样一声不响地走了。”

“好吧，这事有点误会。我母亲会回来的……”

“这会已经没有空房了哦，梅瑞狄斯。麦葛琴太太已经搬进你妈妈的房间了。这里的房间什么时候能空出来我们也说不准，但是七月之前恐怕是不会有空房了。”

梅瑞狄斯气得抓狂，也顾不上礼貌周到，什么话也没说，转身走出养老院的大楼，大步流星地回到自己车上。一路上她开得飞快，生平头一次遇上限速标志也没有减速的意思。不到二十分钟，她的车就停在了贝耶诺奇庄园的门口。

梅瑞狄斯推门进屋，整个屋子烟雾弥漫。厨房的水池里堆着一摞脏碗盘，厨台上摆着一个敞开的外卖披萨盒，里头的披萨还剩了大半。

但这些都还不算最糟的。梅瑞狄斯看到炉子上有一口变了形的锅，不用凑过去细看她也知道，这锅已经被烧化，死死地粘在炉子上拿不下来了。

她正准备上楼的时候朝侧边的院子瞥了一眼。透过法式大门的木窗格，她看到了她们：母亲和妮娜并肩坐在铁长椅上。

梅瑞狄斯推开法式大门的一边，她用力过猛，门砸到墙上发出咣当一声巨响。

穿过院子的时候她听到母亲在讲故事，那个语调她再熟悉不过了，她立刻想到，这是母亲一阵阵犯糊涂的毛病又犯了。

“……父亲被黑暗骑士囚禁在红色的塔上，已经失去了性命，尽管她为父亲的死悲痛不已，但生活还要继续下去。尽管可怕，可这却是每一个女孩都要经历的。城堡花园的池塘里还喂养着天鹅，此时正值夏日，深夜两点钟时的夜晚仍如同白昼一般明亮，王公贵族的公子和小姐们相约在河畔散步。她还不知道凛冬来临时将会如何难熬，也没有见识过玫瑰花还没凋零落下便已冻结成冰的残酷，不知道女孩们该如何用苍白的手守护火堆……”

“故事就讲到此为止了，妈妈，”尽管梅瑞狄斯已经满腔怒火，但还是尽力不在脸上表现出来，“我们回屋吧。”

“别打断她……”妮娜说。

“你是个白痴。”梅瑞狄斯冲妹妹说道。她扶起母亲，拉着她回到二楼的卧室。她让母亲在摇椅上坐好，再把毛线递给她。

回到楼下，梅瑞狄斯在厨房里找到妮娜，“你脑子里到底在想什么？”

“你听到那个故事了吗？”

“什么？”

“妈妈刚才讲的故事。是乡下女孩和王子的那个故事吗？你记不记得……”

梅瑞狄斯一把抓起妹妹的手，把她拽到餐厅里。

她打开灯，餐厅还保持着母亲从椅子上摔下来那天的样子。一面墙上的墙纸被撕去了几大条，裸露的空白墙壁和旁边完好的鲜艳墙纸一对比显得触目惊心，像是一条条结了痂的旧伤疤。而且不管是没有被撕去的墙纸还是空墙壁上，到处都有星星点点的黑红色污迹。

梅瑞狄斯转过身看着妮娜，话才刚到嘴边，就听到外面，也许是果园的某处，有货车回火的声音。紧接着楼梯上传来一阵急促的脚步声。

母亲带着一件大外套，慌张地跑进厨房，“你们听到枪响了吗？到楼下去！快!”

梅瑞狄斯走过去搀扶住母亲的胳膊，希望这样的身体接触能起作用，“那只是车子回火的声音，妈妈。什么事也没有。”

“我的狮子在哭泣，”母亲说道，她的目光涣散，眼里没有光泽，“它饿了。”

“这儿没有什么饥饿的狮子，妈妈。”梅瑞狄斯用平静的语气安抚母亲。“你想喝汤吗？”她轻柔地问道。

母亲看着她，“我们有汤吗？”

“多得是呢。另外还有面包、黄油和荞麦片。不会有人饿肚子的。”

梅瑞狄斯温柔地拿过攥在母亲手里的外套，她发现外套里面裹着四瓶胶水。

母亲这次犯病来得快去得也快。她突然站直了身子，看了一眼两个女儿，然后一言不发地走出了厨房。

“这闹的是哪一出？”妮娜问梅瑞狄斯。

“你都瞧见了吧？她有时就是会这样……发一阵疯。正因为这样她才需要去一个安全的地方。”

“你错了。”妮娜依旧盯着母亲刚才走出的那扇门。

“你自然是比我聪明得多。你来教教我，我错在哪了？”

“那不是发疯。”

“是吗？那是什么呢？”

妮娜扭过头看着她，“是恐惧。”

接下来梅瑞狄斯带着殉道者一般的狂热，开始打扫厨房，妮娜倒不觉得太惊讶。她知道姐姐在生气，照理说她现在应该去关心一下姐姐，但她没有心情。

她此刻心里想的全是对父亲许下的承诺。

让她给你们讲那个乡下女孩和王子的故事。

这是父亲临终前的愿望，他无比期盼家里的三个女人能够坐下来认真谈谈，互相了解。那时候看来这个要求毫无意义，并且可以说是不可能完成的任务。

可父亲一走，母亲整个人都支离破碎了，他早就料到会这样。可他相信那个童话故事能让她好起来。

梅瑞狄斯把一口锅重重地顿在没被弄坏的炉子上，“不把烧化的锅弄下来这该死的炉子根本都用不了，这就是你干出来的好事。”她指着那个被烧坏的炉子骂道。

“那就用微波炉。”妮娜被她说得心烦意乱，随口搪塞了一句。

梅瑞狄斯转过身，“这就是你要说的吗？告诉我用微波炉就完了，是吗？”

“爸爸让我保证……”

梅瑞狄斯拿起一条毛巾擦干手，然后用力把毛巾甩到厨台上，“你就行行好吧。让她给我们讲那些荒唐无稽的故事什么用也没有。我们得保证她的安全，那才是真的帮她。”

“你是想把她远远送走。为什么？好让你和家人过清净日子吗？”

“你怎么能这样说我？你……”梅瑞狄斯凑近她，声音压低，“家里的那些杂志，他全都仔细看过，就是为了看有没有他小女儿的照片。这些你都知道吗？他每天都要检查邮件和留言，生怕错过你的消息，而你每次一走就音讯寥寥。所以你根本没有资格说我自私！”

“够了。”

母亲站在门口。她头发一反常态地披散着，身上只穿了一条睡裙，领口裸露的皮肤青筋凸起，锁骨突出；她脖子上挂着一根金色的细线，下端坠着一个传统东正教十字架。除了一双惊艳的蓝眼睛，母亲通身的白色——雪白的头发，苍白的皮肤还有白色的睡裙——让她看上去有种半透明的感觉。她的眼睛因为愤怒显得格外明亮。“你们就是这样子来尊重他的吗？就是吵架吗？”

“我们没吵架，”梅瑞狄斯叹了口气，“我们只是在担心你。”

“你觉得我疯了。”母亲说。

“我可没有这么想，”妮娜仰着头说道，“我发现冬季花园里添了一根新的铜柱。妈妈，我看到上面刻的字了。”

“什么字？”梅瑞狄斯疑惑地问。

“什么也不是。”母亲果断地说。

“那些字一定有什么意义。”妮娜又说。

母亲对妮娜的话充耳不闻。她什么反应也没有，没有叹息，没有闪躲，也没有不自然地移开目光，只是默默地走到餐桌旁坐下。

“我们一点也不了解你，妈妈。”妮娜继续说道。

“过去的事就不再重要了。”

“你总是这么说，我们也不勉强你。也许过去是我们不在意这些。但现在我在意了。”妮娜对母亲说。

母亲缓缓地抬起头，她的眼睛里没有迷茫，也没有悲伤，“我不说你就会一直纠缠不休对不对？你就是这样的。梅瑞狄斯不让你说是因为她害怕。而你是不会被任何人、任何事阻止的。”

“我向爸爸保证过。他希望我们能从头到尾地听完那个童话故事。我不想让他失望。”

“在临终的人面前胡乱作保证是要不得的，这是我很早就明白的道理。现在你们也吸取这个教训吧。”说着母亲站起来，她的肩膀微微有些佝偻，“要是你们的父亲听到你俩吵架，他会难过的。你们还有彼此这个依靠已经很幸运了。珍惜吧。”说完她走出了房间。

不一会，楼上传来关门的声音。

两人沉默了一阵，最终还是梅瑞狄斯先开口，“听着，妮娜，我一点都不想去关心那些童话故事。只是我答应过爸爸要照顾好她，而且这也是我该做的。你老说我们应该试着去了解她，但这基本是不可能的任务。为此我已经受了太多打击，我放弃了。”

“你以为我不知道吗？”妮娜说，“我是你妹妹，这些年你对她的用心我都看在眼里。”

梅瑞狄斯猛地转过身，用力地去抠粘在炉子上的锅，仿佛那下面藏着什么宝藏。

妮娜起身走到姐姐旁边，“我理解你为什么送她去那个可怕的地方。”

梅瑞狄斯转过脸看着她，“你真的理解我吗？”

“那当然，你觉得她会发疯嘛。”

“她真的疯了。”

妮娜一时不知该如何接话，也不知该如何顺着姐姐的话去理解这件事。她只知道自己好像丢失了一部分自我，而且是非常重要的一部分，也许实现对父亲的承诺就能帮助她找回来，“不管怎么样我都要让她把那个童话故事完整地讲一遍给我听。我不会放弃的。”

“你想怎么样就怎么样吧，”梅瑞狄斯叹了口气，“你从来都是这样的。”

上班的时候，梅瑞狄斯逼着自己认真投入工作中，尽全力去解决果园和储藏库的各项日常琐事，可不管她如何努力，却没有一件事是顺顺利利做好的。她的胸口好像被安上了一个阀门，每呼吸一次，这个阀门就会拧紧一些，压力不断在胸腔里聚集，好像随时都有可能爆炸。在对一个员工咆哮了三次后，她决定放弃，尽早离开公司以免造成更大的伤害。她在黛西的办公桌上扔下一捆文件，“把这些整理归档，谢谢。”她的语气硬邦邦的，不给黛西发问的机会，扭头就走。

她发动了车子。一开始她也不知道自己该往哪开；漫无目的地走了一阵才发现她行驶在一条已经被自己遗忘了很久的路上。某种程度上，眼前这条路就像是一幅记录了她年轻时回忆的画卷。

她把车停在贝耶诺奇的礼品商店前。商店建在一个远离高速路的地方，四周环绕着开满花的古老苹果树，店面虽不大，但布置得很可爱。

很久以前这个礼品商店还只是一个路边水果摊；梅瑞狄斯以前会在夏季时来水果摊帮忙，向往来的游客兜售美味可口的苹果，想来那应该是她这辈子度过的最快乐的几个夏天了。

透过车子的挡风玻璃，她看着这栋用白色隔板搭成的平房，还有屋檐上吊着的小白灯。夏天的时候，这里就是一片姹紫嫣红的景象——门边的花盆，门廊上的花篮，还有缠绕在篱笆上的藤蔓，到处都开满了花。

把水果售卖摊改成礼品商店的主意是她想出来的。她还记得那天，她兴冲冲地跑到父亲面前提出了这个想法。那时候她的两个女儿还小。

一定会很棒的，爸爸。游客肯定喜欢。

你这主意真绝了，梅瑞狄宝。你以后会成为一颗帮我指路的明星……

她在这个地方倾注了心血，店里出售的所有商品都是她精心挑选、用心打理的。后来店里的生意越来越好，本地自产的纪念品和手工艺品极为畅销，中途他们两次扩张了店面，但还是没法存放足够的货品。

再后来她为了让父亲高兴，把礼品店交给别人去打理，接手了公司的储藏库。

现在回想起来，似乎就是从那个时候开始，她的一生全在围绕着别人打转……

她调转车头离开了那个地方，心里隐隐希望要是没有来这一趟就好了。接下来的一个小时里，她只是没有目标地驱车向前，偶尔看看沿途的景色，季节轮转，天地万物早已褪去了寒冬的萧瑟。

她把车停在自家车道上时已是暮色四合，天色渐渐暗了下来。

回到家里，她喂过两只狗后就开始做晚饭。接着放水洗澡，她在浴缸里泡了很久，直到水凉了才起来。

她还在为白天发生的事不爽，同时也感到很迷茫，不知道接下来该怎么办，也不知道该期待什么。她只知道所有事都被妮娜弄得一团糟，这么一来她麻烦更多了。在她看来，所有问题到最后必然会演变成一场大混乱，而到时候她就得站出来收拾残局。

她已经厌透了当那个把所有责任扛在自己身上的人。

她擦干了身上的水，换上一套舒适的运动服走出浴室。就在她用毛巾擦头发的时候，目光落在了卧室里的大号双人床上。

这张大床点燃了她身体里的渴望。她还记得和杰夫买下这张床时的情形，由于价格过于高昂，两人还犹豫了一番，但最后还是一边嘲笑着花钱太多一边掏出了信用卡。床送到的那天，他们早早下班，一回家就迫不及待地躺到上面。两人在新床上依偎着说笑、亲吻，然后激情满满地完成了对床的“受洗仪式”。

激情，这正是她此刻所需要的。

她需要脱光衣服，深陷进床里，把妮娜、母亲、养老院和童话故事统统丢到脑后。

想到这里，她心里立刻有了打算。一连数月来，她第一次有了兴奋的感觉。她换了一件性感的睡裙，然后下楼生上火，给自己倒杯红酒，接着就是等杰夫下班回家。

一直到夜里十一点，她还在苦等，之前的兴奋之情一点点消退，变成了满腔的愤怒。

该死的他到底去哪了？

等到他踏进家门的时候，她已经喝了三杯葡萄酒，而先前准备的晚餐也早已冷透走样。

“这么晚你去哪了？”她站起身来，没好气地质问杰夫。

“怎么了？”杰夫皱眉。

“我精心准备了浪漫的晚餐，现在全都毁了。”

“你在因为我晚回家生气吗？开玩笑吧。”

“你去哪了？”

“我去查写书用的资料了。”

“大半夜的查资料？”

“这还不到半夜呢。但我没骗你。其实从一月份开始我就经常因为查资料晚归，只是你没有注意到而已，也可能是不关心吧。”他一边说一边走进自己的办公室，门在他身后砰的一声关上了。

梅瑞狄斯跟了上去，用力推开门，“可今晚我想要你。”她说道。

“这样的话，请原谅我一点也不关心。你一连冷落了我几个月，我好像是跟一个幽灵生活在一起。可现在，就因为你突然兴致上来了，我就要丢下自己的事来迎合你吗？没有这种道理的。”

“那好。希望你今晚在这睡得舒服。”

“这里再不济也比跟你睡在一起温暖。”

她扭头走出杰夫的办公室，用力关上了门，可就在门砸上门框发出咣当一声巨响的时候，她的怒气一下子消了，取而代之的是深深的失落和孤独。

她觉得应该去跟他道个歉，告诉他这一整天她过得糟透了……

可正准备推开门的时候，她看到了门底缝隙透出的淡蓝色光，她知道他此刻已经打开电脑开始写作了。

她打消了道歉的念头。回到卧室，她爬到那张大床上躺下。结婚二十年，争吵后杰夫睡沙发的情况这是头一回。没有他在身边，她根本睡不着。

熬到早上五点，她不想再挣扎了，决定下楼去跟杰夫道歉。

办公室里没有人。他不知道什么时候已经走了。

那天早上梅瑞狄斯照常晨跑（因为觉得特别压抑，这次她跑了六英里），照常给两个女儿打电话，依旧是在九点前赶到公司上班。她坐在办公桌前的第一件事就是给园景山庄的负责人打电话，因为母亲不打招呼就走，这位负责人的语气非常不快。和那天前台接待告诉她的一样，负责人也说近期内不会有空房了。不过任何事都存在变数（保不准有人意外去世，房间就空出来了，而一个家庭会因此大受打击）。但目前来说是没办法保证让母亲住回养老院了。

妮娜不可能在家待很久，所以指望不上她什么。在梅瑞狄斯的记忆中，过去这十五年来，妮娜每次回贝耶诺奇待的时间都不会超过一周，顶多十天。妮娜在她那个行业内也许很有名气，也很受人尊重，可在梅瑞狄斯眼里，她不是一个靠得住的人。连给梅瑞狄斯当伴娘这样的大事她都能放鸽子，并且是临近婚礼时才说不干了，让梅瑞狄斯措手不及，完全没有时间找人接替，至于原因，大概是美洲中部还是墨西哥那边发生了一起刺杀事件什么的。梅瑞狄斯至今也没弄明白，她只知道前一分钟还在跟妮娜一起试伴娘礼服，一转眼她就跑得没影了。

听到有人敲门，梅瑞狄斯抬起头，看到黛西轻快地走了进来，她递过一个文件夹，“果园和种植商的报告都在这了。”

“好的，”梅瑞狄斯回答她，“放我桌上吧。”

黛西犹豫了一下，看到她欲言又止的样子，梅瑞狄斯心里暗叫一声，不好。她和黛西打小就相识，知道她一向不是犹豫的人。“我听说了，”黛西掩上办公室的门，“我听说妮娜强行把你母亲带走的事了。”

梅瑞狄斯疲惫地笑了笑，“这事确实太夸张了。不过我会想办法解决的。”

“不用说我也知道，可是亲爱的，你应该这么做吗?”黛西把文件夹放在办公桌上，轻声说道，“公司交给我打理就可以了。你父亲训练过我。你只要开口，所有事我都会帮你做好。”

梅瑞狄斯点点头。虽然她心里也赞同黛西的话，只是之前从来没有想过可以这样。黛西在贝耶诺奇工作了二十九年，对果园了如指掌，而公司的业务除了梅瑞狄斯之外，再也没有比黛西更清楚的人了。

“谢谢。”

“但你就是不知道该如何开口向别人求助，对吗，梅瑞狄斯?”

梅瑞狄斯忍住了翻白眼的冲动。这也是杰夫常对她说的话。难道做自己应该做的事也算是缺点吗?“黛西，可以请你帮我接通伯恩斯医生的电话吗?”

“没问题。”黛西转身离开了她的办公室。

没一会儿，黛西就把吉姆的电话转了过来。

“你好，吉姆，”梅瑞狄斯说，“是我，梅瑞狄斯。”

“我就知道你会给我打电话。今天园景山庄联系我了，”他顿了顿，继续说，“是妮娜吗?”

“还用说吗?她可是把《胜利大逃亡》翻来覆去看了无数遍的人。他们告诉我山庄一时半会儿没有空房了，而我们又实在请不起护工到家里来工作。你能不能给我介绍别的养老院?”

吉姆在电话那头沉默了片刻，“我找园景山庄里负责照顾你母亲的医生谈过，也咨询过她的理疗师。而且我每个星期也都去看望阿妮娅。”

梅瑞狄斯一下子紧张了起来，“所以呢?”

“我们没有发现她有犯迷糊或者痴呆的迹象。只有上个月暴风雨来袭的时候她有过一次情绪不稳的情况。她显然是被雷声吓坏了，到处跟别人说要到屋顶上。不过那天雷声那么大，院里很多老人都受到了惊吓，”吉姆深吸了口气，继续说道，“你爸爸以前也说过，每到冬天阿妮娅就会有些抑郁。一到天冷下雪的日子，她好像就会被一些事困扰。再加上她还没有完全从悲伤中走出来……总而言之，我认为她不是患了阿尔茨海默症，也没有痴呆。毕竟我没有观察到这类病征，不能下定论，梅瑞狄斯。”

梅瑞狄斯觉得吉姆的话就像一块巨大的石头压在肩膀上，“那现在该怎么办？往后我该怎么照料她，怎么保证她的安全？我总不能一直这样两头跑，我还得照顾我自己的家，我没办法时时刻刻都守着她。一不小心她真能干出伤害自己的事，你不是没见过。”

“我知道，”吉姆温和地说，“我帮你打听过了。韦纳奇有个不错的老年公寓叫‘里弗顿’。在那里她可以住进带后院的公寓房，院子挺宽敞，养点花草什么的也足够了。平时她可以自己做饭，也可以去公寓的餐厅吃饭。六月中旬时能有一个单人间空出来。我已经请那里的经理帮你预留了，但是需要你尽快缴纳定金。具体的你可以向琼妮咨询。”

梅瑞狄斯忙记下这些信息，“太谢谢了，吉姆。你帮了我一个大忙。”

“别客气，”他停顿了一下，“你还好吗，梅瑞狄斯？我上次见你觉得你气色不太好。”

“谢谢关心，医生。”她努力笑了笑，“我很累，但这也是预料中的事。”

“你操心的事太多了。”

“我这辈子就这样了。再次感谢。”她不想再跟吉姆深谈下去，于是忙挂断了电话。她弯下腰捡起掉在地上的钱包，然后离开了公司。

回到贝耶诺奇庄园，她看到妮娜在厨房里，火上炖着一锅蔬菜烩牛肉。

妮娜看到她进门，笑着对她说，“你看，我好好盯着呢，暂时还没引起火灾。”

“我有事要跟你和妈妈谈谈。她在哪？”

妮娜偏头朝餐厅看了看，“你猜。”

“冬季花园？”

“还用说嘛。”

“该死，妮娜。”

梅瑞狄斯走过一片狼藉的餐厅，到院子里寻找母亲。母亲坐在花园的铁长椅上，好的是她这次出来穿得不是那么单薄。

“妈？”梅瑞狄斯对母亲说，“我有事想和你谈谈。进屋去好吗？”

母亲站直了身子，梅瑞狄斯这才发现，经过这段时间，母亲瘦了一大圈，之前柔软圆润的身材现在看来是这样干瘪瘦小。

两人一同往回走，没有说话，彼此之间保持着一段距离。走进客厅，梅瑞狄斯先让母亲在一张椅子上坐好，生起壁炉的火，然后在母亲对面坐下。这时妮娜也过来了，她仰靠在沙发上，抬起两只穿着袜子的脚搁在咖啡桌上。

“你要说什么，梅？”妮娜捧着一本《国家地理》杂志的旧刊翻看，“嘿，这是我拍的照片。就是这张获得了普利策奖，”她高兴地举起杂志，炫耀那张占了两页篇幅的照片。

“我今天和伯恩斯医生通过电话了。”

妮娜把杂志放到一边，等着听梅瑞狄斯接下来要说什么。

“他……他也认为妈妈住养老院不合适。”

“哦，这不是废话嘛。”妮娜说道。

梅瑞狄斯不想情绪受左右，于是不去理会妮娜。她目不转睛地看着母亲，继续往下说，“但是我和伯恩斯医生都觉得你一个人住在这里也不妥。吉姆帮忙在韦纳奇找了个不错的地方，是一个公寓式的养老社区。他说你可以住进一个带厨房的单人小套间。要是你不想自己做饭，公寓也有餐厅。地点就在城中心，去商店和针织店很方便。”

“那我的冬季花园怎么办？”母亲问。

“套间自带一个小后院。你完全可以在那里打造一个冬季花园。长椅，栅栏，铜柱，所有东西都可以放进去。”

“妈妈没必要搬走，”妮娜说，“这里才是她的家，我会在这照顾她的。”

梅瑞狄斯再也按捺不住，怒气冲冲地回击，“是吗，妮娜？我们能指望你在这待多久呢？还是就跟我婚礼那次一样，你说走就走？”

“那天是因为发生了一起刺杀事件。”妮娜的脸色一下子不自然了起来。

“那爸爸七十岁生日那天呢？那次又发生了什么事件？洪水，是吧？还是地震？”

“这是我的工作，我不会因为工作道歉的。”

“我也没要求你道歉。我只是说你的意图虽好，但没什么用，如果明天印度有什么大事发生，我们也只有眼睁睁看着你离开。我没办法时时刻刻陪在妈妈身边，也不能留妈妈一个人在家。”

“这样一来你会轻松不少吧？”母亲说道。

梅瑞狄斯在母亲脸上搜寻，想找出她说这句话的真正用意，是讽刺，还是指责，或者是困惑，但她看到的只有无奈的听之任之。这只是一个问句，而非控诉。“是的。”她干脆地回答，却不知为何心虚了一下，只觉得自己让父亲失望了。

“那我去。我已经无所谓住哪了。”母亲说。

“你需要的东西我都会帮你收拾好，”梅瑞狄斯说，“下个月搬过去住，你有个准备就行了。其他的你什么都不用操心。”

母亲站起身看着梅瑞狄斯。她的眼神一时变得柔软，蓝色眼睛里似乎藏着万千感慨。但这个眼神只维持了大概一个心跳的时间，随后便消失了。母亲转过身走上楼。不一会儿便传来门关上的声音。

“她不该去那个被你们吹得天花乱坠的养老院。”妮娜对梅瑞狄斯说。

听她这么说话，梅瑞狄斯恨得咬牙切齿，“那你打算怎么办?”

“什么意思?”

“我们倒是可以请个可以包揽购物、打扫卫生和付账单的全职看护来，你来出钱吗？还是你能保证在家里待上几年，照顾妈妈？哦，对了，你的保证屁都不是。”

妮娜缓缓站起来，定定地看着梅瑞狄斯，“我不是这个家里唯一不守约的人。你也跟他保证过会照顾好妈妈的，不是吗?”

“我所做的正是为了照顾好她。”

“哦，是吗？如果他现在就在这里，听到你说要帮她收拾行李打发她去住养老院，连她的冬季花园也要搬走，你觉得他会视你为骄傲吗，梅瑞狄斯？干得好啊，谢谢你没有食言。你觉得他会这么说吗？我看不会吧。”

“他会理解我的。”梅瑞狄斯希望自己的语气能更强硬一点。

“不，他不会理解你的。你自己清楚。”

“去你妈的，妮娜。”梅瑞狄斯尖声说，“你根本不知道我付出了多少努力……你不知道我有多想……”她的眼泪涌了上来，话哽在喉咙再也说不下去了。“去你妈的。”她再一次咒骂道，但这次基本上已经是气声。她转过身，逃也似的奔到门口。在拉开门的瞬间，她隐约听到炖在火上的那锅烩牛肉已经煮沸了。她一咬牙冲了出去。

回到车上，她狠狠地关上车门，死死地握住方向盘，“你不在的时候，我才可以自以为是。”她一边喃喃自语，一边发动了汽车。

一见到她，家里的两只狗立刻兴奋地迎了上来，她跪下来，轻轻抚摸它们，只希望它们热情的欢迎礼能安抚她不安的神经。

进家后她大声呼喊杰夫，但没有人应答。她脱下外套，给自己倒了一杯红酒，然后走进客厅打开了燃气壁炉。她在壁炉前的大理石板上坐下，让壁炉里的假火释放的真实热量烘暖自己的后背。

这么多年了，她努力想毫无保留、毫无条件地去爱母亲，就像她对父亲的爱那样。那种对爱与被爱的渴望贯穿了她的整个童年和青年时期，也带来了她人生第一次真正意义上的失败。

在母亲眼里，梅瑞狄斯不管做什么都是错的，而对于一个不顾一切想取悦母亲的女孩来说，那次的失败在她心里留下了永久的伤疤。而最糟糕的是——除了那年圣诞夜的戏剧之外——那件事发生在一个阳光明媚的春天。

梅瑞狄斯想不起来当时自己多大，不过她记得那阵子妮娜刚开始学游泳，那么大概就是她十岁那年的事。那天父亲带妹妹去游泳池，所以偌大的庄园里只有梅瑞狄斯和母亲两个人在。午饭后，她偷偷溜出家门。

她手里拿着工具，揣着满满一口袋的种子来到母亲的冬季花园。花园静悄悄的，她兴奋地哼起歌来。她先把爬得到处都是的常青藤连根拔起，然后再移开锈迹斑斑的铜柱，有这根破铜柱在，这花园看上去总有种乱糟糟的感觉。她挥动小铲子翻开黑色的泥土，接着小心翼翼地把花种埋进土里。看着一排排整整齐齐的小土坑，她都已经可以想象出这些种子发芽开花后的样子了。原本杂乱无章，除了绿和白外就没有其他色彩的花园会因为这些新添的鲜花而变得生机勃勃、规整有序。

她为自己想到这么棒的主意而沾沾自喜。现在计划进行得一切顺利，她一边干劲十足地翻土，分配花种，认真地把种子种进土里，一边幻想着如果母亲这时候走出来，看到她这份心意，一定会和她一样高兴，然后给她一个大大的拥抱，一个她从来没有享受过的，母亲的拥抱。

她完全沉浸在自己的美梦中，完全没有听到屋子的门打开又重重关上的声音，就连身后逐渐靠近的脚步声也浑然未觉。当母亲拽住她的脚踝时，她才惊觉花园里不是只有她自己一个人了。母亲用力地扯了她一把，动作又猛又快让她毫无准备，待她反应过来的时候，自己已经狼狈地跌坐在一边。

你对我的花园干了些什么？

我想帮你把花园弄得漂亮一点。我……

梅瑞狄斯这一辈子也忘不了当时母亲脸上的表情，她被母亲拖着走出后院，跌跌撞撞地走上门廊的台阶。回到屋里，梅瑞狄斯哭着跟母亲道歉。她问母亲自己到底做错了什么事，但母亲没有回答她，只是将她推进屋里，狠狠地关上了门。

之后梅瑞狄斯站在餐厅的窗边，一边哭一边看着母亲狠命将填好的土重新翻开，把刚种下的花种刨到一边，仿佛那些东西有剧毒一样。母亲的举动就像一个发了疯的人；她拾起那些被拔走的常青藤，把它们种回原处，她摆弄那些藤枝的动作是那么温柔，她从来没有对自己的女儿们展现过这样的温柔。接着她找到那根铜柱，将它拖回到原来的地方用力插好。等冬季花园终于恢复成之前的样子后，母亲双膝跪在铜柱前，低下头，好像在祷告一般。她就保持着这个姿势在花园里待了整整一下午。直到天擦黑，开始下起雨了她才起身。

母亲回屋后，梅瑞狄斯看到她手上沾满了黑色的泥土，手指出血了，她的脸上也满是泥灰，被雨一淋留下一道道污痕。她对梅瑞狄斯视若无睹，径自走上楼，关上了卧室的门。

一直到那天结束她也没再和母亲说上话。等父亲回来后，她冲上去扑进他怀里，也不说话，只一个劲地哭，你怎么了，梅瑞狄宝？父亲问她。

如果她当时把实情告诉父亲，或许就能改变一些事，也改变她，但是她说不出。我就是太爱你了，爸爸，她这么说道，父亲脸上绽出的笑容再一次打消了她倾诉真相的念头。

我也爱你，他说。

她很希望有这些便足够了，默默祈祷着让自己就此知足。但事与愿违，那种挫败的感觉在她心里疯长，成了一道她跨不过去的坎。她唯一能做的是努力不让自己对母亲抱有任何爱意。

她闭上眼睛，感觉身体在微微摇晃。妮娜错了，父亲会理解她的……

一个声音在耳旁响起，好像是什么东西碰倒了，她睁开眼睛，心想也许是卢克或者莱娅摇尾巴弄出的动静，它们一直乖乖地守在她旁边，祈求能得到一点关注。

结果她看到杰夫站在玄关，身上穿着磨旧的李维斯牛仔裤和圆领汗衫，这身衣服从昨天早上到现在一直没有换过。

“你回来了。”

“我要走了。”他平静地说。

想到今晚他俩不用尴尬地大眼瞪小眼，她不知是该松口气还是该失望。“要我弄晚餐吗?”

他深吸了口气，又说：“我要离开了。”

“我听到了，我不……”她猛地打住，突然明白了什么，她抬起头盯着杰夫，“你要走？要离开我？因为昨晚吗？昨晚的事我真的很抱歉。我不该……”

“我们有必要分开一段时间了，梅。”

“别这样，”她摇头，声音低了下去，“别在这个时候走。”

“永远也不会有合适的时候。我一等再等，先是因为你父亲去世，然后是你母亲。我一直反复告诉自己你还爱我，你只是事情太多顾不过来，可是……我再也没办法相信了。你的周围好像竖起了四面墙，梅，我越不过去，我已经不想再努力了。”

“很快就会好起来了。等到六月……”

“我不想等了，”杰夫打断她，“再过几个星期两个女儿就放假回家了，我想最好是利用这段时间来考虑下我们需要的到底是什么。”

她觉得自己在一点点溃散，可一想到如果就此任由自己崩溃她就害怕得要命。数月来她一直拼命隐藏自己的情绪，天知道要是将这些情绪释放出来会有怎样的后果。也许她会号啕痛哭，一直哭到像个石头人似的失去知觉，就好像母亲的故事里那些中了邪恶魔法的人。所以她死死撑着，强作镇定地对杰夫点点头，尽可能用最平静的语气说道：“好吧。”

杰夫看着她，她在他的脸上看到了失望和无奈，他没有说出口的话全在他的眼神里，我就等着你这么说呢。算了，由他去吧，这个念头让她悲痛欲绝，可是她也不知道该如何让他留下，不知该说些什么。于是她木然地站起来向厨房走去，从他身旁走过时，她看到了门口摆着一个行李箱，想必刚才听到的声音就是他放下行李箱时发出的。

她站在水池前，眼神呆滞。她听着自己被打乱的心跳声，感觉就快要喘不过气来了。和杰夫结婚这么多年，他们还从来没有闹到他要离开家的地步。甚至于像昨天晚上那种情况都从来没有发生过，杰夫从来没有因为怄气而丢下她一个人睡，更别说离她而去。她知道他不开心，她又何尝不是如此。原本他们只是在经历一段普通的低谷期，可不知怎么的竟然演变成这样的局面。

怎么就至于这样了……

他走到她的身后，掰着她的肩膀让她转过身面对着他，“你还爱我吗？”他平静地问她。

要是他是在一小时前，或者昨天，或者上周问她这个问题就好了，只要不是现在，不是在她觉得连脚下踩着的地面都不可靠的时候。她一直觉得杰夫对她的爱就像是一块可以抵御任何狂风暴雨的厚实挡板，可事实上他的爱也和她生命中其他所有的东西一样，是有条件的。

一瞬间，她好像又变回到那个十岁的小女孩，被母亲使劲拽着，从花园里拖出来，不知道自己犯了什么滔天大罪，怎么就至于这样了。

他松开她的肩膀，转身朝大门走去。

梅瑞狄斯很想叫住他，我当然爱你，你爱我吗？这句话已经到了嘴边，可她就是没能张开嘴。她知道应该抢上前去从他手里夺下行李箱，或者干脆从身后抱住他，怎样也好，也许就能扭转眼下的局面。可是她只是站在原地，眼睛干涩，茫然地瞪着他的背影。

推门出去前他再一次转过身来看着她，“其实你也知道，你和她一模一样，对不对？”

“别这么说。”

他又定定地盯着她看了一会儿，她知道他心软了，他是在给她一个机会，但是她抓不住这个机会，她一步也迈不动，伸不出手去挽留他，甚至连哭泣都不能。

“再见，梅。”他终于说道。

她在原地，在水池旁边木木地站了很长时间，一直到他开车离开后，她的眼睛仍旧一动不动地瞪着院子某个黑暗空洞的地方。

你和她一模一样，他是这么说的。

这句话带给她的伤害几乎是毁灭性的，他不会不知道。

“他会回来的，”她喃喃对自己说着，“两口子在一起过日子，时不时也要分开一段时间喘口气。会没事的。”得想个办法解决好这事，考虑下该做什么。她一边想着一边打开储藏室，从里面把吸尘器挪出来，拖到客厅里。打开开关后，机器的声音立刻盖过了她脑袋里的混乱声音和不规律的心跳声。

十

妮娜洗完澡，接着又把带回来的行李拿出来放好。收拾完毕后她下到一楼，在厨房里她看到母亲坐在餐桌旁，桌上摆着一个雕花水晶的酒瓶。

“我在想，也许我们可以来喝点酒。伏特加。”母亲说。

妮娜愣愣地看着母亲。这实在出乎她的意料，也吓了一跳，就好像什么东西突然从某个阴暗的角落蹿到她的面前，让她措手不及。她长这么大，母亲还是头一次主动提出要和她一起喝酒。她有些犹豫。

“要是你不想的话……”

“不。我是说，我很乐意。”妮娜忙说道。

母亲往两只小酒杯里倒伏特加的时候，妮娜就一直盯着母亲。她努力想在她漂亮的脸上找到线索，一个蹙眉，一抹微笑，只希望能从中揣摩出母亲的情绪和想法。可母亲的蓝色眼睛一如既往的平静，什么也没有透露出来。

“厨房里有股焦煳味。”母亲说。

“第一次做晚饭我就把锅给烧煳了。真遗憾，你一直都没教过我怎么做饭。”妮娜说。

“只是把做好的菜重新加热一下，算不上做饭。”

“你妈妈有没有教过你做饭？”

“水开了，下面条。”

妮娜走到炉子前，往沸水里加了些母亲自己擀的面条。旁边的炉子上还有一口长柄锅，里面的酸奶油牛肉汤汁正咕噜咕噜地冒着泡。“瞧啊，我在做饭了呢。”她说着拿起一把木勺，伸进锅里搅拌，“要是丹尼在这看到这一幕，非笑掉大牙不可。他肯定会说，小心点，亲爱的，你做出来的东西是要给人吃的。”说到这里她故意停顿了一下，满心以为母亲会问她丹尼是谁，可母亲没有任何表示，她只听到身后传来缓慢而有节奏的敲击声。

她回过头，看到母亲在用叉子一下接一下地敲桌面。

妮娜回到餐桌边，拉开母亲对面的椅子坐下，“干杯。”她举起酒杯对母亲说。

母亲也举起面前的酒杯，跟妮娜轻轻碰了一下杯，然后一仰头将满杯的伏特加一饮而尽。

妮娜也一口喝完自己杯里的酒。母女俩面对面沉默了几分钟。“下面我们要做什么?”妮娜打破沉默。

“面条。”母亲回答。

妮娜依言起身，到炉子边看锅里的面条。“面条都浮起来了。”

“熟了。”

“我又学了一手做饭的本事，真是太棒了。”妮娜用一把滤勺接在水池上，把锅里的面条倒了出来，再把面条盛进两个盘子里端到餐桌上。接着她去又拿了一盘沙拉和一瓶红酒来。

“谢谢。”母亲说完，闭上眼睛默祷了一会儿后拿起叉子。

“你一直都这样吗?”妮娜问母亲，“我是指餐前祷告。”

“不要研究我，妮娜。”

“如果父母有祷告的习惯，通常也会教给自己的子女。可我记得除了重大的节日外，我们家平时是不做餐前祷告的。”

母亲没有搭腔，默默地开始吃面条。

妮娜本来还想继续追问下去，可酸奶油牛肉汤的味道实在太诱人了——大块的牛肉粒先过油炒成漂亮的棕黄色，放在雪莉酒调成的汤汁里细火慢炖几个小时，再加入新鲜百里香，大勺鲜奶油和蘑菇——扑鼻而来的香气引得她的肚子一阵咆哮。于是她也顾不上说话，狼吞虎咽地吃了起来。这道酸奶油牛肉汤是她们小时候母亲常做的菜，现在吃来，每一口都充满了儿时的回忆。“真是庆幸，你在冰箱里存了那么多吃的，这些东西都够喂饱一个闹饥荒的国家了。”妮娜给自己和母亲的酒杯里倒上红酒。等了一会儿，见母亲仍旧沉默不语，她又自顾自地接了一句：“谢谢你这么说，妮娜。”

妮娜努力逼自己把注意力集中在可口的食物上，可眼下沉默的气氛让她感到越来越焦躁。她向来不是一个耐心很好的人。说来也奇怪，为了等最佳的拍照时机，她可以抱着极大的耐心在一个地方一站几个小时。可一旦手中没了照相机，她就会立刻不知所措，感觉必须得找些事来打岔分心才行。终于，她在母亲无休无止的沉默中失去了耐心，“我受够了。”她大吼一声，惊得母亲抬起头来。“我不是梅瑞狄斯。”

“这我知道。”

“和你相处太困难了，从小到大都是这样。梅是个死板的人，所以她可以一直留在这里忍受你的冷漠。但我受不了，所以我选择走。知道吗？我再也不像小时候那样害怕你了，你怎么样也伤害不了我。现在是我在这里照顾你。如果梅一意孤行非把你送走不可，那我就好好陪着你，一直到你住进老人院，但是在这段时间里我绝对不会闷声不吭，每次跟你吃饭都像戴着隔音头罩一样。”

“像戴着什么？”

“小的时候我们一家子吃饭时一定不是这样的。我记得我们也会在饭桌上聊聊天，也会有说有笑的。”

“只有你们三个人会这样。”

“你从来不拿正眼看我和梅瑞狄斯。为什么你就是不肯关心一下我们？”

“这是你胡思乱想出来的。”母亲端起酒杯喝了一口红酒，“吃吧。”

“行，饭我会好好吃。但我们要边吃边聊，就这么定了。既然你不擅长跟人聊天，那我先来开个头好了。我最喜欢的电影是《走出非洲》。我爱看长颈鹿在塞伦盖蒂夕阳下走过的场景。虽然不想承认，但我有时候还挺想念雪的。”

母亲又端起酒杯喝了一口红酒。

“我本来是想和你聊聊那些童话故事的。”妮娜继续说，“我很好奇你是怎么知道这些故事的，为什么你不照着书念也可以每次都讲得一字不差？为什么你只在关了灯以后才给我们讲故事，还有，为什么爸爸……”

“我最喜欢的作家是普希金。不过安娜·阿赫玛托娃的诗也让我有共鸣。我想念……真正的贝耶诺奇，我最喜欢的电影是《日瓦戈医生》。”母亲在说俄语单词时的口音温柔而悦耳，像是在唱歌一样。

“这么说我们还是有共同点的嘛。”妮娜说着伸出手端过自己的酒杯。

“什么共同点？”

“我们都喜欢那种格局很大，但结局很不幸的爱情故事。”

母亲突然一推桌子，猛地站了起来。“谢谢你张罗晚餐。现在我累了。晚安。”

“我还会再来问你的，你知道我会的。”妮娜在母亲身后说道，“我还会让你给我讲童话故事的。”

母亲顿了一下，然后缓慢地迈开步子继续往前走。妮娜看着她的背影拐过墙角，走上楼梯。听到她卧室的门砰的一声关上后，妮娜仰起头盯着天花板。“你害怕了，对不对？”她大声说，“你在害怕什么？”

屋外的门廊上，梅瑞狄斯裹着毛绒浴袍坐在藤椅上轻轻摇着。两只狗在她脚边挤成一团。它们看似在睡觉，但嗓子里时不时发出呜咽一般的声音，或者抬起头来看看。它们也意识到这个家出了点问题。杰夫不见了。

梅瑞狄斯还是不敢相信他竟然在这个时候离开自己，她的父亲才刚去世没多久，再加上母亲精神状况也不好……她想让自己借着这个由头生气，可这股怒气还不等酝酿成型就消失了，她抓不住它，无法让它在心里多停留片刻。她脑子里在一遍又一遍地幻想着一个场景。

在她的想象中，他们全家人都围坐在餐桌边，有她，杰夫和两个女儿……

吉莉安头也不抬地盯着一本书看；麦蒂的脚不停地点着地面，反复问她和姐姐什么时候才可以离开。而小女儿的急躁情绪很快就被杰夫的一句话浇灭了，他说："我们分手了。"

也许他不会这样来说。搞不好他连说的勇气都没有，他会把梅瑞狄斯拉出来挡在前面，让她来说出这句有毒的话。这倒比较符合他们一贯对待孩子的态度，杰夫永远是比较"有趣"的那个家长，而黑着脸教训人是梅瑞狄斯的事。

听到这个消息，麦蒂一定马上就忍不住哭起来。

吉莉安即便哭泣也是无声无息的，是更令人心碎的那种哭法。

梅瑞狄斯颤抖着深吸了一口气。她现在知道为什么那些婚姻不幸福的女人不选择离婚，而是死守着残缺的婚姻了。因为刚才那样的场景光是想想就让人疼得喘不过气来。

远处一抹曙光初照，将天空一隅染成了紫铜色。原来她已经在屋外坐了一整夜了。她拢紧身上的浴袍，起身回到屋里。进屋后，她漫无目的地把所有房间逛了一边，随手拿起一样东西看看又放下。有杰夫去年获新闻调查奖时得的水晶奖杯……他最近开始使用的老花眼镜……他们去年夏天去奇兰湖度假的合影。以前她看这张照片时，比较在意的还是自己的容貌和那时候比起来又老了多少；而现在再拿起这张照片，她看到的只有杰夫亲昵地拥着她的样子，还有他脸上灿烂的笑。

她把照片放回到原处，然后走上了二楼。一进卧室，她就感觉到那张双人床在拼命地向她招手，但她刻意绕着它走。宽大的床垫上有一块被他睡凹下去的痕迹，床单上也留着他的味道，她不想去靠近。她换上晨跑的运动服出门跑步，一直跑到感觉肺像果冻一样绵软无力，每呼吸一下都觉得疼才停下。

回到家她直接钻进浴室，在浴缸里泡到水凉透了才起身。

穿戴整齐后，她知道没有人能从她身上看出任何异常，没人会知道她的丈夫在半夜里离她而去。

她拿着车钥匙走进厨房，猛地意识到今天是周六。

这时候果园的仓库应该大门紧闭，里面又黑又冷吧。随便了，要是她愿意，一样可以去上班，堆一摞虫害报告、果树修剪报告，还有收成预测、销售指标之类的资料在面前，逼自己专心致志地忙活一阵。但转念一想，如果真的去了，整个公司便只有她一个人孤零零的。在一片寂静无声的环境里，她只会不断地被自己的心事扰乱分心。

“这样不行。”

她离开家去开车。但她没有去城里的公司，而是把车开进了贝耶诺奇庄园。

停好车后，她看到客厅的灯亮着，屋顶的烟囱冒出一缕青烟。不用想也知道，妮娜已经起来了。她的生物钟还在过着非洲时间。

梅瑞狄斯有些替自己感到悲哀。说心里话，她实在希望可以跟妹妹倾吐一下那件事，这样就可以有一个人帮她分担一些折磨人的心事了，听上几句宽慰或劝解的话或许多少能减轻她的痛苦。

只是妮娜并不是这个人。当然除了妮娜，梅瑞狄斯也不会找她的朋友们倾诉，这事本来已经够丢脸和叫人难过的了，要是再变成镇上的八卦笑料只会更让人难以承受。再说她一向不是那种遇到点事就到处找人诉苦的人。说来导致她现在孤立无助的不正是她这样的性格吗？

她推开车门跳下车。

一进屋她就闻到空气中还残留着一股糊烟味。接着又看到厨房水池里堆着的脏碗盘。厨台上放着的一个装伏特加的雕花酒瓶敞着口，瓶塞不知所踪。

看到这些，她一下子被惹恼了。怒气来得突然，猛烈，带着不成比例的夸张成分。但生气的感觉很好，她可以牢牢抓住这种感觉，让愤怒的情绪将自己吞噬。她走到水池边，准备动手洗碗。她狠狠地抄起一个个脏碗盘扔进洗碗水里，因为用力过猛，弄得一阵叮当乱响。

“你慢点。”听到响动的妮娜急忙跑进厨房。她穿着一条男士拳击短裤，上身套一件印着涅槃乐队的旧T恤。她的黑色短发乱得像稻草，横七竖八地朝天竖着，脸上却堆满了笑意，她这副模样有些像《人鬼情未了》里的黛米·摩尔，漂亮得有些不可思议。“我记得扔锅碗瓢盆好像不是你最热衷的运动吧。”妮娜笑着说。

“你真以为我闲得发慌，除了跟在你屁股后面收拾外就没别的事好做了吗？”

“这个时间扯着嗓门唱大戏好像太早了点。”

“是啊，你就尽管说笑吧。反正这些事跟你一点关系也没有。”

“梅瑞狄斯，你怎么了？”妮娜问，“你没事吧？”

梅瑞狄斯没有想到妮娜会突然这样问。妹妹轻柔而关切的语气差点就让她败下阵来……杰夫离开我了，她差点就告诉她了。

说了以后又该怎么办呢?

梅瑞狄斯深吸一口气。她拿起一条擦手毛巾，把它整整齐齐地折成三折，挂到微波炉的把手上，确定刚才的冲动已经平息下去后才缓缓开口，“我没事。”

“你这样子可不像没事。”

“说真的，妮娜，你对我了解有多少？恐怕还没资格来评判我有事还是没事吧。不说这些了，昨晚妈妈一切都好吗？她有没有吃东西?”

“我们一起喝伏特加了。还有红酒。你能相信吗?”

妮娜的话让梅瑞狄斯的心猛地痛了一下。过了好一阵她才反应过来，自己是在嫉妒。“伏特加?”

“我知道。我自己也大吃一惊。而且我们还聊天来着，我现在知道了妈妈最喜欢的电影是《日瓦戈医生》。”

“我觉得最近这段时间让她喝酒怕是不太好吧，你说呢？要知道，她有半数的时间都是迷迷糊糊的，连自己在哪儿都搞不清楚。”

“但她很清楚自己是谁。这也是我想知道的。如果我能让她给我们讲讲那个童话故事……”

“去他妈的童话故事。”话一出口，梅瑞狄斯也被自己尖厉的声音吓了一跳。看到妮娜一脸惊恐的表情，她意识到刚才自己是歇斯底里地吼出刚才那句话的。“我要开始帮她收拾行李了，她下个月就搬过去。我觉得如果她身边能有熟悉的东西，她在那儿也能住得舒服一些。”

“怎么样她都不会舒服的，”妮娜说道，现在她脸上已经有些愠怒的表情了，“你就是安排得再井井有条，考虑得再周到也没用。说到底你还是要送她走。”

“那你准备留下来吗？永远留在这行吗？只要你能做到，我马上就打电话去取消预约。”

“你明知道我做不到。”

“这不就行了。对于你解决不了的事，就不要站着说话不腰疼。”

“起码我现在还在这里。”

梅瑞狄斯瞥了一眼满满一水池的洗碗水，还有整整齐齐摆在滤水架上的干净碗盘。“但你什么忙也没帮上。现在容我失陪了，我要去车库找几个箱子来打包她的行李。我准备从厨房开始收拾。要是你想帮忙我很欢迎。”

“我不会把她的余生打包装进箱子里送走的，梅。我一心希望能让她把心打开，而不是关起来。你不明白吗？也不在乎吗？”

“是的。”梅瑞狄斯说着一把推开妮娜，走出了厨房。

出了门，她向车库的方向走去。在等候自动门缓缓开启的时候，她突然觉得一阵呼吸困难。她形容不出那是什么样的感觉，只觉得一团气结结实实地堵在胸腔里，直胀得胸口发痛，两条手臂也刺痛发麻。我得心脏病了，她脑海里冒出了这个念头。

梅瑞狄斯忙弯下腰，深深吸了一口气，然后再慢慢吐出。吸气，再吐气，直到她觉得好受些了才慢慢直起身子。她一边摸黑走进车库，一边在心里默念万幸，幸好刚才在屋里的时候强撑住了，没在妮娜面前露出那副窘态。她揿亮车库的灯，看到父亲心爱的凯迪拉克静静地停在那里。这辆 1956 年产的敞篷式轿车一直是父亲最引以为傲的财产。

它叫弗兰基，是用弗兰克·辛纳屈的名字命名的。我就是在弗兰基的前座上献出了我的初吻……

老弗兰基载着他们去过不下十次的家庭旅行。到过最北的地方是加拿大的不列颠哥伦比亚省，最东边是爱达荷州，最南则是俄勒冈州，总之不管去哪，一路上经历的那些冒险和刺激才是最重要的。在风尘仆仆的漫长路途中，父亲和妮娜会放着约翰·丹佛的歌，一路大喊大叫地跟着唱，虽然梅瑞狄斯也在车上，但她却从来没有真正融入父亲和妹妹的快乐中去。她不喜欢没有事先规划的临时探路，也讨厌碰上走错路或者车子半路没油的情况。而他们每次出来似乎都是这样，一路上状况频发，可父亲和妮娜偏偏就像两个没心没肺的海盗似的，路途中的每次冒险和胡闹恶作剧都会惹得两人开怀大笑。

为什么一定要定个方向嘛？父亲每次都这么说。

反正我们不需要。被颠得东倒西歪的妮娜一边附和，一边开心地笑。

梅瑞狄斯本来也可以假装不在乎，加入父亲和妹妹中间，一路欢笑玩闹，但她没有，她就静静坐在后排座椅上捧一本书看，管它是轮圈掉下来，还是发动机过热，她都逼自己不要去在意。到了晚上，他们找好地方扎营过夜后，父亲总会专门走到她身边，他抽着烟斗，温柔地对她说，不知道我最棒的女儿是不是想和我去散个步……

能和父亲一起走走，哪怕只是十分钟左右，梅瑞狄斯也觉得之前上千里路的痛苦折磨都值了。

樱桃红的老弗兰基闪闪发光，她伸出手去摸了摸它光滑的引擎盖。想一想，已经有好多年没人开过这辆车了。“你最棒的女儿想和你去散步。”她低声呢喃。

如果一定要她找个人倾诉昨天晚上发生的事，那这个人只会是她的父亲。

她叹口气，走到父亲的工作台旁翻找需要的东西。最后她选了三个比较大的硬纸板盒子。她把盒子搬回厨房，放在硬木地板上，接着打开一个离自己最近的橱柜。其实她也知道用不着这么早就开始帮母亲收拾行李，只是有点事做总好过她一个人待在那个空荡荡的家里。

“我刚才听到你和妮娜吵架。”

梅瑞狄斯缓缓地关上橱柜的门，转过身来。

她看到母亲站在门边，身上穿着白色睡裙，一条黑色羊毛毯子像斗篷一样披在她的肩上。玄关的灯光透过棉布照过来，映出了她藏在睡裙下的小腿纤瘦的轮廓。

“对不起。”梅瑞狄斯说。

“你和你妹妹不是很亲密。”

梅瑞狄斯琢磨了一下，确定了这是一个陈述句，而非问句，但是她还是从母亲的语气里听出了指责的味道。此刻母亲的眼睛终于不再是越过她看向别的地方，也不是若有若无的一瞥，而是直直地望着她，好像这是母亲第一次看到她的存在似的。

“你说得对，妈妈。我们不是很亲。我俩一年到头都见不上几面。”

“你们会后悔的。”

是啊，多谢你的教诲，尤达大师。梅瑞狄斯心里这么想着，但还是用平和的语气对母亲说：“没关系了，妈妈。我给你泡点茶喝好吗？”

“我死了以后，你们就只有彼此了。”

梅瑞狄斯站起来，走到萨摩瓦尔茶壶旁。如果母亲去世了该怎么办，这是她今天最不想考虑的问题。“水很快就烧好了。”她背对着母亲说道。

过了一阵，她听到母亲走开的脚步声。好了，现在又只剩下梅瑞狄斯一个人了。

妮娜的计划是跟母亲磨下去，一直到她妥协为止。梅瑞狄斯在厨房里有如殉道者一般的疯狂举动只证明了一件事，那就是她能把握的时间已经不多了。随着一张接一张的旧报纸被撕碎，还有锅碗瓢盆塞进箱子时发出的一阵阵叮当声，妮娜仿佛看到了母亲的生活被一点点地拿走、掏空。一旦梅瑞狄斯打定主意，那跟母亲有关的所有东西都会被她打包装箱，很快就什么也不剩了。

然而这并不是父亲所希望的，妮娜知道父亲想要什么，现在这也是她想要的。她想完整地听一遍乡下女孩和王子的故事。老实说，她记得自己还从来没有这么迫切地想要去了解一件事。

早餐时间，妮娜走进厨房，小心地绕开一脸冷漠的姐姐。她不理会梅瑞狄斯，自顾自地给母亲冲一杯甜茶，拿一块吐司面包，然后端着早餐上楼。二楼的卧室里，母亲还躺在床上，她粗糙多节的双手交握在一起，端正地压在毯子上，放在腹部的位置。看到母亲乱得像鸟窝一样的白头发，妮娜就知道她昨天晚上一定睡得很不安稳。门打开的一瞬间，她们两个人都听到了梅瑞狄斯在厨房里弄出的动静。

“你可以去帮帮你姐姐。”

“我是可以帮她，如果我也认为你应该搬走的话。但我从来没想过让你走。”妮娜把甜茶和吐司递给母亲，“你知道我在给你弄早餐的时候想到了什么吗？”

母亲端起精致的包银玻璃茶杯，抿了一小口茶，“就算我不问你也会说的。”

“我在想，我竟然不知道你喜欢在面包上抹蜂蜜还是果酱，或者是肉桂。”

“这些都可以。”

“但问题的关键是，我并不知道。”

“啊。这才是关键。”母亲说着叹了口气。

“你又不好好看着我说话了。”

母亲没有说话，又喝了一小口茶。

“我想听故事，乡下女孩和王子的那个。我要完完整整地听一遍。拜托给我讲吧。”

母亲将茶杯放到床边的小桌上，掀开毯子下床。她目不转睛地从妮娜身旁走过，好像把她当成了透明人一般。母亲走出卧室，穿过走廊，走进浴室，反手关上了门。

到了吃午餐的时间，妮娜还用早上那个办法，端着吃的上楼去磨母亲。不过这一次母亲直接抓起三明治，拿到屋外去吃了。

妮娜执着地跟了出去。她来到冬季花园，在母亲身旁坐下。“妈妈，我是认真的。”妮娜对母亲说。

“是的，妮娜。我知道你很认真。但拜托你别来缠我了。”

为了表明自己坚定的态度，妮娜没有动，在母亲身边又干坐了十来分钟才起身进屋。

走进厨房，妮娜看到梅瑞狄斯还在收拾东西，她把几个锅具和水壶塞进大大的纸箱里。看到妮娜进屋，她开口说道："她永远不会跟你说的。"

"多谢提醒。"妮娜回她一句，然后拿起自己的照相机，"你就继续打包她的人生吧。我知道你喜欢把所有东西都打理得整整齐齐，然后再贴上标签。你这样真叫人想笑。说真的，梅，你两个孩子和杰夫是怎么忍受你这么多年的？"

妮娜回到大宅时才刚过六点，天还没有完全黑下来。黄昏最后一抹紫铜色暮光的照耀下，苹果树上的花泛着一层漂亮的乳白色光，整个峡谷宛如仙境一般。

厨房已经被收拾一空，只有几个贴着标签的硬纸板箱整整齐齐地摞在食品储藏柜和冰箱之间的空隙里。

她瞥了一眼窗外，看到姐姐的车还停在门口。梅瑞狄斯一定把一大堆废旧报纸和空纸箱搬到另一个房间里忙活了。

妮娜打开冰箱，里面整整齐齐摆满了数不清的保鲜盒，她顺着看了看上面的标签：肉丸子汤、鸡汤饺子、煎饺、蔬菜羊肉馅茄合、苹果酒炖猪排、土豆烤饼、匈牙利红椒鸡、基辅炸鸡、酸奶油牛肉、果馅酥油饼、火腿乳酪卷、手擀面，还有几打咸面包。他们家的车库里还有一个冰箱，也和这个一样塞满了食物，还有地下室的食品储藏柜里也是，被自制的水果和蔬菜罐头塞得满满当当。

妮娜从一大堆保鲜盒中选出她自己最喜欢的菜：美味的蔬菜炖牛肉和辣根熏肉。她把烤肉和浓郁的蔬菜牛肉汤汁放进微波炉里解冻，然后用长勺舀出来，盛进一个烤盘，再放进烤箱。烤箱温度调到 350 度，她觉得这个温度就算不对也应该不会错得太离谱。接下来，她找出一口锅，盛上水放到炉子上，煮了一些手擀面。说真的，这个世界上能比母亲擀的面条更棒的东西不多了。

趁着烤箱工作的时候，妮娜在餐桌上摆好两套餐具，然后给自己倒了一杯红酒。等晚餐出炉，闻到美食香气的母亲会主动来找她的。

果不其然，到了六点四十五分的时候，母亲从楼上下来了。

"你做了晚餐？"

"只是把做好的菜重新热一下。"妮娜回答，接着领着母亲走进餐厅。

母亲望了望被撕得乱七八糟的墙壁，墙壁上一道道干涸的血迹还在。"我们在厨房的餐桌吃饭吧。"母亲对妮娜说。

妮娜意识到是自己思虑不周，连忙答应母亲："没问题。"她迅速地收拾起已经摆好的两套餐具，把它们拿到厨房角落的一个小橡木桌上重新摆好。"好了，妈妈，来坐吧。”

这时候梅瑞狄斯走了进来，看到桌上只摆了两个人的餐具，她脸皱了皱，像是在生气，不过也可能是因为不必弄晚餐而感到如释重负。谁也不敢肯定喜怒不形于色的梅瑞狄斯到底在想什么。

“你要和我们一起吃吗？”妮娜问她，“我想你可能要忙着回家才准备了两副餐具，不过吃的东西有的是。你也知道妈妈做饭那架势，好像有一个军队在等着吃似的。”

梅瑞狄斯透过窗户朝自己家的方向瞥了一眼。“行吧。”她下定决心似的说道，“杰夫今晚不在家……要很晚才回来。”

“太好了。”妮娜嘴上这么说着，却也忍不住多看了姐姐几眼。梅瑞狄斯竟然会同意留下来吃晚饭实在有些奇怪。通常她都是一逮到机会就急急忙忙往自己家赶的。“真棒。快来这儿坐。”妮娜招呼姐姐。梅瑞狄斯才刚坐好，她就麻利地摆上了另一套餐具，接着又去把那只雕花水晶酒瓶拿了过来。“我们就先从一杯伏特加开始吧。”

“什么？”梅瑞狄斯抬起头看着她。

母亲拿过酒瓶，倒出三小杯酒。“别和她争，没用的。”

妮娜也坐了下来。她拿过自己的酒杯，举起来。母亲和她碰了碰杯。看到这种情况，梅瑞狄斯也只能不情不愿地照做了。接着三个人喝完自己酒杯里的酒。

“我们也算是俄国人。”妮娜看着梅瑞狄斯，突然冒出一句，“我以前怎么从来没想过这个问题呢？”

梅瑞狄斯耸耸肩，一副不感兴趣的样子。“我来上菜。”她站起来走开。过了一会儿她端着几个盛满食物的盘子回来。

母亲闭上眼睛开始祷告。

“你记得妈妈吃饭前都有祷告的习惯吗？”妮娜又问梅瑞狄斯。

这一次梅瑞狄斯直接朝她翻了个白眼，默不作声地拿起了叉子。

“好吧，”妮娜也不理会餐桌上令人尴尬的沉默气氛，继续说话，“梅瑞狄斯，既然今天你也在，那你就要加入到我和妈妈建立的新传统里来。这绝对是革命性的改变。就叫‘餐间对话’好了。”

“这么说我们一定要说话了，是吗？”梅瑞狄斯问，“说什么？”

“我先来示范一下给你看：我最喜欢的歌是《天生狂野》，最深刻的童年回忆是去黄石国家公园的那次旅行，爸爸就是在那里教会我钓鱼的。”说到这里她把目光投向梅瑞狄斯，“如果我给我的姐姐添了麻烦，那我想真诚地说一声抱歉。”

母亲放下了手中的叉子。“我最喜欢的歌是《飞越彩虹》，最深刻的回忆是有一天在公园里看孩子们堆雪天使，还有我很遗憾你俩不是朋友。”

“我们当然是朋友。”妮娜说。

“这样太蠢了。”梅瑞狄斯说。

“不，坐在一起干瞪眼不说话才叫蠢。该你了。”妮娜催促梅瑞狄斯。

梅瑞狄斯叹了口气，仿佛在忍受天大的折磨似的。“好吧。我最喜欢的歌是《风中的蜡烛》，不是最早那个版本，是纪念戴安娜王妃那版的；我印象最深的童年记忆是爸爸带我去米勒的池塘滑冰那次……很抱歉我说了我们不是很亲密。但这是事实，所以或许我也应该为此道歉。”说完梅瑞狄斯点了一下头，好像说完这些后她就能把待办事项清单里的一件事划去了。“现在开始吃饭吧，我饿了。”

十一

还没等妮娜吃完梅瑞狄斯就站起来开始清理餐桌。姐姐一起身，母亲也跟着站了起来。

“我猜晚餐已经结束了。”妮娜说着一把抓过装黄油和果酱的罐子，以免被手快的姐姐收走。

母亲说了一句：“谢谢你张罗晚餐。”然后就不见身影了。她上楼的脚步很快，与她这样的年纪不大相符。听这声音，她差不多是小跑着上楼的吧。

妮娜没法去责怪梅瑞狄斯什么。她们临时接起的会话连线——也就是所谓的新传统——失去作用后，三个人又陷入熟悉的沉默中。席间只有妮娜还想努力创造点闲聊的话题。她讲了几件在非洲遇到的趣事，终究也没能把气氛调动起来，梅瑞狄斯不温不火地回应了两句，而母亲则什么表示也没有。

妮娜迅速地离开餐桌去拿了一瓶伏特加。她把酒瓶重重地顿在桌上，然后对梅瑞狄斯说：“来一醉方休吧。”

梅瑞狄斯两只手泡在肥皂水里，“来吧。”她回答得很干脆。

一时间妮娜还以为自己听错了，“你是说……”

“喝酒而已，别弄得像登月似的那么郑重其事。”梅瑞狄斯走到餐桌旁，一把抢走了妮娜面前的盘子和餐具，然后又返回到洗碗池边。

“哇，我们好像很久没一起大醉一场了吧，上次还是……我们一起喝醉过吗?”妮娜说。

梅瑞狄斯拿过挂在烤箱手把上的粉色毛巾擦了擦手，“我看着你喝醉过，算吗?”

妮娜咧开嘴灿烂地笑了，“该死，当然不算了。快来，拿把椅子坐下。”

“不过我不喝伏特加。”

“那就喝龙舌兰。”妮娜生怕梅瑞狄斯改变主意，忙站起来跑进餐厅，从酒水柜里找出一瓶龙舌兰，回到厨房的时候又顺手拿了一罐盐、几个青柠和一把小刀。

“直接喝吗？还是你打算兑点别的？”梅瑞狄斯问。

“我这么说你别见怪，梅，我可是见识过你喝酒的。如果我混着别的酒一起喝，那我很快就会醉倒，而你会坐在那儿小口小口地磨上一整晚。你永远都那么冷静，有自控力，不像我。”妮娜往两个小酒杯里倒上酒，把一个青柠切成几片，然后将一只酒杯推到梅瑞狄斯面前。

梅瑞狄斯皱起了鼻子。

“一杯龙舌兰而已，梅，又不是让你吸毒。放开心疯狂一次吧。”妮娜对姐姐说。

梅瑞狄斯像是突然下定了决心。她伸出手拿过酒杯一饮而尽。

看她被烈酒刺激得直瞪眼，妮娜赶紧递给她一片青柠，“来，一口咬下去。”

梅瑞狄斯倒吸一口气，嘴里发出嘶嘶的声音。她摇了摇头说：“再给我一杯。”

妮娜一仰头喝光了自己杯里的酒，然后又给两个杯子满上。这一次她们是一起喝的。

喝下第二杯酒，梅瑞狄斯向后一仰，靠到椅背上。她抬起一只手抚弄自己顺滑的头发，“我什么感觉也没有。”

“会有的。对了，你是怎么……时刻保持清爽整洁的形象的？你收拾东西忙活了一整天，可头发、衣服什么的还是整整齐齐的。你怎么做到的？”

“也只有你能把夸人漂亮的话说得像骂人似的。”

“这不是骂人的话。不骗你。我只是很好奇，你怎么能保持这样……我也不知道怎么说了。算了吧，当我没问。”

“我的身边有一堵围墙。”说着，梅瑞狄斯拿过酒瓶，又给自己倒了一杯酒。

“这是真的。就像一个无形的能量场。什么都不能跨过这道防线碰到你。”说完妮娜大笑起来。梅瑞狄斯抬起酒杯时她还在笑个不停。可当梅瑞狄斯一口喝干酒，不经意地向一旁一瞥时，妮娜似乎发现了什么，顿时收起了笑。说不清楚到底是什么，也许是她不经意的一个眼神，或者是嘴角往下一撇的小动作。

“出什么事了吗？”妮娜警觉地问。

梅瑞狄斯缓缓地眨了一下眼。“除了爸爸在圣诞节前去世，母亲濒临崩溃，我妹妹假装在帮我，还有我丈夫昨天晚上……没回家以外，你说还能有什么？”

妮娜知道姐姐的这番话不好笑，但她还是忍不住笑了起来，“是啊，除了这些以外，你的生活真的很让人羡慕，你知道吗？你是那种能把所有事情都做对的神奇女人。所以爸爸才会一直那么信赖你。”

“大概吧。”梅瑞狄斯说。

“这是事实。”妮娜叹了口气。她突然想到了父亲，想到自己终究还是让他失望了。另一方面她也有些好奇，不知这个突然涌现出来的悲伤情绪能持续多久。它会慢慢地消失然后再也不出现吗？

“你是可以把每一样事都做对，”梅瑞狄斯淡淡地说，“但最后还是走进一个错误的结局。并且还孤孤单单的。”

“在非洲的时候，我真的应该多给爸爸打打电话的。我也知道我的一个电话对他来说有多重要。可我总想着还有的是时间……”

“有时候一扇门关上了就是关上了，你明白吗？然后就只剩你一个人了。”

“我们现在还可以帮他。”妮娜说。

梅瑞狄斯一怔，问道：“帮谁？”

“爸爸，”妮娜不耐烦地说，感觉梅瑞狄斯是在明知故问，“我们不是正在说他的事吗？”

“哦，是啊。”

“他希望我们能想办法去了解妈妈。他说妈妈……”

“别再提那些童话故事了。”梅瑞狄斯打断她，“我现在总算是知道你为什么能把你的事业做得那么成功了。因为你能为一件事死缠到底。”

“你不是吗？”妮娜笑起来，“说真的，我们可以去求她给我们讲那个故事。你也听到她今晚说的话了，她说跟我争没用。也就是说她最终是会投降的。”

梅瑞狄斯站了起来。她感觉腿在打晃，于是她伸手抓住座椅的靠背来支撑自己。“我就知道不该跟你聊。”

妮娜皱起眉头，“你有在跟我聊吗？”

“你还要我跟你说多少次，我不听她讲故事。我一点都不关心黑暗骑士干了什么。什么变成一阵烟消失的人，什么英俊的王子，我统统不感兴趣。那是你向爸爸发的誓，与我无关。我向他保证的是我会照顾好妈妈，这也是我接下来打算做的事。如果你有事找我，我就在浴室里，帮她收拾行李。”

妮娜看着梅瑞狄斯头也不回地走出厨房。对于姐姐这样的表现她倒也不是太惊讶——毕竟梅瑞狄斯最令人佩服的就是她的始终如一——但还是难掩心里的失望。她很确定父亲希望的是她们两姐妹一起来完成这件事。在一起，这才是最重要的，不是吗？而除了母亲的童话故事，还有什么东西能有把她们三个人连在一起的魔力？

“爸，我尽力了。”她对自己喃喃地说道，“可就算把她灌醉了都没用。”

她站起来，感觉两条腿有些不听使唤。她把伏特加的酒瓶夹在胳膊下，再带上母亲的酒杯，摇摇晃晃地走上二楼。

二楼浴室的门半敞着，她路过时停下脚步，默默听了一会儿里面传出来的混乱声音，她知道梅瑞狄斯又忙开了。

“我把妈妈卧室的门开着，”她朝浴室里喊，“要是你想听的话也能听到。”

浴室里没有任何回应，就连撕揉报纸的沙沙声都没有中断的意思。

妮娜穿过走廊来到母亲卧室的门口。她抬手敲了敲门，但不等母亲同意便自己开门进去了。

母亲坐在床上，身后垫了几个白色的枕头，一条白色的棉被盖住了她腰以下的部分。所有白色的东西——床上铺垫的寝具，她的睡裙，还有还有她的头发和皮肤——跟黑色的胡桃木床头板形成了鲜明的对比。背靠在床头板上的母亲此时看来有一种空灵的感觉，就像一个老迈的蓝眼睛精灵女王。

“我没请你进来。”母亲看着妮娜说。

“是的。但我已经在这了，这就是我的魔力。”

“你以为我会想喝伏特加?”

“我知道，你会需要的。”

“为什么?”

妮娜走到床边，“爸爸去世前我向他发过誓。”这句话起作用了，她看到母亲明显缩了一下，像是被什么东西击中了。“你爱他，我知道。他希望我能听听那个乡下女孩和王子的童话故事。完完整整地听一遍。他临终前就是躺在这张床上要我向他保证，他一定也跟你提了同样的要求吧。”

母亲移开了直视妮娜的目光。她低头盯着自己压在毯子上的双手。她手背上的青色血管凸起，手指紧紧交握。“你真的会拼命缠着我，叫我没一刻安宁。”

“就是这样。”

“不过是哄小孩的故事，你何必这么在意?”

“那他为什么那么在意?”

母亲无言以对。

妮娜站在那，静静地等着。

过了一会儿，母亲终于开口了，“给我倒杯酒。”

妮娜非常冷静地拿起酒瓶，给母亲倒了一杯伏特加，然后递到她的手上。

母亲一口喝完酒。“我只会照我的方式来讲，”她将空酒杯放到一边，继续说道，“如果你中途打断我，我就不往下说了。我可能会讲得很零碎，并且我只在晚上讲，所以白天的时候不要跟我讨论这些故事。听明白了吗？”

“明白了。”

“只在黑暗中。”

“为什么一定要……”

母亲用凌厉的眼光瞪了她一眼，妮娜赶忙打住，不敢再多问下去了。“对不起。”说着连忙转身关掉了卧室的灯。

这天晚上没有银蓝色的月光从窗户透进来。整个房间里只有从半开的门缝中照进来的光。

妮娜在地板上坐下，继续等待。

她听到床上一阵窸窸窣窣的响动声，知道是母亲在调整姿势，想坐得舒服一些。“该从哪开始讲起呢？”

“十二月的时候，你讲到维拉打算晚上偷偷溜出去跟王子见面。”

母亲轻叹了口气。

接着母亲缓缓地开始讲起了故事，黑暗中她的声音听起来甜美又悦耳：“维拉从公园回到家。那天接下来的时间她都在厨房里帮母亲做事，但是很明显，她的心思完全没有放在手中的活计上。她知道妈妈看出来了，此刻她的母亲正在一旁仔细观察她呢。”

可是当一个少女的心被爱情塞得满满的时候，她还怎么能有心思地把鹅油滤进罐子里呢？

“维罗妮卡，专心一点。”母亲在维拉身旁提醒道。

维拉回过神来，这才看到自己把一大摊油脂弄到了桌子上。她忙用手拢起那滩油，捧到水池里扔了。反正她对鹅油也没有什么好感，比起来她更喜欢家里自制的那种香浓的黄油。

“你就扔了？你到底是怎么回事？”母亲又说。

维拉的小妹妹在一旁咯咯笑，“她这么不专心，也许是在想哪个男孩子呢。”

“她当然是在想男孩子了。”母亲擦了擦眉毛上的汗水。她身旁的火炉上正在熬煮一锅越橘果酱，她得守在炉子边不停地搅拌，“她已经是十五岁的大姑娘了。”

“就快满十六了。”维拉抢着说道。

母亲停下了手上的动作，转过身来看着女儿。

时节已进入夏季的尾声，厨房里有忙不完的事，她们三个此刻就是在忙着预备过冬的食物。桌子上堆得满满的莓果准备要做成果酱；洋葱、蘑菇、土豆还有大蒜这样的食材要放进地窖里储存；黄瓜要腌起来；还有豆子之类的东西则会泡在盐水里装罐保存。之前母亲还答应过女儿们，等忙得差不多了就教她们做甜樱桃馅儿的煎饼。

“确实呢，你就快满十六岁了。”母亲好像才刚刚意识到这件事，“比我当年遇见培提尔时小两岁。”

听到母亲这么说，维拉放下手中油腻的鹅油罐，“你第一次遇见爸爸时是什么感觉？”

母亲脸上露出了微笑，“这事我都已经说了无数遍了。”

“你老说爸爸虏获了你的心，可他到底做了什么呀？”

母亲又抹了一把眉毛上的汗水。她把身旁的一把椅子往后拉出来一些，然后坐了下来。

母亲这个举动让维拉吃惊得差点叫出声来。她了解母亲，知道她向来不是那种会丢下手头的活计去闲聊的人。平时她也常教导两个女儿要有责任感，清楚自己的义务。维拉和奥尔嘉便是在母亲这样的言传身教中长大的。像他们这样的乡下农户，祖祖辈辈都安分守己，对统治他们的国王无不心怀感激，只是国王现在已经被囚禁了。如今那个手持魔刃的黑暗骑士神出鬼没，他的到来让整个王国蒙上了一层可怕的阴影。所以大家只能拼命埋低头，尽力做好自己的事，绝对不敢有什么出挑的举动。不引人注意才是生存之道。

可是现在母亲却一反常态，坐下来专门和女儿们说话。“那个时候他还是一个小教师，英俊的外表让我一见就像丢了魂似的。后来我把对他的感觉告诉了你们的外婆，她听完后跟我说：‘啧啧，卓娅，当心一点，千万不要失去理智啊。’”

“这就是一见钟情吗？”维拉问。

“我只知道他看着我的那一刻，我就决定了要紧紧地抓住他，从今往后都跟随他。本来我想也许是那天我们喝的蜂蜜酒让我冒出这么疯狂的想法。但其实不是的。归根究底还是因为……我爱培提尔。我的培提尔。他的学识和对生活的激情早在不知不觉中就虏获了我的心。我们结婚的决定吓坏了我的父母，因为那时候整个王国正处在动荡不安中。国王被流放了，我们所有人都很害怕。而你们的爸爸是一个心怀大志的人，他不甘心一直做一个贫苦的乡村教师，他梦想成为一个诗人。可就是他这样的野心让我的父母感到很担忧。”

听了母亲浪漫的爱情故事，维拉轻轻叹了口气。现在她更加坚定了晚上偷溜出去见王子的决心，她知道，就算这个秘密被母亲知道了，她也一定会理解自己的。

“好了，”美好的回忆结束后，母亲的声音里又恢复了疲惫，“继续干活吧。维罗妮卡，小心点弄那些宝贵的鹅油。”

又过了几个小时，维拉发现自己越来越难集中精神。她在剥豆子和切黄瓜的时候，脑海里已经把自己和王子夏沙的爱情故事从头到尾幻想了一遍。她想象着他们沿着魔法河边缘漫步的样子，他们的未来仿佛就映在阵阵拍打河岸的蓝色波浪里。接着他们在一盏街灯下驻足，维拉经常看到情侣们这么做。在她的想象中，他是王子，而她是穷教师女儿这样悬殊的身份差别似乎已经没有那么重要了。

“维拉。”

她听到有人在叫自己的名字，语气明显有些急，想必他之前就已经跟她说了一会儿话了，只是她因为太出神，竟然一句都没有听到。她忙抬起头，看到父亲站在房间里，正皱着眉头看着自己。

“爸爸。”她叫了父亲一声。他一脸的疲惫，看上去似乎有些焦虑。维拉注意到今天父亲的头发格外凌乱，似乎是什么烦心事让他反复地抓挠脑袋，才把头发揉得这么乱。他皮猎装的纽扣也扣歪了。沾满蓝色墨水的手指在神经质地抖动。

“卓娅在哪里？”父亲一边问一边左顾右盼地寻找。

“妈妈和奥尔嘉去买醋了。”维拉回答。

“就她们两个吗？”他咬紧自己的下嘴唇，点点头，一副心事重重的样子。

“爸，出什么事了吗？”

“不，什么事也没有。”他说着走上前来，一把搂住维拉，可他的双臂太过用力，把维拉箍得都快喘不上气了，于是她挣开了他的怀抱。

在未来的岁月里，这个拥抱会在维拉的脑海里重演成千上万次。和这个回忆一同出现的是厨房里各种瓶瓶罐罐在烛光下宝石一样的光芒，灰尘的味道，父亲的猎装被太阳晒过散发的浓烈皮革味，还有他满是胡茬的下巴蹭在她脸颊上的感觉。她无数次地想象着自己在父亲的怀抱里说，我爱你，爸爸。

可那天的实情是，她满脑子想的只有浪漫的爱情故事和晚上偷偷溜走的计划，所以她什么话也没有对父亲说，转身又回去忙自己的事了。

那天晚上，维拉躺在床上翻来覆去，一刻也安静不下来。

她感觉自己身体里的每根神经末梢都兴奋地跳起舞来。各种各样的声音从敞开的窗户飘进她们的卧室：人们谈话的声音，遥远的某处马蹄踏在鹅卵石街面上的声音。还有从公园传来的音乐声，也许是某个小伙为追求心仪的姑娘，在这个温暖而明亮的白夜演奏起了小提琴吧。而楼上也传来纷杂的脚步声——听上去似乎是有人在上面跳舞，薄薄的楼板只要稍稍用力踩踏就发出咯吱咯吱的声响。

“你害怕吗？”这个问题奥尔嘉已经问过她无数次了。

维拉朝里翻了个身，奥尔嘉也翻转过身子来对着姐姐。狭窄的小床原本就没有多少空间，这么一动弹，姐妹俩的脸几乎就要贴在一起了。“奥尔嘉，等你再长大点就会明白，遇上心爱的男孩是种什么样的感觉。那感觉就好像……好像一个溺水的人，拼命地想把头露出水面呼吸空气。”

维拉伸出手抱住她的小妹妹，在她肉嘟嘟的脸蛋上亲了一下。接着她轻轻掀开被子，从床上一跃而起。她找出一块小镜子，她想在行动前检查一下自己的外表，看还有什么不妥的地方，只可惜镜子太小，只能看到自己的局部：又黑又长的头发用皮筋束在脑后，象牙色的皮肤，粉色的嘴唇。她身上穿一条素净的纯蓝色睡裙，领口处镶着一圈蕾丝花边——十足的小女孩装扮。但是没办法，这已经是她最好的一身衣服了。要是能有顶贝雷帽，或者一枚胸针什么的装点一下兴许会好一些，要是能再喷些香水就更好了。

“好吧，”维拉转过身对妹妹说，“我看起来怎么样？”

“完美极了。”

维拉咧开嘴开心地笑了。她知道妹妹没说假话。维拉的确是个可爱的女孩，甚至也有人夸赞过她漂亮。

她走到卧室的门边屏息静听。门外什么声音也没有。“大家都上床睡觉了。”她轻声说着，然后踮起了脚尖，小心翼翼地走到窗边。入夏后这扇窗一天到晚都是开着的。她回过头给了妹妹一个飞吻后便飞身翻过窗户，轻轻落在了窗下一个小小的铁制炉栅上。她每迈出一步都格外地谨慎，不敢弄出太大的动静或者太过招摇，她想要是这时楼下如果有行人刚好抬起头，看到她这副样子一定会指着她大声嚷嚷。谁都知道一个女孩在深夜里翻窗而出，一定是想偷溜出去跟情郎约会。

不过现下看来她的担心倒是有些多余，这时候在外面游荡的人都灌了满满一肚子蜂蜜酒，醉意蹒跚地走在明亮如白昼的街道上，根本不会注意到有个女孩正从这栋不起眼建筑的二楼小心翼翼地往下爬。在距离地面只有几尺高的地方，维拉轻轻一跃，正好落在了一块草地上。她早已按捺不住满心的兴奋激动之情，情不自禁之下竟然咯咯地笑出声来。她被自己吓了一跳，忙用手掩住嘴巴，但脚下一刻也没耽误，飞也似的跑到了鹅卵石街道的对面。

他就在那里，静静地站在弗唐卡桥一头的街灯下。维拉老远便看到了他，因为从她所在的地方看过去，他全身都闪耀着金色的光芒：他的头发，他的猎装，还有他的皮肤。

“我没想到你真的会来。”王子见到维拉后这么对她说道。

可偏偏这时她一句话也说不出来了。仿佛所有的话语，连同她的呼吸，都堵在了胸口。她愣愣地看着王子英俊的嘴唇，随即又意识到不该这样，于是忙闭上了眼睛，向他靠近了一些。虽然早有准备，可当他低头吻她的时候，她还是吓了一跳。她兴奋得喘不过气来，她感觉自己不受控制地哭了出来，落下的眼泪像星星一样晶莹闪耀。她觉得很难为情，却怎么也收不住。

王子一定都看出来了，她就是一个愚蠢的乡下女孩，不计后果，也不问缘由便坠入了爱河，在第一次献出初吻时还傻乎乎地哭了。

维拉想编造一个理由来掩饰自己的笨拙，只是她一时也想不出该说什么好。就在她搜肠刮肚想借口的时候，夏沙用力拽了她一把，两人蹲了下来。“安静。”夏沙在她耳边悄声说道，不容置疑的语气刺痛了她的心。“你看。”他对她说。

顺着王子所示意的方向望去，维拉看见一辆黑亮的马车，由六条黑色的龙拉着缓缓地走在街道上。马车所到之处立刻陷入一片寂静中，原本的喧哗停止了，往来的行人不敢再向前迈进一步，纷纷躲进了阴暗之处。是黑暗骑士来了……

黑龙喷着火，那辆黑马车就像一头正在狩猎的猛兽。待马车停下的时候，维拉就好像被当头浇了一盆冰水，浑身都冷透了。“那是我住的地方。”维拉颤抖地说。

马车里钻出了三个体型庞大、身披黑色斗篷的绿色巨魔。他们走上人行道，聚在一起商量了几句，随后便径直朝维拉家的方向走去。“他们在干什么？”看到那三个庞然大物进了自己家，维拉低声问一旁的王子，“他们想怎么样？”

等待的时间过得格外缓慢，那扇大门终于又打开了。

那一刻，眼前的一幕在维拉眼里好像被切换成了慢动作。巨魔押着她的父亲从房子里走了出来。父亲头低垂着，没有反抗，没有挣扎，没有一言半语。

他们的身后，维拉的母亲瘫坐在台阶上，哭泣着，苦苦哀求着。他们家楼上那户人家砰的一声关上了窗户。

“爸爸！”维拉哭喊着叫出来。

街道对面的父亲抬起头看到了女儿。好像所有人中只有他听到了维拉的喊叫声。

他对她摇了摇头，伸出一只手比了个阻止的动作，似乎是想告诉她，待在那，别过来。押着他的巨魔将他推进马车后扬长而去。

维拉再次用手肘推开夏沙，这一次，他放开了她。她头也不回地猛冲向街道对面。

“妈妈，他们要带爸爸去哪?”维拉问她母亲。

她的母亲缓缓地抬起头。有那么片刻的时间，她好像没有认出自己的女儿。“你应该在床上睡觉，维拉。”母亲对她说。

“那些巨魔，他们把爸爸带到哪去了?”

母亲没有回答她。维拉听到夏沙在身后说话了，“那就是黑暗骑士，维拉。他们想干什么没人能阻止。”

“可我不明白，”维拉哭着说，“你是王子……”

“我的家族已经没有任何势力了。黑暗骑士囚禁了我的父亲和几位叔伯。这些你一定都知道。现今雪国皇族的处境非常危险。我们帮不上你的忙了，对不起。”

维拉又哭了起来。眼泪在眼眶凝结的时候，她感到眼底被刺得生疼，她这才发现，她的眼泪不再是闪亮温软的水珠，而是变成了一粒粒黑沉沉的石子。

“维罗妮卡，”母亲开口说道，“快跟我回屋去。立刻。”她拉起维拉的手，将她从夏沙身边拉开。夏沙没有动，只是默默地站在原地看着她们母女。“她只有十五岁。”这话是对夏沙说的。说完母亲伸出手臂搂住维拉，拥着她走上了楼梯的台阶。

等维拉再回头看大门外的街道时，她的王子早已不在那了。

从那之后，维拉家里的一切都变了。没人的脸上再露出笑容，因为谁也笑不起来了。虽然维拉和母亲还有妹妹一直在努力让生活继续下去，装出一切都会好起来的样子，可实际上没人相信还会有好起来的那天。

雪国依然美得令人着迷，依然洁白无瑕。四面围墙的城市里有尖顶的建筑，纵横交错的街道和魔法河，河上架着小桥……但如今这些景致在维拉眼里已经完全不一样了。她总会在光亮的地方看到黑暗的阴影，在有爱意的地方看到恐惧。不久之前，学童们在温暖的白夜里发出的笑声还会让她热泪盈眶。可现在不会了，她知道究竟什么才值得自己为之去哭泣。

时间就这样一天天、一周周过去，维拉渐渐失去了希望，她已经不相信父亲还能回来了。维拉满十六岁了，但生日那天并没有人帮她庆祝。

有一天母女三人吃晚饭时，母亲突然提起了一件事。“我听说城堡现在正在招工。”她说，“图书馆和烘焙坊都需要人手。”

“是的。”维拉回答母亲。

“我知道你一直希望能去上大学。”母亲又说。

这原本是父亲对女儿的期望，他一直盼着维拉将来有一天能成为一个诗人，现在这个梦想早已失去了实质意义。维拉终于长大了，成了一个她一直渴望成为的大人，但却不像当初设想的那样会有无数的选择摆在她的面前，起码像她这样的乡下女孩是没有的。她现在终于明白了。

因为父亲被抓走这件事，她的未来永远被改写，被禁锢了。她的未来不会有机会到学校去接受教育，不会有英俊的男孩帮她抱着课本跟在她的后面，或是在路灯下亲吻她。也不会有夏沙。“我不想满身是面粉，成天泡在烘焙坊里干活儿。”维拉说。

她感觉到母亲点了点头。现在她们母女三人就是以这样方式来交流的，不用过多的言语，要是谁做了什么动作，其他人都能感觉到。就像池塘里的涟漪，一环套着一环，相互牵引。

“我明天就去皇家图书馆吧。”维拉说。

她才十六岁而已，怎么可能明白自己刚才犯下了一个怎样的错？而谁又能想得到，在未来的岁月里，她爱的人将会因为她这个决定而死？

十二

“她爱的人会死，什么意思？她犯了什么错？”见母亲陷入了沉默，妮娜忙开口发问，“我们之前从来没听过这一部分的故事。”

“我给你们讲过。只是梅瑞狄斯听了害怕，所以我有时会跳过这段不讲。”

妮娜从地上站起来。她走到床边，拧开床头灯。在柔和的光线下，闭着眼睛、一动不动地坐在床上的母亲就像一个幽灵。

“我累了。现在你可以放过我了。”

妮娜还想再争取一下，只希望母亲多讲一些。就这样在黑暗中，坐在地板上听母亲讲故事，就算让她连着听几个小时她也乐意。关于这点父亲一直是对的，母亲的童话故事是有魔力的，这种魔力能将他们联系在一起。她想母亲或许也有同样的感觉。

可以确定的是，这次母亲讲得比以往深入了不少，很多细节都是之前没有听过的。不知道母亲是不是也和妮娜想的一样，希望将这个故事继续讲下去。父亲过世前是不是这样拜托母亲的？

“那我出去之前，要我帮你拿什么吗？”

“毛线。”

妮娜找了一圈，看到摇椅旁边摆着一个塞得鼓鼓囊囊的包。她拿过那个包，递到母亲手上。母亲从包里翻出一卷青绿色的马海毛线团，两只手飞快地绕起线来。妮娜转身离开卧室，在把门带上的时候，她听见身后传来毛线针咔嗒咔嗒的声音。

经过浴室时，妮娜在门口站住了脚步。她轻轻推开门，看到里面已经没有人在了。

楼下依然不见梅瑞狄斯的身影。妮娜看壁炉里的火就快要熄灭，于是又往里头添了块木头。接着她给自己倒了一杯红酒，在壁炉边坐了下来。

“哇。”妮娜不住地感叹，“哇。”

那个故事实在是太精彩了，绝对值得一听，就算不为别的，能听母亲这样认真而热情地跟自己说话就已经很难得了。那个坐在黑暗中讲故事的母亲好像变成了另外一个人，跟妮娜幼时记忆里的那个冷淡疏离的阿妮娅·惠特森没有丝毫相似之处。

在母亲安静沉稳的外表下似乎隐藏着另外一个人。难道这就是父亲希望她一窥究竟的秘密吗？他是那样希望两个女儿能想办法去了解他深爱的女人。这是父亲送给她们最后的礼物吗？

或许这其中还有更深层次的原因也说不定。母亲刚才所讲的故事内容远比她所记得的丰富，也详细得多。会不会是之前她听得不是太认真，或多或少遗漏了一些细节？仔细想想，母亲的童话故事她从小到大确实听了太多次，就像一张平日里看惯了的照片，因为太过熟悉，所以不会去刻意思考其背后的故事，也从来没有追究过拍照片的人是谁。可如果突然有一天发现了其中的不寻常之处，那之前所有觉得理所当然的事都变成了疑问。

现在妮娜发现了以前不曾注意过的细节，也有了疑问……那么她就想要知道答案。

梅瑞狄斯自然是没有兴趣去听她母亲讲故事。浴室里堆积的东西多得令人发指，大小抽屉里塞满了各类处方药和非处方药，有的生产日期还是八十年代的。她就只管坐在那里埋头收拾。可即便她努力想专下心来做事，那个声音还是传到了她的耳朵里。

那是她从小到大一直念念不忘的声音。

只要铁定心不去听就不会受干扰，梅瑞狄斯迅速打包好一个箱子，标上“浴室用品”。就在把箱子拖到走廊的时候，她听到了从敞开的卧室门中飘出的只言片语，她儿时的记忆瞬间被唤起了。

她这么不专心，也许是在想哪个男孩子呢……

梅瑞狄斯觉得浑身像触电一样。她认出这是深埋在她心底的渴望，渴望从母亲那里得到些什么，这种感觉她再熟悉不过了，这是一种几乎伴随了她一生的渴望。

她知道自己不能待在浴室里了。她命令自己加快脚步，迅速走完这条走廊，下楼，然后离开这个家。但她做不到，母亲说话的声音就像童话故事里女巫的甜言蜜语，充满了诱惑，牢牢地把她吸引住。在她做出理智的决定前，她发现自己的脚已经不听使唤地走了过去。她站在半掩的门旁，竖起耳朵听了起来。

一直到她听见妮娜在里头嚷嚷了一句：“她爱的人会死，什么意思？”这个魔咒才总算被打破了。梅瑞狄斯赶忙从门边退开——她可不想被妮娜或者母亲抓住她在门口偷听，被妮娜笑话不说，而且她一定会拿住这个把柄来大做文章的。

想到这些，梅瑞狄斯快步走下楼梯，离开了庄园，飞也似的回到了自己的家。

两只狗一见她就扑着过来迎接，热情得叫人招架不住。她心里有一丝宽慰，毕竟这两个家伙还会牵挂自己。打开门让狗进屋后，她跪在门厅的地板上拥抱它们，任由它们湿漉漉的鼻头和舌头在脸上蹭来蹭去，心想这样多少算是代替了丈夫的迎接。

“乖狗，”她一边对狗低声呢喃，一边不住手地挠着它们耳朵后面柔软的毛。一直到两条腿跪得酸麻了才站起身来。她打开洗衣机和烘干机旁边的储藏柜，从里面搬出一大袋狗粮——这种体力活向来是杰夫的事——倒了一些在它们的银色食盆里。接着她迅速地检查了一下狗喝水的碗。水还够。

梅瑞狄斯走进厨房，一阵冷清的感觉扑面而来。她在这个房间里闻不到任何气味，全然没有居家过日子的感觉。她没有开灯，就这样定定站在黑暗中。想到又要一个人过一夜，她只觉得全身的力气都被抽走了。也难怪先前在贝耶诺奇庄园时，她宁可留下来偷听故事也不肯回自己家。什么都比独自一人面对空荡荡的床来得好。

她给两个女儿打了电话，挂了电话后还不忘再加一条“我爱你”的短信。做完这些，她去给自己泡了杯茶，又找出一条厚实毯子，然后走出屋子，在门廊上坐下。

虽然外面也是静悄悄的一片，但起码这种安静感觉自然些。

她可以让自己迷失在无尽的星空中，暂时沉浸在黑土地厚重肥沃的气味和植物新鲜芬芳的味道里。眼下正处于一个春夏交替之际的停顿阶段，苹果树上刚结出第一批幼小酸涩的果实。但过不了多久，整个果园里将到处是熟透了的苹果，到时候工人们和采摘工就要忙碌起来了……

一年当中父亲最喜欢的就是现在这段日子。这是一个充满可能性的时节，他还可以企盼今年能有一个史上最好的收成季。

梅瑞狄斯一直在努力让自己去爱贝耶诺奇，就像父亲那样。因为爱父亲，所以她就想尽办法去爱他爱的一切。她亦步亦趋地踩着他的脚印走，可结果是，她虽然将父亲的生活复刻了下来，却始终无法如他那般在其中注入激情。

她闭上眼睛，向后靠了靠。她感觉颈后被椅背上断开的柳条扎了一下，但她不想去理会。这张摇椅又旧又破，稍微一动就吱吱呀呀响得厉害。

你和她一模一样。

这是杰夫离家前对她说的话。

她拢紧披在身上的毯子，喝完杯里的茶，起身回到屋里。上楼的时候两只狗跟在身后，想和她一起上去，她也默许了。

一进卧室，梅瑞狄斯先找了两片安眠药出来，服下后才爬到床上躺下。她将被子一直拉到盖过下巴，身子蜷成婴儿在胎盘里的姿势，然后努力让自己把注意力集中在床边两只狗不均匀的鼻息声上。

午夜过后，她总算是睡着了，只是睡得很不安稳，且断断续续的。一直到清晨五点四十七分，她被自己定的闹钟吵醒。

她狠狠地按断闹钟，又缩回被子里想再睡片刻，但发现完全是白费劲。于是她只有爬起来，换上晨跑的运动服，像往常一样出门跑了六英里。等跑完回到家里的时候她觉得筋疲力尽，直想爬回床上再睡一觉。但她不敢放任自己这么做。

一定要做点事才行，保持忙碌是关键。

她考虑可以去公司加会班。但是在这样一个艳阳高照的大周日，她的车停在公司外难保不会被人发现，要是黛西知道梅瑞狄斯周末还来公司加班，一定会没完没了地追问她。

思来想去她最后还是决定到贝耶诺奇庄园。看看妮娜有没有好好照顾母亲，而且还有一大堆东西等着她去收拾打包呢。

梅瑞狄斯换上一条旧牛仔裤和一件海军蓝的长袖运动衫。一小时后，她来到了母亲的家里。

“你们好！”她打了个招呼后便直接走进厨房。

妮娜正坐在厨房的餐桌旁，她身上还穿着昨天那身衣服，黑色的短发横七竖八地翘着。餐桌上放了几本翻开的书，乱堆着几张报纸，上面满满的全是妮娜潦草的字迹。

“你这样真像一个要去投炸弹的恐怖分子。”梅瑞狄斯说。

“你也早。”

“你睡觉了吗？”

“睡了一会儿。”

“有什么事吗？”

“你应该不在乎，是有关童话故事的事。我现在脑子里想的全是这个。”妮娜抬起头看着梅瑞狄斯，“昨晚她讲故事时提到了弗唐卡桥。以前她说的都是魔法桥，记得吗？你不觉得很奇怪吗？”

“又是童话故事，”梅瑞狄斯说，“我早该想到的。”

“听我给你念念这段：弗唐卡是涅瓦河的一条支流，流经列宁格勒。”

梅瑞狄斯给自己倒了一杯咖啡，“她是俄国人，故事背景设在俄罗斯没什么好奇怪的。别拿出记者那套刨根问底个没完。”

“你真应该听一听的，梅，太精彩了。昨天晚上她讲的完全是个新故事。”

我听了，梅瑞狄斯想。“你当时可能年纪太小，记得不是很清楚。我说过我不会再听她讲故事了。而且我是真的不想跟你没完没了地讨论她的故事。”

“你怎么会一点都不感兴趣呢？我们还从来没听过故事的结局呢。”

梅瑞狄斯缓缓地转过身，看着妮娜一字一句地说道：“我厌倦了，妮娜。我不知道你明不明白这种感受。因为你对你感兴趣的事总是能投入百分百的热情。我跟你不一样，我这辈子基本上都在围着这个家打转，也努力试着去了解妈妈，是她不愿意。这就是答案，这就是结局。她会引诱你上钩，让你以为你可以得到更多——你偶尔会在她的眼里看到一丝丝忧伤，时不时会听她说出几句软话。于是你上了心，牢牢地抓着，希望能更进一步。因为你太想走进她了。可是，你要知道这一切都是骗人的。她压根就……不爱我们。而且我实话对你说，现在我自己还有一屁股麻烦。所以不管你对这个童话故事有多热衷，我也只能礼貌地回答你一句，不要拉上我，谢谢。”

“你有什么麻烦？”

梅瑞狄斯低下头看着手里的咖啡杯。她有那么一瞬间忘记了，现在跟她说话的人是妮娜。身为记者的妮娜很是有办法从一段对话中迅速地抓住核心问题，毫无忌惮地追根究底。“没什么，这只是一种表达方式。”梅瑞狄斯想搪塞过去。

“你在撒谎。”

梅瑞狄斯无力地笑了笑。她走到桌旁，拉开妮娜对面的椅子坐下。“我一点也不想跟你吵，妮娜。”

“那就好好和我说说话。”

“你不会理解的，谁都能理解，就你不行。别怪我说话刻薄，但这是事实。”

“你凭什么这么说？”

“丹尼·弗林。你跟他在一起四年多了，可我们从来没听你说起过他。这些年你去过哪些地方，经历过什么样的事你都告诉过我们。我知道你拍过哪些照片，甚至你最喜欢的海滩在哪我都知道，可就是不知道你有这样一个爱人。”

“谁告诉你我爱他？”

“看吧，这就是我想说的。我不知道你有没有真正爱过一个人。其实你真正感兴趣的只是某个人身上的故事，比如妈妈。不怪你这么着迷。”梅瑞狄斯摊了摊手，指着桌上摊开的书继续说，“别指望这么干能有什么意义，因为根本就没有。她不会让你如愿的。还有真的拜托你，别再费尽心思引起我的关注了。我做不到。她不是你所想的那样的。所以别再来找我说这些事了，好吗?”

“好吧。”妮娜盯着姐姐说道，委屈的眼神又让梅瑞狄斯忍不住想去安慰她。

梅瑞狄斯点点头，站起身来，“那就好。现在我要去一趟商店，之后我会回来接着收拾她的东西。”

“我知道，你要找点事忙。”妮娜说。

梅瑞狄斯妮努力不去在意妮娜会心的语气。“貌似不是只有我是这样的吧。我过几个小时就回来，到时见。别忘了让妈妈好好吃饭。”她挤出一个僵硬的笑，然后出门朝自己的车走去。

这天接下来的时间里，妮娜不是在果园里拍照，就是坐在电脑前上网查资料。只是贝耶诺奇庄园还在用老式的拨号上网，速度慢得出奇，查点东西十分费劲，而且翻来覆去都是差不多的内容。她只了解到俄国的童话有悠久的历史，且自成一派传统，和普遍美国人熟悉的格林童话之类的故事在很多方面都有很大区别。讲述乡下女孩和王子的故事搜到了不少，有数十个之多，而且大部分都带教育意义的，所以结局并不是太美好。

妮娜看来看去，也没发现有什么能跟母亲讲的故事扯上关系的线索。

不知过了多久，外面天已经黑了下来。梅瑞狄斯打开书房的门，招呼了她一声，“晚餐准备好了。”

妮娜心里一惊。她本来还打算早点收工，去帮忙准备晚餐的。可她总是这样，一旦开始投入某件事就会忘了时间。“谢谢。”她应了一句，忙关上电脑，跟在梅瑞狄斯后面走了出去。

走进厨房，她看到母亲已经端坐在餐桌旁。桌上摆好了三套餐具。

妮娜看了看梅瑞狄斯，说：“你今天也留下吃晚餐吗？要不要打个电话给杰夫，把他也叫来?”

“他今天要加班。”梅瑞狄斯从烤箱里端出一锅炖菜。

“又要加班?”

“你也是记者，新闻总是说来就来，不会管你是不是下班时间。”

妮娜没有忘记拿上伏特加的酒瓶，又取出三个小酒杯放到桌上。她拉开母亲旁边的椅子坐下后，立刻往三个酒杯里倒满酒。

梅瑞狄斯手上戴着厚厚的隔热手套，将一锅热气腾腾的砂锅菜顿在桌上的餐垫上。

“是查纳基。”妮娜凑上前去，深吸了一口这道格鲁吉亚蔬菜炖羊肉的香味。这是出自母亲的厨艺，就算是从冰箱里拿出来重新加热的，味道也一定没得挑。熬煮得口感正好的蔬菜融和了西红柿的爽口味道；甜椒，豆角，沃拉沃拉甜洋葱，所有蔬菜和大块的羊肉漂浮在用大蒜和柠檬调色的浓汤里，光看着就叫人胃口大开。这道菜是妮娜的最爱，“今天的菜挑得不错，梅瑞狄斯。”她由衷地赞叹道。

梅瑞狄斯拉开母亲和妹妹中间的椅子也坐了下来。

不等她坐稳，妮娜就迅速地递上一杯酒给她。

“又喝？”梅瑞狄斯皱起眉头，“昨晚还没喝够吗？”

“都说了这是我们的新传统。”

“这种酒一股子松叶味。”梅瑞狄斯皱着鼻子，凑近酒杯闻了闻。

“喝进嘴里味道就不一样了。”母亲在一旁说。

这话惹得妮娜大笑起来，然后她举起了自己的酒杯。梅瑞狄斯和母亲也照做，像是尽义务一样互相碰了碰杯。

见姐姐和母亲喝完酒，妮娜拿起分菜勺。“我来盛菜。梅瑞狄斯，今天就从你开始吧，怎么样？”

“又要说三件事吗？”

“你愿意说几件都可以。你开头，我们跟着你。”

母亲没说什么，只是点了点头表示同意。

妮娜舀了一勺菜盛进梅瑞狄斯面前的白色瓷碗里。“好吧。”梅瑞狄斯妥协了，她思索了片刻后继续说道，“一天当中我最喜欢的时间是黎明。我很爱在夏天的时候坐在我家的门廊上，还有……杰夫说我跑步的次数太多了。”

就在妮娜思索该怎么接下去的时候，母亲意外地抢先开口了，“一天中我最喜欢的时间是夜晚。贝耶诺奇的夜晚。我喜欢做菜。还有你们的爸爸说我应该去学弹钢琴。”

妮娜吃惊地抬起头。最后这个句子母亲明显用了一个现在时。梅瑞狄斯和母亲自己也意识到了，一时间三个人面面相觑，谁也不知道该说什么。

母亲首先移开了视线。“他以前这么说过。你先别着急押我去看医生，梅瑞狄斯，”她解释，“我知道他已经不在了。”

梅瑞狄斯点点头，没有说话。

为了缓和尴尬的沉默气氛，妮娜忙接上话，“一天中我最喜欢的时间是日落。尤其是旱季时博茨瓦纳的日落。我喜欢探寻答案。我觉得妈妈很少关心我们是有原因的。”

“这就是你想探寻的事?”母亲问，“你会失望的。现在吃饭吧，这道菜凉了就不好吃了。”

妮娜领会了母亲的话，言下之意是她们这个愚蠢的小传统已经结束了。于是这顿饭余下的时间又是在沉默中度过，席间只有勺子磕碰瓷碗和玻璃酒杯顿到木头桌面上发出的声音。待晚餐结束后，梅瑞狄斯迅速站起来，收拾空碗盘到水池里洗。母亲则优雅地走开了。

“我打算今晚接着听听那个童话后面发生的事。”妮娜对着正在擦餐具的梅瑞狄斯说道。

梅瑞狄斯既没有转过身来看她，也没有搭腔。

“你也可以……”

“我要去爸爸的书房里找点东西。”梅瑞狄斯打断她，“有几份资料公司那边要得到。”

“你确定?”

“我确定。这件事已经拖很久了。”

每一个家里总有那么几个地方是专属于某个家庭成员的。但这并不妨碍家中其他的成员使用那个空间，或者每天从那里经过，但真正拥有那个地方的人只有一个。在梅瑞狄斯家里，门廊是属于她的。杰夫和女儿们偶尔也会用到那块区域，比如家里举办夏日派对之类的活动时，但这种情况少之又少。梅瑞狄斯很喜欢自家的这道门廊，且一年到头不管什么时节，她都乐意到门廊上的柳条摇椅上坐坐。

在贝耶诺奇庄园，几乎所有的房间都是属于母亲的。由于母亲的视力有问题，整个家的装饰和家具的风格也受到了影响；就拿厨房来说，从全白的墙壁和白瓷砖厨台到古香古色的木桌椅，统统是单一的色调。但凡有色彩的物件在这个家里都会显得格外突出，比如摆在窗台上的一个俄罗斯套娃，“朝圣角”的镀金圣像，和那幅三套车的油画。

整个贝耶诺奇大宅中，只有一个房间是真正属于父亲的，那就是他的书房。

梅瑞狄斯站在书房的门口。她不必刻意闭上眼睛就能想象出父亲在这个房间里活动的场景：他坐在书桌前，两个小女儿在他脚边的地板上玩耍；他不时扭头同她们说说话，或者不知为了什么事发出爽朗的笑声……

房间里还仿佛回荡着他的声音。梅瑞狄斯甚至都能闻到他抽的烟斗的味道，既刺鼻又甜蜜。

可别去跟妈妈告状哦，你们也知道她讨厌我抽烟。

梅瑞狄斯走到房间的正中间，跪在深绿色的地毯上打量整个房间。一对苏格兰深色条纹布面的椅子并排立在一起，椅子正对着一张巨大的红木书桌，这是整个书房最主要的陈设。墙面是带黑色装饰花纹的钴蓝色，她环视了一圈，发现不管视线落在何处，都能看到用深绿色皮革相框框起来的家庭照。

梅瑞狄斯挺直身体，坐在自己的脚后跟上。心里默默地把在这个房间要做的事梳理了一遍。应该只有父亲的衣物整理起来会比较困难。

虽然有些抗拒，但该做的事还是要做，而且这个家里也只有梅瑞狄斯会来操这个心了。书房里收着保险资料、账单记录、税务报表和银行资料等，这些都是她和母亲以后会用得到的东西，也许是下个月，也许是明年或后年。

窗外天已经黑透，梅瑞狄斯深吸一口气，然后打开了父亲收纳文件资料的抽屉。在接下来的一个小时里，她仔细地整理着里面的东西。一份份纸头文件在某种程度上拼凑出了她父母这一辈子的生活轨迹，她把它们大致分成了三类，分别是保留、待定和烧毁。

梅瑞狄斯很庆幸自己在整理的时候还算专心。只是难免也有片刻的出神，思绪偶尔会陷入自己和杰夫一团糟的婚姻问题里去。

就比如现在，她正低头盯着一张照片发愣。这是一张家庭照，不知道为什么混进了房产税的文件里。相片里有父亲、妮娜、杰夫、吉莉安和麦蒂，他们在前院玩接球游戏时不知被谁拍了下来。那时候两个女儿还很小，身上穿着一模一样的粉色儿童滑雪服，个头才刚刚比门口的邮箱高一点。背景的栅栏上挂着圣诞彩灯和常青树枝的装饰，所有人的脸上都露出了欢快的笑。

拍照的时候她在哪呢？梅瑞狄斯隐约有点印象，那时候她好像正和玛莎·斯图尔特一起在餐厅里布置餐桌——玛莎是个相当执着的人，非要把所有东西弄得平平整整的才肯罢休——要不就是在包装圣诞礼物，或者捣鼓圣诞装饰什么的吧。

总之她没有出现在重要的地方，错过了一次跟丈夫和女儿们创造美好回忆的机会。那个时候的她总以为来日方长，总觉得爱可以包容很多。

梅瑞狄斯把照片放回原处，接着又打开了另一个抽屉。就在翻腾这个抽屉的时候，她听到一阵脚步声，前门打开又关上了，接着客厅里传来了妮娜的说话声。

当然是她了。晚饭后梅瑞狄斯看到妮娜带着相机出门，现在天黑了下来，她自然就回来了。而接下来的事梅瑞狄斯想都不用想也知道。妮娜最沉迷两件事，一是拍照，二是听故事，现在照相机搁下了，该轮到童话故事了。

梅瑞狄斯从抽屉里抽出一个文件夹。她看到上面贴着的标签被撕去了一块，从剩下的那部分标签上她勉强能认出几个字母，应该是：ВераПеТроВНа。她看不懂是什么意思，但可以确定写的是俄语。

文件夹里面只装着一封信。她抽出信，看到邮戳上的日期是二十年前的，寄信地址是阿拉斯加州的安克雷奇，收信人是伊凡·惠特森夫人。

亲爱的惠特森夫人：

十分感激您能在百忙中抽空给我回信。我完全理解您的决定，尽管我坚信您能对我正在进行的有关列宁格勒的课题提供宝贵的见解。但假如您改变主意的话，我会非常欢迎您的参与。

此致

瓦西里·埃德莫维奇教授
阿拉斯加大学俄文系

妮娜的说话的声音从身后敞开的门传了进来。梅瑞狄斯听到她对母亲说了句什么，两人沉默了很长一段时间后母亲才开口，似乎是询问了件什么事，妮娜回答了，接着母亲缓缓地开始说话。

她在讲那个童话故事。这个语调绝对错不了。

梅瑞狄斯犹豫了。她在心里对自己说，那个故事跟自己一点关系也没有，没什么好在意的，母亲也不可能让她得到什么，就老老实实待在书房里。可当她听到维拉这个名字时，她把信重新折好塞回信封，将它归到了保留的那堆东西里，然后从地上站了起来。

十三

一进家妮娜先把照相机搁在咖啡桌上，然后就去找母亲。母亲正坐在父亲最喜欢的那把椅子上打毛线。尽管这个五月的夜晚温暖宜人，但整个客厅还是有股子寒气，于是妮娜决定生上壁炉的火。

“你准备好了吗？”她问母亲。

母亲抬起头来。她的脸色苍白，脸颊绷得紧紧的，但她的一双眼睛还是一如既往的明亮清澈。“上次讲到哪了？”母亲问。

“别这样，妈。你肯定没忘。”

母亲盯住她的脸，过了很久才说：“关灯。”

妮娜连忙去关掉客厅和玄关的灯。于是整个一楼只有壁炉里的一团火还亮着，像是黑暗中的一颗明亮而炙热的心脏。她在沙发前的地板上坐了下来，静静等着故事开始。有那么片刻时间，房间里出奇地安静，好像它也在等待着。突然壁炉里火花爆裂，噼啪一声响，不知哪里的一块地板也嘎吱响了一声，整栋房子好似也在准备着听故事。

母亲缓缓地开口了。“父亲被关进红塔后的第二年，维拉变成了一个有身份的人。在雪国，在那段暗无天日的岁月里，这是一件相当危险的事。她不再是从前那个普普通通的乡下女孩，她的身份从贫穷乡村教师的女儿变成了反动诗人的长女，成了这个国家的敌人的亲眷。她必须时时刻刻保持小心警惕。”

父亲被带走后的第一个星期，一切都变得怪怪的。左邻右舍碰见维拉也不再亲切地同她打招呼了，甚至连眼神接触都没有。维拉每次在夜里上楼梯的时候，楼上楼下的门都会啪的一声关上。

最近，黑马车几乎无处不在，到处都有人在小声说着某某人被带走，某某人又被变成了一道青烟永远消失的传闻。过了十七岁以后，维拉已经可以从人群中一眼分辨出那些罪犯的家属。这些人不管干什么都带着受害者的印记，走路的时候佝偻着肩膀，眼睑低垂，死死地盯着自己的脚面，尽一切可能让自己看起来更渺小，更平庸。这样才不会引人注意。

如今的维拉也是这般模样。她再也不会花时间站在镜子前打扮自己，渴望能博得男孩们的青睐了。

她只想努力让生活继续下去。每天早上早早起床，穿上一条难看的黑裙子。穿什么衣服对她来说也没那么重要，她不会去在意自己脚上的鞋是不是太丑，袜子是不是不配套。就这样，起床收拾妥当后她就去厨房，给妹妹和母亲煮荞麦粥。如今的奥尔嘉就像是维拉的一个苍白的小影子，而母亲已经很少开口说话了。只是在夜深人静的时候常常能听到她偷偷啜泣的声音。父亲出事后有几个月，维拉拼了命地想安抚母亲，但也是枉费工夫。没有人能安慰她。

母女三人继续做着为生存而不得不做的事。白天，维拉要到城堡的图书馆工作很长时间。在弥漫着灰尘、皮革和石子味道的藏书库里，维拉把父亲寄予她最后的梦想——希望她有一天能成为一个作家——交了出去，就像归还了一本逾期未还的书。接下来该把兴趣转移到其他书本里了。

工作的时候她会偷空找个小角落藏起来，如饥似渴地读小说和诗集。只是要注意不能经常这样干，每次偷闲的时间也不能太长。维拉时刻提醒自己，无时无刻都有人在盯着她的一举一动。最近就连儿童也不能幸免于难，黑暗骑士会带走那些可怜的孩子来逼他们的父母认罪。维拉很怕有一天那三个巨魔会驾着黑色马车再次来到她家，把她抓走。或者更糟，把奥尔嘉或者母亲抓走。

晚上躺在床上，听着旁边的奥尔嘉轻轻的鼾声，维拉觉得这才是真正属于她一个人的时间。她可以利用这段时间来胡思乱想一下，甚至能回想下过去曾设想过的那个自己。

寂静的黑暗中，寒冬的冷风扑打着窗户薄薄的玻璃，尽管一到冬天就窗门紧闭，但冷空气还是能透进屋里。也就是在这样的时候，她会想到夏沙，想起他那天吻她的时候，她竟像傻瓜一样哭了出来。

她真的很想忘了他。自那天分开后，她都已经有好几个月没有夏沙的消息了。可就算这样，她也还是没办法将这个人彻底抹去。

“维拉?”妹妹在黑暗中轻声唤她。

“我醒着呢。”她回答。

听到姐姐的回应，奥尔嘉蜷缩着向维拉这边挤了挤，“我觉得冷。”

维拉伸出手将妹妹搂进自己怀里。她知道这个时候应该说几句安慰的话，她是姐姐，在奥尔嘉无助时帮她加油打气本就是她该做的，她也很看重这份责任。可她太累了，她觉得自己也没有足够的精力可以分享给旁人了。

又过了一阵，维拉从床上爬起来，迅速地换好衣服，再用方头巾将一头长发严严实实地裹起来。走进冰冷的厨房，她看见炉子上放着一锅煮好的稀荞麦粥。

这说明母亲已经出门了，比平常早了很多。母亲每天早上天不亮就要去皇家食品仓库做工，一直干到夜里才能收工。回到家后她已经疲倦得什么也做不了了，只能吻过两个女儿后就赶紧上床睡觉。

维拉升起炉子的火，重新加热荞麦粥，又挖了一大勺蜂蜜加进去。然后她把热好的粥端进卧室，坐在床上和妹妹一起吃早餐。

“今天也要去吗？”奥尔嘉一边用勺子刮着粘在碗底的残渣，一边小心翼翼地问维拉。

“今天也去。”维拉坚定地说。自从父亲被带走后，每个星期五早晨她都要回答一遍这个问题，且答案永远是这几个字，绝不多说什么，懂事的奥尔嘉也明白。希望是非常脆弱的东西，说得太多很容易就会破碎。所以她们默契地不再说下去。

姐妹俩换好工作服后一起走出她们住的那栋小楼。来到户外，冷空气迎面狠狠扑来。雪国寒冷的冬季就像一头咬牙切齿的猛兽，随时准备着将人扑倒。

维拉将衣领拉起来，在风中倾斜着身子，快步走在妹妹前面。她的脸颊被雪花刮得生疼。在冻结的河面上，她看到几个渔夫弓着身体围在一个冰窟窿旁。走到一个转角处，她和奥尔嘉就分开了。

又走了一阵，维拉先是听到远处传来龙的咆哮声，紧接着就看到一辆黑马车向这条街驶来，黑得发亮的马车在落雪的背景和王国白色围墙的映衬下显得格外刺眼。维拉四下看了看，发现旁边一棵水晶树下有个大雪堆，她连忙闪避到雪堆的后面。

又有人被抓了，又一个家庭因此破碎。而维拉此时此刻只有满心的庆幸，感谢上帝，这次遭殃的不是她家。等马车离开走远后她才敢挪动自己的腿。

雪还在一阵紧似一阵地下着。她搭上一趟电车，跨过大半个城市来到了这个她已经熟到不能再熟的地方。

在司法大堂的入口处，她停下脚步，掸掉肩头上的雪后才推开那扇巨大的石门。一进到大厅首先看到的是一条长龙似的队伍，排队的基本是裹羊毛头巾、穿毡靴的妇女；为了不被冻僵，他们戴着连指手套的手不住地来回搓着。长队以匀速而缓慢的节奏缓缓向前挪动。所有人都老老实实地排在队伍里，等着轮到自己的时候。

接下来的两个小时就好像是在一团灰色的云雾里度过的，完全没有什么记忆。等挪到队伍前面时，维拉忙定了定神。她鼓起勇气，挺直身子走上前去。

一张闪闪发亮的大理石桌后面有一把高脚椅，上面坐了一个矮精灵。他的脸色惨白，五官像融化的蜡一样扭曲走形，一开一合的金色眼睛活像一条毒蛇。

“姓名。”他冷冷地说。

维拉尽量用平和的语气回答。

“是你丈夫？”他说话也如蛇吐信子一般嘶嘶发响，在安静的大堂里格外刺耳。

“父亲。”

“书面文件交上来。”

维拉拿出准备好的文件，放在冰冷的石桌上轻轻往前一推，一只精瘦多毛的手将那几页纸接了过去。他低头看文件的时候维拉站在原地一动也不敢动，这是最考验勇气的时候。她生怕自己的名字早就被列入了他们的名单，说不准他们正等着她来自投罗网呢。一而再再而三地往这种地方跑是相当危险的，母亲也不止一次警告过她。可维拉不能不来，因为这里是她现在仅有的希望了。

矮精灵抬起头，将那几页纸递还给她。“这件案子正在研究。”他告诉她，然后不耐烦地大吼，“下一个。”

维拉迅速地从接待的窗口前退开，中途还因为双腿发软被绊了一下。排在她后面的一个老妇人忙挤到她旁边。她是来询问她丈夫的情况。

这算是个好消息，起码她能确定父亲还活着。她很怕听到的是父亲被判了刑，要被流放到荒原的消息……或者更糟的那个。好在都没有。她相信黑暗骑士很快就会发现自己抓错了人。他总有一天会知道，她的父亲绝对不是一个叛国贼。

她拉起自己的衣领，转身走进了外面那个冰天雪地的世界。如果动作快一点，她中午前就能赶到图书馆干活了。

维拉坚持每周五都去见那个矮精灵。而每次去得到的答复都是同一个，“案子还在研究。下一个。”

直到有一天母亲告诉她，她们必须得搬家了。

“做什么都于事无补了，维拉。”母亲颓然地坐在餐桌旁对她说道。过去这一年对她打击太大，所有的伤心和苦痛都深深刻在了她的皱纹里。她抽着便宜的香烟，烟灰落在木地板上她也毫不在意。“食品库削减了我的薪水。我们已经住不起这里了。”

维拉很想像以前那样同母亲争辩几句，可想想最近她们的钱都不够买柴火取暖了，而夜里又那么冷。

“那我们搬去哪?”维拉问母亲。说到这里奥尔嘉已经在一旁抹着眼泪了。

“我母亲那里。她同意了。”

维拉吃了一惊。奥尔嘉也收住哭声抬起头来望着她俩。

“我们从来都没见过她。”维拉说。

母亲又深深地吸了一口烟,然后吐出一片薄薄的青蓝色的烟雾。“我父母一开始就不赞同我和你们的爸爸结婚。但现在他已经不在了……”

“他还在!”维拉打断母亲,那一刻她心里已经默默下定决心,她永远不会对这个外婆抱一丝一毫的好感,更不会去爱她。

母亲什么也没有说,但她想说的话都原原本本地印在她黑色的眼睛里了:他就是不在了。

奥尔嘉拉了拉维拉,也许是想寻求姐姐的支持,或者是安慰,维拉也不确定了。“我们什么时候搬?”她无力地问。

“今晚就动身。要赶在房东来收房租之前离开。”

要换作是以前,维拉也许早就回嘴,甚至是跟母亲大吵一架了。但现在她只是轻声叹了口气,然后转身回到自己的房间。

既然是没办法更改的事,那就只好顺从。她开始收拾行李准备搬家。但可以带走的东西实在不多,不过是几件衣服,几条毯子,一把梳子,还有一双早就不合脚的旧毛毡靴。

母女三人没有耽误太久就带着单薄的行李走出了小楼。她们几乎把所有的衣服都裹在身上,顶着风雪向她们的新家走去。

到了目的地,在她们眼前的是一栋破破烂烂、邋遢不堪的小楼房。石头铺的门廊不是这里碎了就是那里缺了一块。有几扇窗户有窗帘,但挂的角度很怪异,好像就只是随便扯过一块廉价的布片,能稍微遮挡一下就算了事。

维拉和奥尔嘉跟着母亲走上二楼,来到走廊尽头的一个房间的门口。

出来应门的女人脸上带着沉重而忧伤的表情。她用一条浅绿色的手帕包住自己灰白的头发,身上穿的碎花纹家居服旧得走了形。她开门时还在抽烟,夹烟的两根手指被熏得焦黄。

“你来了,卓娅。这两个就是我的外孙女吧。维罗妮卡和奥尔嘉,我只知道名字,但谁是谁来着?”女人说道。

“我是维拉。”维拉回答她。在这位新外婆审视的目光下,她尽力昂起头,背挺得笔直。

女人点点头。“你们不会给我惹什么麻烦吧?你们家以前那一摊子破事可别带到这里来。”

“不会有任何麻烦的。”母亲平静地回答她。之后她们跟在女人后面走进屋内。

一跨进门，维拉就呆立住了。跟在后面的奥尔嘉一时没刹住，撞到了她身上。奥尔嘉咯咯笑了起来，可很快她就笑不出来了。

这就是一个小到不能再小的单间公寓。屋里支着一个烧柴火的小炉子，一个水池，一张木头餐桌和四把不配套的椅子，一张窄窄的床铺挤靠在墙边，没有挂窗帘的窗户正对着巷子对面的一堵砖墙，房间的一个角落里放一个储物柜，柜门半开着，可以看到里面什么东西也没有。而且这个单间公寓里连卫生间都没有，所有住户要共用楼里的一个公共卫生间。

她们全部人怎么可能住得下这么巴掌大点的地方呢？这么一来和老鼠有什么区别？

“进来吧。”外婆招呼她们，顺手将烟蒂在一只烟灰堆到漫出来的小碟子里捻灭，“我来告诉你们把行李放哪。”

几个小时后，母女三人算是在新家安顿下来了。这是她们住进这里的第一个晚上。小小的房间里弥漫着一股水煮白菜的气味，而且太多人挤在一起，让空气也有种污浊的味道。维拉在地板上铺了几条毯子当床，然后紧挨着妹妹躺下。

“我一个同事明天会把我们的家具送过来。”母亲疲倦地说。奥尔嘉忍不住哭了起来。她们都知道，眼下这样，那点家具有或没有已经无关紧要了。

维拉紧紧地握着妹妹的手。

外面，一辆马车不知撞上了什么东西，一个男人大声咒骂起来。维拉忍不住想，如果死亡的梦境有声音，那一定就是这样的。

自搬家以后，维拉动不动就发火。尽管她已经尽力去隐藏自己对生活不满的坏情绪了，但她就是控制不住。现在的她脾气又急又躁，一点点的小事都会让她暴跳如雷，不假思索地抨击、挑毛病。

晚上她和母亲、妹妹就挤在一张窄窄的小床上睡觉。这么丁点大的地方，三个人要贴得紧紧的才能躺得下，夜里连翻个身都困难，所以她们尽量忍着不翻身，不然就得一起动。

维拉一大清早就出去工作，一直到天黑才回家。回来后她就要马上帮母亲和外婆准备晚餐。吃过晚餐后洗碗，紧接着搬几捆柴火到炉子旁，预备着夜里烧来取暖。日子过得像一潭死水，工作好像成了维拉生活的全部，除了工作还是工作。

只有星期五那天稍有些不同。

“你不要再老往那个地方跑了。”那个周五的早晨母亲这样对维拉说道。时间才刚到五点，维拉和母亲妹妹就离开公寓准备去工作了。外面天还没有亮，街道上一片漆黑。

途中她们经过一家咖啡馆时，正巧碰上了几个喝醉的年轻贵族跌跌撞撞地从里面出来。看到他们大笑着互相拥抱在一起的样子，一种触电般的刺痛漫过维拉的胸口。他们是那样年轻，细究起来应该比维拉稍长几岁，但他们和她却过着截然不同的生活。他们自由自在，可以彻夜畅饮，谈论政治，或者写重要的文章。而她却不得不天不亮就跟母亲妹妹一起出来讨生活，不管刮风还是下雪。

母亲似乎察觉到了维拉内心的起伏，于是伸出手来握住了她的手。“对不起。”母亲轻轻对她说。

她们很少去谈论眼下这种窘迫而尴尬的生活，也尽量避免去提及她们失去的东西。维拉握紧了母亲的手，她很想告诉母亲，我都明白，或者对她说一句没关系，但她很怕自己还没开口就先哭出来，所以她什么也没说，只是点点头。

到了一个分岔路口时，三个人就得分开走了。“那我们晚上见了。”母亲说完便匆匆走向另一条街的电车站。

相互道过别后母女三人分头朝各自的方向走去。

维拉独自一人又走过几条街区，来到了司法大堂的门口。还是老样子，她推开石门进去，默默地走到长队的最后耐心地排队。

轮到她的时候，她深吸了口气走上前。“姓名。”大理石桌后的矮精灵面无表情地问。

待她报上名字后，矮精灵将她的文件接了过去。他低头看了一会儿，突然不声不响地站起身走开了。维拉不知道出了什么事，只见他走进大堂尽头的一个玻璃房间。在里面，他和其他矮精灵交谈了一阵，接着又跟一个穿黑色长袍的男人说话。

不知过了多久，这个矮精灵重新回到自己的座位上。他将文件交还给维拉，“我们王国里没有叫这个名字的人，你搞错了。下一个。”

“可是，大人，这个人确实在这里。这一年多来我每个周五都来打听他的情况。拜托您再查查看吧。”

“这里没人听过这个名字。”

“可是……”

“没有这个人。”矮精灵不由分说地打断她，随即冷冷一笑，用轻蔑的语气说道，“他不在了，听懂了吗？赶紧走吧。”说完他探起头朝她身后大喊，“下一个。”

走出司法大堂的石门，维拉觉得双腿发软，直想蹲下将脸埋在膝盖间痛哭一场，可这样只会引起周围人的注意，在这种地方惹麻烦对她没有好处。于是她抹去眼里的泪水，挺直身子，朝图书馆的方向走去。

父亲已经不在了。

就那么片刻的时间，好好的一个人说不在就不在了。她当然懂矮精灵说的话是什么意思，真相就是他已经死了，他们杀了他。可他们究竟是什么人？黑色马车里的巨人，还有黑暗骑士，他们到底在替谁做事呢？她搞不明白，但也不敢问，她失去了亲人，作为悲伤的家人就连问几个人之常情的问题也不可以。她们不能请求让他穿上体面的衣服下葬，当然也不会有葬礼，甚至不能正大光明地去他的墓前哀悼，因为公开的葬礼无疑是在向众人宣告她们的亲人被处死的事实，而这个事实是黑暗骑士极力想否认的。

维拉来到图书馆，像平常一样开始做自己的工作，只字未提父亲的事。

下班后维拉没有去搭乘电车，而是选择走路回去，她只希望这段路程能尽可能地延长，不要那么快走完。

走在路上，她感觉冬天仿佛是地面升起来的一样。又干又脆的黑色树叶从树上掉下后没有直接落到地上，而是悬浮在了半空中，远远望去黑压压一大片，好像一群低飞的乌鸦。铅灰色天空笼罩下的大小建筑物看起来全都一副畏畏缩缩的样子，毫无生气。就连那座薄荷绿的城堡在这样的气候里看起来也无比的荒凉。

待她终于回到家时，公寓楼前的鹅卵石街面和光秃秃的树枝已经被落雪覆盖。

走到门口，她没有着急开门进去，而是用了一点时间来调整呼吸。一想到进门后会有一场艰难的对话等着她，沉重的压力就排山倒海地向她袭来。但她没有选择，只能挺起胸勇敢地开门面对。

她们母女搬进公寓时从原来那个家带了几件家具过来，这么一来本就狭小的房间现在更是拥挤不堪。外婆的床被死死地推到墙角，上面堆满了被褥。她们三个人睡觉的地方则紧挨着储物柜，每次用储物柜的时候都得把床铺挪开。

她们带来的家具包括一个带抽屉的写字台，那还是母亲自己亲手上的漆；一对小台灯，现在就靠墙摆在那扇永远都不会开的窗户下；另外还有父亲的红木书桌，维拉觉得这是这个公寓里唯一美观的家具，只可惜现在上面摆满了大大小小的泡菜罐子和洋葱。

进门后维拉看见母亲正在炉子边忙活。奥尔嘉在桌旁削土豆皮。

见她回来，母亲把炉子上炖着的锅抬下来，然后在围裙上擦了擦手。她穿着一条松松垮垮的旧裙子，在食品仓库里干了一天的活，她的头发乱蓬蓬的，也顾不上打理。

母亲脸上带着渴望的表情，她投给了维拉一个会意的眼神。

“今天是周五了。”等了一阵见维拉没开口，母亲忍不住提醒道。

奥尔嘉也站了起来，期盼地看着姐姐。因为身上的裙子又紧又小，奥尔嘉看起来就像一朵急切想摆脱芽苞束缚的花。维拉心里还总当妹妹是一个小孩子，尽管她都已经十五岁了。维拉记得，自己也就是在十五岁的年纪遇见了夏沙，那个时候她觉得自己已经完全长大了，可以像个成熟的女人一样，夜里去桥边和心爱的人约会。

“你打听到什么了吗?”奥尔嘉问她。

维拉觉得自己脸上突然没有了血色。

“来，奥尔嘉，”母亲轻声吩咐道，“穿上你的外套和毡靴。我们出去走走。”她也注意到维拉的脸色不对劲了。

“可我的靴子实在太挤脚了，”奥尔嘉抱怨，“而且外面在下雪呢。”

“照我说的做。”母亲走到她们的床铺边，打开一个大皮革箱子翻找起东西来，“外婆很快就要下班回来了。”

维拉往门边退了一步，一言不发地看着母亲和妹妹换衣服。准备好后，三个人一齐走出公寓。外面已然是一个被冰雪模糊了的白色世界，无声无息飘落的雪花让四周显得格外寂静，就连电车从附近驶过的声音听上去也那么遥不可及。她们仿佛被孤立在了这个风声呜咽的世界里。

维拉和奥尔嘉跟着母亲走进附近的格兰德公园时，这种孤独感就更明显了。这时候公园广场的灯已经亮了起来，但四周一个人也没有。当然了，没有人会在这样冷的黄昏跑来公园瞎逛。公园附近的住家本来就不多，只有远处有一排看上去金碧辉煌的豪宅，那是王公贵族们住的地方。

她们三个人来到公园的正中央，那里立着一个铜飞马的雕像。巨大的雕像高高屹立在积雪中，傲视着从它旁边过往的人。

“这段时间很危险。”母亲站在雕像旁对两个女儿说道，“有些事情……和有些人，是绝对不可以在那个人员混杂的公寓里说起的，甚至靠近那栋楼的地方都不安全。也不可以跟朋友说。所以我们……”说到这里她顿了顿，深吸了口气，然后压低声音继续说道，“只能在这里说一说……他的事。就现在，把该说的都说了，以后就不许再提了，明白吗？”

“出了什么事？”奥尔嘉在雪地里跺着脚。

母亲看向维拉，希望她来给出答案。

“我今天去司法大堂了，打听爸爸的情况，”维拉缓缓地说，她感觉眼泪涌上了眼眶，“他不在了。”

“什么意思？”奥尔嘉问，“为什么不在了？你是说他逃跑了吗？”

维拉不知该怎么解释下去。这时候只有母亲还有力气摇摇头。“不。他没有逃跑。”她警惕地向四周瞟了一眼，然后又朝两个女儿靠近了一些，母女三人在飞马雕像的阴影下紧紧地围在一起，“他们杀了他。”

奥尔嘉发出了像是窒息一般的惊恐声音，维拉和母亲紧紧地搂住她。等她们分开时，三个人都哭了。

“你早就知道了。”维拉说。她的眼泪还没等落下就瞬间被冻住，一粒粒挂在睫毛上，模糊了她的视线。但这会儿她也顾不上去擦拭了。

母亲默默地点头。

“他被带走的那天你就知道了，是吗？”

母亲再次点点头。

“可我每个星期五都往那地方跑，你从来都没说过什么。要是我早知道……”

“你非得自己去打听明白不可，要不你又怎么会甘心？”母亲说道，“况且我……多少也抱有一点希望……”

“我现在也不知道该怎么办才好了。”维拉感到不知所措，那是一种迷茫，仿佛和现实生活完全脱节的感受。

“其实我一直在等你主动来问我，”母亲说，“我知道你们两个也一直在满怀希望地等好消息。但现在你们应该明白了吧，培提尔永远回不来了。这就是我们现在的生活。这就是现在的我们。”

“什么意思？”奥尔嘉哭着问。

“这是命。”母亲安静地说。

维拉听懂了。

这种原地踏步、数着时间熬日子的生活该结束了。她必须把时间利用起来，开始做一些事情。

“我不知道还可以希望些什么，”维拉说，“好像什么梦想都不可能实现了。”

“梦想是男人们的专利，比如你父亲。可也就是因为所谓的梦想，我们今天才会在这里哀悼他，不敢张扬，只能悄悄为他哭一哭，好像是在犯罪一样。我知道他往你的脑袋里灌输了各种不切实际的幻想，现在都统统忘掉吧。不要再当自己是他的女儿，你只是生活在这个王国里的一个普通女人。未来还有很多事需要你去做，我向你保证。”

母亲将她们拉进怀里，紧紧地拥抱住她们，亲吻她们的脸颊。她凑到她们的耳边轻声说：“在他的心里，你们是比他的文章还要重要的女儿，他爱你们胜过爱自己的性命。这是永远不会改变的。”

“我想他。”奥尔嘉又哭了起来。

“我知道，”母亲哽咽着说，“我们的生命里永远有一个位置是属于他的。永远。”接着她退开了一些，“但我们从今往后不能再提起他，永远都不要再提。哪怕只有我们三个人也不可以。”

“可是……一个人心里的感情不是说抛弃就可以抛弃的。”

“也许吧，但你可以选择不去表达。这就是我们今后要做的。”母亲把手伸进羊毛大衣的口袋里，从里面掏出一只珐琅蝴蝶。

维拉从来没有见过这么精致漂亮的东西。这绝对不是她们这样的家庭能够拥有的——这应该是属于皇室的东西，最起码也得是巫师这样身份的人。

“是培提尔的父亲做的。”母亲告诉她们。接着她向女儿们说了一段从来没提起过的家庭历史，“这个本来是要献给小公主的礼物，可国王却觉得做工太粗糙，于是下令解雇了你们的祖父。之后为了讨生活，他不得不放弃了做工艺品，改行去学做黏土砖了。我和你们父亲结婚那天，他把这只蝴蝶送给了我们。现在就让它代替我们失去的亲人来陪着我们。有时候我握着它，仿佛就能听到培提尔的笑声……”

“可这不过是个假蝴蝶。”听了母亲的话维拉顿时对蝴蝶没了刚才的好感，这么个小玩意儿怎么能代替得了爸爸的笑呢？

“我们只有这个了。”母亲轻柔地说。

整个冬天，维拉像个多愁善感的青春期少女一样，沉浸在自己的悲伤中不肯走出来。可随着冬季渐渐走入尾声，春日的气息在整个王国蔓延的时候，她开始觉得这样的忧郁变成了一种负担。

“为什么我不能去念大学，这不公平。”维拉向母亲抱怨道。这是一个温暖的夏日，维拉和母亲正跪在黑色的泥土地上播种，距离那天在公园举行临时葬礼后又过了数月。母女俩都已经在城里工作了一整天，收工后又坐两个小时的马车，从四面围墙的城区来到郊外，她们在那里租了一小块地。这已经成了她们入夏后的日常惯例。

“你不是小孩子了，不该再把公平不公平的话挂在嘴上。你自己比谁都清楚。”母亲淡淡地说。

“可我想学文学和艺术，我想了解那些伟大的作家和艺术家。”

母亲停下手中的活，直起身子看着维拉。夏日夜晚十点的天光在母亲的脸上镀上了一层蜜糖般的金色光晕，她看起来又恢复了往昔的美貌，只是一双棕色的眼睛里还留有抹不去的苍老之态。“你生活在雪国。”她说。

“这我知道。”

“你真的知道吗？你在全世界最大的图书馆工作，跟超过三百万本书朝夕相伴。你每天回家都会路过皇家博物馆，而你妹妹就在那里工作。只要你愿意，任何时候都可以走进博物馆欣赏那些大师的作品。这个季度加林娜·乌兰诺娃会在那演出，别忘了还有一场歌剧。啧啧。你别跟我说我们王国的年轻女人非得到大学里接受教育不可。如果你真有这种想法，那你就不是……”母亲压低了声音，“就不是他的女儿了。”这是数月来她第一次提到父亲，并且立刻就收到了预期的效果。

维拉不自然地侧了侧身子。她原本还端坐在自己脚后跟上，现在索性一屁股坐到了温暖的泥土上，低下头若有所思地盯着身旁的一棵卷心菜。这棵刚长成的蔬菜有着花环状的菜叶，颜色看起来既新鲜又脆弱。

我是培提尔·安德烈耶维奇的女儿，她心想。仿佛是将脱离轨道的自己拉回到了正确的位置，她想起了父亲曾经在夜里给她读过的书，想起了他是如何鼓励自己去追逐梦想的。

那一个星期接下来的时间里，维拉仔细地思考了在菜园和母亲的对话。上班的时候，她漫无目的地在图书馆游荡，穿梭在林立的书架之间，她能感觉到父亲的幽灵就陪在自己身边。借工作之便，她阅读了一些书籍，她知道自己需要一个人来给她一些指导，帮助她理解她那些文字的意义。现在的她就像是一颗发芽的种子，拼了命地冲破了土壤的束缚，冒出了一截嫩绿的秧苗。只要有阳光的普照，她就能不断地向上生长。

终于有一天，维拉的机会来了。她坐在柜台后面整理羊皮书卷的时候看到了一张熟悉的面孔。那是一位上了年纪的老者，他拄着拐杖蹒跚地走进图书馆，破旧的棕色牧师长袍拖在大理石地板上。他选择在一张靠墙的桌子旁坐下，然后翻开一本书。

维拉缓缓地走近他，一个大胆的计划在她的脑海里迅速酝酿。她知道母亲一定不会同意她这么做的，但她顾不了那么多了。

“很抱歉。”维拉轻声说道。老者闻言抬起头，用浑浊的眼睛看着她。

“维罗妮卡？”他用了很长时间才认出眼前的人。

“是我。”维拉回答。老人才刚进图书馆，维拉就认出他是过去常到她家拜访的牧师，当然，是很久以前，在他们的生活还不错的时候。她不想提起父亲的事，但她知道父亲此刻就在他们旁边，就像无处不在的灰尘一样。“很抱歉打搅您了。我真的很想寻找一位老师，但我拿不出太多的钱。”

牧师取下眼镜，沉吟了半晌才开口，他把声音压得极低，“我没法帮你这个忙。都是因为我们生活的这个时代。我不应该再继续写作了。”说着他叹了口气，“而且我老了……不过我认识几个学生，也许他们不会像我这个老头似的那么胆小怕事。我会帮你问问的。”

“谢谢。”

“小心一点，小维罗妮卡。”他将眼镜重新架回鼻梁上，继续说道，“千万不要把我们今天说的话告诉别人。”

“我会严格保密的。”维拉笑着说。

“没有什么秘密是安全的。”牧师的脸上没有笑意。

十四

梅瑞狄斯回到自己家时已经将近午夜。漫长的一天让她觉得筋疲力尽，但一颗心却被母亲今晚讲的故事牢牢地勾住了。

照旧喂过两只狗后，她又花了点时间陪它们玩了一阵，然后换上一身舒适的衣服。在厨房里泡茶的时候，她听到一辆车开到了门口。

杰夫回来了。现在已经是夜里十二点半，除了他还会有谁？

她站在原地没有动，手指紧紧扣着水池的边缘，竖起耳朵听门口的动静，心跳得飞快。

过了片刻，妮娜走进厨房，脸上隐约带着愠怒的神情。

梅瑞狄斯觉得一阵失望。“深更半夜的，你怎么跑来了？”

妮娜不搭腔，熟门熟路地从酒柜里拿了一瓶红酒，在水池里找了两个咖啡杯，洗了洗然后倒满酒。“我是真的想跟你谈谈那个故事。妈妈今晚给我讲的已经完全不是童话了，好多细节都真实得吓人。我知道你很排斥，所以我就直接说我来的目的好了。我们谈谈吧。”

“明天……”

“就现在。等到明天你就会重新全副武装起来，被你虎着脸一吓我又什么都不敢说了。所以就现在，和我聊聊吧。”接着她不由分说地拉起梅瑞狄斯的胳膊将她拽到客厅。

妮娜按下壁炉的开关，天然气的火苗腾的一声蹿起，明亮的炉火向屋内释放出阵阵暖流。

“给你。”妮娜把红酒递给梅瑞狄斯。

“你不觉得这个点喝红酒太晚了些吗？”

“我不想回答这个问题。你要庆幸我没拿龙舌兰给你喝。”

这就是妮娜，永远那么戏剧化，想一出是一出。

梅瑞狄斯在沙发的一端坐下，斜靠着沙发的扶手。妮娜也在另一端坐了下来。在沙发中间，她们的脚趾碰到了一起。

“你到底想干什么，妮娜?”梅瑞狄斯问。

“我想要我的姐姐。”

“听不懂你在说什么。”

“你还记得吗，小时候过万圣节，爸爸忙工作没空陪我们，是你带着我去邻居家要糖果？我所有的万圣节服装都是你给我做的。上学那会儿，我要去竞选啦啦队，你就一连几个星期陪着我练习动作。最后我入选了，可你却没能入选你自己想进的那个社团，即便如此你还是一心替我高兴。还有毕业舞会时，肖恩・鲍尔斯邀请我做他的舞伴，是你提醒我这家伙不可靠。这些你都记得吗？我俩也许是没有太多共同点，但我们终归还是亲姐妹。”

这些事梅瑞狄斯早都忘了，起码好多年都没有刻意去回想过。“这些都是很久以前的事了。”她感叹。

“当初我一走了之，留下你一个人照顾这个家，妈妈又那么不好相处，这些我心里一清二楚。虽然我们算不上是无话不谈的知心姐妹，但现在我回来了，梅，我就在这里陪着你。”

“我知道你在这，我看到了。”

“你眼里真的有我吗？因为说老实话，过去这几天你真够可恶的。也不能说可恶，就是整个人阴沉沉的，而妈妈对我也就那样，冷冷淡淡的，每天面对面一起吃饭也说不上几句话。”妮娜往前凑了凑身体，继续说，“我在这里，梅，我真的很想你。可感觉你根本不愿意多看我一眼，也不想和我说话，我觉得……”

“杰夫离开我了。”

妮娜听到这话猛地往后一靠。“你说什么?”

梅瑞狄斯无法将这句话照原样再说一遍，她默默地摇了摇头，眼泪一下子涌了上来。“他现在就住公司旁边的旅馆里。”

“这个混蛋东西。”

妮娜这么一说反倒把梅瑞狄斯逗笑了。“多谢你不是来指责我的。”

看着妮娜满脸的关切和同情，梅瑞狄斯突然理解了为什么有那么多陌生人愿意对妹妹敞开心扉。就是因为她此刻的表情，在听到别人诉说不幸和烦恼时她不会拿出高高在上的姿态来评头论足，而是由衷地表露出关心和安慰之意。

“你们出什么事了吗?”妮娜小心翼翼地问。

“他走之前问我是不是还爱他。”

“然后呢?”

“我没有回答。”梅瑞狄斯说，“我回答不了。而且到现在我也没主动给他打电话，没有去找他。说不出写信给他总可以吧，但我也没有，就连乞求他回到我身边的意思都没有。不怪他想离开我，他甚至还说……”

“说什么?”

“他说我和妈妈一模一样。”

“那我说他混蛋还真没冤枉他，他简直太可恶了。”

“他是爱我的。”梅瑞狄斯又说，“是我伤害了他。我能看出他是真的伤心了，所以才说出那样的话。”

“谁管他心里怎么想的。说实话，这就是你的问题了，梅。你太在乎别人的感受。你顾及所有人，可你自己呢？你自己想要什么呢?”

这个问题梅瑞狄斯究竟有多少年没问过自己了？上大学时，她选择去一所家里能负担得起的学校，而非自己心仪的；因为意外怀了孩子又提早结了婚；因为爸爸需要她，一毕业就义无反顾地回到贝耶诺奇来帮忙。想来想去都是这些身不由己的事，她什么时候做过自己想做的呢?

其实她刚回到果园那阵也想过这个问题。那时她刚把水果摊铺改成了礼品店，在里面放满了她喜欢的东西。可奇怪的是，随着年岁增长，自己想做的事就不在她的考虑范畴了。

“你会想明白的，梅，相信我。”妮娜凑上前抱了抱她。

“谢了。我是真心这么说的，你让我心里好受些了。”

妮娜坐回到原位。“那等下次我再把锅烧煳了，或者把厨房弄得一团乱时，记得你现在说的话。”

“我尽量。”梅瑞狄斯举起杯子跟妮娜碰了碰杯，“为新的开始干杯。”

“是得为这个喝上一杯。”

“你随便找个理由都能喝酒。”

“那当然。这是我的优点之一。”

接下来的两天，母亲将自己封闭了起来。本来就少言寡语的她现在更是冷得像石头一样，甚至都不肯下楼吃晚餐。对于母亲这样的态度，妮娜既觉得沮丧却又无可奈何，她不敢贸然去打扰母亲，要求她继续讲故事。其实不光是母亲，妮娜和梅瑞狄斯也怀揣着同样的心事。并且随着日子一天天向前推进，妮娜发现自己甚至都没有心思去惦记那个童话故事了。

这一切都是因为父亲的生日快到了。

那天一清早，天气晴朗明媚，湛蓝色的天空一丝云也没有。

妮娜掀开被子跳下床。她就是为了这天才专程赶回家来的。过去这段时间没有人刻意提起这个日子，这也不奇怪，毕竟她们母女不是那种会谈论自己痛苦的人。但悲伤的情绪始终都弥漫在空气中，在她们之间默默传递。

她走到卧室的窗边向外眺望。果园里成片的绿叶和白色的苹果花在晨光中摇曳，苹果树就好像跳起了舞一般。

妮娜站在窗边出神地看了一会儿后，从乱扔在地板上的一堆衣服中挑出今天要穿的衣服迅速换好。她准备去找母亲，但心里不免有些踌躇，她不知道在这样一个敏感的日子该跟母亲说些什么，但可以确定的是她不想一个人待着胡思乱想，不想独自面对跟父亲有关的回忆。

她穿过走廊来到母亲卧室的门口，抬手轻轻敲了敲门，“妈，你醒了吗？”

“日落时。”母亲隔着门回答她，“到时你跟梅瑞狄斯再来找我。”

妮娜心里一阵失望，怏怏地下楼。她在厨房里给自己弄了一份简单的早餐，迅速解决完后她决定去找梅瑞狄斯。

来到梅瑞狄斯家门前的车道，妮娜看到大门紧锁，屋里暗沉沉的，显然是没人在。门廊上，两只哈士奇寻了处阳光晒得到的地方睡得正香。不用说，梅瑞狄斯是去上班了。

“见鬼。”妮娜嘟囔了一句。

她当即就决定掉头，父亲生日这天，她一点都不想在一所空荡荡的房子周围多逗留片刻。回到贝耶诺奇庄园，她先进屋拿了放在玄关的车钥匙，接着驱车往城区的方向走，不管怎么说总得找点事情做，打发一下到黄昏前的这段时间。她一路上走走停停，不时拿出相机来拍照。中午时在主街找了一家餐馆，吃了一顿油腻腻的美式午餐。

晚上八点一刻，妮娜把车开回了贝耶诺奇。她挎着相机包走进家，看见梅瑞狄斯在厨房里，正要把什么东西塞进烤箱。

“嗨。”妮娜跟她打了声招呼。

梅瑞狄斯转过身，“我做了晚餐，餐具也都摆好了。我想着一会吃过晚饭就要……”

“我知道。”妮娜走到通向后院的法式门边，向门外望了望，“这事要怎么做？”

梅瑞狄斯走到妹妹身边，轻轻搂住她的肩膀。“我想大概是打开骨灰盒，把东西倒出来就行了。也许你可以来发个言，说点什么。”

“该由你来发言才对，梅。毕竟我让爸爸失望了……”

“他很爱你，你一直都是他的骄傲。”

妮娜一下子觉得眼泪涌上了眼眶。外面，黄昏时分的天空像是橙红和淡紫色的丝带，将果园包裹了起来。“谢谢你这么说。”妮娜说着轻轻靠在了姐姐身上。她不知道这一幕可以维持多长时间，两个人肩并肩看着夕阳，没有过多对话。

“是时候了。”母亲的声音从身后传来，她不知什么时候已经站在了姐妹俩的后面。

妮娜站直了身子，和梅瑞狄斯分开了一些，她要让自己坚强地面对接下来要做的事。姐妹俩默契地一同转过身来。

母亲站在玄关，手里捧着一个镶嵌着象牙装饰的红木盒子。今天母亲意外地穿了一套色彩鲜艳的衣服：紫色的雪纺晚宴衬衫，浅黄色的亚麻裤子，脖子上还围了一条红蓝相间的围巾。梅瑞狄斯和妮娜差点没认出眼前这个人。

“他喜欢鲜艳的颜色，”母亲像是在解释，“我应该多穿穿这样的衣服……”她将落在面颊上的碎发朝后面捋，望了一眼窗外的夕阳。片刻，母亲深吸一口气，走上前去，“给你。”她将骨灰盒交到妮娜手上。

妮娜知道这样很傻。只是一个装着灰烬的盒子而已，并不能代表父亲，也绝对不是父亲留给她仅有的念想，可当她从母亲手上接过这个盒子时，她还是感到悲伤排山倒海一般向她压来。

她抱紧盒子，双腿像是钉在了原地，一步也挪不动。母亲和梅瑞狄斯先一步离开了厨房。直到她俩穿过饭厅走出后门，妮娜才慢腾腾地跟了上去。

打开法式大门的瞬间，一股清冷的风拂过妮娜的脸颊，风中夹裹着苹果的香气。

“妮娜，快过来。”走在前面的梅瑞狄斯回过头来唤她。

妮娜腾出一只手调整了一下挂在脖子上的相机带，然后跨出大门，走进了花园。

梅瑞狄斯和母亲已经庄严地站在玉兰树和铁长椅的旁边。在最后一抹夕阳的照射下，那根不久前刚立起的铜柱闪耀着火焰一般的光。

妮娜加快脚步穿过草坪，一心想赶紧到母亲和姐姐身边去。可她没想到草地又湿又滑，等她意识到时一切都来不及了：她的脚趾磕到一块石头，瞬间失去了平衡，身体随着惯性扑了出去。她本能地伸出手，想抓住身边的东西撑住自己，捧在手里的骨灰盒顺势飞了出去。盒子撞在铜柱上，里面的东西全撒了出来。

这边妮娜也狠狠地摔在了地上，她立刻感到嘴里涌上一股血腥味。她愣愣地趴在原地，眼冒金星，梅瑞狄斯一声接一声的惊呼传到她的耳朵里，完蛋了，完蛋了……

是母亲赶过来将她扶了起来，同时对妮娜说了句俄语。妮娜还从来没有听过母亲用这么温柔的语调同自己说过话。

“盒子掉了。”妮娜抹了抹脸，手上沾的泥沙也蹭到了脸颊上，想着自己这副狼狈的模样，她忍不住哭了出来。

“不哭。”母亲说，“想想看，如果他在这里，一定会说，你还想怎么样啊，阿妮娅，非得等到天黑才动手吗？”

母亲的脸上露出了笑容。

“就当这是抛骨灰仪式吧。”梅瑞狄斯也走了过来，她的嘴角向上一扬，露出了笑意。

“别人家都是把骨灰撒下去的，而咱们是直接抛出去。”妮娜说。

母亲带头大笑起来。这样的笑声对姐妹俩来说太过陌生，惊得妮娜倒抽一口气，跟着她也忍不住笑了起来。

就这样，她们母女三个，站在被苹果树环绕的冬季花园中央笑作一团。妮娜想这也许是对父亲最好的祭奠了吧。

之后梅瑞狄斯陪着母亲进了屋，只有妮娜还一个人站在原地没有动。四周静悄悄的，她低头盯着一朵玉兰花看，天鹅绒般的白色花瓣上覆盖着一层灰色的骨灰。“你听到我们笑了吗？以前从来没有过呢，我们三个从来没有像刚才那样一起笑过。我们的笑声都是为了你，爸……”

妮娜发誓，那一刻她能感觉到父亲就在身旁，甚至听到了风中有他呼吸的声音，她也知道父亲会对她说些什么。旅途愉快，妮娜小乖乖，秋天再见啦。“爸，我爱你。”喃喃的低语声像苹果花瓣，在微风中飘浮了片刻，随即缓缓落在脚边。

梅瑞狄斯从烤箱里端出基辅炸鸡，顿在没开火的炉子上让它晾凉。

在一块格子花纹的毛巾上擦干手，梅瑞狄斯深吸了一口气，然后走进客厅。母亲坐在沙发上，她跟她打了个招呼，在她身边坐了下来。

母亲的脸上带着难以形容的悲伤表情。

悲伤将梅瑞狄斯和母亲联系在了一起，有了某种心意相通的感觉。尽管只是那么片刻的时间，也足以让梅瑞狄斯鼓起勇气伸出手握住母亲的手。

这一次，母亲没有将手抽回去。

梅瑞狄斯很想说点什么，用三两句适当的话语来安抚她和母亲的悲伤，但是，当然了，这样的话语并不存在。

“我们该吃饭了。”最终还是母亲先开的口，“去把你妹妹叫进来。”

梅瑞狄斯点点头，站起身走出门。她走进冬季花园里，妮娜正端着相机拍那朵落上了灰烬的玉兰花。

梅瑞狄斯在妹妹身旁的长椅上坐下。天空成了一片红褐色，在逐渐退去的昏暗光线下只有这些白色的花朵依旧轮廓分明，花瓣上泛着银色的光。

“你怎么样?”妮娜问。

“糟透了。你呢?”

妮娜扣上镜头盖，“我好些了。妈妈怎么样?”

梅瑞狄斯耸耸肩，“谁知道呢。”

“我看她最近一段时间好点了。我想是因为童话故事吧。”

“我知道你会这么想。”梅瑞狄斯叹口气，继续道，“实际怎么样我们怎么会知道？真希望能好好和她谈一谈。”

“她就从来都没有真正地和我们说过话。我们甚至都不知道她有多大年纪。”

“小的时候怎么就没意识到这是件很奇怪的事呢?”

“从小到大都是这么过来的，我猜我们已经习惯成自然了。就像那些来历不明的野孩子，他们打从心里觉得自己和动物一样。”

“这样的事都能扯上野孩子什么的，普天之下大概也只有你了。我们进去吧。”梅瑞狄斯说。

两姐妹回到屋里时，母亲已经端坐在餐桌边，晚餐的菜也端上了桌，焗土豆配基辅炸鸡，还有一盘蔬菜沙拉，桌子的正中间放着伏特加的雕花酒瓶和三只小酒杯。

“这个餐桌装饰正合我意。”妮娜说着坐了下来，母亲默默地往三只酒杯里倒满伏特加。

梅瑞狄斯走过来，在妹妹旁边坐下。

“说句祝酒词。”母亲举起酒杯，平静地说。

三个人面面相觑，一时间尴尬的沉默气氛弥漫在饭桌之上。梅瑞狄斯知道每个人心里都在琢磨到底该说什么，如何恰当地表达对父亲的缅怀和尊重，同时又不会太伤感。伤感不是他想要的。

“敬我们的伊凡。”最终还是母亲先打破了沉默。她跟两个女儿碰了碰酒杯，一仰头将酒一饮而尽，“以前你们的父亲很喜欢我主动喝酒。”

“今晚很适合喝点酒。”梅瑞狄斯接过话头。她喝完自己的伏特加，又将空酒杯推过去示意再要一杯。第二杯酒像一股流动的火，顺着她的喉咙一路往下燃烧。“每次我走进这个房子，总觉得会听到他的声音。我好想念他的声音。”

母亲立刻给自己又倒了一杯酒："我想念每天清晨他给我的早安吻。"

"我都已经习惯想念他了。"妮娜静静地说，"再给我来一杯。"

第三杯伏特加下肚后，梅瑞狄斯感觉自己的血液在沸腾。

"他一定不希望我们像这样说起他。"母亲说，"他会想看到……"

紧接着又是一阵沉默，母女三人都看着彼此。梅瑞狄斯心里明白，其实她们都在思考同一个问题：如何把这场对话继续下去。

说下去吧，梅瑞狄斯在心里默想，于是她开口道："我最喜欢的节日是感恩节。关于感恩节的一切我都非常喜欢——各种装饰品，美食，第一张圣诞专辑，都是我喜欢的。而且不光是我，我的两个女儿也最期盼这个节日。现在我要把一直憋在心里的话说出来：我最讨厌我们以前搞的那些倒霉透顶的公路旅行，其中去东俄勒冈是最糟糕的一次。还记得那次我们是在印第安帐篷里过的夜吗？气温快 40℃，妮娜一晚上都在唱：'四百里路，是我爱你的长度。'"

妮娜听了大笑起来，"我倒是很喜欢我们的野营旅行，一路上总有惊喜，我们永远也不知道会走到哪里。圣诞节是我最喜欢的节日，因为这个日子我能记住。我最想念爸爸的事是，我知道他会在家等着我。"

梅瑞狄斯从来不知道妮娜也会有觉得孤独的时候，不知道她虽然游历了全世界，却还是会因为知道有人在等她而感到欢喜。

"我喜欢他的冒险精神。"母亲又说道，"可又不能否认他热衷的野营之旅简直糟糕透顶。妮娜，以后在别人面前唱歌时留个心吧，好歹考虑下人家是不是有路可逃。"

"哈！我就知道我没毛病，不光我一个人这么想吧。你的歌声就像牙科钻，听得叫人头皮发麻。"梅瑞狄斯说。

"是吗？不瞒你们说，大卫·卡西迪还给我写过信呢。"

"他给你的签名不过是印章戳上去的。"梅瑞狄斯说完微微一笑，示意自己已经终结了这场争辩。

餐桌另一头的母亲叹了口气，似乎心思已经不在她们的对话上了。"你们知道吗？他一直跟我保证，说要带我去阿拉斯加。让我再看看真正的贝耶诺奇和极光。这是我对伊凡印象最深的事。他救过我。"

说到这母亲猛地抬起头，好像突然意识到自己刚才暴露了一些事。她一推桌子站了起来。

"我也一直很想去阿拉斯加。"梅瑞狄斯忙说道。她是不想母亲就这样走开，起码不是现在。

"我回房间了。"母亲说。

梅瑞狄斯忙赶上前搀住她的胳膊，“妈，我扶你……”

母亲抽出胳膊，“我自己能走。”

梅瑞狄斯愣在原地，她看着母亲离开厨房，走出她的视野，“我都被她搞糊涂了。”

“你可说到点子上了，老姐。”

那天晚上梅瑞狄斯和妮娜一直聊到很晚。她们聊了父亲，又一起回忆了童年。两姐妹都想让这一天尽可能地延长下去，好好地替他庆祝这个生日。

之后梅瑞狄斯回到自己家。一个人静静地躺在床上时，她开始跟父亲聊天，她知道，这将成为她往后生活中的一个新习惯。也许她是再也没有机会从父亲那里得到建议了，但把藏在心里的话说出来多少让她好受些。她絮絮叨叨地跟他讲了杰夫的事，向他倾诉了自己的困惑，还有那些她一直无法讲出口，但却是丈夫想听到的话。她知道父亲在听完后会对她说些什么，他会问女儿一个问题，而这个问题妮娜之前就一针见血地提出过。

你自己想要的是什么呢？

她有好多年没认真地考虑过这个问题了。她能想起自己在过去十年考虑的事：做什么菜当晚餐，女儿们该去念哪所学校，运往海外的苹果该怎么包装；苹果的产量，大学入学考试的作文，房屋修葺，还有怎么省点钱给孩子们交学费和应付税收。

便是这样操心不完的琐事，耗尽了所有属于她自己的时间。

可等到第二天，在她拼命想集中注意力处理工作的时候，这个问题又绕回到她的脑海里。直到最后，她算是给出了自己一个勉强能算是答案的答案。

她不知道自己想要的是什么，但她好像突然搞清楚了自己不想要的是什么。她厌倦了高强度的晨跑和终日躲藏在忙碌的日程表后面的生活，也厌倦了自己总假装麻烦不存在的心态。

结束工作后，她驱车穿过小镇，来到《韦纳奇世界》的办公楼。

“你好吗？”她站在杰夫办公室的门口打了个招呼。

杰夫从满桌的文件上抬起头。看得出来，这段时间他睡得不太好，还有他的衬衫也需要好好洗一洗了。胡子拉碴的下巴让他看起来好像变了个人，似乎年轻了一些，有几分玩世不恭的味道；眼前的这个人让她觉得陌生。

他缓缓地从椅子上站起来，抬手理了理沙金色的头发，“梅瑞狄斯，是你。”

“我应该早点来找你的。”

“我也希望如此。”

她瞥了一眼窗外，正好有几辆车经过，“你离开是对的，我们确实需要考虑一下往后该何去何从。”

“你来就是为了告诉我这个?”

是这样吗？连梅瑞狄斯自己也拿不准了。

杰夫从办公桌后面绕出来，走向她。她能感觉到他紧盯着自己脸庞的视线，他想从她眼睛里探寻些什么。“这不是我期待听到的话。”

“我知道。”她一万个不愿意让他失望，但她给不了他想要的。她何尝不知道，只要几句话就能让她的生活回归原样，将所有问题留待以后再考虑，这样起码能让她轻松一些。“很抱歉，杰夫。可是你已经改变了一些事，你这一走让我思考了很多。这次我不想再去迎合别人的期待了，所有人的幸福都比我重要，我也想为自己考虑。而至于现在，我不知道该对你说什么好。”

“你能说不爱我吗?”

“不能。”

杰夫想了想，感觉还不是太糟。“好吧。”他半坐在办公桌的边缘，“麦蒂说你上周给她寄了一个礼物包裹。”

“我前个星期就给吉莉安寄了一个。”

他点点头，看着她说：“你爸爸生日那天还顺利吗?”

“我只能说我挺过来了。改天再跟你说详情吧，那天妮娜还闹了个笑话呢。”

改天。

梅瑞狄斯正想问他书进行得怎么样时，正巧有人来敲杰夫办公室的门。一个顶着一头凌乱金发的漂亮年轻女人探头进办公室，“杰夫，之前说好一起去吃披萨喝啤酒，你还去吧?”她问这话的时候手指紧紧扣着门框。

杰夫望向梅瑞狄斯，梅瑞狄斯耸耸肩。

她不禁开始好奇，他们分开这段时间杰夫到底是怎么过的。他可能结交了些新朋友，不知不觉已经开始了全新的生活，她脑海里头一次浮现出了这样的念头。她微微一笑，跟杰夫告别。此情此景下这个笑容也许有点灿烂过头，她的声音似乎也过于沉着了。走出办公室时，她朝身穿紧身牛仔裤和V领毛衣的记者小姐微微颔首。

驱车回到家，梅瑞狄斯忙着喂了两条狗，付了几份账单，接着再把一堆脏衣服放进洗衣机里洗。晚餐是一碗简单的葡萄干麦片，她站在水池边就解决了。之后她给两个女儿打了电话，听她们讲在学校里上的课，还有她们遇到的那些帅气的男生……

是吉莉安冷不丁问起了杰夫。

“什么意思，什么叫爸爸好不好?”梅瑞狄斯一阵心虚，说话也结巴起来。其实女儿这么问毫无恶意，可等她反应过来时已经来不及了。

“你知道，爸爸的过敏症，昨晚和他打电话时我听他咳得很厉害。”

“哦，你说这个啊，他没事。”

“你口气怪怪的。”

梅瑞狄斯局促地笑了两声，“我就是太忙了，宝贝。你也知道，每年一到这个时候果园就忙得冒烟。”

“这跟爸爸有什么关系?”

“没什么。”

“好吧。替我转告他，我爱他。”

“没问题。”虽然这么若无其事地应着，可女儿的话她怎么想都觉得是在讽刺。

挂了电话，她愣愣地盯着厨房窗外黑沉沉的夜色。听着墙上挂钟滴答作响的声音，她头一次感受到了眼下这种状况的真实性：她和杰夫是真的分开了。分手了。散了。当然，之前她对此并非毫无知觉，只是一直到这一刻她才不得不去承认。这半年来在贝耶诺奇庄园发生了太多事，相比而言她自己的婚姻问题显得那么微不足道。

她突然决定不要一个人待在家里，她不想看一晚上无聊的肥皂剧打发时间，不想假装一个人也能自娱自乐。

“你们两个小家伙跟我走吧。”她一边唤两条狗，一边穿上外套，“我们出去溜达溜达。”

十分钟后，她带着两条狗走进了贝耶诺奇庄园。在门廊上把狗安顿好后，她走进了大宅。

一进门她便出声呼唤妮娜，没有人回答。她看到母亲一个人坐在客厅里打毛线。

“你好，妈妈。”

母亲没有抬头看她，只是点了个头，“你也好。”

梅瑞狄斯努力压制着心里的失望，“我准备再去打包点东西。需要我帮你做点什么吗?晚餐吃了吗?”

“不用管我。妮娜给我做了晚餐。谢谢。”

“她人呢?”

“出去了。”

梅瑞狄斯等着母亲继续往下说，见她没有再开口的意思，于是便说道："那我上楼了，你有事叫我。"

她将几个大纸箱拖上楼，走进壁橱。左边放的东西是父亲的：一整排颜色鲜艳的羊毛衫和高尔夫球衬衫。她小心地伸出手碰了碰这些旧衣物，手指在柔软的衣袖上轻轻摩挲了一阵。很快，他的旧衣物就该打包送走了，但此刻梅瑞狄斯还不想，也不忍心去考虑这件事。

于是她转向放母亲东西的那一边。这才是需要她动手收拾的地方。

先从裙装上面那层架子上的毛衣开始。她把毛衣统统抱下来，扔在一边的地毯上。接着她跪在地上，耐心地在一大堆毛衣里逐件挑选，折好，理整齐。

干活的时候她格外专心，浑然不知已经过去了很久。当听到妮娜的声音从身后传来时，她竟吓了一跳。

"妈，你觉着舒服吗?"妮娜问母亲。

梅瑞狄斯挪到壁橱的门边，将门推开一条小缝。

母亲躺在床上，整个卧室只有她旁边的一盏床头灯亮着。她的白色头发披散着，两侧的头发别在耳朵后面。"我累了。"母亲说。

"我已经给你时间了。"妮娜说着在壁炉前的地板上坐下，没有生火的壁炉冷冰冰的。

梅瑞狄斯没有出去，她关掉壁橱的灯，静静地站在原地。

母亲叹了口气。"好吧。"她伸手关掉了床头灯。

"贝耶诺奇。"这个词语一从母亲嘴里说出，仿佛变成了会流动的魔术，霎时间充满了强烈的感情，同时又带有几分神秘的味道，"在雪国，这是光明的季节。你会在油亮的绿叶上，还有午夜天空中挂着的彩虹上看到闪闪发光的小仙子。夜里路灯虽然亮着，可不过就是些形同虚设的装饰品罢了。灯光在光滑的地面上投下光晕，仿佛沿着街道生出了一片金色的绿洲。如果遇上难得的下雨天时，白夜里的一切都好像镜子一般。"

就是在这样一个下雨的日子，维拉在一个收藏精灵重要手稿的小房间里擦拭玻璃柜子。她是主动申请来这个地方工作的。传言说精灵有时会出现在那些相信他们的人面前，而现在维拉需要的就是再一次让自己的心里怀揣信念。

手稿室里只有维拉一个人（由于这是一个充满危险和动荡的新时代，几乎已经没有学者有胆量前来探寻过去的事了），她轻声地哼起歌来，这首歌还是跟父亲学的。

"图书馆内必须保持安静。"

这个声音吓了维拉一大跳，手里的抹布也掉到了地上。她抬起头，看到说话的是一个形象酷似鹳鸟的女人：高个，骨瘦如柴，大大的鹰钩鼻很是显眼。“对不起，女士。因为从来没人到这个地方来，我以为……”

“不要以为，要知道隔墙有耳。”

维拉判断不出这句话究竟是在提醒她还是在斥责她，毕竟在如今这个世道，要分清细微的差别不是太容易。“我再次向您道歉，女士。”

“很好。杜福尔夫人跟我说有个大学里来的学生点名要你帮忙。是内文牧师叫他来的。你帮他忙可以，但不能丢下你自己的工作。”

“好的，女士。”维拉应道。表面上看她平静如常，可一颗心早就雀跃得像是要蹦出胸膛了似的。牧师没有食言，他果然找了个学生来辅导她。等那位图书管理员女士走后，维拉忙将打扫工具收拾好。

她跑得飞快（她努力想叫自己慢一点，可就是做不到；她已经很久没这么兴奋过了），三步并作两步跳下宽大的大理石阶梯，也不扶着楼梯的木头护栏。

摆满书桌的图书馆的主大厅人来人往。图书馆长的办公桌前排起了一条蛇形长队。

“维罗妮卡。”听到有人叫自己的名字，维拉停下脚步，缓缓转过身来。

他还是她记忆中的模样。只是一头浓密的金色卷发如今已经留长，宽宽的下巴刮得干净又清爽。她看到他脖颈处有一条红红的小伤口，那想必是他在刮胡子的时候仓促留下的。时隔多年，他那双绿色的眼睛再一次虏获了她的心。

“王子殿下，”她尽力用随意的语气说道，“很高兴见到你。这都过了多少年了？”

“别。”

“别什么？”

“你也知道那天在弗唐卡桥上发生了什么。”

她的脸僵了一下，她还是勉力维持着笑。她不想再把自己的幼稚和愚蠢暴露在他面前。“不过是那一晚。而且都已经过了好多年了。”

“那可不是一个平平常常的晚上，维拉。”

“拜托，殿下，别逗我了。”她的声音提高了一些，连她自己也被吓了一跳，“而且那一晚之后，你就再也没有出现过。”

“那年你才十五岁，”他说，“而我也不过十八。”

“是啊。”她说着蹙起了眉头。她并不明白他到底想说什么。

“我一直在等你。”

维拉生平第一次装病。她跑去跟图书馆的管理员说肚子疼得受不了，想请假早点回家。

撒谎是一件可怕的事，还要担很大的风险。不管是撒谎本身，还是必然伴随谎言而来的圆谎，都不是什么好事，如果被母亲知道了，维拉免不了要有麻烦。再者就是她明明请了病假回家，要是被人看到她没事人一样在外面闲逛又该怎么办？

可当爱情近在咫尺时，像维拉这般年纪的年轻少女是不可能表露出一点点怯意的。

不过维拉还算聪明，病假获准后她直接搭电车回家。一路上电车又颠又晃，她紧紧地拉着一旁的铜扶手柱。回到公寓，她小心翼翼地把门推开，往里张望。

她的外婆在炉子前，在一口大黑锅里搅拌着什么东西。“你今天提前回来了啊。”外婆说。她用肥胖的手背将一缕挡在眼前的灰白色头发抹开。

公寓里弥漫着熬草莓酱的香甜味道。小饭桌上摆着至少有一打玻璃罐子准备着待会用来装果酱。为图方便，外婆把所有罐子的金属盖子都揭开搁在一边。

“今天图书馆不怎么忙。”一说谎，维拉感觉自己的脸像火烧一样。

“既然这样，你就来……”

“我想去趟乡下，”维拉忙说道，看到外婆凌厉的目光扫向自己，她又补充了一句：“我去摘些黄瓜和卷心菜来。”

“这样也好。”

维拉没急着立刻走，她在那多站了片刻，注视外婆搅拌果酱的侧影。她身上穿的裙子像个麻布口袋似的又松又垮，下摆也磨得破破烂烂的；腿上一双长筒丝袜到处是破洞和剐痕。还有一块烂兮兮的蓝方巾裹在头上，盖住了她灰色的卷发。

“告诉我妈妈，我会晚点回来。我想是赶不回来吃晚餐了。”

“出去当心点，”外婆嘱咐她道，“你年纪还小……而且你是他的女儿。不要太引人注意，不好。”

维拉借点头来掩饰自己又一次涨红的双颊。她走到公寓的角落，那里靠墙放着一辆锈迹斑斑的旧自行车。她把自行车搬出来，离开了公寓。

在雪国的大街上，维拉骑车飞奔，她从来没有这么用劲地骑过这辆快要散架的自行车。眼里涌出的泪水模糊了她的双眼，她也不去擦，就由着它流出来，消失在翻飞的发丝里。如果碰上人挡在她的前面，她就拼命地按车把上的铃铛，然后像一支箭一样直冲过去。她从城市的这头穿到另一头，路过河流，翻过桥梁，她能感觉心脏在胸腔里剧烈地跳动，他的名字在她的脑海里重复了一遍，又一遍。

夏沙。夏沙。夏沙。

他一直在等她，正如她也一直在等着他那样。这等幸运仿佛是天方夜谭一般，是她鄙陋的生命路上的一粒金子。

来到夏宫花园精雕细琢的入口大门，她刹住车，翻身从自行车上下来。走进城堡花园，她立刻就被这里的美景迷住了。花园三面环水，在这座被城墙围住的城市里就宛如一个绿色的天堂。空气中飘荡着青柠和被晒热的石头的气味。整洁的道路两旁立着精美的大理石雕像。

按照之前和夏沙的约定，她推着自行车，沿一条小道往花园深处走。她表面上很平静，假装自己只是在某个普通的傍晚，来到一个人迹罕至的地方散个步。但实际上她全身的血液都要沸腾了，仿佛有阵阵的电流在神经里乱窜。

不知走了多久，她看到他了，远远地站在一棵青柠树下朝她微笑。

她心里一慌，一步踩空，脚下一个踉跄，狠狠地撞在自行车上。他立刻赶到她身边，搀住了她的胳膊。

“到这边来。”他牵起她来到林间深处的一个空地，他在那里铺了一块毯子，还准备了一只食品篮子。

一开始，两人盘腿坐在被太阳晒得热烘烘的花格纹羊毛毯上，他们的肩膀轻轻碰到了一起。透过遮挡的绿荫，她看到夕阳在水面上投下的亮斑纹，大理石雕像上也镀上了一层金色。她知道再过不久，花园的小道上就会挤满在明亮而温暖的六月夜晚出来漫步的贵族绅士、小姐和爱侣们。

“你这段时间都在做什么……我是指自从我们上次分开后?”同他说话的时候她不敢直视他。把他藏在心底那么久，她觉得自己已经很了解他了，可实际上并非如此。她不知道该对他说些什么，不知该怎样表达自己，突然间她的内心充满恐惧，害怕走上一条错误的道路，担心自己犯下了一个无可挽回的错。

“我在牧师的学院里念书，学习成为诗人。”

“可你是王子呀。而且作诗在我们雪国是被禁止的。”

“别担心，维拉。我不像你父亲，我很小心。”

“他以前也跟我妈妈说过同样的话。”

“看着我。”夏沙平静地说道，维拉这才转过脸来面对着他。

这是一个一旦开始就永远不会真正结束的吻。当然，这个长吻会被打断，会有停下来的时候，但从那一刻开始，这个吻就牢牢地印刻在了她的生命里，只要她愿意，随时都可以再一次将这个缠绵的吻继续下去。也就是那一天晚上，在花园里，他们的灵魂交融了，就好像在进行一项既微妙又复杂的任务——由原本分开独立的两半契合成一个整体。

维拉毫无保留地向他讲述了跟自己有关的所有事，也兴致勃勃地倾听他的故事：在北方的荒原降生后，他被遗弃在一所孤儿院里，过了一段时间才被皇室宗亲找到。听他讲述他所经历的那些颠沛流离和寂寞无助，维拉的心被揪得紧紧的。于是她更加用力地拥抱他，更加不顾一切地亲吻他，还对他发誓，会永远爱他。

听了这话，他微微侧转过身，在她身边躺下，他们的脸挨得很近。“我也会爱你那么久，维拉。”他说。

誓言之后，他们也就不需要再多说什么了。

他们手牵着手走在浅紫色的天幕下。时间已近凌晨，花园里雪白的大理石雕像变成了粉红色。走进城区，周围的人一下子又多了起来，在这个温暖的白夜里，一个个不认识的陌生人就像是朋友一样。阵阵清风从河面吹来，拂过树叶留下一串清脆的沙沙声。迤逦的北极光横跨天际，奇异的颜色世间罕有。

在桥尽头的路灯下，他们停下脚步，望着彼此。

“明天晚上来我家吧，来吃晚餐。”她对他说道，“我想让你见见我的家人。”

“要是他们不喜欢我怎么办?”

他的声音里没有任何起伏波动，肢体也没表现出任何扭捏不自然之态，可是维拉却将他的心看得一清二楚，仿佛那颗跳动的心脏此刻就被她捧在手里一般。从他平静的话语里她听到了那个曾经被抛弃男孩的痛苦，虽然后来被承认，可为时已晚，因为伤害已经造成。“我的家人会喜欢你的，夏沙。相信我。”她说着，第一次觉得自己好像比他成熟了。

“再给我一天时间吧。”他回答道，“一定不要把我们的事告诉任何人。”

“可是我很爱你。”

“再多给我一天。”他又说了一遍。

她觉得他的坚持是在犯傻，但也想不出理由反驳。何况一想到能和他再度过这样一个不被任何事打扰、只有两个人的美妙夜晚，她又露出了微笑。当然免不了要再装病一次，但这完全不成问题。

“明天一点钟时见。不过你千万不能到图书馆找我，我还需要这份工作。”

“我就在城堡护城河的桥上等你。我想给你一样特别的东西。”

最后，维拉依依不舍地同他告别，推着那辆咔嗒作响的破自行车过了街。

回到公寓楼，维拉尽可能地保持安静，她将车抬上楼梯，轻轻推开门，老旧的门铰吱吱呀呀地叫唤起来，那辆自行车也不争气地咔咔直响。

一进门，她最先注意到的是屋里弥漫着一股浓烈的烟味。接着她看到了坐在桌旁抽烟的母亲。一个烟灰和烟蒂都快漫出来的烟灰缸摆在她的手肘旁。

“妈妈!”维拉几乎是哭喊着叫出来的。自行车咣当一声撞到墙上。

“安静!”母亲厉声呵斥她，紧接着又瞥了一眼躺在床上呼呼大睡的外婆。

维拉把自行车放好后走到桌旁。房间里没有开灯，微弱的光从窗户透进来，虚化了房间里所有物件的边缘，在这样的光线下看，母亲的面庞似乎变得格外真实，她的脸因为愤怒绷得紧紧的。“你不是说去菜园摘蔬菜了吗？蔬菜呢?”

“哦，是这样的，我骑车不小心撞到了一个长椅，摔了一跤。我带的所有东西都弄丢了。”谎话脱口而出，她也只有顺势编下去，“我还受伤了。哎，这半边身子疼死了。就因为这样我才回来晚了。我是一路推着车走回来的。”

母亲盯着女儿，脸色没有丝毫缓和。“维拉，十七岁的年纪，还是太年轻了。你还没有做好面对人生的准备……还有你所谓的爱情。再者，眼下世道不太平。”

“可你也是十七岁的时候爱上爸爸的呀。”

“是的。”母亲说着叹了口气。那是代表着失望和挫败的叹息，仿佛她已经知晓了所发生的一切。

“要是能重来，你还是会的，不是吗？我是说，你还是会爱上爸爸的。”

“爱”这个字眼让母亲瞬间退缩了。

“不会的。”她轻声说道，“要是能重来，我不会再爱他。我不会再爱上一个把自己的宝贝文章看得比妻女的性命更重要的诗人。要是我早知道带着一颗碎了的心活着是什么滋味的话，我绝对不会重蹈覆辙。”她放下手中的香烟，又说道：“不会。这就是我的答案。”

“可是……”

“我知道你不懂，”母亲把脸别开，“我唯愿你永远都不要懂。现在上床睡觉吧，维拉。我会假装你还是我的那个单纯天真的乖女儿。”

“我还是的。”维拉忙坚定地说道。

母亲又看了维拉最后一眼。“但是我想，不会维持太久了吧。因为你想要爱情。”

“你说得好像爱上一个人就是染上了什么病似的。”

母亲没再说什么，只是轻轻爬上狭窄的床铺，躺到了奥尔嘉身边。奥尔嘉还在轻轻地打着呼，迷糊中伸出一条手臂揽住了母亲。

维拉还有很多问题想问母亲，想向她解释自己的感受，但她看出来母亲并没有兴趣听。莫非这就是夏沙要她再给他一天时间的原因？他是不是早就知道母亲会反对？

她刷过牙，换好睡衣，将一头长发编起来，然后爬上床铺躺到母亲旁边。她摸索着挨近母亲，发现母亲温暖的怀抱已经在等着她了。

“要小心。”母亲在维拉耳边低声说，“还有不要再对我撒谎了。”

十五

第二天早上，维拉起得很早。时间很充足，她在洗碗的水池里洗了个头，然后费力地将湿漉漉的头发梳干。

“你要去哪？”奥尔嘉在床上睡眼惺忪地问道。

“嘘！”维拉用食指抵在嘴唇上做了一个噤声的动作。

母亲用胳膊肘支起身子，“没必要‘嘘’你妹妹，我已经闻到你头发上的玫瑰水味了。”

维拉想撒个谎骗骗母亲，就说今天图书馆要接待一位大人物来访，但她忍了忍什么也没有说。

母亲掀开薄薄的被子，从狭窄的床铺上爬起来。她和奥尔嘉错开身子下床，动作协调得就像两个穿着破旧白色睡裙在表演的花样游泳运动员。

“星期天带那个小伙子来吧，”母亲对维拉说，“那天你外婆不在家。”

维拉张开手臂紧紧地拥抱住母亲。之后是这一年多来每天都在重复的事，吃早餐，然后母女三人一同走出公寓楼。

见母亲转过弯，朝着她上班的食品仓库走远后，奥尔嘉一转身横挡在维拉前面，“快点告诉我。”

维拉挽起妹妹的手臂。“是亚历山大王子，夏沙。原来他一直在等我长大，现在我长大了，他可以爱我了。”

“王子！”奥尔嘉的语气里充满了敬畏。

“我今天晚上还要和他见面。你告诉妈妈我不会有事的，我跟他见一面就回来。我不想叫她太担心了。”

“妈妈会气坏的。”

“我知道。”维拉说，“可我有什么办法呢？我爱他啊，奥尔嘉。”

两人走到拐角处，奥尔嘉停了下来，“你会回来的，是不是？”

“我向你保证。”

“那好吧。”奥尔嘉吻了吻姐姐的两颊，然后拐到另一条街，往博物馆的方向走了。

维拉在下一条街上搭上一趟电车，坐几站来到图书馆。刚迈进图书馆的大门，她脑子里就忙着盘算开了，该找个什么理由早点翘班溜出去好呢?

图书馆长双臂交叉站在庄严宏伟的图书馆大厅里，她的右脚在大理石地面上轻轻跺着，显得非常不耐烦。

维拉一个急刹停在她跟前，“普罗特金女士，很抱歉我迟到了。”

馆长抬眼望了望墙上的大钟，“准确地说是迟到了七分钟。”

“是的，女士。”维拉极力表现出一副懊悔不已的样子。

“昨天有人在公园里看到你了。”

“哦，不。普罗特金女士，求您……”

“你到底在不在乎这份工作?”

“我在乎，女士。非常在乎，为了我的家人，我很需要这份工作。”

“如果我是这个王国罪人的孩子，我一定会加倍小心地过活。”

“是的，女士。您说得很对。”

馆长女士的两只手互相掸了掸，好像在跟维拉说话的时候这两只手上沾满了灰尘，而她现在要把脏东西掸下去似的。“你明白就好。现在到库房里去。把那里堆着的几个箱子拆开。”

“是的，女士。”

“相信你今天不会再生病了。”

在积满灰尘的昏暗库房里被困了一整天，维拉感觉自己好像一只一头撞在了玻璃窗上的鸟。她想象着夏沙站在桥上等她的模样，一开始还带着微笑，慢慢地笑脸变成了一张皱着眉的苦脸。

她想不顾一切地逃离这个安静得令人窒息的地方，但她内心里的恐惧远大于对爱情的渴望，相比爽约，这种恐惧才更让她感到羞愧。因为她是王国罪人的女儿，她必须低着头做人，不能把众人的注意力吸引到自己身上。眼下她和家人过得已经够艰难了，再失去图书馆的工作对她们一家来说无异于毁灭性的打击。所以她只能老老实实地待着，但因为经常走神而遭到了同事的抱怨和斥责，每个人都在告诉她做事要小心，集中精神。

她眼巴巴地盯着钟熬了一小时又一小时，只盼着那根黑色指针能走快一点，再快一点。好不容易挨到下班时间，她立刻丢下手中的活，飞快地离开库房，冲进楼梯井明亮的光线中。她急急地顺着宽大的大理石台阶往下走。在穿过一楼的大厅的时候，她命令自己放慢脚步，尽可能装出一副悠闲的样子来。

但一来到外面，她又跑了起来。跳下台阶，头也不回地冲向街对面的电车站。电车发出刺耳的声音停在她跟前，她混在人群中奋力地挤上了车；这趟车上的人多到连转个身都困难，倒是省了她去抓那根铜扶手杆的麻烦。

到站后，她一个箭步跳下车，朝街角的方向飞奔而去。

街上空荡荡的。

接着她看到了黑色的马车，这次是两辆，就停在护城河桥的前面。

维拉呆住了，她的膝盖好像突然忘了怎么弯曲，一步都没办法往前迈，光是呼吸就耗尽了她所有的勇气。他们知道了她只是一个穷困的乡下姑娘，偷偷摸摸溜来这里和一位皇室的贵族幽会，他们这就要来抓她了。亦或许他们是冲他来的。是啊，在黑暗骑士的势力范围里，就算是王子也不安全。

“你不该来这里。”

说话声仿佛是从很远的地方飘进了她的耳朵里，随即一只手抓住了她，迫使她转过身来。

在她面前的是一个陌生男人。“他被抓走了。这里不是你该来的地方。”他告诉她。

“可是……”

“没有可是。不管他是你的什么人，往后就当没这个人了，忘了他，回家去。”

“可是我爱他。”

男人似乎心软了一下，肥胖的脸上露出了怜悯的神色。“忘了你的情郎。”他说，“赶紧走吧。”

他不由分说地推了她一把，她踉跄地退到一边。要是在过去，她会觉得这样的推搡是极其粗鲁无礼的举动，可如今却成了一种善意，是在好心地提醒她，这里不是傻站着哭泣的地方。“谢谢你，先生。”她小声地向陌生人道谢，然后从他旁边走开了。

大滴大滴的眼泪从眼里流出来，她懊丧地将它们抹去。一抬头，她看到前方一盏不亮的路灯下站着一个年轻男子，流泪让她的眼睛像燃着两把火，看什么东西都是歪歪扭扭的。

可从她所在的地方看过去，这个人和夏沙像极了，凌乱的头发、灿烂的笑容和硬朗的下巴轮廓都一模一样。也许从今往后只要看到年轻英俊的金发男子，就会让她不由自主地想到夏沙吧。尽管她反复地告诫自己这是犯傻，这个人不可能是他，可还是忍不住加快了脚步。在离他只有几米的时候，她跑了起来。因为在他迎着她走来的一瞬间，她终于确定了，这就是她的夏沙。

“维拉！”他将她抱进怀里，用力地亲吻她，到最后她不得不将他推开才能好好呼吸。

“你等了一整天吗？”

“一天？你以为我才这么点耐心而已吗？”说着他又将她拉进怀里。

穿过这条街是皇家剧院所在的地方。粉刷成绿白色的剧院像一颗立在混凝土地面上的棉花糖，屋顶上立着竖琴和一个王冠的雕塑。人行道边已经排起了一条长队。维拉注意到这些人个个都打扮得光鲜亮丽——毛皮大衣，珠宝首饰，还有讲究的白手套。

夏沙领她绕到了剧院的后门。她跟着他走进黑暗的走廊，接着又上了一段台阶。

他们绕开了主大厅，悄悄溜进一个私人包厢。

维拉惊奇地环顾剧院大厅，即便是在黑暗中，大厅里的镀金装饰和水晶吊灯也分外夺目。他们所在的这个包厢正在维护当中，堆了满地的工具看起来有些杂乱，但各种陈设的精致细节却丝毫不受影响。包厢的前方放着一排长绒马海毛座椅；座椅后方的阴影里摆着一张软榻，上面铺的天鹅绒垫单满是灰尘。就在她打量软榻的时候，下面大厅的门开了，衣着光鲜的观众鱼贯进入剧院。热烈而嘈杂的交谈声直冲屋顶。

维拉转向夏沙对他说：“我们得走了。这种地方不是我该来的。”

他将她拉到包厢的阴影处。只要贴墙而立，蓝色的天鹅绒帷幔就刚好能遮挡住他们的身体。“今晚这个包厢是不对外开放使用的。要是有人来了，就说我们是清洁工。你看，这正好有扫帚。”

剧场的灯光闪烁，喧闹的观众瞬间安静了下来。舞台上，金色和蓝色的幕帘往两边缓缓拉开。

音乐响起了，从一个高昂的单音符转成了一支震撼人心的交响乐。维拉从来没有听过这么美妙的音乐。还不等回过味来，她就看到伟大的芭蕾舞艺术家加林娜·乌兰诺娃轻盈地跃上了舞台，她的身姿宛如一束耀眼的光。

维拉努力地往前倾，想将舞台上的一切看个清楚。但是她也只敢凑到帷幔的位置。

在之后的两个小时里，布置精巧复杂的大舞台上上演了一出公主被邪恶巫师绑架的浪漫故事。维拉一动也没动，看得目不转睛。就在巫师最后被真挚的爱情打败的时候，她发现自己哭了，既是为巫师而哭，也是为自己，为所有的这一切……

“我爸爸要是在这里，一定会很喜欢这出表演的。”她对夏沙说道。

他温柔地吻去她脸上的泪水，然后将她领到后面的软榻上。

她很清楚接下来将会发生什么。她能感觉到缱绻的激情被唤醒，在两人之间释放。

她想要他，这一点毫无疑问；她知道自己对他已经有了一个成熟女人对男人的渴求，但更深一步的事情她就不太清楚了。夏沙在柔软的垫子上躺下，并将她拉过来，让她坐在自己身上，当他的手在她的裙子下面游移时，她开始微微有些颤抖。她感觉身体已经完全不受大脑控制了。

“你想好了吗，维鲁苏卡?”他轻声问道。听到这个亲昵的称呼维拉笑了。只要身下的这个人是夏沙，那她就没有后顾之忧。

“我想好了。”

到了周日那天，维拉和之前已经完全不一样了，好像变成了另外一个女孩。或者应该说，变成了一个女人。自那天的芭蕾舞剧后，每天下班后她都要和夏沙秘密约会。维拉已经深深陷进了对他的爱里，并且她知道自己可能永远都没有跳脱出来的那一天。他已然成了她的另一半。

“你想好了吗，维鲁苏卡?”他在公寓楼前的台阶上问她。

她拉起他的手，心里已经有了一万分的笃定。她相信自己也相信他，“是的。”她回答道。可就在她准备开门的时候，他一把抓住了她的手，“嫁给我!”他说。维拉看着他笑了起来，“我当然要嫁给你。”

她亲吻他，领着他走进公寓楼。

昏暗的走廊里乱堆着几只箱子。他们顺着窄窄的木头楼梯爬上二楼。到了她住的公寓门口，她又停下来吻了他一下，然后动作夸张地推开了门，像是在炫耀一般。

狭小的公寓虽破，但打扫得一尘不染。为了这次见面，维拉的母亲已经忙活了一天，整个房间里都飘散着炖猪肉汤的香味。

“妈妈，这就是我的王子。”维拉骄傲地说。

母亲和奥尔嘉紧挨在一起，并排站在小餐桌对面，手放在座椅靠背上。她俩都换上了漂亮的碎花衬衫和素色的棉布裙。母亲为了今天的见面还特意穿了一双松垮垮的旧长筒袜和高跟鞋；奥尔嘉的脚上只穿了一双袜子。

维拉试着透过夏沙的眼睛去打量她们：母亲满脸疲态，旧时的美貌还有依稀的残留；至于奥尔嘉，她已经出落成一个大姑娘了，成熟女子的姿态在她身上隐约可见。妹妹笑得一脸灿烂，原本又歪又大的牙齿此刻看来也没那么夸张了。

母亲绕过餐桌，“王子殿下，我们早就听说了你的不少事。欢迎光临寒舍。”

奥尔嘉吃吃地笑了，“真的，我姐姐经常在我面前念叨你。她一说起来就没完。”

夏沙微笑着回应：“她也常跟我提起你呢。”

“我们的维罗妮卡就是这样，她就是个话匣子。”说着母亲走上前用力地握了握夏沙的手，借着握手的机会，母亲认真地凝视了他一番。一直到她心满意足了方才放开他的手。她转身走向萨摩瓦尔茶壶，“你想喝茶吗?”

“好的。谢谢。”他说。

“我听说，你在牧师的学院念书。”母亲又跟夏沙攀话，“在那上学一定很有趣吧?”

“是的。我是个优秀的学生。而且我还会成为一个优秀的丈夫。”

母亲的心像是被刺了一下，但她还是稳稳地倒出一杯茶。“那么你是学什么专业的?”她问道。

“我希望将来能成为一名诗人，就像您的丈夫那样。”

接下来发生的一切，在维拉眼里就好像被调成了慢动作一样：母亲听到了那两个可怕的字眼——诗人、丈夫——她的身子一晃。玻璃茶杯从她手里掉了下来，砸在地板上摔得粉碎。滚烫的茶水溅到维拉裸露的脚踝上，痛得她哭喊了出来。

“诗人?”母亲语气很平静，好像刚才什么都没有发生，好像那只家传的宝贵茶杯此刻没有在她脚边碎了一地似的，“我本以为你王子的身份就已经够危险了，可这个……”

维拉怨恨自己，她不敢相信自己竟然忘了提前给夏沙提个醒。“别担心，妈妈。你不必……”

“你说你爱她，”母亲不理会维拉，继续对夏沙说道，“我能从你的眼睛里看出你并没有撒谎。但你迟早还是会伤害她，我们一家已经被这个可怕的东西害惨了。”

“无论如何我都不会让维拉有危险的。”

“当初她父亲也是这么向我保证的。”母亲苦涩地说。单是她用的这个词——父亲——就足以说明母亲此刻有多愤怒了。

“你不能阻止我们结婚!”维拉说。

这一次母亲总算转过脸来看着女儿了，然而她满眼的失望深深刺痛了维拉。

维拉感觉自己的自信心像潮水一样在逐渐退去。就在十分钟之前她都还无法想象，事情竟然会进展到要她在夏沙和家人之间做选择的地步……可母亲当年不也做过同样的事吗？她不顾家人反对，毅然选择了她心爱的诗人，同他私奔，最后却落得狼狈逃回娘家寻求庇护的下场。尽管现在外婆勉强接纳了她，可她们之间的亲情早已不复往昔。

维拉抬起手，放在自己的小腹上茫然地揉着。再过几个月，她将会回忆起这个瞬间，并恍然大悟，原来那个时候夏沙的孩子就已经在她的身体里了，可现在她只觉得害怕……

“别说了！”梅瑞狄斯推开壁橱的门，从她躲藏的地方钻了出来。卧室只有月亮照进来的幽幽蓝光，母亲看上去筋疲力尽。她的肩膀佝偻着，修长苍白的手指在微微发抖。最糟的是她的脸色白得吓人。梅瑞狄斯走到床边俯下身，“妈，你没事吧？”

“你在听。”母亲说。

“是的，我在听。”梅瑞狄斯承认。

“为什么？”母亲问。

梅瑞狄斯耸耸肩。她实在没有办法回答这个问题。

“你说得对。”母亲靠回到枕头上，“我真的累了。”

这是母亲第一次承认女儿是对的。“妮娜和我会好好照顾你的。你别担心。”梅瑞狄斯差一点就伸手去抚摸她的头发，像安抚一个累坏的小孩子那样。但只是差一点。

这时妮娜也走到床边，和梅瑞狄斯并肩站在一起。

“可谁来照顾你们两个呢？”母亲又问。

梅瑞狄斯刚想张口回答，但还是忍住了。她意识到这有可能是母亲对她们说过的最体贴的话，再者就是，她说的话切中了要害。

母亲早晚有一天会离开，然后就只剩下她们两姐妹。到那个时候，她们能好好照顾彼此吗？

“那么，你躲在那偷听了多少？”两人来到卧室外的走廊上时，妮娜问道。

梅瑞狄斯没有停下来，她一边走一边回答：“全部。”

妮娜跟在她后面下楼梯，继续追问她：“你为什么要打断她？”

梅瑞狄斯走进厨房，将一壶水放到炉子上烧。“要是你站在我那个位置，透过指甲盖大的一块玻璃往外看，就什么都能看清楚了。”

“好吧。所以呢?”

“你一整晚都在那个房间，和妈妈面对面坐着，难道就没发现她越来越虚弱，越来越憔悴吗?”

“别胡说。”

妮娜不明究竟的幼稚模样差点惹得梅瑞狄斯冷笑出来。“听着，今天我过得够糟心的了，你这副态度完全是在找茬，而我一点也不想跟你吵。所以我这就回去了，我准备爬上空荡荡的床，尽可能一觉睡到天亮。等明天我们再来讨论那个童话故事，好吗?”

“好。但是说好了，明天我们一定好好谈谈。”

“我知道了。”

等梅瑞狄斯离开了很长时间之后，妮娜还一个人坐在厨房里出神，她在想姐姐走之前说的话。

你难道就没发现她越来越虚弱，越来越憔悴吗?

她说的都是真的。

母亲就在妮娜眼前变得越来越虚弱，而她却毫无察觉。当然，她可以推脱说是因为听故事听得太入迷了，或者说因为房间太暗没有注意到，但是她知道，这两个借口都不是真的。

很久以前妮娜就掌握了一门简单的生存技能：她学会了如何对母亲视而不见。她依然记得这是从哪一天开始的。

那时候她十一岁，不像现在，那时的她还会尽力去无条件地爱母亲。那一年她参加的垒球队获得了全州锦标赛的参赛资格，要到斯波坎去比赛。

为了这事，她兴奋得都快没边了。一连几个星期嘴上挂着的、心里惦念的就只有这件事。她还傻傻地想，这下她会以我为荣了。

令妮娜没想到的是，时至今日回想起那天，那种深深受伤的感觉依旧那么清晰。

因为父亲有工作要忙，所以就只能由母亲负责送她去坐火车。当天，她们同玛丽·凯母女同乘一辆车出发去火车站，两个小姑娘一路上都在激动地说个不停。到了火车站后，妮娜将双肩包向后一甩背在背上，急不可耐地跳下车，朝着几个早到的队友跑去，一边跑还一边忍不住咯咯笑。妮娜记得当时她冲母亲大声喊了一句，她说：“再见，妈妈。我会在火车上跟你挥手的!”

等上了火车，所有的女孩都挤在窗边朝站在月台上的父母挥手告别。

妮娜也在其中，她的眼睛在人群中扫了一遍又一遍，可就是没有看到母亲的身影。其他女孩的家长都在，唯独没有她的母亲。

她甚至连跟妮娜挥手告别的耐心都没有。她一点都不关心。

从那件事之后，妮娜开始向梅瑞狄斯靠齐，她只要当爸爸的宝贝女儿就好。而对于母亲，她不再抱什么期待了，连话都很少说。

也只有这个她自己摸索出来的办法能保护她不受伤害。

而今看来，这个从十一岁就养成的习惯有必要重新考虑一下了。这么多年来她每次看着母亲时，其实都没有真正将她看进眼里的，就像她和梅瑞狄斯从小听的童话故事，听是听了，却没有将它们真正听进心里去。她们理所当然地觉得母亲所讲的不过就是一个有趣的虚构故事。总的来说她们也只是听到了母亲的声音而已。

但现在一切都不同了。

为了履行自己在父亲面前许下的承诺，妮娜必须做得更好一点才行。往后她得用心去看母亲，也认真去听她所说的每一个字。

十六

那天晚上妮娜睡得很不踏实。迷迷糊糊中老是梦到被囚禁的国王、巨龙拉着的黑色马车，还有为了得到爱情而甘愿砍下自己手指的女孩。

最终她决定不睡了。她拧开床头灯，揉了揉眼睛，然后翻出一叠纸和一支笔来。

最近几天她听到的童话故事变了。

也许用“改变”这个词并不准确，应该说是故事的情节有了新的进展。她确定之前从来没有听过乡下女孩和王子的这一部分故事。

而且情节太过于细致，已经完全不像是一个童话了。可是这其中种种逼真的细节到底有什么含义呢?

她在纸上写下：弗唐卡桥（真实存在）。

她握着笔，在纸面上一下一下地敲着，脑海里将故事的几个关键点捋了出来。

香烟。（童话故事中的母亲是什么时候开始抽烟的？为什么之前的情节中没有提过母亲会抽烟?）

一个叫加林娜什么的人。妮娜想破头皮也没想起那个芭蕾舞演员姓什么，但肯定是个俄国人。

思路卡在了这里，妮娜索性一骨碌爬起来，去父亲的书房打开了电脑。接下来是漫长的等待，过了很久网络的拨号连接才接通。连上互联网后，她立刻动手把能想到的所有关键词查了一遍。她专心地在搜索结果里收集有用信息，完全没有察觉梅瑞狄斯走了进来。梅瑞狄斯轻拍了下她的肩膀，她吓得差点蹦起来。

“看你这样子，一整夜都没睡吧?”梅瑞狄斯说。

妮娜将座椅往后挪了挪，抬起头来，“我惦记童话里的事。昨晚上妈妈讲的完全是个新故事，对吧？我们之前从来没听过这个部分。”

“确实是新的内容。”梅瑞狄斯说。

“你有没有注意到其中有几个细节变了？维拉的母亲抽烟、穿破旧的长筒袜，还有维拉竟然未婚先孕。什么样的童话故事里会有这样的情节，你听过吗？你再听听这个：加林娜·乌兰诺娃是俄国伟大的芭蕾舞艺术家，1944 年时在列宁格勒的马林斯基剧院演出，之后又在莫斯科的波修瓦大剧院演出过。你看这张照片，马林斯基剧院的圆形屋顶上也有竖琴和王冠。”

梅瑞狄斯凑上前去仔细看了看，“这跟妈妈描述的一模一样。”

妮娜接着又敲了几下键盘，电脑屏幕上出现一张夏宫花园的照片。“这个也是真的。在圣彼得堡，圣彼得堡过去叫列宁格勒，再往前是叫彼得格勒。每次俄国一换领导人，就会把所有的地名改掉。看到这里面的大理石雕像和青柠树了吗？还有这个青铜骑士雕像，这是公园里最著名的雕像。并不是妈妈说的飞马，而是一个人骑在马背上。”

听到这里，梅瑞狄斯皱起了眉头。“我在爸爸放文件的地方找到一封信。是一个阿拉斯加的大学教授写的。信里说想请教妈妈一些关于列宁格勒的问题。”

“有这种事？”妮娜凑近电脑屏幕，手指飞快地在键盘上敲打，把加林娜·乌兰诺娃的生平传记又调了出来。“她是三十年代列宁格勒最出名的芭蕾舞者。要是我们知道妈妈的岁数，那接下来就好办了……”她说着在搜索栏里键入“列宁格勒”，“1930 年”几个字。

等了一阵，屏幕上终于跳出一排链接。其中一条的关键词——大清洗——引起了妮娜的注意，她点了进去。“听听看这个。”她指着打开的网页说道，“三十年代最具代表性的事件是苏联共产党的肃反运动，在这次运动中，斯大林的秘密警察逮捕了无数乡野平民、被扣上政治激进分子身份的人、少数民族，还包括一部分艺术家。那个时期举国上下都受到警方的严密监视，半夜三更实施逮捕，神秘‘试验’之类的事比比皆是，受波及的人有的被囚禁数年，甚至还有被处决的。”

“黑色面包车。”梅瑞狄斯探过身子，俯在妮娜肩膀上继续念后面的文字，“秘密警察开着黑色的面包车到处抓人。”

“所谓的黑暗骑士其实就是斯大林。”妮娜总结道，“这是个故事中的故事。”

妮娜往后靠了靠，眼睛从电脑屏幕上挪开，和梅瑞狄斯对视了一眼。在这次眼神的交换中，妮娜第一次觉得和姐姐之间有了真实的共鸣。“童话里有一部分内容是真的。”妮娜小声说，她打了个寒噤，感觉有一股电流漫过全身。

“而且你有没有发现，她最近很少发疯，也不大会出现神志不清的状况了？”梅瑞狄斯说。

“自从她开始讲故事之后就没有过了。你觉得爸爸是不是早知道讲出故事会对她有帮助？”

“我不知道啊，”梅瑞狄斯茫然地说道，“我不知道这个故事到底有什么意义。”

“我也想不明白。但是我们会找到答案的。”

上班的时候，梅瑞狄斯发现自己根本没办法集中精神处理琐碎的工作。她自觉没有人注意到她不在状态，但是碰上开会、跟人打电话或者审看报告的时候，她的思绪总是会不自主地飘到母亲和那个童话故事中去。

等到那天结束时，她发现自己已经像妹妹那样对这件事沉迷得无法自拔了。一下班她就奔回自己家，喂两只狗吃过后立刻出门前往贝耶诺奇庄园。一进屋，她就一头钻进父亲的书房。

厚厚的地毯上摆着几只大箱子，她跪下来仔细地翻找，最后找出了一个标着“杂项，1970—1980”的文件夹。

她打算就从这些东西开始。妮娜在调查和收集信息方面可能比她高明，但梅瑞狄斯了解这栋老宅，她知道该从什么地方开始找起。如果她能找到一封和母亲过去有关的信，那一定还能找到别的。也许会有几份相关的文件，只是被不小心放错了文件夹，或者几张不小心被扔到别的纪念品中的相片。

她从那个标着“BepaПeTpoBHa”的文件夹里将埃德莫维奇教授的信抽了出来，然后带着信走到电脑桌前坐下。输入这个名字后只有一条链接跳了出来，那是阿拉斯加大学的网址。

她拿起电话拨网页上给出的号码。尝试了几次之后电话接到了俄文系，一个操着浓重口音的女人接了起来，“有什么可以帮你吗？”

“我想是的。”梅瑞狄斯说，“我想找瓦西里·埃德莫维奇教授。”

“我的老天，”电话那头的女人说，“我可有好多年没听人提起过这名字了呀。埃德莫维奇教授十二年前就退休了。不过他有几个很有声望的接班人，需要的话我很乐意找别的人来帮你。”

“恐怕我得和埃德莫维奇教授本人谈谈才行。我有几个问题想请教他，是关于他的研究课题的。”

“这样啊，那我可能就帮不了你了。”

“那我怎么才能直接和这位教授联系呢？”

“这我就爱莫能助了。”

“谢谢。”梅瑞狄斯难掩失望地挂掉了电话。她走到书房的窗前，从这里向外看刚好能看到冬季花园的一隅。温暖的午后，花园的长椅空空的。正想着，梅瑞狄斯就看到母亲的身影穿过了后院，她身上披着一条大大的格子呢毯子，在她的身后，毯子的末端已经拖拉到了草地上。走进花园后，母亲先是伸手摸了摸那两根铜柱，然后才坐下，从手提包里拿出毛线。

从这个角度看过去，梅瑞狄斯注意到母亲的头勾得很低，好像下巴都缩进了身体里，还有她的肩膀也向内蜷着。不管是什么力量让母亲在她的孩子们面前站得笔直，此刻却是丝毫也不剩了。梅瑞狄斯看到母亲似乎在自言自语，也可能是在跟她身旁的花草说话，或者……是在对父亲说。她是不是经常一个人坐在那里说话呢？还是最近才开始的？是爱人离世之后落下的又一个后遗症吗？

“她又上那儿去坐着了？”妮娜也走进了书房。她穿着一件宽大的毛巾布浴袍，脚上趿着一双羊皮拖鞋，头发湿漉漉的。

“还用说吗？”边说着，梅瑞狄斯拿起那封信递给妮娜，“我给那个大学打了电话。结果那位教授已经退休了，接我电话的女士也不知道太多情况。”

妮娜打开信读了一遍。“这么说，可以确定母亲的过去和列宁格勒有关系，童话故事也是在那里发生的，而且故事中一部分内容很有可能是真的。所以，容我问一个显而易见的问题：她是维拉吗？”

这个问题绝对问中了要害。“如果妈妈就是维拉的话，那她十七岁的时候就和某个人结过婚，并且婚前就有了身孕。那她的孩子不是后来流产了就是……”

“在某个地方我们还有个哥哥或姐姐。”

梅瑞狄斯望了望窗外那个永远形单影只的女人。在这个世界的某个地方，她真有可能还有别的孩子吗，也许连孙子都有了也说不定？难道她就这么抛下他们，再也不回去了吗？

不可能。就算她是阿妮娅·惠特森也做不出这么狠心的事。

在两个女儿出生之后的几年中，梅瑞狄斯有过两次孕晚期流产。这两次的不幸经历让她承受了难以想象的巨大痛苦。为此她去看过几次心理咨询师，还不停地向杰夫倒苦水，最后连杰夫也承受不住这种反复揭开伤疤的痛苦，不再愿意听下去了。到最后，她身边没有一个人——没有朋友也没有家人——可以让她倾诉。她很少提这件事，可只要一说，周围人就立刻劝她“去找专家帮帮忙”。没有人理解，她想要的不过是有个机会思念一下那两个早夭的男孩。

但她从来都没有找母亲倾诉过。

这个世界上绝对不会有哪个女人在经历了丧子之痛后——不管是还未落地的胎儿，还是已经来到人世的幼童——是可以眼睁睁看着另一个女人在经历同样的痛苦时还保持沉默的。“我不相信她就是维拉。”梅瑞狄斯说道，“而且故事里的维拉很明显能看到颜色。”梅瑞狄斯还是孩子的时候，就在百科全书里查过关于母亲先天缺陷的问题。全色盲，书上是这么说的。而且有一件事可以肯定，那就是母亲从来没有看出过天空的颜色，她分不清那是淡紫色还是别的什么颜色。“也许妈妈是奥尔嘉。”

“或者维拉是妈妈的妈妈。这不大可能，但是由于我们也不知道她的具体年龄，所以也说不好。这还真是妈妈的性格，就连给我们讲她的身世都要拿童话做幌子，叫我们永远摸不透她。这让我们上哪打听去？”

“让她把故事讲下去。我要把这房子里里外外翻个遍。如果真有什么东西，那我就一定能找到。”

“谢谢你，梅。真高兴我们能在这件事上齐心协力。”妮娜说道。

那天晚上用晚餐的过程中，妮娜极力表现出一切如常的模样。她专心地喝伏特加，享用盘里的晚餐，假装正常地和母亲或者姐姐聊两句家常……可是从头到尾她都在密切地关注着母亲的一举一动，思考着，你到底是谁？她得克制住自己才没把这个问题大声说出口。作为新闻记者，她相当清楚时机的重要性，在你对一个问题的答案没有十足的把握之前，就千万不要问。她看得出梅瑞狄斯内心也和她一样在挣扎。

母亲用餐结束后站起身，“我很累，今晚没有精力讲故事了。”听到她这么说，妮娜这才松了一口气。

她帮姐姐收拾洗碗（好吧，其实大部分的活都是梅瑞狄斯做的），之后两姐妹亲吻告别，梅瑞狄斯回自己家，她则进了父亲的书房。打开电脑连上网，她把二十年代和三十年代跟列宁格勒相关的信息搜了个遍。内容不少，但是没有答案。

在接近深夜两点的时候，她厌恶地从电脑前挪开。她记录下了好几页的奇闻逸事，可除了她已经知道的以外，就再也没有什么确凿的事实了。她只知道母亲的故事发生在斯大林统治时期的列宁格勒。

她一边用笔使劲敲桌面，一边重新梳理她所知道的事。在她刚好想完一遍的时候，无意间瞥了一眼自己做的笔记。

大学教授的来信就压在那叠纸下面。她抽出信，又读了一遍内容，逐字逐句仔细研究了一番。列宁格勒。参与。课题。理解。

母亲一定是知道些什么事，她亲眼所见或亲身参与了某个重要的事件，重要到能成为一位专业学者的研究课题。

可究竟是什么呢？

大清洗吗？斯大林的镇压运动？难道母亲是某个芭蕾舞团的首席舞蹈家……

“打住！”妮娜大声喝止住自己的胡思乱想。她把注意力转向那个满是灰尘的绿皮文件夹，上面标着的“BepaПeTpoBHa”究竟是什么？接着她又盯着信琢磨了一阵。“你到底要她帮什么忙呢，瓦西里·埃德莫维奇？”

就在这个时候，就在念出他的名字的时候她发现了。

妮娜一个激灵坐直了身子。

玄机就藏在他的签名里。

这位教授写自己名字“瓦西里（Vasily）”的时候，第一个字母“V”看上去特别像一个“B”。

妮娜的心怦怦直跳，她拿起那个文件夹，凑近封面仔细看。“BepaПeTpoBHa”中的那个“a”字母后面是不是有一个空格？前后两个部分会不会是一个名字的名和姓呢？她把第二个大写字母之后的部分挡了起来，留下的就是 Bepa 这几个字母。

Vepa。

她在网上搜索俄文字母表，并跟那一串字母做了个对比。

Bepa 对应的是 Vera。

也就是维拉。

接着她把后面的“ПeTpoBHa”也对照着翻译了出来。

Petrovna，培提诺夫娜。

再深入研究一下，她就把俄国人取名字的规律摸索明白了。最前面的是名，中间的是由父名衍生出的名字——父名后面跟一个用以识别男性或女性的后缀——最后是姓。那么标签上的应该是一个完整的俄国姓名中前面的两个部分——诺夫娜（ovna）代表了女性的后缀，维拉·培提诺夫娜（Vera Petrovna）的意思就是维拉，培提的女儿。

妮娜坐回到椅子上，感觉兴奋异常，通常她在摸清了某件事的关键环节时会有这样的感觉。维拉是一个真实存在的人，真实到可以将她的名字郑重其事地写到一份档案上，并保存了二十年之久，足可见这个人的重要性。

但光是搞清楚了一个名字还不算找到完整的答案。至少这个名字并没有回答那个关键性的问题——母亲的身份。并且很不走运的是，由于这个名字缺少姓氏，她就无法在网上查出更多的信息来。大学教授的研究很可能跟维拉有关，也许母亲正好认识她或者知道关于她的某件事。当然了，不能排除母亲就是维拉，或者是奥尔嘉的可能。但这些问题的答案妮娜只能从别的渠道寻找了。

这个瓦西里·埃德莫维奇——瓦西里，埃德的儿子——知道母亲和维拉之间的关系，而这个关系非常重要，重要到可以纳入他的研究。

想到这些，一个计划在妮娜的脑海中成型。

十七

清晨五点四十七分，梅瑞狄斯出门晨跑。两只狗跟在她旁边，急切地想博取主人的关注。

上午七点整，她在工长的陪同下巡视果园，检查一下新结出的果子的生长情况，了解霜冻伤害，再评估一下工人们亲手做的苹果包装袋是否妥当。十点钟时，她回到自己的办公室，开始阅读果树的收成预测。

但是她满脑子想的都是那个童话故事，根本装不下别的东西。

我干脆直截了当地问了吧：她是维拉吗？

这个念头一旦冒出来，就像一颗发了芽的苹果种子，接着便势不可挡地向上猛蹿，开花，结出沉甸甸的果实。如果有某件事是你听了一辈子，并且一直认为于自身没有太大关系的话，那么这件事就很难被你列入“有价值”的范畴中去；就好像一幅常年挂在你家壁炉上方的油画，就算这是一幅凡·高早期的珍贵作品，你也很难对它重视起来。

而现在她的情况正印证了这一点。童话里的字字句句已经听了无数年，她只是单纯地接受了故事的表面意义，从来没有质疑或深究过什么。或许每个孩子对待家庭故事都是这样的。一件事听得越多，就越少去探究其真实性。

她将预测报告丢到一边，打开了电脑。接下来的一个小时里，她就在网上东搜搜西查查。列宁格勒，斯大林，维拉，奥尔嘉，弗唐卡桥，大清洗，青铜骑士雕像……但真正有价值的信息寥寥无几，只是堆砌了越来越多的证据，让她相信这个童话的背景在很大程度上是真实的。

此外她还找到一长串瓦西里·埃德莫维奇公开发表的文章。内容几乎覆盖了俄罗斯和苏联生活的各个方面，从最早的布尔什维克十月革命，到罗曼诺夫家族惨案、斯大林的崛起及其恐怖政权，再到二战时期希特勒对俄国发动进攻和切尔诺贝利的悲剧事件。但凡是二十世纪在俄国发生的事，教授都有研究。

“这些还真是有用啊。”梅瑞狄斯的手指一个劲地敲着一支笔，嘴里失望地嘟囔着。后来她又在搜索栏里加上“退休”一词，这次跳出了一个意想不到的链接。点进去是一篇报纸文章。

瓦西里·埃德莫维奇教授昨日在其位于朱诺的家中中风。埃德莫维奇曾在安克雷奇的阿拉斯加大学担任俄文系教授，是学术界极负盛名的高产学者。据他的多位友人所说，教授在私下里酷爱园艺，而且很会讲吓人的鬼故事。自1989年从教学岗位退休后，教授常到当地的社区图书馆当志愿者。目前埃德莫维奇在本地一家医院里接受康复治疗。

梅瑞狄斯抓起手边的电话，依照文章中的信息拨打了查询电话。接线员告诉她，朱诺地区没有叫瓦西里·埃德莫维奇的人登记在案。梅瑞狄斯先是一阵失望，随即又问了图书馆的电话号码。

"我查到好几个，女士。"

"请都给我吧。"梅瑞狄斯抓起笔，把接线员报给她的号码一一记录下来。

打到第四个号码时，她总算是交上好运了。"你好，"她对着电话说，"我想找一位瓦西里·埃德莫维奇教授。"

"哦，你说瓦西亚啊。"接电话的女人说道，"可有一段时间没人打电话来找他了，真叫人难过。"

"贵图书馆就是教授志愿帮忙的那一个吗?"

"他坚持了好多年了，一周来两天。他很受高中生的欢迎。"

"我一直在努力联系他……"

"前段时间我听说他住进了一家疗养院，之后就没他的消息了。"

"那你知道具体是哪一家疗养院吗?"

"这我就不知道了，很抱歉。说了半天……请问你是瓦西亚的朋友吗?"

"我母亲和教授是朋友。但是她也很久没和他联系过了。"

"你知道他中风的事了吧?"

"是的。"

"听说他情况很不好。连说话都有困难。"

"我明白了。多谢你的帮助。"一无所获的梅瑞狄斯收了线。

几乎在她挂掉电话的同时，黛西走进了她的办公室。

"库房那边出了点问题。不算什么要紧事，但赫克特还是希望你今天之内抽空去看一下。如果你走不开，我可以代你跑一趟。"

"行吧，"梅瑞狄斯依旧盯着她刚做的笔记，头也不抬地说，"你去解决吧。"

“之后我要去大溪地度个假。”

“嗯，好吧。”

“用公司的信用卡。”

“哦。谢谢你了，黛西。”

黛西突然迈开大步走了过来，一屁股在梅瑞狄斯办公桌对面的椅子上坐下。“行了，”她双臂交叉抱在胸前，“说说吧。”

梅瑞狄斯一脸惊讶地抬起头来看着黛西。显然不知道她刚才说了什么。“你说什么？”

“我说我要拿公司的钱去大溪地度假。”

梅瑞狄斯大笑，“你是在怪我没有听你讲话，是吧？”

“到底怎么回事？”

梅瑞狄斯想了想，印象中黛西和他们惠特森家的交情不浅，于是便问她：“你第一次见我妈是什么时候？”

黛西讶异得扬起她修整过度的眉毛，“我想想看。大概是我十岁那年吧，可能还不到十岁。你妈妈刚来那会儿闹得满城风雨的。因为你爸爸本来是和一个叫萨莉·赫曼的人交往，后来他去参军，等退役回家时就把你妈妈带回家了。”

“这么说他都不是很了解我妈就娶她了。”

“这我就不知道了。但是他真的很爱你妈妈。我妈也说，她还从来没见过哪个男人那么爱老婆的。她照顾过阿妮娅一段时间。”

“谁？”

“我老妈呀。她刚来这的头一年，基本都是我妈在照顾。”

梅瑞狄斯皱起眉头，“什么意思？”

“那时候她生病了。这你知道吧？我记得她好像在床上躺了一年左右的时间，然后突然有一天就好了。我妈本来还以为能跟她成为朋友，结果……你也知道阿妮娅这个人。”

这个消息太令人震惊了，毫不夸张，就是震惊。在梅瑞狄斯的记忆中，母亲还从来没有患过比咳嗽更严重的病。“什么病？她怎么了？”究竟是什么样的病能让一个人卧床一年之久？她又是怎么突然好起来的？

“我也不知道。我妈妈也没跟我们透露太多。”

“好吧，谢谢你，黛西。”她一直目送着黛西走出办公室并带上了门才收回视线。

接下来的时间里，梅瑞狄斯勉强处理了点工作上的事，但大部分心思都在母亲那里。

一到五点钟，她打消了装模作样工作的主意，收拾东西准备离开。走之前和黛西打了个招呼："黛西，库房那边就劳烦你代我跑一趟吧？如果真有什么大问题，我手机随时开着。没什么事的话我就先下班了。"

"好的，梅瑞狄斯。"

十分钟后她走进母亲的大宅。一进门，一阵烤面包的香气向她迎来。母亲围着一条又宽又大的围裙在厨房里做面包，十根手指上沾满了白乎乎的面粉。就跟以前一样，母亲非得做能够养活一个军队的面包才肯罢休。他们家车库里塞满面包的冰箱就是证据。

"你好，妈妈。"梅瑞狄斯招呼道。

"你今天来得早。"

"生意不景气，公司没什么事，我就想着早点过来再帮你收拾点东西。等我全部整理好后，可能需要你来过目一下，主要看看那些要送人的东西合不合适。"

"你说了算。"

"我要留什么扔什么你都不管吗？"

"不管。"

梅瑞狄斯一时语塞。在母亲眼里真的什么都不重要吗？"妮娜呢？"梅瑞狄斯无奈，只得转换话题。

"她一个小时前出去了，好像说要办点事。她是带着相机走的，所以……"

"所以不定什么时候能回来。"

"就是这样。"母亲说完便转过身，接着揉面团了。

梅瑞狄斯又在原地站了片刻，然后脱下外套挂到门口的挂钩上。她本来打算直接去父亲的书房，可就在手碰到门把的一瞬间，她犹豫了。上一次她在收拾母亲的物品时，还没有意识到可以顺便找找东西，也没有翻翻衣服口袋或者摸摸抽屉背后有没有夹层暗格之类的。

她迅速瞟了一眼厨房，母亲还在埋头和面。她转身，悄悄上楼来到主卧室。

在又深又宽的壁橱里，母亲的衣服沿着右面的墙整整齐齐地码了一排。高领毛衣、开衫毛衣、长裙和宽松的裤装占据了绝大多数，面料几乎都是柔软的美利奴羊毛和拉毛棉，颜色是统一的黑和灰。不花哨，不时髦，也不昂贵。

是能把人严严实实隐藏起来的衣服。

梅瑞狄斯吓了一跳，她也不知自己怎么会没头没脑地冒出这么个想法。如果她之前稍微用点心，大概早就发现了吧。

随着母亲的童话故事不断深入，她们也渐渐改变了对一些事的看法，尤其是改变了对彼此的看法。紧接着她的脑海里又冒出一个想法：许多年前的那个戏剧表演——她根据童话改变的小戏剧——到底是怎么把母亲惹得那么生气的？她以前一直以为，那年圣诞节母亲的出离愤怒是针对她梅瑞狄斯的，是埋怨她偏偏选了这个童话故事来表演，反正不管怎么说，总是梅瑞狄斯做得不对。

也许这一切根本就和梅瑞狄斯或妮娜无关呢？只是母亲不愿意看到童话里的事被女儿们演了出来，才有这么大的反应吧。

她往壁橱更深的地方走了两步，在母亲的五斗柜前站定。她猜想里面或许有什么和母亲身世有关的东西。一定会有的。试想哪个女人会不藏着几样不想被他人窥见的私人纪念品呢？

她先去把壁橱的门轻掩上，只留下一条小小的缝隙。回到五斗柜前，她拉开最上面的抽屉，里面整整齐齐摆着折好的内衣，按颜色分成了三组：白色，灰色，黑色。短袜团成球形，也按相近的颜色分类。角落里塞了几件胸衣。她用手指顺着往下摸了摸，一直摸到抽屉底部铺着的羊毛软垫。强烈的罪恶感让她不自觉地扮了个鬼脸，但还是硬着头皮打开了第二个和第三个抽屉，也一一检查了叠得整整齐齐的毛衣和 T 恤。最后她跪在地板上，打开了最下面的抽屉。里面只有几件睡衣和睡裙，此外还有一件款式老土的游泳衣。

五斗柜里没有藏任何东西。那几件内衣已经算是最隐私的东西了。

带着失望和一丝尴尬，梅瑞狄斯合上了抽屉。她叹口气，站起身来，准备再看看放在外面的衣服。母亲所有衣服都整理得井然有序，每一样东西都放在属于它的地方，丝毫不乱。所有衣服中只有一件稍微有些格格不入，那是一件宝蓝色的羊毛大衣。母亲将它挂到了壁橱的最里面。

梅瑞狄斯对这件大衣有点印象。她只见母亲穿过一次——某一年去看芭蕾舞剧《胡桃夹子》时，那还是在父亲的一再坚持下。当时她和妮娜年纪还小，只记得父亲跟在母身边不停地转悠，他一次又一次地吻她，哄她说："去吧，阿妮娅，就这一次……"

她伸长手臂，把这件衣服从一堆衣服后面拽了出来。大衣的面料是克什米尔羊毛，颜色鲜亮，四十年代的经典款式：宽大的垫肩，收腰设计，袖口有一截宽宽的翻边。从领口到腰部的位置是一排雕刻精美的有机玻璃纽扣。梅瑞狄斯穿上大衣试了试，衣服意外的合身，丝绸的里料贴在身上又软又舒适。她不禁将母亲想象成一个年轻的女子。不是现在这般苍老的模样，而是一个会喜欢克什米尔羊毛外套、笑靥如花的少女。

只是母亲对这件衣服并没特别的喜爱，她几乎没怎么穿过它。但也没有扔了。对于一个像母亲这样甚少保留纪念品的女人来说，特意留下这样一件不大有用的衣服挺奇怪的。除非她是不想让父亲伤心，毕竟这大衣一看就不便宜。

她把手插在口袋里，对着门后的一面全身试衣镜转了两圈，好好看看衣服在自己身上的效果。

就是这个时候，她的手指碰到了一个东西。这个东西被封进了口袋后面的内衬层，很是隐蔽。

她沿着秘密夹层已经快磨破的边缘摸了一圈，试着拽了拽，最后扯出了一张皱巴巴的旧黑白照来。照片上是两个孩子。

梅瑞狄斯低头盯着看了半天。由于画面有些模糊，再加上有几道很深的折痕，所以没法看清太多细节，只能看出这是两个孩子，手拉着手，大概三四岁的样子。一开始她还以为这是她和妮娜小时候的照片，但随后她注意到孩子们身上穿的外套和靴子的款式实在太古老，而且相当笨重的样子。她将照片翻过来，看到底部写了几个字，是俄语。

“梅瑞狄斯！”

因为心虚，她的脸唰地一下红了，过了一会儿才反应过来叫她的是妮娜。紧接着她就听到妹妹风风火火跑上楼梯的声音，脚步重得活像一头大象冲了上来。

梅瑞狄斯打开壁橱的门，“妮娜，我在这里。”

妮娜今天穿了一条卡其布裤子，上身是同类型的T恤，脚蹬一双徒步鞋，看她这身行头，好像是准备好了要到户外去探个险似的。“你在这呢，我还到处找……”

梅瑞狄斯一把拽起她的胳膊，将她拉进壁橱里。“妈妈还在厨房吗？”

“还在。她要做够能喂饱一个第三世界国家的面包才肯罢手。怎么了？”

梅瑞狄斯伸手进大衣口袋里，掏出那张照片，“看我找到什么了。”

“你竟然会搞这种偷偷摸摸的小动作？好姑娘，我还真没看出你有这一手。”

“少废话，快看。”

妮娜接过照片，低下头盯着看了很长时间，然后又翻过照片来看了看背面。迅速瞟了一眼上面的字后她再次把照片翻到正面。“维拉和奥尔嘉？”

听到这两个名字，梅瑞狄斯的心跳好像漏了一拍。“你觉得是吗？”

“看不出来是男孩还是女孩。可你不觉得这边这个孩子跟妈有点像吗？”

“真的？我看不出来。我们该怎么处理这照片？”

妮娜想了想说：“暂时先放回原处。有机会我们拿着照片去找妈问问，这是早晚的事。”

“那样她就知道我来乱翻过她的东西了。”

“不会，她会认为是我干的。我是记者，你忘了吗？偷偷摸摸瞎打探是我的本职工作。”

“还有个事。我从黛西那里打听到，妈妈刚嫁给爸爸那会儿生了场大病。大家还以为她会从此一病不起。”

“妈妈？生病？她连感冒都没得过。”

“我知道。所以才奇怪，不是吗？”

“现在我更加确定我的计划了。”

“什么计划？”

“吃饭时我再告诉你。让妈妈也听听。走吧，我们下楼去。”

梅瑞狄斯仔细地把照片塞回口袋的暗层里，然后把大衣挂回到原处。妮娜站在一旁，一脸不耐烦地等着她。收拾完后两姐妹一同下了楼。

母亲已经在餐桌旁坐下了。厨台上放着几十条烤好的面包，此外还有几个本地中餐馆的外卖食品袋。

妮娜把中餐端上桌，白色的简易食盒在伏特加酒瓶和小酒杯周围摆了一圈。

“我能喝红酒吗？”梅瑞狄斯问。

“当然。”妮娜心不在焉地回答道，一边迅速地倒了两小杯酒。

“你好像……很兴奋。”母亲说。

“兴奋得就像看到邮差上门的哈巴狗。”梅瑞狄斯接着母亲的话补充了一句。这时妮娜已经忙活完，拉开姐姐对面的椅子坐下了。

“我要给你们一个惊喜。”妮娜举起酒杯，“干杯。”

“什么惊喜？”梅瑞狄斯问道。

“我们先来聊天。”妮娜把西兰花炒牛肉端过来，舀了一点到自己的盘子里，“让我想想看……我最喜欢做的事是旅行。我喜欢激情，不管是什么形式的都喜欢。我男朋友希望我能安定下来过日子。”

梅瑞狄斯略微有些震惊，这个话题实在只适合在更亲密的人之间聊。但她狠了狠心，决定配合妮娜说下去：“我喜欢买漂亮的东西。我以前老是梦想着能把贝耶诺奇礼品店开成连锁的。还有……我丈夫离开我了。”

听到这里，母亲猛地抬起头来，但她没有说什么。

“我也不知道我们往后会怎么样，”梅瑞狄斯继续道，“但我想也许爱最终是会……变淡消失的。”

“不，不会的。”母亲说。

“那为什么……”

“你先等等，”母亲抢着说道，“要是还没到碰得头破血流的程度，你就不该放弃。”

“这就是你和爸爸这么多年来保持婚姻幸福的秘诀吗?”妮娜在一旁问道。

母亲拿起炒面的分菜勺，“当然，这就是我要说的。”

“轮到你了。”妮娜对母亲说。

梅瑞狄斯气得直想在桌下踢妮娜一脚。她们好不容易敞开心扉聊开了，妮娜却又把气氛带回了她的游戏里。

母亲盯着自己盘里的食物，“我最喜欢做的事是做菜。我很喜欢在寒冷的夜里挨着一团暖烘烘的火的感觉。还有……”说到这里，她顿了一下。

梅瑞狄斯发现自己不自觉地往前凑了凑。

“还有……很多事情都会让我害怕。”说完她拿起叉子，开始吃了起来。

梅瑞狄斯惊奇地往后靠了靠。她无法想象这世上竟然会有让母亲害怕的事，然而这是她自己亲口说出的，不由得她不信。她很想问，什么事会让你害怕？但终究还是没勇气开口。

“现在来说说我的惊喜吧。”妮娜一脸笑意地说，“我们要去阿拉斯加了。”

“我们是谁?”梅瑞狄斯的眉头皱了起来。

“你，我，还有妈妈。”她一伸手，拿出三张票来，“坐游轮去。”

梅瑞狄斯张口结舌。她知道这个时候应该立刻跳起来否决这个提议，说自己还得工作，家里两只狗也不能没人管——理由信手拈来——但事实是，她心里是想去的。她很想有个借口能远离果园，远离办公室，也想逃避那场和杰夫势在必行的严肃谈话。公司的事倒是有黛西打理就可以了，可她自己的问题呢?

母亲缓缓地抬起头。她的脸色煞白，一双蓝色的眼睛在苍白肤色的衬托下显得异常明亮。“你要带我去阿拉斯加？为什么?”

“你说过你一直很想去的。”妮娜轻描淡写地回答。这时候梅瑞狄斯又直想冲上前去狠狠地亲她一口。“你也说过想去的，梅。”妹妹的语气温柔得不像话。

“可是……”母亲摇头。

“我们需要这个旅行。就我们三个人，要去我们就该一起去，况且我希望妈妈去阿拉斯加看看。”

“你是想用这个来交换后面的故事吗?”母亲说。

一阵令人尴尬的沉默在餐桌上蔓延开。

“没错，我们是很想完整地听完你的……童话故事，可是，妈，这两样不是一码事。那天你说想去阿拉斯加的时候我注意到你的表情了，我知道这趟旅行是你一直盼着的。就让梅瑞狄斯和我带你去一次吧。”

母亲一言不发地起身走开了。她走到餐厅后面的法式大门旁站定，朝着繁花盛开的冬季花园望去。“我们什么时候动身?”

第二天早上，妮娜拿着照相机站在栅栏后面，观察成群结队涌进果园的工人们。女人一般是到工棚里，在那里她们要给从冷藏库搬出来的苹果装箱打包，准备运往世界各地。妮娜知道，过不了几个月，他们就该给刚收成的苹果按品质来分类了。到时候果园上下都会忙得不可开交，工人们统一穿着褪色的牛仔裤，大部分都是一头黑发的年轻人；他们在树下支起梯子，灵活地爬上爬下，仔细地给初长成的苹果裹上保护套，以保护果实不受虫子和不良环境的侵害。

就在她转身准备返回屋里的时候，刚巧一辆脏兮兮的蓝色小车在庄园的车库前停住。驾驶室的门打开，妮娜才只瞥见了一丛灰白色的头发便狂奔着迎了上去。

“丹尼!”妮娜大喊了一声，接着整个人就猛扑进了他的怀里，这一下用力过猛，丹尼向后踉跄了两步，背结结实实地撞在了车上，但手臂却牢牢地拥住了她。

“找你可真够费劲的，妮娜·惠特森。”

她拉起他的手，微笑着说：“但你还是找到了。快来，我带你参观一下这个地方。”

带着丹尼在父亲心爱的果园参观时，妮娜惊奇地发现自己的心里竟充满了骄傲之情。除了给他做向导，偶尔也穿插两句自己过去在这里的经历，但从头到尾提得最多的还是母亲最近讲的故事。

参观结束后，她转向丹尼问道：“你怎么到这里来了?”

他低头朝她微笑，“先做要紧的事，亲爱的。你的卧室在哪?”

“在二楼。”

“该死，”他说，“这是在考验我呢。”

“耽误这么一会儿工夫绝对值得，我向你保证。”她说着吻上了他的耳朵。

丹尼抱起她上楼，走进了那间属于她少女时代的卧室。

“参加过啦啦队？”他朝房间角落瞥了一眼。那里摆着一个已经积满灰尘的红白绒线球，“怎么从来没听你提过？”

她走上前开始解他的衬衫纽扣。两只手狂乱地将他身上的衣服一一除净。盼望与他亲密接触的念头在疯狂地啃噬着她。当两人赤条条地滚到床上时，他毫无保留地回应了她。在他热烈的吻和激情的爱抚之下。她的身体仿佛成了一团熊熊燃烧的烈火，只有他的身体才能将它扑灭。最终，她在狂风暴雨式的激情中攀上了顶点，强烈的快感几乎要让她散架。

激情过后，丹尼转过身，用手肘半支起身子低头凝视躺在一旁的她。他的脸在常年风吹日晒的洗礼中变得黝黑而粗糙，眼角的皱纹好似用刀刻下的一般。他的头发在经历了刚才激烈的性爱后夸张地朝四面八方翘起，全然走了形，好像脑袋上陡然生出了数只卷曲的黑色翅膀。他面带着微笑，但笑中却带着些许迟疑，而他眼中流露的信息却一目了然，“你心里清楚我来这是为了什么。”

“激情之后，好歹给女孩点时间喘口气，行吗？”

“你在好好喘气啊，亲爱的。”他柔声说道。也只消说到这里，加上他再明确不过的眼神，她就什么都知道了。

“好吧。”她终于说道。她知道这次她必须逼自己去正视他的眼睛了，“告诉我，你怎么突然跑这来了？”

“前段时间我去了亚特兰大。之后也就那样，没什么特别了不起的事。”

“亚特兰大？”妮娜一怔。她非常清楚亚特兰大意味着什么。每个做新闻记者的人都会对这个地方格外敏感。

“CNN。他们给我开了个人专栏，深度报道世界各地发生的新闻。”他微微笑了笑，继续说道，“可是我真的累了，妮娜。在外面飘荡了几十年，这条老伤腿又时常发作折磨我，我也没力气再和那些二十出头的年轻人拼了。但最重要的是……我实在是厌了一个人的生活。要是能有个让我落脚的家，我真不想再满世界跑了。”

“恭喜你了。”妮娜呆呆地说道。

“嫁给我吧。”他说得十分诚挚。看着他满眼的认真，她有种想哭出来的冲动。同时脑海里却冒出了一个无比荒谬的念头，我当真应该多给他拍几张照片。

“如果我答应你，”她伸出手抚摸他刮得干干净净的脸颊，一时有些不习惯这样光滑的触感，“你愿意丢下CNN的工作，陪我待在非洲吗？要不咱们去中东，或者马来西亚？如果我在某个星期五心血来潮，跟你说，‘嘿，我想吃泰国菜了’，你会二话不说立刻带我坐飞机去吗？”

“这些事我们都干过了，亲爱的。”

“你让我去亚特兰大干什么呢？每天烤一个完美的蜜桃派，然后准备好一杯苏格兰威士忌迎接你回家吗？”

“别这么说，妮娜。我知道你是什么样的人。”

“你真的知道吗？”妮娜有种突然从高处往下坠的失重感。她的胃在灼烧，眼睛刺痛。她既不能答应，也无法拒绝。她爱眼前这个男人，这点毫无疑问。可是爱以外的部分呢？难道就是组个家庭安顿下来吗？在城里或者郊外找一个住所，从此有了一个固定的地址，是这样吗？她该如何去应对这样的生活呢？她曾经最向往的生活就是她目前所拥有的。她就是没有办法扎进一片土壤，然后生根发芽，只有像父亲和姐姐那样的人才能始终如一地坚守住自己脚下的方寸土地。而如果丹尼是爱她的，他就不会不明白这点。

“这个周末跟我回亚特兰大。我们去找找人，看有没有什么适合你做的事。见他的鬼，你可是闻名遐迩的摄影记者，那些人恨不得跪着把工作拱手送到你面前。拜托，亲爱的，给我俩一次机会。”

“我要跟我妈和梅瑞狄斯去阿拉斯加。”

“我一定会让你按时回来的，保证不耽误你任何事。”

“可是……还有那个童话……我想再多做点调查。我实在没办法丢下这个故事不管。也许再过两周吧，等我们结束了……”

丹尼失望地和她拉开了一点距离，“等这个故事结束后又会有另一个故事等着你去探究，是不是这样呢，妮娜？”

“这么说不公平！这是我们家族的历史，关系到我在爸爸面前立下的承诺。你不能要求我放弃。”

“我跟你讨论的是这件事吗？”

“你知道我什么意思。”

“我向你求婚了，可你却没有给我答案。”

“再给我一点时间。”

他俯下身吻了吻她，这次的吻绵长而温柔，带着些许的悲伤。之后，他将她拉进怀里。当两人再一次激情地做爱时，她的心里有了某种以往从来没有过的体会：性爱的意义有很多种，告别是其中之一。

想来，梅瑞狄斯是有好多年时间没有过撇下杰夫和女儿的度假旅行了。行李箱收了又收，她对这次的出行的期待远出乎自己的意料，满腔的热情竟越涨越高。她一直都很想去阿拉斯加看看。

那么为什么一直都没去成呢?

问题在脑海中产生的一刻，原本正在收拾行李的手僵在了半空中。她低头怔怔地望着在床上摊开的行李箱，可她看到的并不是里面整整齐齐放着的几件白色的毛衣，而是看到了自己一片空白的人生风景。

以往的家庭度假基本上都是由她来主持，但她总是让别人来挑选旅行的目的地。吉莉安想去看大峡谷，于是某年夏天他们去了大峡谷国家公园露营；麦蒂一直有“蒂基女孩”情结，为了让小女儿如愿配上这个称号，他们一家子去夏威夷度了两次假；而杰夫热衷滑雪运动，所以他们每年都要去一趟爱达荷州的太阳谷。

可他们就是一次都没有往北到过阿拉斯加。

为什么会这样呢？为什么梅瑞狄斯每次都要毫不犹豫放弃自己的幸福去满足别人？来日方长，她总想，且暂时先以女儿们为主好了，心愿往后总有时间来实现；只要等她们年满十九，成了年以后，她自然就可以改弦易辙，开始认真地重视起自己来。能有多难？不过就是方向盘一拨，改个方向罢了。但是这样的事在梅瑞狄斯这里并没有发生。在为人母的身份中她失去了太多自我，再想找回曾经的状态已经不是那么轻巧的事了。

她环视了一圈卧室，这个房间里到处都有充满回忆的东西，零零碎碎地将她的生活拼凑起来——家庭照、这些年女儿们做的各种手工、和杰夫一起买的纪念品。床边一张照片摆了很多年，尽管每天都能看到，却没有将它认真看进眼里。照片上的她和杰夫还很年轻——确切来说还是孩子——刚新婚不久，他们一起抱着一个脑袋光秃秃，眼睛明亮的小姑娘。杰夫小麦色的长发被风吹到被晒伤的脸颊上，一脸率真的笑十分迷人。

她是我们的，这是许多年前，两人抱着大女儿吉莉安时杰夫对梅瑞狄斯说的话，她是我们了不起的杰作。

猛然间她想起自己就快要失去杰夫，顿时觉得痛苦得难以承受。她抓起车钥匙，驱车来到杰夫的办公室。可等她到了那里，看着杰夫的脸，她又担心起来，失去自己也同样叫她难以忍受。

“我是想来提醒你，我们明天就要出发了。”一阵漫长得仿佛永无止境的沉默之后，梅瑞狄斯先开口说道。

“我知道。”

“你会回家里住吧？我猜两个丫头每天都会给你打电话。她们老以为你离了我就不能活。”

“你觉得她们以为的不对吗？”

他说着靠近了她，近到她不费吹灰之力就能触碰到他。而她突然也很渴望去这么做，但最终她还是向后躲开了。“所以这是真的吗？”

“等你回来后我们再谈。”

“要是……”在她意识到自己要说话之前，这两个字已经冲口而出了。

“要是什么？”

“要是到那个时候我还是不知道该说什么怎么办？”她只得把话说下去。

“结婚二十年，你竟然不知道该跟我说什么了？”

“二十年转瞬即逝。”

“那就只要回答一个问题，梅。你爱我吗？”

只要回答一个问题。

一个成年人的世界是何其的复杂，怎么可以笼统地归结到一个问题里呢？

两人又一次陷入无限扩大的沉默中。杰夫从办公桌上取过一个相框。

“这个给你。”他将相框递过去。

她低下头一看，眼泪立刻涌上了眼眶。相框里是他们的结婚照，这么多年一直摆在他的办公桌上。“你不想再把这照片放桌上了吗？”

“这不是我把它交给你的原因。”杰夫说。

他伸手温柔地抚摸她的脸颊。不知道为什么，这样的触碰所传达的东西在某种程度上胜过了两人二十年的相处与相知，也胜过了这二十年来他们的激情与爱，以及失望所能表达的内容。其实她心里明白，他把照片交给她，是为了要她记住。

她抬起头看看他，“我从来没跟你说过，我一直很向往去阿拉斯加。我想，有很多事我都没有机会说出来。”从他的眼神里，她知道他是理解她的，她忽然想到其实他一直以来都很懂自己。从她大学毕业，孩子出生，再到她父亲过世，都是他陪在自己身边。这个人就是她大部分人生的重要见证人。那么，究竟是从什么时候开始她不再跟他谈论自己的梦想的呢？原因又是什么呢？

“要是你都告诉我就好了。”

“是啊，我也这么想。”

“我猜，话语是很重要的东西。”最后他总结道，“我想你父亲自始至终都明白这个道理。”

梅瑞狄斯点点头。如此说来，她的一生其实大可以概括进这样一个简单的道理中去，不是吗？话语很重要。正是无数已说和未说的话界定了她的人生，而现在她的婚姻正在被沉默吞噬。“她不是我们一直以为的那个人，杰夫，我是说我妈妈。有的时候，特别是她给我们讲故事的时候，感觉就好像……我也不知道该怎么说，就好像她的身体里住进了另外一个人。寻找真相已经开始让我有些害怕了，但我不能停。我一定要去重新认识她。也许只有这样我才能认识我自己。”

他听完点点头，然后走近她，俯下身吻了吻她的脸颊。“一路平安，梅。我希望你得偿所愿。”

十八

这天的西雅图市区是难得一见的晴好天气，天空清澈湛蓝，巍峨的雷尼尔山耸立在城市天际线上。眼下是淡季，再加上时间尚早，码头区一带一片萧瑟；但过不了太久，沿街的纪念品商店和海鲜餐馆就会被大批的游客挤得水泄不通。不过至少现在这个城市还是属于本地人的。

梅瑞狄斯抬头仰望停靠在66号码头的一艘巨型游轮。三五成群的游客已经聚集在站口，排队等待登船。

“你们准备好了吗？”妮娜走过来问道。她肩膀上挎着她唯一的行李——一个背包。

“我真搞不懂，你怎么能带这么少的东西就出门旅行了。”梅瑞狄斯说着拖起身后的行李箱，挤上前交给等候在前方入口处的行李生。就在她们准备登船的时候，母亲却突然不走了。

梅瑞狄斯差点撞到她身上，“妈？你没事吧？”

母亲伸手拢紧了身上的黑色高领羊毛外套，抬起头呆呆地看着游轮。

“妈妈？”梅瑞狄斯又唤了她一声。

妮娜走过来轻轻拍拍母亲的肩膀，她轻柔地问道：“你以前也搭船横渡过大西洋，是不是？”

“和你父亲一起。”母亲说，“除了登船、离开这一节，其他的事我也没多少印象了。”

“你当时生病了。”梅瑞狄斯说。

“是的。”母亲似乎有些吃惊。

“怎么了？”妮娜忙问，“你生什么病？”

“现在不是讨论这个的时候，妮娜。”母亲调整了一下肩上的挎包带，“行了，去找我们住的房间吧。”

在步桥上一个穿制服的男人验过证件后，引她们来到有一排舱房的走廊。“三位预定的晚餐座位是最早一批的，这是桌号。”这位工作人员嘱咐道，“你们的行李会直接送进客房。在游轮离港的时候船头的活动区会供应鸡尾酒。”

“鸡尾酒?”妮娜兴奋起来，“我们一定去。快走吧，女士们。”

“你们先去，我稍后去找你们。”母亲说，“我需要点时间整理下。”

“好的。不过可别耽误太久，我们得好好庆祝下。”妮娜说。

梅瑞狄斯跟着妮娜穿过用酒红色和蓝色装饰的华丽过道，来到船头一块圆形的活动区。此时甲板上的围栏和游泳池边已经围聚了几百号人，穿黑白制服的服务生端着闪亮的银色托盘，将一杯杯五颜六色、插着装饰小伞的酒饮送到乘客的手中。在一个食品站旁边的一块空地上，有一支墨西哥街头乐队在表演。

梅瑞狄斯倚靠在围栏上，小口抿着手中的酒。“你就不想跟我聊聊他吗?”

“谁?”

“丹尼。”

“哦。”

“顺便说一句，他性感得一塌糊涂，而且还大老远飞来见你。怎么没留下来陪你呢?”

这时她们身后响起了汽笛声。甲板上的人开始欢呼鼓掌，纷纷举杯庆祝游轮顺利离港。还是不见母亲的踪影，姐妹俩倒也没觉得太意外。

“他要我搬去亚特兰大定居。”妮娜说。

“感觉你不是很乐意。”

“要我这种人定居?我不仅仅是热爱这一行，这份职业根本就是我活着的意义。而且说老实话，婚姻不太适合我。为什么就不能保持原状，我们继续相爱，继续走南闯北，一直到我们走不动了需要坐轮椅那天?”

要是换作一个月前，梅瑞狄斯可能还会苦口婆心地跟妮娜讲大道理，告诉她人活一辈子唯有爱是最宝贵的财富，况且妮娜已经到了组建一个家庭的年纪……可她在父亲去世后的两个月里多少有了新的感悟。任何一个选择都会改变你原本的路线，而且一不小心就有误入歧途的危险。有的时候选择安定不过就是给自己设定了一条少有起伏波澜的路罢了。“我挺羡慕你这一点的，妮娜。你有激情，而且坚定不移，不会被旁人左右。”

“有爱就足够了吗?我爱他，可就是不想安定下来，这该怎么办?我从来都没想过要住在有白色栅栏的房子里，不向往儿孙绕膝的天伦之乐，这又该怎么办?”

“这全看你自己怎么选择了，妮娜。没人能对你指手画脚，告诉你什么才是适合你的。”

“如果你有机会重新活一次，并且提前知道会发生什么事，你还会选择跟杰夫结婚吗？”

梅瑞狄斯从来没有考虑过这个问题，但还是毫不迟疑地想出了答案。也不知道为什么，在这个周围尽是陌生人的地方，似乎会比较容易承认，“我还会选择嫁给他。”

妮娜伸出胳膊搂住姐姐。“是啊。”她说，“但你还是不知道自己想要什么。”

“我恨你。”梅瑞狄斯说。

妮娜捏了捏她的肩膀，笑道：“胡说。你明明很爱我。”

梅瑞狄斯也笑了笑，“我想是的。”

一个女招待领着她们来到一张靠窗的餐桌前。透过巨大的玻璃窗能看到空茫茫的大海，太阳的余晖斜射到海面上，一片波光粼粼。三人落座后，母亲微笑着感谢了服务她们的女招待。

梅瑞狄斯一怔，母亲暖意融融的笑让她感到很诧异。她照顾母亲多年，就算再忙也要兼顾这项出力不讨好的任务。然而正因为这样，她极少去认真地看看母亲，有什么事都是绕开她直接去找父亲；在过去的这两个月里也是如此，尽管母女俩单独相处的时间占了绝大多数，但她们之间却几乎没有过流露真情的交流。她认识的母亲就是一个冷淡而疏远的女人，一直以来她都是这么看她的。

可这个女人刚刚却对一个陌生人露出亲切的微笑。就好像她珍藏的俄罗斯套娃那样，母亲身上仿佛有层层相套的秘密，这会不会就是她们在这趟旅行中的发现？如果真有秘密存在，那她们又能不能触及隐藏在最深处的那一个呢？

女招待递过菜单，说了一句“希望你们用餐愉快”后就离开了。

母女三人谁也没有说话。过了几分钟，餐厅服务生转到她们这桌点单。

“我们都要酒，”妮娜对服务生说，“俄罗斯伏特加。上你们这儿品质最好的。”

“我不要。”梅瑞狄斯接口说道，“我才不要在度假的时候喝光溜溜的纯伏特加呢。”说着她转向服务生微微一笑，“请给我一杯草莓代基里酒。”

妮娜也笑了，“那好吧，请给我一杯纯伏特加和一杯玛格丽特，加冰。多点盐。”

“伏特加和一杯红酒。”母亲说。

“下面酒鬼互诫会议正式开始。”梅瑞狄斯打趣道。

出乎意料的是，母亲露出了微笑。

待服务生送上酒饮后，妮娜率先举起杯子，“为我们干一杯。敬梅瑞狄斯、妮娜和阿妮娅·惠特森。这也许是我们有史以来第一次真正聚在一起。”

母亲愣了一愣。梅瑞狄斯注意到她全程都没有看自己和妹妹，甚至在三人碰杯时她也将目光避开了。

梅瑞狄斯发现自己在仔细地观察母亲的一举一动；她看到母亲在扭头看窗外碧波荡漾的大海时，嘴角微微抿紧，似有一丝忧虑。只有在夜色降临时，她紧绷的脸才稍有松弛。用餐过程中照例新开了三个话题，母亲也配合地给出了自己的答案。喝完第二杯红酒，她却似乎并没有因为酒精的作用彻底放松下来，而是愈发坐立不安了。吃完最后一道甜品后，她几乎是立刻站了起来。

“我要回我的房间了。”她对两个女儿说，“你们一起来吗?”

妮娜忙从座椅上站起来，梅瑞狄斯的反应则慢了半拍。“你确定可以吗。妈妈？要不今晚你好好休息，故事明天再听也可以。”

“谢谢你的关心。”母亲说，“但是没有必要。来吧。”说完她干脆利落地转过身，大步走开了。

在拥挤的走廊里，梅瑞狄斯和妮娜得小跑两步才能跟上前面的母亲。

两姐妹先回自己的客房换了身运动服。梅瑞狄斯刚刷完牙，妮娜就凑到她身旁，手搭上了她的肩膀，“我打算今晚就让她看照片，问问她那两个孩子是谁。”妮娜说。

“我看这样不大好吧。”

“我知道你是个循规蹈矩的乖乖女，凡事都想礼貌周全。”妮娜咧开嘴，露出狡黠的笑，“可我不一样啊。你只管装傻充愣就好。这事你得相信我，怎么样?”

“我信你。”梅瑞狄斯妥协。

随后两人走出房间来到隔壁。

母亲打开门，请她们进入自己住的宽敞套间里。和想象中一样，整个客舱收拾得十分整洁利落，衣服没有随便扔在地上，也没有到处乱扔的私人物品。唯一意外的发现是咖啡桌上摆了一只茶壶和三个茶杯。

母亲自顾自倒了一杯茶，走到房间角落在一张单人沙发椅上坐下，之后又扯过一条毛毯盖在膝盖上。

“妈妈，”妮娜说，“关灯之前，我有样东西想给你看。”

母亲抬起头，“什么?”

妮娜走上前去，几步路的距离在梅瑞狄斯看来却仿佛走了很久。看着妮娜从口袋里掏出那张照片递过去，她的心也揪紧了。

看到照片，母亲猛地倒吸一口气。原本就没有多少血色的脸显得愈发苍白了。“你乱翻我的东西?”

“我们调查过，知道了那个童话故事其实就发生在列宁格勒，并且其中有一部分内容是真实的。妈妈，维拉究竟是谁?”妮娜没有转弯抹角，直接问出了心中的疑惑，“还有，照片上这两个孩子是谁?”

母亲摇了摇头，“不要问我。”

“妈妈，我们是你的女儿。”梅瑞狄斯柔声说道，试图缓和一下妹妹尖锐的发问，“我们只是想多了解你一些。”

“这也是爸爸希望的。”妮娜补充道。

母亲低头望着照片，握照片的手在微微颤抖。房间里陷入一片寂静，就连海浪拍打船底的声音都清晰可闻。“你们想得没错，这确实不是什么童话故事。如果你们还想继续往下听的话，就要照我的方式来，只有这样我才能讲下去。”

“可究竟……”

“不要提问题，妮娜。静静地听。”此时的母亲尽管憔悴而苍白，可这句话却说得非常强硬。

妮娜走到梅瑞狄斯身边坐下，轻轻地握住了姐姐的手。“好吧。”

“那好。”母亲靠回到椅背上。她的手指抚过照片光滑的表面。这一次，她没有在意灯还开着就开始了故事。

自夏宫花园的相会之后，维拉就和夏沙难舍难分了，对她来说，这是一个一旦做了就再也无可更改的决定。虽然母亲一直不赞同，夏沙热衷诗歌这件事始终是她的一块心病，但维拉对丈夫的爱却是一如既往的狂热。不久后，他们的第一个孩子出世了，那种感觉就好像奇迹一般。他们给孩子取名叫阿娜斯塔尼娅，这个女儿就仿佛是一道照亮了维拉人生的光。第二年里奥出世的时候，维拉更是幸福得无以复加。尽管当时苏联的时局依然相当糟糕，斯大林的恐怖手腕普天之下人尽皆知。不断有人消失和死去。这一点没人比维拉和奥尔嘉知道得更清楚，她们至今都不敢随便提起父亲的名字。

但是到了 1941 年的 6 月，日子似乎终于回归平静了。起码维拉不再担惊受怕，可以踏踏实实地跪在肥沃的黑土地上，用心地打理她的小花园。她和夏沙在城郊拥有一小块地，靠着自己种的蔬菜度过列宁格勒漫长而严寒的冬季。维拉依然在图书馆工作，夏沙则继续在大学里学习，但只能学斯大林容许的课程。由于这些日子黑色面包车频繁地出现在大街小巷寻找目标，他们学会了怎样当一个安分守己的苏联公民，至少是懂得保持沉默的那一类人。再有一年夏沙就能完成学业，他的愿望是毕业后能留在本校任教。

“妈妈，你看！”唤她的是里奥，她回过头看到小儿子手里拿着一根胡萝卜，能吃的橘色部分被又长又密的须根覆盖，显然还不是拔出来的时候。维拉知道这种时候应该责备儿子几句，可一看到他天真的笑脸就没了脾气。四岁的里奥有一头金色的卷发，还有爱笑的性格都和他父亲夏沙一模一样。“里奥，把胡萝卜重新种回去！它还没有长熟呢！”维拉对儿子说。

“我早告诉过他不要拔出来。”说话的是维拉五岁的大女儿阿妮娅，一脸严肃的她和一旁喜笑颜开的弟弟形成了鲜明的反差。

“阿妮娅说得很对。”维拉拼命绷住脸，生怕自己偷笑出来。在孩子面前她一定要有大人的样子，可其实她今年也不过才二十二岁而已。只有单独和夏沙在一起的时候，年轻才真正是属于他们的。

那天维拉打理完她的小菜园后把两个孩子叫了过来。她一只手牵起一个，准备走一段长长的路返回城里的公寓。

他们回到列宁格勒时已是傍晚时分。街道上乱哄哄的，有人在狂奔，还有人不知道在吆喝什么。一开始维拉只觉得也许是进入白夜的缘故，人们多少有些躁动，可就在她越来越靠近弗唐卡桥时，谈话的只言片语传进了她的耳朵。各种争执和不明真假的揣测汇成一片令人不安的声浪。

某处一个大喇叭发出几声刺耳的噪音，随后听到了扬声器里在喊：“注意！”铿锵有力的语调就好像往人群中投出了一把匕首。维拉攥紧两个孩子的手，吃力地挤进人群中，这时候扬声器也开始念出了那段通告。“苏联的公民们……今日凌晨四点十分，德国军队未经宣战就对我们的国家发动了袭击……”

通告重复了一遍又一遍，反复地劝说大家要当爱国的苏联人，参加苏联红军，共同抵御外敌，可此时的维拉什么也听不进去了。她心里只有一个念头，那就是必须马上回到家里去。

回莫伊卡堤岸附近的公寓的这段路上，两个孩子一直哭个不停，但维拉置若罔闻。牵着两个幼儿的她固然是一个母亲，可她同时也是女儿和妻子，而此时此刻她最想见到的是她的母亲和丈夫。她拖着孩子爬上肮脏的楼梯，冲到静得吓人的走廊尽头。公寓里没有开灯，过了好一阵她的眼睛才适应昏暗的光线。

母亲和奥尔嘉在一扇窗户前往玻璃上贴报纸。她们还穿着上班的工作服。

看到维拉回来，母亲蹒跚地从窗边走过来，一把将维拉抱进怀里，嘴里不住地念道："感谢老天爷。"

"我们必须动作快一点。"母亲对维拉说。这时奥尔嘉已经贴完窗玻璃了。维拉看到奥尔嘉在哭，长满小雀斑的脸上满是泪痕，一头偏红的金发乱糟糟的。奥尔嘉一直有个坏习惯，每当她心里害怕就会紧张得扯自己的头发。

"维拉，你带着奥尔嘉去趟商店。买能存放时间长的东西，像是荞麦粉、蜂蜜、糖、猪油之类的，能拿多少就拿多少。我马上去银行，把我们的钱全都取出来。"母亲语速极快地安排好接下来要做的事后，转过身单膝跪在里奥和阿妮娅跟前，"现在就剩你们两个了，乖乖待在家里等我们回来。"

阿妮娅闻言立刻哭了起来，"外婆，我要跟你一起去。"

母亲摸了摸阿妮娅的脸颊，"现在是非常时期，即便是小孩子也没有特权了。"她说完站起身，从另一个房间里找出她的钱包，打开翻了翻，确保那本蓝皮存折在里面。

母女三人走出公寓，关上房门。门锁扣上的那一刻，两个孩子立刻在门的另一边号啕大哭起来。

维拉看着母亲，"我不能丢下他们，这么反锁着他们……"

"从现在开始，你可能会做出很多难以想象的事。"母亲的声音很疲惫，"抓紧时间吧，不然来不及了。"

外面一片风和日丽，湛蓝的天空中没有一丝云，一楼窗台下种着的丁香花往空气里释放着香气。看着这么好的天气，任谁也无法想象列宁格勒此刻已经笼罩在了战争的威胁中……但等母女三人拐过一条街来到银行附近时，才发现风和日丽不过是假象。一大群人挤在银行紧闭的大门前，挥舞着手中的存折，大声嚷嚷着，嘈杂的人声中还夹杂着女人的哭声。

"看来我们还是来晚了。"母亲说。

"怎么会变成这样?"奥尔嘉吃惊地看着四周的情景，她又开始神经质地扯自己头发了。离她不远的地方有一个老妇人正在哀号，只见她被一群人撞倒在地，转眼就淹没在了人群中。

"眼下银行已经关门了。大家都想赶紧把存款取出来。"母亲不停地撕咬自己下嘴唇上的死皮，血流出来也浑然不觉。接着，她领着维拉和奥尔嘉转到杂货店。从店里出来的人都带着多到快拿不下的东西，货架基本已经被扫空，而所有商品的价格都涨了两到三倍。

眼前的一切都让维拉困惑不已。战争的通告才刚刚出来，整个城市立刻就陷入了一片慌乱，物资被抢空，周围的人都一副惶惶不可终日的绝望表情。

“这种事我们以前也经历过。”母亲轻描淡写地说了一句。

三个人走进杂货店，她们手里的钱只够买少量的荞麦、面粉、干扁豆和猪油。她们带着这些远远不够的物资，费力地穿过拥挤的街道，待回到公寓时，已经是傍晚六点半了。

隔着门维拉就听到了她的孩子令人心碎的哭声。她推开门，一把将他们抱了起来。里奥伸出胳膊，勾住她的脖颈就不撒手，哭哭啼啼地对她说：“妈妈，我想你。”

维拉心想，从今往后不管母亲让她做什么她都可以答应，但就是这一件事不行：她再也不能丢下自己的孩子了。

“你爸爸回来了吗？”她问阿妮娅，阿妮娅耸耸肩，没有说话。

这个点他该回来了。

“他不会有事的。”母亲在一旁说，“外面那么乱，路上肯定不好走。”

焦虑像猛兽一样在一点一点地啃噬着维拉，每过一分钟，这头猛兽啃咬她的利齿就会又尖利几分。到了晚上八点，夏沙终于推开门走进了公寓。维拉看到他一边脸上脏兮兮的，头发被汗水濡湿。

“维鲁苏卡！”他一把拥抱住她。维拉被他有力的手臂紧紧箍住，差点喘不上气，“电车都满了，我挤不上去，只有一路跑回来。你们都没事吧？”

“只要你回来我们就没事了。”

不是嘴上说说而已，她的心里也是这么认为的。

当天夜里，小小的公寓昏暗又闷热，维拉坐在床上听着外婆一阵接一阵的鼾声。玻璃窗上贴着的报纸用纵横交错的大胶带固定住，这一来只有极少的光线能透进来。与他们一窗之隔的城市今夜出奇的安静，透着一丝诡异。感觉列宁格勒好像突然倒抽了一口气，然后不敢吐出来一样。

在朦胧昏暗的光线下，他们的公寓好像显得比平时更小更乱了。客厅里是三张窄窄的床铺，维拉孩子的床放在厨房里，所有床铺一支起来，人就基本没法在屋里走动。平日里到了饭点，他们一家都不可能聚在一起吃顿饭，饭桌容不下所有人，椅子也摆不开。

不远处的另一张床铺上，母亲和奥尔嘉也醒着坐在床上。而躺在维拉旁边的夏沙倒是和平常一样，安安静静没有任何声响。

“我不知道接下来该怎么办。”奥尔嘉轻声对母亲说。十九岁的花样年华正是憧憬浪漫的爱情、考虑自己未来的时候，可她却因为战争而吓得无法入睡。“也许德国人会救我们。斯大林同志……”

“嘘!”母亲厉声打住女儿，同时警惕地往外婆的床铺瞥了一眼。有些话是绝对不能说出口的，事到如今奥尔嘉也该明白这个道理了。

“明天我们照常去上班。”母亲说，“后天也一样，之后每一天都不变。现在我们必须睡觉了。来，奥尔嘉，翻过身去，让我抱着你。”

维拉听到那张老旧的床发出咯吱咯吱的响声，知道母亲和妹妹已经躺下了。她伸手拉了拉一旁的丈夫，渴望在他的怀抱里找到安全感。因为光线不够，她看不清楚他的脸，只能看到一块灰白色的剪影，但可以听到他平稳的呼吸声，规律的一吸一吐渐渐与她的心跳声合上拍，让她平静了下来。她轻抚他的脸颊，新长出来的柔软胡茬轻刺她的手心，这种感觉就像戴在手上的结婚戒指，对她来说已是再熟悉不过的了。她凑过去吻他，并让那个吻停留了片刻。当他吻上她双唇的那一刻，她觉得一切都不重要了。可之后他轻轻往后退了退。“你一定要坚强起来，维鲁苏卡。”他说。

“我们会坚强起来的。”她说着紧紧地抱住了他。

两天后，他们在半夜被一阵炮火声惊醒。

维拉猛地从床上跳起来，她的心脏在狂跳。在冲去厨房抱孩子的途中她摔在了母亲的床铺上。薄薄的窗玻璃被枪声震得咔嗒咔嗒直响，这时她听到了外面走道上杂乱的脚步声和尖叫声。

“快走。”夏沙说，他的声音冷静得叫人惊讶。他把一家人聚到一起，母亲负责带食品，但凡能带上的东西她都拿了。之后他们匆匆忙忙离开公寓楼，来到外面的街道上，和邻居们站在浅蓝色的天空下，直到这时他们才弄明白：那声音原来是苏联的防空炮，是为即将到来的战争做的演习。

他们所在的街道没有任何庇护所。还是母亲主动站出来号召同楼的邻居，组织众人第二天到公寓楼地下室的储物间搭一个临时庇护所。

炮火声仍在继续，响一阵歇一阵，两段炮火声之间是一段令人窒息的寂静。夏沙低下头看着维拉。里奥正在他的怀里酣睡（这孩子在哪都能睡得安稳），阿妮娅站在他身边，不安地吮吸着自己的大拇指，一只手揪紧了裹在身上的毛毯。这是阿妮娅婴儿时期的习惯，本来早就不会了，但在战争的炮火打响之际，这个习惯又回来了。

“你知道，我必须得去。”夏沙对维拉说。

维拉拼命地摇头，突然间她觉得这骇人的炮火声已经算不得什么了，丈夫脸上的表情才更让她感到无比恐惧。

“我是大学生，还是一个诗人。”他继续说道，“而你是罪犯的女儿。”

“你并没有公开发表过任何诗歌……”

“我终归是可疑对象，维拉，你心里清楚。你也是。”

“你不能走。我不让你走。”

“这事已经定了，维拉。”他这么说道，“我加入了人民志愿军。”

母亲走到维拉身边，悄悄地拉住她的胳膊。“你当然要去，夏沙。”尽管母亲的声音很平静，但维拉还是从中听出警告的意味。表面上的东西永远是最重要的。即便是到了眼下这个地步，炮火声四起，战事在即，一辆黑色的面包车还是悄悄地开上了这条街，寻觅着潜在的目标。

“这是我该做的。”夏沙接话道，“我们苏联的军队是世界上最强大的军队。那些德国佬很快就会尝到我们的厉害，到了胜利的那天我就能回家了。”

站在一旁的小阿妮娅悄悄握住了维拉的手，她能感觉到小女儿在认真地听他们说的每一个字，当然，周围的邻居，甚至毫无瓜葛的陌生人也听到了。她知道此时此刻该说些什么，也知道自己心里是怎样的感受，但却不知道她有没有勇气去消化这样的感受，有没有力量说出来。很久以前她的父亲也跟她说过同样的话：别担心，维罗妮卡·培提诺夫娜，我会永远陪在你身边。

“你要回到我的身边，答应我。”她说。

“我向你保证。”他想也没想便回答道。

可维拉知道，这世上有许多的承诺，既问得毫无用处，也接受得没有意义。当她转过脸看向母亲时，母女俩交换了一个彼此心知肚明的眼神。她明白自己的童年经历了怎样的事，以此为前鉴，她一定要为了她的孩子变得更坚强。

“这个承诺我会坚守到你实现为止，亚历山大·伊万诺维奇。”

第二天清晨，维拉醒得很早，在寂静的黑暗中，她找出了和夏沙唯一的一张合照，那是在他们婚礼那天拍下的。

她低头看着照片上的两个人灿烂的笑脸，看着看着眼泪就涌了上来，模糊了她的视线。她将照片从相框里抽出来，对折一次，然后再一次。她把折小的照片塞进了夏沙的外套口袋。

她听到身后有脚步声，接着一只手轻轻按在她的肩头上。

“我爱你，维鲁苏卡。”他温柔地亲吻她的侧脸。

她很庆幸他站在自己身后，因为她不确定自己是不是有勇气直视他的双眼。“我也爱你，夏沙。”

回到我身边来。这是她没有说出口的话。

没过多久，他离开了。

十九

维拉和奥尔嘉幸运地保住了工作。奥尔嘉在艾尔米塔什博物馆，维拉在列宁格勒公共图书馆。两人每天干的活都是待在幽暗安静的藏室里，将伟大的艺术珍品和文学著作装箱封存，这样苏联的珍贵历史才不会遗失。一天的工作结束后，维拉一个人走路回家。有时候她会绕道去夏宫花园看看，回忆一下和夏沙那日相会的情景，但是随着时间推移，她发现这段记忆越来越模糊。现在的列宁格勒早已不是从前的模样。青铜骑士雕像被沙包袋和木板遮挡住，斯莫尔尼宫的上方拉起了一张迷彩防护网，海军部大楼的金色尖顶上溅满灰色油漆。不管她走到哪，总能看到埋头忙碌的人——搭建空袭掩护所，排队领食物，挖战壕。头顶的一片天依旧清澈湛蓝，暂时还没有炸弹从天而降，但大家心里明白，这不过是早晚的事。每一天，街道的几个大喇叭都在声嘶力竭地汇报德军又向前推进了多少。没人相信德国人会打进列宁格勒——毕竟这座建在泥土和白骨之上的城市是人们心目中的魔法之都——但炸弹迟早有一天会落在这里。所有人对此都没有怀疑。

这天回家的路上，维拉顺道去了趟银行，取了两百卢布，这已是当月她能领到的最大限额了。钱到手后她又去排队买了三条面包和一小罐奶酪。今天她很幸运，排了很长时间的队之后食品还有剩下的。以往有好几次都是好不容易排到前面了，却只能眼睁睁看着售卖的窗口关闭。

八点钟的时候她终于回到了家。一进门就看见阿妮娅和里奥在客厅里玩打仗游戏，互相追逐着从一张床跳到另一张床上，嘴里发出模仿射击的声音。

“妈妈！”看到维拉回来，里奥脸蛋上绽出一个又大又甜的笑，跑着扑进了她的怀里。阿妮娅紧跟在后面，但她不会像弟弟那样紧紧拥抱维拉。这个小姑娘一直对这场战争有诸多不满，并且有意想让所有人都知道自己的态度。她讨厌每天去上托儿所，讨厌托儿所不到六点不让回家的规定，更叫她不满的是回家后她还得跟隔壁那位“臭烘烘的纽斯凯太太”待在一起直到家里的大人回来。

“我的宝贝们今天过得怎么样？”维拉不理会阿妮娅的小情绪，一把将她揽进怀里，“在学校里都干什么了？”

“我已经长大了，不需要去那种小娃娃学校了。”阿妮娅板起脸，一本正经地告诉维拉。

维拉没说什么，只是拍了拍女儿的脑袋。她走进厨房，把一壶水放到炉子上烧，这个时候奥尔嘉也回来了。

“你听说了吗？”奥尔嘉上气不接下气地说。

维拉转过身，“听说什么？”

奥尔嘉警惕地扫了一眼阿妮娅和里奥，两个孩子正拿着木棍打闹。她凑近维拉，压低声音，“听说列宁格勒所有的儿童都要疏散到别的地方去。”

到了孩子们要疏散撤离的这天，维拉一大早醒来就觉得浑身不舒服。她做不到，她怎么忍心把两个年幼的孩子送上火车，离开她去一个很远的地方，之后又若无其事地继续过日子？她一个人躺在她和夏沙的床上，盯着锈迹斑斑、满是水渍的天花板。尽管公寓依然拥挤，但这一刻她却觉得无比的孤独。母亲和奥尔嘉的床铺就在两尺之外，她能清楚地听到母亲来回翻身的声音和奥尔嘉轻轻的鼾声。

“维拉？”母亲叫她。

维拉翻过身来。

母亲正看着她。两个床铺挨得这样近，只要稍微往前够一够就能碰到彼此。这时候奥尔嘉翻了个身，盖在母亲身上旧毯子往下滑了一截。“不要去想了。”母亲对她说。维拉不知将来她是不是也会像母亲这样，总能提前一步猜透自己孩子的心思。

“我怎么能不想呢？”维拉从出生到现在一直遵纪守法，低下脑袋做人，绝不搞会引人注目的小动作，她很清楚该如何当好一个苏联人。可这件事……她实在没办法两眼一闭就接受了。

“到处都有斯大林同志的眼线。他一定在监视德国人的一举一动，所以他知道让我们的孩子上哪儿是安全的。所有工人的孩子都必须送走。就是这样。”

“要是我再也见不到他们了怎么办？”

母亲掀开毯子下床，跨过两张床铺之间窄窄的空隙。她在夏沙平时睡的那一侧躺下，把维拉抱进怀里，像小时候那样温柔地抚摸她的头发。“我们女人一辈子做的选择都是为了别人，从来不是为自己。等我们成了母亲以后，我们……就必须为了孩子承担一切。你要保护他们，这个过程中你会受伤，他们也会。你的责任就是藏起心碎，去做他们需要你做的事。”

“夏沙说我必须坚强起来。”

母亲点点头。“可我觉得男人并不明白。你的夏沙也不例外。他们满脑子的主意，扛上枪就一走了之，还以为自己知道什么叫勇敢。”

“你说的是爸爸。”

“也许是吧。”

两人没有说话，静静地躺了一会儿。

维拉已经很久没有想起过父亲了。虽然回想起来还是会难受，但也比一个劲地为眼下的事纠结强。她闭上眼睛，在黑暗中回到了那条熟悉的街道，眼前就是他们一家曾住过的公寓，她看到父亲正从里面走出来。

尽管戴着羊毛手套，可她的手指还是僵硬的，脚指头也被冻得生疼。

“我想跟你去咖啡馆。”她仰起脸恳求父亲。一场小雪无声无息地下着，片片雪花落在她裸露的脸颊上。

他低头对她微笑，上扬的嘴角隐没在浓密的黑胡须里。“你也知道，那不是一个小姑娘该去的地方，维鲁苏卡。”

“可是你要在那里读你写的诗。再说安娜·阿赫玛托娃也会去啊，她也是女人。”

“没错。”父亲换上了一副严肃的面孔，“你也说了，她是女人。而你还只是一个小女孩。”

“总有一天，”他用戴着手套的手拍了拍女儿的肩头，“你也能写一手漂亮的文章。我想到了那个时候我们的学校都已经恢复文学课了，这套可怕的苏维埃现实主义和斯大林的进步观也会慢慢退出教育系统。我们要有耐心。等我过了街记得跟我挥挥手，然后就乖乖回屋里去吧。”

她站在雪地里目送着他走远。小雪花像白色的火球一般轻吻上她的脸颊，在与皮肤接触的一瞬间立刻就变作水珠，随即往下滑进她的衣领，像一根冷冰冰的手指。

很快那个穿羊毛大衣的背影就变成了漫天白雪中的一个移动的模糊灰点。她心想也许他会停下来朝她招招手，但不确定什么时候，所以一直等在原地，最终只等来了降临在白茫茫天地间的夜色。随着天渐渐黑下来，雪的颜色和轮廓也发生了改变。她努力地把这一幕牢牢地锁在记忆里，以便将来写日记的时候能生动地描述出来。

“你还记得吗，我以前的梦想是当一个作家？”维拉现在已经可以平静地说起这事了。

过了许久母亲才开口，声音比之前更温和，“所有的事我都记得。”

“也许有一天……”

“嘘！”母亲轻抚她的头发，“再说下去只会让你更难受。这点我懂。”

母亲的话里既带着失落，也有接受现实的无奈。维拉不知道将来有一天自己是不是也会用这样的语气说话，也不知是否抱着妥协的心态就能让生活变得容易一些。她还没来得及想该说些什么，就听到了厨房里传来里奥的说话声。不用想也知道，他是在跟他的玩具兔子说话，那是他最好的朋友。

母亲吻了吻她，在她耳边低声说了几句话，但她一个字也没听进去。已经开始了，这句话在她脑袋里以最大音量咆哮。她掀开毯子坐起来。

这天早上很暖和，头天晚上也是，但维拉还是坚持穿着裙子和毛衣睡觉，一双磨旧的鞋整整齐齐摆在床尾。因为随时可能会有空袭，现在她们都要穿戴整齐了才上床睡觉。

这个时候全家人都醒来了，各种各样的声音让狭小的公寓立时沸腾起来：奥尔嘉带着蒙眬的睡意嘟嘟囔囔，抱怨每天在博物馆搬艺术品让她的胳膊又酸又疼；外婆在擤鼻涕；阿妮娅恨不得通知全世界的人她肚子饿了。

多么平常无奇的一个早晨。

维拉的喉咙里长了一个肿块，她使劲吞了几口唾沫，但肿胀的不适感并没有消减。走进厨房，她看到里奥，她的小狮子，天使般的金色卷发和一双会说话的绿色眼睛，和夏沙简直如一个模子里刻出来的。他正笑着跟那只缺了一只眼的破旧玩具兔子说话，“今天我们要去夏宫花园喂天鹅。”

“现在是战争时期。”一旁的阿妮娅提醒弟弟，语气里有种高高在上的威严，叫人不敢相信她才五岁而已。尽管口齿不清的发音让她的话听上去柔和了不少，但她所有的情绪都明明白白地刻在眼中，像一团炙热的火焰。这个女孩个性中纯粹而刚强的一面正是维拉一直渴望拥有的。

“其实呢，我们今天确实要出去散步。”说完这句话后，维拉觉得自己像害了一场大病，浑身的力气都被抽空了。幸好这时母亲站到了她的身后，多少让她有了些底气。她走上前拿起他们的外套。头天晚上维拉熬到很晚，她将一些钱和信缝进了两个孩子的外套的内衬里。

里奥腾地一下跳了起来，兴高采烈地拍手，一遍又一遍地嚷嚷着要去散步的好消息，就连阿妮娅也露出了笑脸。自战争公告发布后仅仅过了短短五天的时间而已，他们原本的正常生活就已经被完全打乱了。

早餐席间，只有母亲不时抬起头看看维拉，其余的人都低垂着眼睑，大气不敢出，气氛沉重得像出殡。用餐结束后维拉的外婆站了起来，她偷偷瞥了一眼维拉，眼泪立时涌上了眼眶，她忙背过身去。

“动作快点，卓娅。”外婆粗声粗气地招呼道，“迟到了可不好。”

维拉看见母亲紧咬的下嘴唇已经渗出了血丝。她走到两个外孙的跟前，跪在地板上，张开手臂抱了抱他们。

“外婆，你不要哭。明天你再跟我们一起去散步吧。”里奥安慰她道。

站在一旁的奥尔嘉泪如雨下，她已经在拼命克制自己了。“妈，我准备好可以走了。”她哽咽着说。

母亲放开两个孩子，缓缓地站起身来。“乖乖的。”这是母亲对她的两个外孙说的最后一句话。随后她塞给维拉一百卢布，对她说：“就剩这么一点了，很抱歉……”

维拉点点头，最后拥抱了母亲一下，然后挺直了腰说：“孩子们，我们走吧。”

这天是个明媚的大晴天，他们一家六口一同走出公寓楼。不管长短，只要能在一起走上一段路也是好的。最先离开的是母亲和外婆，她俩现在都在贝德耶夫食品仓库工作；下一个分开的是奥尔嘉，她蹲下来用力抱了抱侄子和侄女，然后一扭头狂奔向电车站。她不想让孩子们看到她的眼泪。

现在只剩下维拉和两个孩子了。她领着他们走在繁忙的街道上，四周到处是正在开挖的战壕和还没有完全建成的庇护所。他们在夏宫花园停留了一阵，只可惜今天的池塘里没有天鹅，所有的雕像也被沙袋挡了个严实。花园里很安静，没有小孩子玩闹嬉戏的吵闹声，也听不到自行车清脆的铃铛声。

维拉牵着两个孩子的手，领着他们继续走，来到一个以往从没到过的地方。一路上她的脸上都保持着灿烂的笑容。

走进一处建筑，那里面的情形简直可以用群魔乱舞来形容。大厅的各个方向都排起了长龙，每一路长队的前头都支了一张办公桌，桌上堆的文件已经摞起老高，桌子后面有负责办事的党员，他们身穿统一的灰褐色衣服，阴沉着脸，无精打采地应付着一眼望不到头的队伍。

这个时候他们要做的就是找到有优先办理权的队列，排进去，然后耐心等着轮到自己的时候，可就在这一刻，维拉突然坚强不起来了。她深吸一口气，把两个孩子拉到一个小角落里。这个地方实在太吵，不管走到哪都避不开这些嘈杂的声音——脚步声、哭喊声、喷嚏声、哀求声交织成一张密不透风的网。空气中弥漫着一股人的体味、洋葱和腌肉混杂而成的怪味。

维拉在地板上跪了下来。

“妈妈，这地方好臭啊。”阿妮娅皱着眉头说。

“耷耳兔同志不喜欢这里。”里奥搂紧了他的玩具兔子。

“你们还记不记得爸爸在当志愿军之前说的话？他告诉我们一定要成为坚强的人，对不对？”

“我很坚强！”里奥对着维拉晃了晃自己胖胖的粉色小拳头。

“没错。”阿妮娅挺起了胸膛。但维拉看得出女儿已经开始有所怀疑了，她的眼睛紧紧地盯着搭在维拉手臂上的外套和他们身后的行李箱。

维拉把红色的羊毛大衣套在阿妮娅身上，帮她把纽扣一直扣到领口。“现在穿大衣太热了，妈妈。”阿妮娅扭着身子抱怨道。

“你们要去旅行了。”维拉用平和的语气说道，“不会去太久，就一两个星期。在外面这段时间也许会需要穿大衣。还有……行李箱里还有一些衣物，我还在里面放了些吃的。饿的时候就拿出来。”

“可你没有穿大衣啊。”阿妮娅的眉头皱得更紧了。

“我……我还要上班，所以必须留在家里。不过别担心，你们很快就会回来了，我在家里等着你们。等你们回来以后……”

“我不去！”阿妮娅坚定地说，“你不去我也不去。”

“我也不去。”里奥委屈地哭了起来。

“我们别无选择。你们明白这话的意思吗？要打仗了，我们伟大的领袖斯大林同志想让你们这些小孩去一个安全的地方。你们待会要坐短途火车去南边，只要等我们的红军打了胜仗，你们就能回到爸爸和我的身边了。”

里奥放声大哭。

“你想让我们去吗？”泪光在阿妮娅的蓝色眼睛里扑闪着。

不！可维拉不敢把心里话讲出来，她狠心点了点头。“我要你照顾好你弟弟。你很勇敢，又那么聪明。你一定要时刻陪在弟弟的身边，一秒钟都别走开，好吗？你可以为了妈妈坚强起来吗？”

“我可以。”阿妮娅回答。

接下来的五个小时就是没完没了地排队，他们从一个长队换到另一个长队。所有的儿童都要接受审查，然后编好组，排到专门的队列里。到了黄昏的时候，整个疏散中心里挤满了儿童和前来送行的母亲，一眼看去乌压压一片，但现场却出奇的安静。小孩子听从工作人员的吩咐坐在椅子上，两条腿在前面晃来晃去，不合季节的厚外套捂得他们一个个脸上汗津津的。母亲们相互之间没有任何交流，她们是怕看到自己的痛苦映照在另一个心碎女人的眼里。

不知等了多久，火车终于来了。金属车轮在轨道上摩擦出刺耳的声音，浓烟在空中翻滚。起初所有人都坐着不动，这时候根本没有人想走，可当火车的汽笛声穿破寂静时，大伙儿又像受了惊的兽群似的发足狂奔起来。母亲们争先恐后地跑到前头，胳膊肘用力推开旁边的人，谁都想赶紧让自己的孩子坐上这趟能保命的火车。

维拉也拼了命地挤到队伍的最前头。眼前的火车像是有生命的一般，一个吭哧吭哧吐着浓烟的庞然大物。有几个党员在巡逻，他们像鲨鱼一样穿梭在人群中，看到那些与孩子依依不舍的母亲就上前将他们拉开。里奥还在抽抽搭搭地哭，他紧紧地攥着维拉的手。阿妮娅也在哭，但她哭得一点声音也没有，这样反而叫人更难受。

“你们要互相照顾，不要分开。别把食物分给其他人。我在你们的大衣里缝了个口袋，里边有钱，如果有需要就拿出来用，我的名字和住址也在你们的衣服上。”维拉摸了摸别在他们翻领上的铭牌。

“我们要去哪儿?”阿妮娅问。看着稚气未脱的她努力装出大人的模样简直叫人心碎。她才五岁，本来应该玩洋娃娃的年纪却被迫到这里排队，等着离开自己的家。

“去乡下，阿妮娅，卢加河附近有个夏日公园。到了那你们就安全了。而且过不了多久我就会去接你们回来。”维拉下意识地捏紧了阿妮娅领口的铭牌，好像摸着这个小小的身份标识就能稍解她心里的不安。

“上车!”一个党员同志大声吆喝，“动作快，火车马上就要开了。”

维拉蹲下来拥抱女儿，然后又抱了抱儿子。就在她慢慢站直身子的时候，她感觉自己全身的骨头都在咯咯作响，似乎只要稍微一用力就会断裂。

周围的人已经开始焦急地安排孩子们上车了，落在后面的孩子就被一把抱起，然后递到前面人的手中。

到处是哭声和挥舞的手臂。阿妮娅拉起里奥的手，她特意向维拉展示了一下自己握着弟弟的那只手是多么的有劲，以此来证明她的坚强。

然后姐弟俩手拉手上了火车。

但维拉自己却一步也迈不开了。周围的人不满她挡道，纷纷开始推挤她，嘴里嘀嘀咕咕，不顾体面地用难听的字眼咒骂。难道他们看不出来吗，她整个人已经瘫在那一步也走不动了？最后终于有人忍受不了用力推了她一把，她没有站稳，跪倒在地上。她感觉有无数双小脚从她头顶掠过，几个大人像交接接力棒一样把后面的孩子挨个送上火车。

维拉慢慢地爬了起来，膝盖处的长袜磨破了也浑然不知。她默默地让到一边，开始沿着一节一节的车厢跑了起来，边跑边往车窗里张望，这时她才意识到自己的两个孩子原来是那么小，小到往人群中一混就再也看不见了。

实在是太小了。

她有没有把所有的事向他们交代清楚？

保管好大衣，冬天很快就要来了，虽然她说你们只要去个把星期就能回来。

两个人千万不要走散了。

记得刷牙。

好好吃饭。不要挑食。每次吃饭的时候都要抢在最前面。

互相照顾。

我爱你们。

想到这里，维拉的脚一软，险些跌倒。她没有对两个孩子说爱他们。不是忘了，而是怕说出来会惹得他们哭得更伤心，所以她一直忍着，没有将这句最珍贵，也是唯一重要的话说出口。

她突然大喊了一声，压抑在最深处的痛苦终于在那一刻爆发。她尖叫着挤回到人群中，用手肘为自己撞开一条路，拼了命地挨到火车门边。那些被她推到一旁的女人用空洞绝望的眼神瞪着她。

“我不是重要技术岗位的工人。”她对排头一个管事的妇女说道。但对方露出了一副疲于应付的倦懒神情。

“文件？”管事妇女机械地询问。

“在混乱中弄丢了。”维拉指了指身后拥挤的人群。说谎让她的舌头一阵发苦，胃里的酸水直翻腾。干这样的事一旦败露后果不堪设想，没有什么事情——甚至包括战争——能比惊动秘密警察更恐怖。她强迫自己挺直了腰。“这里的工作人员并没有很好地控制疏散。这样子做事一点效率也没有。也许我该把这情况上报一下。”

这番批评起了作用。倦容满面的管事妇女稍微打起了点精神，她轻轻点了点头，“您说得对，同志。我们的工作还得再仔细一些。”

“很好。”维拉说着绕开她登上了火车，一颗心在胸口狂跳不已。每迈出一步她都觉得有人会从身后追上来，大声喊：“她是骗子！”然后把她拖走。

走了一截没见有人追过来，她心里稍安，放慢了脚步，这才看清楚周围全是小孩子的脸。他们像沙丁鱼一样挤在灰色的火车座椅上，在大夏天里裹着厚外套，戴着帽子——证明没人相信他们两个星期后就能回家，只不过这话谁也不敢说出来罢了——泪水，也许是汗水，在他们的圆脸庞上闪闪发光。他们非常安静。太安静了。没有一个孩子在谈笑或玩闹，只是静静地坐着，看上去破碎而麻木。

火车上除了儿童外也有为数不多的几名妇女，有负责疏散的工作人员、托儿所的老师，大概其中也混进了几个像维拉这样既舍不得孩子又不敢公然违抗国家命令的母亲。

对于自己刚才干的事她不敢去细思，也不敢去想这事会给她的家人带来什么影响。她很清楚他们一家有多需要她在图书馆挣的这点薪水……

脚下的火车好似苏醒过来了一般。随着汽笛声响起，她感觉到这个庞然大物开始移动了。她继续沿着一节又一节的车厢往前走，几乎不用手去扶两旁的座椅，也尽量不跟周围的小孩有眼神接触。

“妈妈！”

阿妮娅的喊声突破了火车的轰鸣声。维拉奋力地挤上前。她看见她的两个孩子蜷缩在一个座椅上，小小的个头根本够不到车窗。

她坐进窄小的座椅，将他们抱到自己腿上，让雨点一样的吻落在他们的脸上。

里奥被汗和泪水浸湿的圆脸蛋上有几道污痕，维拉不敢去想他的脸是怎么弄脏的。泪水在他的眼里打转，但这次他没有哭出来。维拉不知道是不是这次的告别对他产生了影响，也许现在的他已经褪去了一些稚气，不像之前那样单纯了。“你说过我们必须要走。”里奥说。

维拉喉咙一紧，只能点点头。

“我紧紧地拉着他的手呢，妈妈。”阿妮娅郑重其事地对维拉说，“一秒也没放开。”

和所有合格的苏联人一样，维拉不允许自己质疑政府。如果斯大林同志下令让孩子们去南边躲避战祸，那维拉就将自己的孩子送上火车。她能做出的最出格的举动无非是跟他们一起走，想来也算不上太严重的反抗，而随着火车离列宁格勒越来越远，这样的反抗似乎也越来越微不足道。她只要看着孩子平安抵达目的地就安心了，然后她会回到图书馆继续上班。运气好的话也就耽误一两天工夫，她会跟图书馆的领导普罗特金同志解释，说她陪孩子同去是要配合政府下达的疏散命令，这是她作为一名爱国公民的义务。

在苏联，言辞是极为重要的。人们常把“爱国”“效率”“要素”一类的词挂在嘴上。没人愿意去质疑错误的事。到时候只要维拉表现得坚定、无畏一点，也许事情就会不了了之。

她只希望母亲还有奥尔嘉不要太担心。

“妈妈，我饿。”里奥气鼓鼓地嘟囔。他弓着身子，像一株幼小的蕨菜蜷缩在维拉怀里，灰色的玩具兔子夹在他的胳膊底下。他把大拇指放进嘴里吮吸，另一只手抚摸着兔子耳朵里的粉色绒毛。

从上车到现在已经过了几个小时，始终没有人来通知如何解决吃饭的问题，也没有靠站的准确时间。没人知道他们什么时候能到达目的地。

“就快到了，我的小狮子。”维拉轻拍着里奥大衣的垫肩安抚他。她看见火车上的孩子们渐渐从之前的麻木状态中缓过神来，变得越来越不安。有几个孩子哼哼唧唧地抱怨起来，不知道哪里有个小孩已经在放声大哭。维拉来的时候带了一小包葡萄干在身上，她正准备拿出来的时候火车汽笛突然尖厉地响了起来。这一响便没有停下的意思。前面在过路口的时候也拉响过汽笛，不过是鸣一声就罢了。可这一次却是没完没了，像一个女人在撕心裂肺地尖叫。列车的制动装置启动，发出巨大的噪声，随着车身剧烈的震颤，火车渐渐慢了下来。

霎时间炮火声四起。一架飞机的引擎声在头顶低鸣，紧接着他们听到了爆炸声。

维拉忙看向窗外，只见到处是火光。火车里立时炸开了锅，所有人都在尖叫，恐慌地挤到窗边。

一个穿着党员衬衫和起皱的蓝色羊毛裤的妇女顺着每一节车厢高声喊：“所有人下车，快！到后面的谷仓去。立刻行动！”

维拉拉起她的两个孩子就跑。待他们一路冲到最前头她才想到，自己是一个成年人，应该帮一帮这些无依无靠的孩子才对，但这种时候她的头脑已经无法冷静思考了。飞机不停地在头顶盘旋，炸弹一个接一个投下来，引起了大火。

下了火车，外面浓烟滚滚，到处是尖叫声。维拉什么也看不清楚，目之所及皆是一副残败的景象——燃烧的建筑，地面上焦黑的窟窿。被毁的房屋。

德国人已经打到这儿了。他们开着坦克、带着枪支和炮弹逐步向前推进。

迎面一个穿军装的男人朝维拉这边跑来。“这是哪？”维拉问他。

“卢加河以南大概四十公里处。”他大声回答，没有停下的意思，径直从维拉身边跑了过去。

她将两个孩子拉过来紧挨着自己。两个孩子一直在哭，脸上沾满了黑灰。他们随着人群挤进一个大谷仓。

谷仓里又闷又热，烟火和汗水混杂着恐惧的味道充斥在空气中。飞机依然在头顶盘旋，落下的炸弹撼动地面。

“他们竟然将我们直接送到德国人面前。”不知何处一个女人愤愤地说道。

“闭嘴！”立刻有数十人齐声喝止这个妇女，但说出的话却是收不回来了。

这个事实已经死死地扎进了维拉的脑海中，再也无法抹去。

被困在这里的人——大部分是儿童——都在等着不会降临的夜幕，等着不会到来的庇护。谁还会相信一个将自己国家的儿童直接送到敌军面前的领袖呢?

感谢老天维拉随他们一道来了，若是只有他们，真不知会出什么事。

这些留待以后再想，并且要想上很长一段时间，兴许那个时候她会感到万幸，留下释然的眼泪。但不是现在。现在她必须赶紧行动起来。

“我们得离开这个谷仓。”一开始她只敢小声说，可后来有一颗炸弹投到了谷仓附近，爆炸震得屋椽瑟瑟，灰尘直往他们脑袋上落，于是她又响亮而清晰地说了一遍：“我们得离开这个谷仓。万一炸弹击中我们……”

“同志们，”一个人打断了她的话，“党和国家需要我们留在这儿。”

“我明白，可我们的孩子……”她不敢将心里的话尽数说出，也不能说。但她从周围人的眼神中看得出，多数人都明白，“我要带我的孩子离开这。要是有谁也想离开就跟我一起走。”

听到人群中的窃窃私语和低声抱怨她并不意外。维拉的国家正处于大恐慌时期，谁也料不准最终哪一方死亡的可能性更大——是德国人，还是自己国家的秘密警察。

她攥紧两个孩子的手，小心翼翼地穿过人群向谷仓外走。连幼小的孩子都主动让出了一条路让她过去。那些与她对视的目光里满是怀疑和恐惧。

“我同你一起走。”这时一个妇女站起来说道。这是个上了些年纪的女人，脸上满是皱纹，灰白色的头发裹在一条脏兮兮的头巾里。她一说完立刻有四个孩子站起来，围到她身旁。这几个孩子都穿着过冬的衣服，苍白的小脸上有一道道的泥灰痕。

一众人中也只有他们跟了过来。

维拉和这位妇女带着六个孩子艰难地走出了谷仓，把一群鸦雀无声的孩子丢在了身后。

“我们最好快些赶路。”跟出来的妇女对维拉说。

“我们离列宁格勒有多远?”维拉看着外面硝烟弥漫，灰蒙蒙的一片，不知道自己这样做是否正确。脱离了众人，又没有谷仓的遮蔽，他们直接暴露在了危险之中，很容易受到头顶飞机的袭击。恰巧在这时，一颗炸弹落了下来，她左面的一栋房屋立刻被炸毁。

“大约有九十公里的距离。”那个妇女回答她，“别顾着讲话，还是快走吧。”

维拉将里奥抱了起来，一只手紧紧拉住阿妮娅。她也知道这样抱着儿子赶路无法坚持太久，但为免有什么意外，她还是决定先这样走一程。透过里奥紧贴着她的胸膛，她感觉到了他强劲平稳的心跳。

在未来漫长的岁月里，那段回列宁格勒的路是如何艰辛她渐渐忘却了，也不会记得她孩子脚上大水泡是怎么磨破流血的。他们像逃犯一样躲在干草房里过夜，整夜听着空袭警报和投炸弹的声音，之后又在惊慌中醒来，每次都以为难逃一劫，着急忙慌地摸索身上并不存在的伤口，这些她都不会记得了。相反，她会牢牢地记着那个好心载了他们一程的货车司机，还有那些停下来把面包分给他们，并向他们打听南方战况的路人。她也记得自己是如何回答的：漫天的大火，无止无尽的恐惧，还有在路边沟渠里数不清的死尸。而这些事早已超出了她以往对战争的认知，她不知道会是这番情景，也从没想过。

待她终于回到自己家中，跌跌撞撞地扑进母亲张开的双臂时已是筋疲力尽。这一路将她折磨得伤痕累累；她的鞋子好几个地方都被磨破了，一双脚疼痛难忍，就算浸泡在热水里也丝毫不能减轻痛苦。但这些都不重要了。现在不是时候。

真正要紧的是列宁格勒，这座令人眷恋的白雪之城。如今德国人正步步逼近她的故乡。希特勒发誓要将这座城市从地图上永远抹去。

她知道自己必须要做什么。

明天，维拉要起个大早，往身上多裹几件衣物，然后把能带上的香肠和干果统统收到行囊中。她要像数以千计和她同龄的妇女那样，重返南方前线，去保卫家园和爱人们。这是每一个公民应尽的义务。

“我们必须将敌人拦在卢加河畔。前线需要帮手。”她对母亲说。母亲会意，脸上带着难掩的痛苦。

母亲没有问她理由和打算，也没有问为什么是她而不是别人。答案就摆在面前：战争才刚开始一星期的时间，整个列宁格勒就只剩下一群女人了。凡是年龄在十四到六十岁的男子都参了军，现在连年轻的姑娘也上了战场。“我会照顾好孩子们。”母亲只说了这么一句，但维拉却清楚地听到了她没有说出口的心里话：“你要回到我们身边来。”

“过不了多久我就回来了。”维拉向母亲保证，“到时图书馆还会授予我爱国者的称号呢。一切都会好起来的。”

母亲唯有点点头。她俩都知道维拉的保证太虚无缥缈，但她们不说。因为她们都选择了相信。

二十

“我看今晚就说到这吧。”母亲说。

第一个站起来的是梅瑞狄斯。她小心翼翼地跨过和母亲之间仅有一小块地毯之隔的空间，站到她的身旁。“今晚你似乎不是特别累。”

“我承认。”母亲低下头看着自己的手。

妮娜被这个意想不到的答案吓了一跳，随即也站了起来。她走到姐姐身边，“‘承认’是什么意思？”她问。

“你说得没错，妮娜。你们的爸爸去世前要我答应他，一定要把这个故事讲给你们听。我不想说，可老为一件事纠结也很折磨人。”

“这就是爸爸走后……你变得失常的原因吗？”梅瑞狄斯问，“因为你不想实现他的心愿？”

“也许这是其中一个原因吧。”母亲微微耸肩，好像在说这个原因根本无足轻重。

妮娜和梅瑞狄斯在母亲身边默默站了片刻，可今晚的故事在她们母女三人之间织结起的那么些许的亲密气氛终究还是散去了。母亲又恢复了原来的样子，目光不再与她们接触。

“好吧。”梅瑞狄斯最终说道，“我们明天一早来叫你吃早餐。”

“我不想吃……”

“一定要。”妮娜硬生生地打住了母亲的反对，“明天我们三个人要在一起。你同我争也好，吵也好，甚至是大骂我都可以，但你知道我的心意定了就不会改，而且到最后我总会如愿。”

“她说得对。”梅瑞狄斯笑道，“要不让她如愿，她会撒泼的。”

“这绝对是句天大的实话。”母亲说。

“你在开玩笑吗？”妮娜咧开嘴笑了。

这种感觉就好像初次见到阳光，或者是第一次学会骑自行车。总之，那一刻整个世界突然亮了起来。

“快走。”母亲催促她们离开，但妮娜还是看出了她强忍的笑意，这小小的变化给了妮娜希望和信心。

“走了，老姐姐。”她说着抬起胳膊亲昵地搭在梅瑞狄斯肩上。

随后两人回到自己的客房。

两姐妹同住的客房格局狭长，但却意外的宽敞。里头设了一块小小的休息区，摆着一张足可以做床的双人沙发；一张咖啡桌，一台电视，还有两张单人床；客房的后方有一道拉门，通向客房的私人露台。

妮娜打开电视，画面是一幅航海图，标示出客轮行进的位置。此时他们正在不列颠哥伦比亚海域上，没有手机信号，没有网络，也没法收看任何电视节目。可以看电影，但要去船上的资料室借。

“浴室先归我了。”梅瑞狄斯刚关上客房的门就冲进了浴室，妮娜忍不住大笑起来。这是她们小时候才有的对话。

梅瑞狄斯挤着我了，爸，你叫她挪到一边去。

妮娜故意弄坏了我的角斗机器人。

你们两个，不要逼我把车停下来。

想起最后这句话，妮娜微笑了。等梅瑞狄斯再从浴室里出来时她已将自己收拾得干净整洁，她穿着粉色的法兰绒睡衣爬上床。妮娜接着去浴室，洗漱完毕后也爬到了床上。过了这么多年，妮娜和姐姐终于又能并排躺在各自的单人床上。

“你在傻笑。”梅瑞狄斯说。

“我就是想起了咱们一起去露营的事。”

“‘不要逼我把车停下来。’”梅瑞狄斯说完两人都笑了。这一刻像是有魔力一样，将两个分开了多年的姐妹带回到了儿时。漫漫长途，坐在大红色凯迪拉克敞篷轿车后座的两个女孩为了寸许的空间争得不可开交，约翰·丹弗那首翻越高山的歌与他们一路相伴。

“妈妈从来不参与我们的旅行。”梅瑞狄斯脸上的笑意黯淡了下来。

“她怎么可以这么冷漠?”

“以前我还总觉得那是因为她对我们不屑一顾，现在我也不敢肯定了。爸爸是对的，所有的事都因为这个童话故事在悄悄改变。”

妮娜点点头，向后一靠。“那张照片……”她顿了片刻方才继续说下去，“上面的孩子是阿妮娅和里奥，对吧?”

“有可能。”

妮娜侧过身子望着姐姐。那个整晚盘绕在她们心中，且越来越重、越来越大的疑问现在就摆在眼前，根本无法忽略。“如果妈妈就是维拉，”妮娜缓缓地说，“那她的孩子们怎么样了？”

尽管妮娜游历了全世界，但在她心里，能与阿拉斯加内湾航道壮丽的景色相匹敌的地方实在寥寥无几。蓝色的海水深邃而神秘；零星散落的岛屿上，高矮不一、草木丛生的山丘数百年来始终保持着其原始的面貌；山丘之后有轮廓崎岖、覆盖着皑皑白雪的高山。

这天妮娜起了个大早，而回报就是能拍下晨光破水而出的迷人景象。她还意外捕捉到了一头虎鲸在船尾跃出海面的一幕，它黑白色的身体与清晨古铜色的天空形成了极具冲击的对比。

近七点半的时候她一直按动快门的手才终于有停下来的意思。她的手指被冻得僵硬，已经端不稳照相机了，牙齿也在一个劲地打战。

“您想要喝热巧克力吗，夫人？”

妮娜依依不舍地将视线从这幅无与伦比的画面中收回。一转脸看到了一个相貌颇年轻的甲板服务生，她手里端着托盘，托盘上有几只杯子和一个装热巧克力的保温壶。来得正是时候，她甚至都不想去计较被这个年轻姑娘唤作“夫人”的些许不快了。“太好了，谢谢你。”她对服务生说。

年轻的服务生回了她一个微笑。“如果您需要的话，甲板的躺椅上有毯子。”

“这地方什么时候能暖和点？”妮娜一边问一边用冻僵的手指捧起热乎的杯子。

“大概八月时会好些。”姑娘笑着说，“这时节的阿拉斯加很美，就是这气温够呛。”

妮娜谢过服务生，随便找了一张木质躺椅，拿起摆在上面的厚重的格子呢毛毯披在自己肩上。之后她又回到了护栏边，出神地看着波光粼粼的蓝色海水。有三只海豚游到船边，它们一次又一次地跃出水面然后下潜，整齐划一的动作非常赏心悦目。

“这倒是个好兆头。”梅瑞狄斯从后面走到妹妹身边。

妮娜抬起一只胳膊，将梅瑞狄斯裹进自己的毯子里。“这地方冷死人了。”

“但是很美。”

前方的一座岛屿上，一个灯塔孤零零地立在崎岖不平的绿色地面和海水交接的地方。

“你昨晚睡得不是很踏实。”梅瑞狄斯说着将手放到了妮娜的热巧克力杯上。

“你怎么知道?”

“我这段时间失眠。一团糟的婚姻会给你不少惊喜，失眠就是其中之一。你又是为什么翻来覆去睡不着?”

“再过三天我们就到朱诺了。”

“然后呢?”

“我找过他。”

梅瑞狄斯转向她，毯子从妮娜揪着一个角的手指间滑了下来。“你找过他?什么意思?”梅瑞狄斯问。

“那个研究俄国文化的教授。埃德莫维奇博士。他在朱诺，住在富兰克林大街上的一个养老院里。我拜托我的编辑帮忙找到他了。”

“其实这才是我们上这艘游轮的真正目的。我早该猜到的。你和他通过话没有?”

“没有。”

梅瑞狄斯咬住嘴唇，转过脸看着海面。“我们该怎么做?直接登门拜访吗?”

“这我真没想过。我知道，我知道，意外吧。只是找到这个人的下落时我真的激动坏了。我知道他一定有我们想要的答案。”

“教授的那封信是写给她的，不是我们。这事我们不能告诉她。她现在……很脆弱，妮娜。这点爸爸也早预料到了。”

“我懂。所以我才睡不着。我们既不能跟她说我们一直在调查她的过去，也不能直接跑到养老院去找那个人。之前我煞有介事地要求我们三个人必须时时刻刻在一起，这下我们连偷偷溜开一趟的机会都没有了。就算我们偷偷去了，他或许也不肯和我们谈什么。他想见的人是妈妈。”

“我大概能理解你是怎样被这些事搞得彻夜难眠的了，尤其是还碰上了你这么个人。”

“我这么个人?”

“你的本性，妮娜。你根本不可能不去找他。”

“我知道。所以我们该怎么办?”

“我们去见一见这个教授。”

听到母亲的声音，妮娜惊得倒抽一口冷气。她转过身，不小心碰到了放在围栏上的杯子，热巧克力洒得到处都是。

“妈…妈妈。”梅瑞狄斯结结巴巴地说。

“你都听到了?”妮娜一边说一边舔掉洒在手指上的热巧克力。她知道自己此刻一定表现得无比镇定——多年从事摄影记者的经历教会了她任何时刻保持镇定自若的姿态，哪怕她的心里早就乱成了一团麻——只是她说话的声音却不怎么自然。最近和母亲的关系才刚有了点起色，她怎么甘心就这样前功尽弃?

“起码我都听明白了。”母亲说，“你们在说阿拉斯加的那个教授是不是?就是几年前给我写过信的人?”

妮娜点点头。她扯下裹在自己和梅瑞狄斯身上的毛毯，走过去披到母亲纤瘦的肩膀上。“妈，这都是我惹出来的事。跟梅瑞狄斯一点儿关系也没有。”

母亲将毛毯在胸前拉拢，红色的格子呢衬得她的手指格外苍白。她瞥了一眼旁边的躺椅，然后坐了下来，再拉过毛毯把自己严严实实地裹了起来。

妮娜和梅瑞狄斯也在她两边的椅子上坐下，学她的样子扯过一条毯子盖在身上。一个服务生走过来，给她们一人倒了一杯热巧克力。

“对不起，妈妈。”妮娜说，“我应该一开始就告诉你的。”

“你以为说了我就不会答应出来?”

“是的。”妮娜说，“我只是想要了解你。不仅仅是因为我答应过爸爸。”

“你想要答案。”

“我怎么可能……我们怎么可能不想知道答案呢?”妮娜把梅瑞狄斯拉进自己的阵营，“你就是我们的一部分，可我们却不了解你。也许这就是我们从来都不真正了解自己的原因。梅瑞狄斯无法确定她是不是爱杰夫，也不知道自己的梦想究竟是什么。而我呢，现在就有一个男人在亚特兰大苦苦等我，我却满脑子都是维拉的事。”

母亲靠着柚木躺椅的椅背。“我想，现在是时候了。”她平静地说，“相信你们的爸爸找埃德莫维奇教授谈过，但我从来没有接触过这个人。他认为我们应该谈谈——主要是我，应该把一些事说出来。这大概就是他将那封信留了那么多年的原因。”

“那位教授想跟你谈什么?”梅瑞狄斯问道，虽然声音很平静，但她的眼神却满是热切和期待。

“列宁格勒。”母亲说，“我们的政府将过去发生的那些事隐藏了许多年。我因为害怕，从来不敢说起。不过现在已经没有理由害怕了。明天我就满八十一岁了。还有什么好怕的呢?”

“明天是你的生日?”两姐妹同声惊呼。

母亲脸上隐约有一丝笑意。“把所有的事藏起来会轻松很多。是的，明天是我的生日。”她抿了一口热巧克力，继续道，“我会跟你们一起去见这位教授。但你们两个现在要明白的一件事，那就是你们会后悔开这个头的。”

“为什么这么说?”梅瑞狄斯问，“我们想了解你，又怎么会后悔呢?”

母亲沉默了好一阵后，慢慢转过头看着梅瑞狄斯，“你会的。”

凯奇坎是一个依靠鲑鱼建立起来的城市：捕捞，腌制，加工，处处都离不开鲑鱼。这里的雨量计又叫“液体阳光测量器”，足可见当地气候之潮湿。

“你们看。”梅瑞狄斯指指街对面的一块绿地说道。顺着她示意的方向看去，只见一个蓄着黑色长发的男人在雕刻图腾柱，一群人聚在他周围观看。

妮娜大起胆子搀住母亲的胳膊，“我们也去瞧瞧热闹。”母亲没有挣脱，只是点点头，由着妮娜牵着她去街对面的小公园。

就在她们站定的时候，雨淅淅沥沥地下了起来。围观的人群忙着避雨，一下子散了大半。但母亲没有动，静静地站着看那个男人干活。男人一双灵巧的手执一件金属工具或凿或割，转眼间粗糙的木头变得平整光滑。一个兽爪形状的图案渐渐浮现。

“是一头熊。”母亲说，雕图腾柱的男人闻言抬起头。

“你的眼力不错。”他说。

妮娜这才看清楚这是一个上了年纪的老人。黝黑粗糙的脸庞上满是皱纹，两鬓的头发已经白了。

“这是为我儿子做的。”男人告诉她们。他指了指图腾柱底部一个鸟的图案继续道：“这个代表了我们家族，是渡鸦。还有这只雷鸟，它会招引风暴把坚固的道路卷走。而这头熊则代表我的儿子……”

“原来是家族的图腾。”母亲说。

“是葬礼图腾。为了悼念他。”

“很漂亮。”妮娜听到了母亲讲童话故事的声音，而在那一刻，在雨中，她第一次觉得这个声音的出现是合情合理的。妮娜突然理解了为什么母亲只在黑暗中讲故事，也理解了她讲故事时的声音为什么会和平时判若两人：这个声音代表了她内心的失落。母亲只有在放下防御时才会用这样的声音和语气说话。

母女三人在草地上又停留了一阵，直到看见图腾柱上的熊爪成了型才转身离开。接着她们走到了溪街，这个在河上搭建成的街道早年是红灯区，如今已经转型成商业街，用木板铺成的人行道两旁是各式各样的商店和餐馆。她们走进一间能看风景的温馨小餐馆，找了一张靠窗的多结松木餐桌坐下。

外面的街道满是提着购物袋的游客，下雨丝毫没有减弱他们的兴致。他们像迁徙季节追逐水草的角马一样，从一家店奔向另一家店，各个商店的门上挂着的铃铛叮当响个不停。

“欢迎光临虎克船长餐厅。”一个模样可爱的年轻服务生过来招呼她们。她身穿明黄色的背带裤配红格衬衫，一顶黄色的渔夫帽压在棕色卷发上。胸前的工作名片上写着她叫布兰迪。她给母女三人每人发了一张大大的鱼钩形过塑菜单。

没过多久她们就招呼这个服务生回来点单。她们要了三份炸鱼薯条拼盘和冰茶。服务生离开后梅瑞狄斯开口说道：“要是我们也有家族图腾柱的话，也不知会弄成什么样。”

话说完后有片刻的沉默。三个人都抬起头来，交换了一下眼神。

“要把代表爸爸的图案刻在柱底。”妮娜说，“有他才有我们。”

“刻一头熊。”梅瑞狄斯接话，“妮娜是一只鹰。”

一只鹰，独来独往，随时准备远走高飞。妮娜皱了皱眉，暗自希望可以有不同意见。她这一生在全世界留下了足迹，却极少在家里停留。所以除了这个家以外，她不会在另一个家族的图腾柱上占据一席之地。只是她一直想要的这种生活状态——完全的自由和独立——此刻想来是那么的孤独。

“梅瑞狄斯可以是一头母狮，她是狮群的凝聚力，所有人都受她的关心和照顾。”妮娜说道。

“那你是什么呢，妈妈？”梅瑞狄斯问。

母亲耸耸肩，“我想我不会在那上面。”

“你觉得你在我们的生命里是个无足轻重的人吗？”妮娜问。

“起码不是一定要让谁记住的那个人。”

“爸爸爱了你五十多年。”梅瑞狄斯说道，“这还不算什么吗？”

母亲抿了一口她的冰茶，扭过头看着窗外的雨。

这时服务生将她们点的菜端了上来。妮娜迅速起身叫住这个服务生，在她耳边低声吩咐了两句，然后又坐回到座位上。炸鲽鱼配薯条很可口，她们一边享用，一边聊聊这天在凯奇坎的所见所闻——商店展窗里的大金块首饰，华丽的原住民部落艺术品，当地人穿的考伊琴式厚毛衣，还有之前她们在镇上看到的栖息在图腾柱上的白头海雕。这样的对话本身并没有什么新意，来小镇度假的任何一家人茶余饭后说的也无非就是这些内容，可在妮娜看来却好像是施了魔法一般。在聊感兴趣的话题时母亲似乎会变得柔软而温和，每一个平平无奇的字都让她的内心得到放松，一直到最后晚餐结束时，她都是在微笑着。

服务生又折回来，撤走了她们的碗盘。但之后她并没有将账单呈上，而是将一块生日蛋糕放在母亲面前。蜡烛的火光在奶油糖霜上摇曳。

“生日快乐，妈妈。”梅瑞狄斯和妮娜齐声说道。

母亲低头盯着蜡烛。

“我们一直都想给你办一次生日派对。”梅瑞狄斯说着将手放到了母亲手上。

“我犯了太多的错。”母亲轻声说道。

“人人都会犯错。”梅瑞狄斯说。

“不。我……我并非有意那样……我也很想将一切告诉你们……可我连看着你们的勇气都没有，我觉得很羞愧。”

“你现在就在看着我们。”妮娜宽慰她，但其实这话并不属实，严格来说此刻母亲是在看蜡烛，“你想把你的故事讲给我们听，你一直都想。这就是你一开始讲那个童话故事的目的。”

母亲摇了摇头。

“你就是维拉。”妮娜语气平静。

“不。”母亲说，“那个女孩不是我。”

“可她是过去的你。”妮娜怨恨自己不该说这句话，但也收不住了。

“你真是一条咬着骨头就不撒嘴的癞皮狗，妮娜。”母亲幽幽地叹了口气，“对。很久很久以前，我叫维罗妮卡·培提诺夫娜·马切科。”

“为什么……”

“够了。”母亲严厉地打断她，“这是我和我的女儿一起过的第一个生日。剩下的故事以后会有时间说的。”

二十一

晚餐时她们点了红酒，随意聊聊天，然后又一次举杯祝母亲八十一岁生日快乐。享用完美味的一餐后，她们在灯火通明、布置得颇有几分拉斯维加斯氛围的游轮上逛了逛。无意中发现了一个小剧场，一个身穿橘色亮片连身衣的男子在那里表演魔术。他一会儿让那位几乎快衣不遮体的助演小姐消失；一会儿是送一朵纸玫瑰给她，花到她手里又立刻变成一只白鸽飞走；最后还把她大卸八块，再完完整整地复原。

魔术师的每一个戏法都引得母亲热情地鼓掌，脸上带着孩童一般的笑。

梅瑞狄斯根本没办法把视线从母亲身上挪开。此时此刻的她看起来是那么生气勃勃，几乎是快乐的。仅此一对比梅瑞狄斯才意识到，原来在她的印象中母亲的美一直是冰冷，没有温度的。而今晚她展现出的完全是另一种美，更柔软也更温暖。

看完表演后，她们慢慢往客房的方向走。在拥挤的过道上，置身于同行乘客热闹的对话声和赌场清脆的铃声中，她们三个人显得异常沉默。因为一块巧克力蛋糕和上面点亮的小小蜡烛，今天之内好像有一些事情发生了改变。但梅瑞狄斯不太能确定具体改变的是什么，也不知道这样的改变会对她们产生什么影响。她只知道现在的她已经失去了保持独立的勇气。二十五年多的时间里，她将自己圈固在围墙里，拒绝真正地去看看母亲，也竭力不让自己对她有任何需求。仿佛只要保持这样的距离她会找到力量。至少是她想象中的力量。但现在这种力量已所剩无几，她很庆幸现在时间已晚，今晚可以不必继续讲故事了。

到了客房门口，妮娜停了一下，“今天我过得很愉快，妈妈。祝你生日快乐。”她有些笨拙地走上前，拉过母亲拥抱了她一下，在母亲还没来得及抬起胳膊之前两人就分开了。

梅瑞狄斯也想学妮娜的样子，可一看到母亲的蓝眼睛她就觉得软弱，没有勇气往前迈步。“我……我想你今天一定累了。”她说，笑容局促不安，“赶紧上床睡觉，明早要早起。明天我们的游轮会经过冰河湾，想必能大饱眼福了。”

“谢谢你们帮我过生日。”母亲的声音很轻，轻到几乎听不见。说完，她打开客房门进了自己的房间。

梅瑞狄斯打开她们住的客房门，和妮娜并肩走了进去。

“我先用浴缸。”妮娜龇牙咧嘴地笑着说道。

梅瑞狄斯置若罔闻。她从床上拾起一条毯子披在身上，走到客房后面的小阳台。尽管外面天色昏暗，但从这里还是辨认出海岸线。零星几处灯光标识出有人生活的地方。

她背靠在推拉门上，想象着隐没在黑暗中的景色。其实一切神秘和美好的东西自始至终都在那里。虽然现在她看不到，但景色并不会变。看到和看不到，不过是时间和角度的问题。就好像对母亲，也许关于她的一切自始至终都明明白白地摆在眼前，只是梅瑞狄斯找错了角度，抑或是没有借助足够的光亮去看清。

“梅瑞狄斯，是你在旁边吧。”

从梅瑞狄斯右边黑漆漆的阳台上传来母亲的声音，让她吓了一跳。这是现实给她的又一次冲击：游轮的一侧有几百个这样凸出的小阳台，彼此紧挨在一起，但在黑暗中它们却像是各自存在于独立的空间中，没有任何瓜葛牵连。“是我，妈妈。”她应道。她只能依稀辨认出母亲的轮廓，隐约看到她的白发在夜色中的光泽。

梅瑞狄斯和母亲在这一点上很像。有心事的时候总喜欢一个人到外面来走走。

“你在想你的婚姻。”母亲说。

梅瑞狄斯叹口气，“我也不指望你能给我什么建议。”

“失去爱人是可怕的，”母亲柔声道，“但抛弃爱却更叫人难以承受。这会成为你余下的日子里反复困扰你的一个结，让你一次次自问，就那样撒手是不是太轻率、太没耐心了？这些是你愿意承受的吗？还是你觉得自己还可以再次对一个人投入那么深的感情？”

母亲软化的声音传进梅瑞狄斯耳里就好像融化的痛苦。“你懂失去的滋味。”她轻声道。

“这种滋味我们都懂。”

“当初我爱上杰夫的时候，那感觉就好像是人生第一次看到阳光。那时的我自然无法忍受离开他。但是慢慢的……也就无所谓了。我们结婚的时候太年轻了……”

“年不年轻跟爱没有关系。就算少不更事的小女孩也会清楚地知道自己的心意。”

“我不再快乐了。我甚至不知道为什么，也不知道是从什么时候开始的。”

“我记得你以前很爱笑，就是你开礼品店那一阵子。也许你不该接手果园的生意。”

梅瑞狄斯惊讶得只会一个劲地点头。她完全没有想到母亲竟然有留意过自己。“可是果园对爸爸很重要。”

“是这样。”

“我错就错在总是为别人而活，为爸爸，为我的孩子。主要还是为那两个丫头，现在她们有了自己的生活，忙得连电话都顾不上打一个。我必须牢牢记着她们的日程安排，像大侦探赫尔里克·波洛似的去查探她们，追踪她们的下落。我就是一个拿着电话的赏金猎人。”

“因为你给了吉莉安和麦蒂翅膀，并且教会了她们飞翔，所以时候一到她们自然要远走高飞。”

“真希望我也能有一对翅膀。”梅瑞狄斯的声音很轻。

“这是我的错。”母亲说。她站起身来，阳台随着她的动作发出吱吱悠悠的声音。

“为什么？”梅瑞狄斯问。她走近隔开两个阳台的护栏，感觉母亲也朝她这边靠近了一些，突然间她们变成了面对面站着，相隔不过一步的距离。她终于看清了母亲的眼睛。

“我会在故事里解释为什么。”

“等故事讲完以后，我是不是就能知道我到底做错了什么？”

在模糊不明的光影交织下，母亲的脸似乎皱在了一起，好像那种老旧的蜡纸。“等全部结束后，你会知道错的人不是你。现在到我屋里来吧。我今晚给你们讲卢加河畔发生的事。”

“你确定吗？现在已经很晚了。”

“我确定。”母亲说着打开推拉门，走进自己的房间。

梅瑞狄斯回到光线明亮的客房，这时妮娜已经坐在床上，正拿着一块毛巾擦湿漉漉的黑色短发。

“外面什么也看不见吧？”

“妈妈想再给我们讲一段。”

“今晚吗？”妮娜从床上跳起来，擦头发的毛巾掉到了地上她也不理会，一转眼已经冲到了房间的另一头。

梅瑞狄斯捡起地板上的湿毛巾，拿进浴室好好挂起来。

“可以了吗?”妮娜站在门口催促。

梅瑞狄斯转身看着妹妹说：“你有翅膀。”

“什么?”

“我可能就像鸵鸟，或者渡渡鸟。在地面待的时间太长，已经失去了飞行的能力。”

妮娜大笑着伸出胳膊揽着梅瑞狄斯，将她拉出了客房。“你才不是什么狗屁鸵鸟。而且我告诉你，鸵鸟是一种很可恶的鸟，孤傲得要命。”

“那我是什么?”梅瑞狄斯问，这时妮娜的手已经敲上了母亲的房门。

“也许是天鹅吧。这种鸟终生只有一个伴侣，你知道吧。好像它们一旦离了伴侣就再也不能飞了。”

“这种话从你嘴里说出来可真奇怪。你不是个浪漫的人。”

“对。”妮娜看着梅瑞狄斯，“可你是啊。”

妮娜的话让梅瑞狄斯有些吃惊。她从来没有把“浪漫”这个标签贴到自己身上。只有父亲这样不计得失地爱所有人，且永远不会失了姿态的人才配得上这个词。或者是杰夫，他从来不会忘了睡前的晚安吻，不管多晚或他那天过得有多不顺。

也许那些年纪轻轻便寻到灵魂伴侣的女孩子也可以说是浪漫的，尽管她们可能并不知道这是多么难得的一件事。

门开了，母亲站在门口等着她们，她的白发披散下来，游轮提供的蓝色浴袍裹在她的身上显得太过肥大。这个颜色和母亲极不相称，梅瑞狄斯看着有些发愣。

但更让她惊讶的是母亲接下来说的话：“维拉看得到颜色。”

站在她旁边的妮娜倒抽了一口气。“没错。这么说你能看到颜色?”

“不。”母亲却说。

“那怎么……”

“不要提问。”母亲说得很坚定，“这是我们之前说好的。”她走到床边，爬上床，背靠在几个摞起来的枕头上。

梅瑞狄斯跟在妮娜后面进房间，之后和她并排坐在双人沙发上。静默中她听到了海浪拍打一侧船舷的声音，混合着她们三个人安静的呼吸声。

“维拉怎么也不敢相信她必须得再次离开她的孩子。”母亲的声音很轻，但却有十足的力量。她看上去不再是脆弱而衰老的样子。事实上，她的脸上浮上了一层淡淡的笑意，眼睛缓缓地合上了。

尤其是她历经千辛万苦才把他们带回家。可此时的列宁格勒已经成了一座只有女人驻守的空城，她们必须抵御德国人。于是，在一个阳光明媚的日子，维拉第二次同她的孩子吻别，距离第一次离别还不到一周的时间。他们一个四岁另一个也不过五岁，任何一个做母亲的都无法丢下这样年幼的孩子，但战争让一切都改变了。正如维拉母亲曾经预料的那样，维拉正在做着短短数月前根本无法想象的事。

狭小的公寓里，所有人的眼睛都盯着维拉。她跪坐在孩子们面前，“妈妈和奥尔嘉姨妈要上前线保卫列宁格勒。我们不在的时候你们必须坚强起来，要像个大人一样，明白吗？外婆会需要你们的帮助。”

里奥的眼睛里立刻含满了泪水，“我不要你走。”

维拉不敢看儿子悲伤的眼睛，她稍微别开脸看向女儿。在她心里阿妮娅已然是一个坚强的孩子了。

“要是你不回来怎么办?”女儿轻声询问，她在尽自己最大的努力不哭出来。

维拉伸手进口袋摸索那个她本想带走的宝贝。她缓缓地抽出手，一只漂亮的宝石蝴蝶躺在她的手心里。“给你。”她郑重地嘱咐阿妮娅，“你要替妈妈保管好这个。这是我最宝贵的东西。看到它就像看到我一样，你要相信我会回来找你们，而且不管我到了哪里，我都会想着你和里奥，都会爱着你们。没事不要拿出来玩，也别弄坏了。这个东西就代表了我们，有它在我就一定会回到你们身边，好吗?”

阿妮娅接过蝴蝶，小心翼翼地将它握在小手里。

维拉最后一次亲吻了他们。

她站起身，目光和屋子那头的母亲对上。所有的话都在她们的眼睛里——告别，保重自己，和归来的承诺，还有临别前的担忧。维拉知道这时候应该上前去抱抱母亲，但这样她一定会哭，她不能当着孩子们的面掉眼泪。于是她去取下了挂在门边的一件冬季大衣，将它搭在肩头。

她和奥尔嘉没有耽搁太久就挤上了一辆货运卡车的后斗。与她们同行的是十数个年轻女子，她们大部分还穿着绚丽的夏装，脚上穿着凉鞋。换作以前，她们看起来就像是一群去露营的年轻姑娘，目的地也许是乌拉尔，或者黑海，但现在没人会认错她们。因为她们没有一个人的脸上有笑容。

来到卢加河畔，目所能及的地方都有人，大部分是年轻的姑娘和妇女。所有人都正在拼命修建阻止德国人入侵列宁格勒的大型战壕和防御工事。一群女人在地面上弓着腰，用十字镐和铲子翻动泥土，看样子已经筋疲力尽了，汗水混着泥灰在她们的脸上留下了一道道的污痕，身上穿的裙子也弄得破破烂烂。可她们是俄国人——是苏联人——没有人敢怠工或口出怨言，这种事连想都不会有人去想。

维拉站在太阳底下听一个同志交代要做的事，几里外就是一片森林。奥尔嘉靠过来挨着维拉，握住她的手。她们像两个士兵似的站在那里听从安排，可看上去却还是孩子的模样，只不过她们并不知道。而这是在往后无数个日夜到来前，她们能享受的最后的平静时刻。之后她们便扛上铁镐，吃力地走向河岸线。在那里，已经有大片的土地被翻开。跳进壕沟，她们加入到一支看不到头的队伍里。这个由一众妇女和上了年纪的男人组成的队伍不停地折腾着脚下的土地，日复一日，不停地挖，直至双手被磨起泡、出血，直至咯血，直至流出的眼泪也是黑色的。

到了晚上，姐妹俩就和其他姑娘一道挤在谷仓里睡觉。一天的劳作下来，她们每个人都神情恍惚，又累又脏，维拉自己也好不到哪去。整个谷仓里有一股灰尘、泥土、汗水和烟火混在一起的味道。

第七个晚上，维拉在谷仓里寻了处僻静的角落过夜，她拾了些小树枝来生起一堆火。但这火坚持不了太长时间，微弱的小火苗发挥不了太大作用，所以她动作麻利地烧了一口热水给妹妹。晚餐吃的卷心菜汤基本上都是水，根本不顶饿，而且早就消化得差不多了。但这也是无可奈何的事。

在她们旁边的是一个年纪偏大，体格壮实的女人。她背靠着干草捆，盯着自己脏兮兮的指甲看个没完，好像这是她生平第一次看到自己的手似的。那张肉鼓鼓的脏脸看着陌生，但她的眼里却有某种令人安慰的东西。

“看我的手。”奥尔嘉放下了维拉给她的那杯热水，“我在流血。”

她说话的语气像是困惑，带着一点讶异，仿佛疼的不是她，甚至那些血都不是真的。

维拉端起妹妹的手，看到她的掌心上沾着血，还有破开的水泡。“干活的时候你得用布把手缠好，我教过你的。”

“他们今天一直盯着我。”奥尔嘉小声说，“思罗特科夫同志和普里特金同志。我觉得他们已经知道爸爸的事了。我不敢停下来弄裹手布。”

维拉皱起眉头。这一周里她已经听妹妹说过一次这样的话了，但这次她意识到有些不对劲。奥尔嘉始终不与她的眼神接触。她们身边已经有女孩死了，是她们亲眼所见。而就在昨天，一颗炸弹在附近落下，有半天时间奥尔嘉的耳朵都处于失聪状态。

突然外面警报声大作。一开始飞机的声音听上去还很远，和夏日里外出野餐时听到的蜜蜂的嗡鸣声没什么区别。可声音越来越大，弥漫在谷仓里的恐惧气氛也变得明显起来。姑娘们忙着挪位置，或者干脆平躺下来，无奈这里实在没有地方给她们躲藏。

炸弹投下了。红色和黄色的火光映亮谷仓，黑色的浓烟从木条墙板的缝隙透了进来。空气一下子变得灰暗而浑浊，维拉感觉眼睛刺痛。不知哪里有个人在尖叫。

奥尔嘉缩起身子，但并没有挪动的意思。她还在盯着自己伤痕累累的手掌看。接着她开始有条不紊地将水泡鼓起的死皮撕下来，血立时从新撕开的伤口冒出来。

“别这样。”维拉一把扯开妹妹的手。

“蜂蜜。”

这个词说得很大声，但一开始维拉没反应过来。她现在脑子唯一能转过弯来的事是有颗炸弹爆炸了。离她不远的地方有人在哭。

接着她又听到了一次：“蜂蜜。”

不知什么时候那个年纪稍长的女人已经凑到了她跟前。维拉看清了她常抽烟的嘴两边深深的法令纹，还有她疲倦的眼睛下面坠着的两个发紫的眼袋。女人从围裙口袋里掏出一只小瓶子，“在你妹妹的伤口上抹点蜂蜜。”

这个女人慷慨的举动让维拉震惊。在卢加河防线蜂蜜是比黄金还要宝贵的东西，当然最宝贵的还是食物和药品。

“你为什么帮我们？”维拉在奥尔嘉的伤口上抹了一点蜂蜜后问道。

女人看了看她，“我们只剩下彼此可以依靠了。”她说完后又挤回到干草捆中间那个属于她的位置。

“你叫什么名字？”维拉问她。

“这不重要。”女人说道，“仔细看着你妹妹，她现在这种眼神我以前见过。她情况不太好。”

维拉鼓足勇气点点头，但这个女人的话却宛如一阵彻骨的寒风。她之前一直安慰自己说奥尔嘉的失常只是因为睡眠不足和饥饿，但现在她也看到了女人提醒她的问题：妹妹睁大的眼睛里闪着疯狂的光。奥尔嘉经受不住这几日来的折磨：尖叫声，永无止境的劳作，看着和自己同龄的女孩被炸得支离破碎的恐惧，而最糟糕的是不知什么时候会突然降临的危险。奥尔嘉崩溃了。她经常自言自语，基本不怎么睡觉，大把大把地扯下自己的头发。

“到我这来，奥尔古什卡。”维拉将妹妹揽进怀抱。两姐妹爬回她们的床铺，这种干草铺成的床铺既不柔软，也没有香甜的味道。

“我看到爸爸了。”奥尔嘉说，声音好似梦呓一般。她好像已经忘了她们是谁，现在在哪，也忘了那个人是她们绝对不可以说起的。

“嘘!”

“给我讲个故事吧，维拉。讲讲王子的事，还有那些给你送玫瑰花的那些男孩。”

维拉累得骨头都快散架了，但她还是温柔地抚摸着妹妹脏乱缠结的头发，用她仅有的东西——她的声音——来安抚她们的心灵：“雪国是一座建在围墙里的神奇城市，夜晚永远不会降临在这里。白色的鸽子在电话线上筑巢……”

奥尔嘉睡去后很久，维拉还在编织着美丽的语言，她想用自己仅有的办法改变周围的世界。一直到眼皮重得抬不起来，她才俯下身亲吻了妹妹沾满血的手掌，血的铁锈味混着蜂蜜的甜味传到她的唇间。那些蜂蜜她本来也可以涂一点在自己长满水泡的手掌上，但她没有想过要这样做。“睡吧。”她轻声说。

“我们明天能见到妈妈了吗?”奥尔嘉迷迷糊糊地问。

“明天还不行。”维拉抱紧她，“但是快了。”

那一天的阳光明媚又灿烂。如果不是德国人的炸弹炸毁了视线之内的所有东西，如果不是他们的坦克不断向前逼近，这里本该有鸟语花香，松树该是苍翠的而不是如今的焦黑色。实际上这个地方的美景早就不复存在了。巨大的战壕就像一道道褐色的致命伤，硬生生在地表扯开一条条口子。女孩们像爬虫一样在壕沟里工作，士兵们在这里和不远处的前线之间往返奔忙。如果卢加河的防线失守，如果德国人跨过这里，那列宁格勒也将会沦陷。这一点大伙儿都深信不疑。于是他们拼命地挖，不管是双手被磨得流血，还是像阳光一样无处不在的炸弹，都不能阻止他们。

维拉强迫自己除了手中的勺子之外，别的什么也不要去想。分给她的铁镐一周前坏了。虽然她很幸运又找来一把铁锹代替，但是因为没有小心藏好，一天早上起来铁锹不见了，现在她就用一把分菜勺来挖土。

捅进去，用力推，转一下，拔出来，这就是她从早到晚重复再重复的动作。一天下来她的脖子僵硬，肩膀酸痛，起泡的手掌像是火烧一样。抹再多的盐水也无济于事（蜂蜜没有了，那个年长的女人也早已不在了）。再加上现在她又来着例假，她的身体好像也在故意跟她作对。但最叫她担心的还是奥尔嘉。妹妹每天都毫无怨言地来挖战壕，可她睡不着觉也吃不下东西，每当有炸弹落下来的时候，奥尔嘉不逃也不躲，只是站在原地，一只手横挡在额头上，仰脸盯着飞机看。

过去的这几个星期让维拉明白了，再离谱的事也可能变得稀松平常——在泥巴地里睡觉，四处乱窜寻找掩蔽，挖洞，眼睁睁看着身边的人死去，从死尸上跨过，闻到血肉烧焦的味道。可她就是接受不了这个新的奥尔嘉，炸弹就在她身边爆炸，而她却像瞎了一样毫无顾忌地走动，没心没肺地大笑。

空袭警报响起的时候，只见一众女孩和妇女在战壕里慌乱地爬出爬进，扯着嗓子对身边的人尖叫，互相推搡。

奥尔嘉站在战壕边，她身上的裙子又脏又破；污秽打卷的金红色长发用一条本来是蓝色的手绢束在脑后，露出被熏黑的脸。这时密密麻麻的德军飞机正从头顶飞过，引擎声轰鸣。

维拉在最前面带路，她一边在满是伤痕的地面上爬行，一边把散落的碎片拨到一边。她大声招呼妹妹跟上："快过来……"

"这声音好像妈妈的缝纫机。"

听到这话维拉回过头去看，奥尔嘉还站在那里，抬着手挡在眼睛上面。她们之间已经拉开了一大段距离。

"快跑！"维拉声嘶力竭地喊，同一时间一颗炸弹落了下来。

转眼间奥尔嘉已经不在那了，她像一个破布娃娃一样被抛出去，最后落在战壕另一边一堆乱七八糟的破烂东西上。各种碎屑也如雨点般落了下来。

维拉尖叫、哭喊着爬出战壕，爬过支离破碎的地面来到妹妹身边。奥尔嘉被埋在了碎石土堆下面，一块砖头压在她的胸口——这东西究竟是从哪来的？

鲜血从奥尔嘉一侧嘴角涌出，滑过她糊满煤灰和泥土的脸颊。她的呼吸声浑浊不清，像喉咙里卡着一口痰。"维拉，"奥尔嘉用发抖的声音说，"我忘了要趴下……"

"你该好好听我的话。"维拉抱起她，让她紧贴自己的胸口，企图用爱来维持她的生命，"我是你姐姐。"

"你总是……呼来喝去……"

维拉不停地亲吻妹妹的脸颊。她想擦去她脸上的血，可她的手太脏了，只会弄得更糟。"我爱你，奥尔嘉。别离开我，求你……"

奥尔嘉笑了笑，接着一阵咳嗽。血混着泥土从她的鼻孔里喷出。"记得那次我们去……"

奥尔嘉离开了。

维拉跪坐在泥地里很久很久。直到士兵过来将奥尔嘉的尸体带走。

之后她又重新回到战壕里继续挖。不是说她毫无感觉，或者一点也不伤心难过。

只是除此之外她还能做什么呢？

二十二

八月时，维拉从防线的工作中解放出来，和数千个神情恍惚的孤单女人组成了一支沉默的返乡队伍。那个时候火车还没有停运，但大多数车厢无时无刻不被塞得满满的，只有运气最好的人才能找到一个刚好能坐或站的空位。他们又要疏散列宁格勒的儿童了——这回是连同母亲一起送走——但维拉已经不相信他们的政府了。就在上周，她听说有一列载满儿童的火车在姆戈附近遭到轰炸。这件事也许是真的，也许是假的。但维拉不关心，对她来说只要有可能是真的就足够了。

两个月在黑土地上挖战壕、东躲西藏的日子已经把她磨砺得更坚强了。回家的路上会经过许多她从未到过的乡野荒僻之所，但对现在的她来说根本不是问题。运气好的时候会碰上货车或卡车捎她一程，不过她从不指望运气。从卢加河到列宁格勒的大部分路是她靠一双脚走过来的。在路上碰到士兵她会向他们打探夏沙的消息，但都一无所获。她也不觉得意外。

待回到列宁格勒时，她发现这座城市也如她一样改变了。所有的窗户上都贴着交错的胶带，被蒙得严严实实。战壕横穿过公园，将草坪和花丛切割得七零八落。到处都能看到成堆的水泥碎块——他们管这叫"龙牙"——用来阻拦坦克。丑陋的巨大铁梁在城市边缘架起，像是安错了位置的监狱栅墙。士兵列队走在街道上，大部分人看起来都如她这般，一副快要散架的样子；他们在一处前线吃了败仗，现在正准备转移到另一处，越来越接近城市。从他们疲惫的眼睛里维拉看到了恐惧，这种恐惧此刻同样深扎在她的心里：列宁格勒并不是他们想象中的那样固若金汤，德国人已经越来越近了……

终于，维拉踏上了那条熟悉的街道。她抬头看着自家的公寓，除了窗户被蒙上了以外，这里还和原来一样。楼前的树上开满夏花，天蓝得像知更鸟的蛋。

她站在那里不敢往前走。一种和饥饿或欲望一般强烈的感觉穿过身体，她打了个寒战。

她想转身逃走，想让那件可怕的事多隐瞒片刻，但她知道逃避无济于事，于是她深吸了口气，迈开双腿，一步一步慢慢地挪到了家门口。

轻轻推开门，维拉一瞬之间又回到了自己的家。这里还和她离开前一样狭小凌乱，可那些摇摇欲坠的家具和剥落的油漆却从没像现在这样温馨可爱过。

然后她看到了母亲，穿着褪了色的裙子，灰白的头发裹在一条磨出破洞的旧头巾里。母亲正站在炉子边搅拌什么东西，听到维拉进门，她缓缓地转过身来。她脸上的微笑让维拉心碎，然而更糟的是那个微笑从她脸上渐渐淡去，被悲伤取代。

“妈妈！”里奥像一阵旋风似的尖叫着朝维拉跑来，手里的玩具掉在了地上。阿妮娅也立刻跟上弟弟，两个孩子一齐扑进了维拉的怀里。

他们身上的味道真好闻，那么干净……里奥的小脸蛋香软得像是熟透了的李子，维拉恨不得一口把他吃下。她久久地抱着她的两个孩子，抱得那样用力。她开始颤抖，不知什么时候已经哭了出来。

“妈妈不哭。”阿妮娅抬手帮维拉抹去脸上的泪水，“蝴蝶我还好好保管着，没有弄坏。”

维拉慢慢地放开他们。她站起身看向那头厨房的母亲，全身抖得像一片树叶，她努力忍住了哭泣。在母亲的注视中，维拉觉得她的童年终于彻底地离她而去了。

“奥尔嘉姨妈在哪？”里奥一边问一边在维拉身后寻找。

维拉僵硬地站在那里，始终无法将真相说出口。

“奥尔嘉不在了。”母亲用微微颤抖的声音代维拉回答了，“我们的奥尔嘉，她是这个国家的英雄，从今往后我们必须这样来看待她。”

“可是……”

母亲将维拉拥进怀里，她抱得太用力，让两个人都有了窒息的感觉。此时此刻她们之间只剩下沉默；回忆在沉默里来回传送，像是染料滴进了水里，没有形状，却极具穿透力。

就在她们分开，看着彼此的时候，维拉明白了：今后很长一段时间里她们不会再提起奥尔嘉，一直要等到这种尖锐的痛苦被磨钝、抚平，变成某种她们能应付的东西时才可以。

“你需要洗个热水澡。”过了一会儿母亲对维拉说道，“还有你手上缠的绷带也该换换了，跟我来吧。”

回到列宁格勒最初的那几天维拉好像是在梦里度过的。白天她和图书馆其他的工人一起，将馆内最珍贵的书籍打包准备运输。整理书籍的过程中，她——一个图书馆最底层的工人——竟意外地拿到一本初版的《安娜·卡列尼娜》。书页厚重得出奇，她捧着书闭上眼睛神游起来。黑暗中，她看到穿戴皮草和首饰的安娜跑过皑皑的雪地，奔向渥伦斯基伯爵……

直到有人疾声喊她的名字她才猛地回过神来，这本珍贵的书册也差点从她手中掉落。她立刻涨红了脸，忙垂下眼盯着地板，口中含糊地道了句歉后又回去继续干活。这个周结束的时候，工人们已将超过三十五万册的名家名作打包装箱，送去安全的地方。他们搬来沙袋塞满图书馆的阁楼，把其他重要的作品转移到地下室。阅览室一间接一间地清空、关门，再用木条钉死，最后只留着几个最小的房间向读者开放。

下班以后，维拉的肩膀因为长时间举重和拖行箱子酸疼不已，但这一天还远不到结束的时候，她还不可以休息。离开图书馆后维拉不直接回家，而是费力地走过几条布满重重防护的繁忙街道，然后排到她第一眼看到的一支长队里去。

她不清楚自己排的这条队伍是买什么的，说实话她也不在乎。自从实行粮食配给以及设置了取款限额后，所有人都是能买到什么就算什么。维拉跟她大部分朋友和邻居一样，基本没什么钱。她的配额只允许她每天买四百克面包，一个月买六百克黄油。靠着这些他们一家就能糊口。近来她常常反思自己几年前做的决定：要是当初她选择到面包厂工作，此时她和家人也许就能吃得更好些。兴许她还能在厂里担任要职，这样食品的配额也能多一些。

一连排了几小时的队，到了晚上十点多的时候才终于轮到她，可留给她的东西只剩下几罐泡菜而已。她买了三罐——她只买得起这么些。

回到公寓时，她看到母亲和外婆坐在餐桌边，轮流抽一支烟。

维拉一言不发——这段日子她们都很少说话——径直绕过她们去看床上的孩子。她弯下腰亲吻两个孩子柔软的脸颊。这时的她又累又饿。回到厨房，母亲给她盛了一盘冷冰冰的荞麦粥。

"今天所有的运送都结束了。"维拉坐下时听见外婆这么说道。

"我以为他们还要继续疏散城市。"维拉看着外婆说。

母亲摇摇头，"我们做不了主，现在对我们来说这事就这样了。"

"德国人已经攻下了姆戈。"

维拉当然明白这是什么意思，就算听不懂，看母亲绝望的眼神也应该懂了。"这么说……"

"现在的列宁格勒已经成孤岛了。"母亲深吸了一口烟后又递给外婆，"跟四面八方的地区都切断了联系。”

物资供应也切断了。

“那我们能做什么?”维拉问。

“做?”外婆说。

“冬天就要来了。”母亲安静地说，“我们需要食物和一个大肚火炉。明天我会带着孩子去一趟市场。”

“可你打算用什么换东西呢?”

“我的结婚戒指。”母亲说。

“终于开始了。”外婆拧灭了烟蒂。

维拉看到了母亲和外婆对望的眼神，看到了那种不必言明的悲伤在上一代母女之间传递，这让她既害怕，同时又有种宽慰的感觉。这一切她的母亲和外婆都曾经历过。战争于彼得堡而言算不得什么新鲜事。他们会安然度过，就像之前一样，他们只要再谨慎一些，再聪明一些就能幸存。

城市变成了一条单调的长线。所有东西都消失了，尤其是人与人之间的礼节。物资配额被一削再削，很多时候就算拿着配给卡也买不到什么食物。疲惫、饥饿和害怕就是维拉每天的状态，其他人也一样。她清晨四点便起床去排队买面包，下了班后她再步行数里路去城郊，拿东西跟农民交换食物——一升伏特加换一袋蔫巴巴的土豆；一双穿旧的冬靴换一磅猪油——然后满山遍野地翻找被遗漏的蔬菜。

这样做并不安全，她自己也知道，但她实在没有办法了。寻找食物就是一切。眼下已经没有人会去图书馆了，但她必须继续去上班，以保证能得到她的工人配额。此时她正走在从乡下回家的路上。她走得很快，尽量挑有遮蔽的路走，那袋宝贵的土豆被她藏在裙子下面，像一个未出世的婴儿。

就在她走到离公寓不到一里路的地方时，空袭警报响了起来，巨大的声响穿透了临近的几条空荡荡的街道。等警报声过去后，她听到了飞机的轰鸣，而且越来越近。

在听到响亮的鸣声后她忙向左边公园的战壕跑去。可没等她跑到街对面就听到了爆炸的声音。尘土和碎片如雨点般从天空落下。几栋建筑在这次空袭中相继被摧毁。

再之后，是一片死寂。

维拉慢慢地站起来，两条腿不住地打战。

土豆好好的。

她从壕沟里爬出来，拍去身上的尘土，紧接着往家的方向狂奔。她的四周是冲天的火光和滚滚浓烟。人们在尖叫和哭喊。

转过街角，她住的公寓楼就在眼前。幸好，它还完完整整地立在那。

可隔壁的那栋楼却被毁了，只剩了半边，另外半边变成了一堆冒着烟的碎渣石。走近一点她看到一间保留完好的客厅——绿色的碎花墙纸还好好地附在墙壁上，一张摆着餐具的餐桌，墙上挂着一幅画。只是没有人。就在她站定的同时，餐桌上方吊着的枝形吊灯晃了两下后直直地掉了下来，将桌上的餐具砸得粉碎。

她在地下室里找到了和邻居挤在一起的家人。等警报解除的信号响起，他们才回到楼上，安顿孩子们上床睡觉。

这仅仅是个开头。第二天，维拉和母亲带着两个孩子到市场寻找那种传统的大肚火炉。母亲说，要是买不到那样的火炉，他们过冬就会成问题。

最后他们在市场最靠里的一个小货摊上找到了。摊主是一个皮肤黝黑、酒气熏天的人，他身上戴的首饰看样子也就是一星期前刚到手的。对这样的人维拉通常都不会多看一眼。

她把两个孩子抱得紧紧的，在这个男人往她脸上喷酒气的时候努力不做出厌恶的表情。

“只剩最后这一个了。”他摇摇晃晃站不稳，一直色眯眯地斜眼瞟维拉。

母亲取下她的结婚戒指。那一圈金子在清晨的光线下显得暗沉。“我用这只金戒指跟你换。”母亲对他说。

“这年头金子有什么用?”他不屑地冷嘲道。

“战争总有结束的一天。”母亲说，“我还有别的。”她解开外套，从怀里掏出一大罐白糖。

那摊主的眼睛一下子直了，如今的白糖就和金粉一样。这一定是外婆或者妈妈从她们工作的食品仓库偷来的。

男人伸出沙包大的拳头，手指头像蛇一样缠上罐子，并一把夺了过去。

母亲似乎并不心疼，也毫不在意她的结婚戒指被这样一个男人占为已有。

四个人一齐将炉子和一个排气管拖回公寓，又磕磕碰碰地把它抬上楼。等把炉子安置到位，排气管也接到窗外后，母亲拍了拍手。“这就成了。”她说，紧接着是一阵咳嗽。

这只代价不菲的炉子体积不大，外观颇丑陋，铸铁的炉身上有一对抽屉，只是开合不太灵便。炉子上接出一根长长的金属排气管，顺墙而立，然后再从一个新凿开的孔通到室外。维拉很难相信这东西竟然值得母亲用结婚戒指去换。

“那罐白糖挺多的。”母亲从跟前经过时，维拉小声说道。

“我知道。”母亲停顿了一下，“是你外婆拿回家的。”

“她可能会惹上麻烦。”维拉凑到母亲近前，依旧很小声，“贝德耶夫食品仓库是受到严格监管的。几乎全城的食品都集中在那里。而你和外婆都在那里工作，要是你们谁惹上麻烦……”

“我知道。”母亲盯住维拉的眼睛，“她这会儿还在仓库工作，加班。她会是最后一个离开的人。”

“可是……”

“有没有麻烦还不一定呢。”母亲说着又咳嗽起来。这种伴着气泡声的干咳让维拉没来由地联想到泥泞的河流和炎热的天气。

“妈，你没事吧？”

“我很好。都是因为炸弹弄得空气里全是烟尘。”

没等维拉回答，甚至该说什么，空袭警报响起了。

“孩子们。”维拉尖叫，“快过来。”她一边召集她的孩子，一边迅速地取下挂在墙上的外套。

“我不想去地下室。”里奥哼哼唧唧地抱怨，“那下面好臭。”

“臭味是从纽斯凯太太身上发出来的。”阿妮娅补充道。原本皱着眉头的小脸露出了微笑。

里奥也跟着咯咯笑起来。“她身上的味道像卷心菜。”

“不要说了！”维拉不知道这样的童真还能在她的两个孩子身上保留多长时间。她帮里奥扣上外套的纽扣，牵起他的手。

外面的走廊上，邻居们已经排着队准备下楼了。所有人的脸上都带着同一种表情，一种恐惧与顺从组合在一起的复杂表情。倘若炸弹真的落到了他们的公寓楼上，没人相信钻进地下室就能躲过去。只是这种时候他们没有更好的办法，所以他们只有去。

维拉轻吻她的两个孩子，再用力地挨个拥抱一遍。然后她把孩子们交给母亲。

她的家人和邻居下楼逃命，而维拉却上了楼。她喘着粗气顺着肮脏、昏暗的楼梯爬上公寓的顶楼。屋顶的平台上遍地是垃圾，一面矮墙的墙根下放着一个长铁钳和几个装满沙子的桶。从这里可以一眼看到列宁格勒的最南面。她看到了远处的飞机。不同于之前仅只是一到两架的小规模，这次来的飞机有数十架之多。起初是几个小黑点，它们一路避开悬在城市上空的防空气球越飞越近，很快她就看到了闪光的螺旋桨和机尾的细节。

炸弹像雨点一样落下。飞机后面喷出阵阵浓烟，火光闪闪。

一架飞机飞到了头顶……

维拉抬起头，看见飞机锃亮的银色机腹舱门打开，投下了几个燃烧弹。她惊恐地看着一个燃烧弹就落在距她不过十五英尺的地方，同时听到了炸弹发出的嘶嘶声。她连忙跑过去，慌乱中脚被一截木头绊了下，重重地摔在地上，口腔里顿时充满了血腥味。她忍着痛迅速爬起来，一边从口袋里掏出一副手套戴上。紧接着她抄起铁钳，准备去捡那颗嘶嘶作响的炸弹。可这事做起来很有难度，留给她的时间并不多，她越是着急，两只手越是抖得厉害。她费了好长时间才让铁钳固定住炸弹，这时炸弹下面的木梁已经被点燃，火苗伴着一股黑烟高高蹿起。迎面扑来的热浪让她害怕，脸上不停冒出的汗水模糊了她的视线。她咬着牙握紧铁钳把手，将那颗长形的燃烧弹抬起，从公寓楼的一侧扔了下去。随后是砰的一声，炸弹落在楼下的草坪上，在那里它就不会造成太大的威胁了。可做到这一步还没有结束，她丢下铁钳，再折回头去处理炸弹引燃的那一片区域。所幸火势不大，她拼命用脚踩灭了火，又将一桶沙倒在上面。

见火灭了，她双腿一软跪倒在地，心跳得飞快。如果不是她在这里，那颗燃烧弹将一路往下烧，从顶楼一直到最底层，直至烧穿整栋大楼。

炸弹最终会到达地下室。那个小小的房间里挤满了躲避空袭的居民。包括她的家人……

夜幕降临时维拉还跪在屋顶硬邦邦的地面上。整个城市仿佛都在燃烧，烟雾翻滚着直冲上空。现在已经看不到飞机的影子了，可满城的烟雾并没有消散的迹象，反而越来越浓，转成了深红色。醒目的橙黄色火焰在建筑物之间摇摆，火舌舔舐着浓烟肿胀的腹部。

终于听到了警报解除的信号声，可惊魂未定的维拉一动也动不了。这时唯一能让她鼓起些许勇气的是她的两个孩子，一想到他们此刻可能正害怕得直哭，她挣扎着站了起来，拖着两条颤抖不止的腿慢慢地走下楼，回到公寓。这时母亲和两个孩子已经在家等她了。

“你看到大火了吗？”阿妮娅咬着嘴唇问。

“起火的地方离这还远着呢。”维拉努力对女儿露出灿烂的笑，“我们很安全。”

“妈妈，可以给我们讲个故事吗？”里奥含着拇指对维拉说。他困倦地闭上眼睛，随后又强撑着睁开。

维拉一手抱起一个孩子，用两侧的胯骨托住他们。她没有力气带他们去刷牙，直接把他们放到了床上，随后自己也爬上去和他们躺在一起。

母亲在客厅的餐桌旁坐下，点燃了她今天内唯一能抽的一支烟。香烟的味道消失在这座城市燃烧的强烈气味中。空气里飘散着一股若有若无的甜味，像是焦糖在炉子上熬了太久的味道。

维拉搂紧两个孩子。“从前有一个乡下女孩。”维拉尽力让自己的声音听起来平静。可是很难。她的脑袋乱糟糟的，一直在为楼顶上的那一幕后怕，当时情况可能会演变成怎样的后果，而她又会失去些什么。她发誓，到现在她都还能听到那颗燃烧弹凌空而降的声音。它带着呼啸的风声朝她飞来，最后一声巨响落在她的旁边。

“她的名字叫维拉，对不对?”阿妮娅紧紧依偎着她，声音里带着昏沉的睡意。

“她的名字叫维拉。”她感激女儿的提醒将她的思绪拉回来，“她是个贫穷的乡下女孩。一个无名之辈。不过当时的她并没有意识到……”

“给他们讲讲你的故事也好。”母亲对维拉说。这时她已经哄完两个孩子，回到厨房里了。

“我也想不出还有什么可以跟他们讲的了。”维拉走到那张摇摇晃晃的餐桌旁，在母亲对面坐下，然后将一条腿搁在旁边的空座椅上。家里所有的窗户都关着，并且还用报纸蒙了起来，可她还是觉得嘴里有灰尘味，也一直能闻到浮动在烟火味中的那股奇怪的焦煳甜香。蒙在窗玻璃上的报纸有几处边角软炽炽地塌下来，透过那几个七零八落的豁口能看到外面的情况；现在窗外已经不再是一片红彤彤的景象，而是变成了暗沉的橘金和灰混在一起的颜色。

“爸爸以前常给我讲好听的故事，你还记得吗?”维拉对母亲说。

“我宁愿不记得。”

“可是……”

“这个点你外婆也该回来了。”母亲不去看她，岔开了话题。

这一提醒让维拉又紧张起来，胃里猛地一阵收紧。这天晚上经历了那么多事，她竟然忘了外婆还没有回家。

“我肯定她不会有事的。”维拉说。

“是。”母亲木然地应道。

但是到了第二天早晨，外婆还是没有回来；她成了数千个再也见不到的人中的一个。随后一条新闻传遍了城市的大街小巷，其毁灭性丝毫不亚于昨晚的大火。

贝德耶夫食品仓库被烧毁了；整个城市的食品商店也都在昨晚的大火中化成了灰。

外界的救援彻底被切断，如今的列宁格勒成了一座孤城。日子一天天过，又一天天消失，九月走入尾声，接着迎来了十月。白夜已经被黑暗寒冷的冬季取而代之。维拉依旧到图书馆去上班，但不过是为了能领到配给卡做做样子的。现在基本上不会有人再去光顾图书馆、博物馆或剧院之类的场所，即便有人去也只是为了取暖罢了。短短几个星期的时间里，天色一日暗过一日，凛冽的冷气直往人的后脖颈上扑。寻找食物果腹成了头等大事，其他的事一概不重要了。

维拉每天清晨四点钟起床。套上毛毡靴和毛呢外套，把围在脖子上的围巾高高拉起，只露出一双眼睛。接着她走到外面，只要看见卖食品的地方就挤上去排队。现如今想排上队都已经很难了，更不用说真的把食物弄到手。强壮的人会毫不客气地把弱小的人推开。所以在任何时候都必须小心谨慎，保持警惕。你在拐角处碰到的某个看似面善的年轻女孩没准转眼就把你偷个精光，站在路边的孱弱老人说不准也在打你的主意。

下班后，维拉回到冷冰冰的公寓，六点左右坐下来吃晚餐。只不过现在他们每顿吃的东西已经算不得一餐了。运气好的时候会有几块土豆，但绝大部分是水多过谷物的荞麦粥。孩子们抱怨个不停，她的母亲在角落里静静地咳嗽。

十月时列宁格勒下了第一场雪。以往的初雪总是叫人开心的，这种时候大人会带着小孩兴冲冲地跑到公园里堆雪人和雪城堡。但在战争时期自然是不会有这种事了。细密的雪花片像苍白的死神，从他们破败的城市上空落下。城里所有的防御设施——龙牙，铁栅墙，壕沟——都覆盖上了一层白色。突然间这座城市又变漂亮了，落雪的拱桥、结冰的水道和白色的公园组成的美景宛如仙境一般。只要不去看那些残破的建筑，还有一间间商店被烧尽后留下的破砖堆，你大概就能骗过自己……然而到了晚上七点，现实又会硬生生地回到你面前。每天傍晚的这个时间德国人的飞机都会来投炸弹，准得像时钟一样。

雪一旦下开了便再也没有停下来的意思。管道被冻住，电车过了一站后就被越积越多的雪困住，再也走不了。坦克和卡车彻底从街道上消失，也再看不到列队走过的军人。走遍整个列宁格勒也看不到一只宠物。事实上城市里也只剩下维拉这样的穷人了。他们裹着臃肿的衣服，像难民一样在冰天雪地里到处寻找能算得上食物的东西。而食物的配给几乎每周都在削减。

维拉吃力地往前走着，饥饿让她每一步路都走得无比艰难，有时甚至连走下去的意志都难以维持。她努力不去想花七小时排队的煎熬，只把注意力集中在今天得到的那点葵花籽油和粕饼上。她将一个红色的雪橇拖在身后，在厚实的积雪上留下一条长长的痕迹。雪橇不时会磕碰到埋在雪下面的东西，有时是一截树枝、一块石头，有时是一具冰冻的尸体。

死尸是从上周开始出现的。公园的长椅和建筑物前的门廊上不时能见到穿着御寒衣物被冻死的人。

你得学会对他们视而不见。维拉无法置信这是真的，可这就是现实。一个人越是被饥寒所迫，眼界就会变得越短浅，最后到了除了自己亲近的人之外，其他一概都不关心的地步。

离公寓还有四个街区，剧烈的胸痛让维拉渴望能停下来歇一歇。她甚至还幻想了一番——在路边找一个长椅坐下，往后一靠，闭上眼睛。也许还会碰上一个路过的好心人，请她喝上一杯烫乎乎的甜茶……

她费力地吸了一口冷气，努力不去在意腹中不断折磨撕咬她的空虚感。那样的幻想会要了她的命。一旦她坐下休息，很可能就再也站不起来了。这样的事已经成了如今列宁格勒的常态。染上一点小咳嗽，一道小伤口发炎，抑或仅仅是觉得乏力想爬到床上歇息那么一个小时，都会让一个人突然死去。维拉每天在图书馆都会听到某个同事没来上班的消息，谁都知道那样的缺席就代表着他们再也见不到那个人了。

她机械地迈着两条腿，拖着她的雪橇，缓慢地在雪地里前行。她从涅瓦河走出去近一英里的路才在河面上找到一个冰窟窿，从那她打了一加仑水。站在公寓楼前，她花了点时间把气喘顺，然后开始爬通向二楼那段漫长的楼梯。之前放在雪橇上的一加仑水这时被她抱在胸前，让这冷冰冰的东西一刺激，她的肺疼得更厉害了。

公寓里还算暖和。一进门她就立刻注意到家里的椅子又坏了一把。它歪倒在地上，没了两条腿，靠背也被劈开了。少了这把椅子，他们一家就没法同时坐在餐桌旁吃饭了。不过这又有什么关系？他们基本没有东西可吃。

里奥穿着外套和靴子趴在厨房的地上，拿着两辆玩具卡车在玩打仗的游戏。听见维拉进门他扬起头来看她。有那么一瞬间，维拉觉得自己离开家不是只有一天的时间，而是有一个月那么久。她看到里奥的两边脸颊深深地凹陷下去，一双眼睛安在他消瘦的脸上显得大得不成比例。眼前的男孩已经不再是她的宝贝儿子了。“你带吃的回来了吗？”里奥问她。

“有吃的吗?”阿妮娅也问。她从床上爬起来，身上还裹着她的毯子。

“有粕饼。”维拉回答。

“哦，不。”阿妮娅皱紧了眉头。

听到这样的话维拉感到一阵心痛。她就算豁出命也想给他们带些土豆或者黄油回来，哪怕是荞麦也好。可现实是他们只有粕饼。她何尝不知道这东西过去是拿来喂牲口的，吃起来就像往嘴里塞了一把木屑，而且硬邦邦的只有用斧头才能砍得动。为了充饥他们甚至还吃过用木屑做的薄饼。可这些一点都不重要，重要的是有东西吃。

维拉知道安慰对她的孩子来说毫无用处。自从列宁格勒开始下雪后她就不再费尽心思去安抚他们了。她的孩子现在需要的是力量和勇气，他们所有人都需要。而为了不可能有的东西哭闹或抱怨一点好处也没有。她默不作声，又从那把歪倒着的破椅子上掰下一条腿，劈成两截扔进大肚火炉里。接着她把带回家的水倒出来一壶，放到炉子上烧。待会儿她会在水里加点发酵粉给他们填肚子。当然这无异于杯水车薪，但起码能让他们撑一阵子。

她弯下腰，感觉身上的关节一阵发热。她把手放在里奥的卷曲的头发上，他的头发脏得结了块。其实城里每个人都一样，这些日子洗澡成了一件极其奢侈的事。“今晚我会再给你们讲一段故事。”说完，她等着儿子给她一个充满期待的回应，可他只是微微点头，耸了耸肩。

“好吧。”

寒冷和饥饿在消磨着他们所有的人。维拉叹口气站了起来，动作活像个行动迟缓的老妇人。她朝屋子那头的母亲扫了一眼，她还躺在床上。“她今天怎么样?”维拉转去问阿妮娅。

阿妮娅站在一旁，苍白瘦削的脸憔悴得厉害，两只眼睛好像都凸出来了。“很安静。”阿妮娅说，“我给她喝了点水。”

维拉抱起瘦弱却一脸认真的女儿，把她紧紧地搂在怀里。尽管隔着厚外套，她还是能感觉到阿妮娅的小身体已经瘦成了一把骨头。她一阵心疼。“你是我最棒的女儿。”她附在阿妮娅耳边小声说，“你把所有人都照顾得很好。”

“我在努力。”她真诚的语气让维拉更难过了。

维拉又抱了她一会儿才放她下来。

在屋里走动的时候，维拉能感觉到母亲的眼睛像鹰一样牢牢地盯在自己身上，不管她走到哪，那道视线就跟到哪。母亲整个人都干瘪了，全身的皮肤苍白得没一点血色，唯有那双深色的眼睛还是明亮的，像一只有力的拳头紧紧地攥住维拉。

她走过去，坐到母亲的床边。“我今天带了些粕饼回来。还有一点点葵花籽油。”

“我不饿。把我那份分给孩子们。”

这是母亲每天晚上说的话。一开始维拉不同意，试图说服她，可后来她注意到阿妮娅越来越突出的颧骨，又不止一次听到儿子在睡梦中哭喊着要吃东西，她便不再同母亲争了。

“我给你倒点热茶。”

“那太好了。”母亲说着缓缓合上了眼睛。

维拉知道母亲付出了多大的努力才能在自己出门的那段时间里一直保持清醒。白天维拉不在家的时候母亲就躺在床上照看两个外孙，可即便是如此简单的一件事也极大地挑战着她的意志力。其实母亲已经一连几个星期没怎么下过床了。

“下周就会有更多吃的了。”维拉告诉母亲，“我听说只要等拉多加湖的湖面冻结实了，他们就会派车送物资进来。熬到那个时候我们就没事了。”

母亲没有对这个消息做任何回应，甚至连呼气声都没有。过了半晌她才开口说道：“你还记不记得，你爸爸工作的时候老喜欢走来走去？一个人嘀嘀咕咕的也不知在说什么。等想到他需要的某个词时又会放声大笑。”

维拉伸出手轻轻抚摸母亲干燥的额头。“以前他写作的时候偶尔会给我念念他作的诗。他说：‘维鲁苏卡，等你长大了就可以写你自己的作品了，现在先来听听我的……’”

“有时候我感觉他就在这里。还有奥尔嘉。我能听到他们说话的声音，还有脚步声。我觉得他们在跳舞。他们在这儿的时候炉子会生上火，很暖和。”

维拉点点头什么也没说。近来这几天母亲越来越频繁地看到那些已经不在了的人，有时她甚至还会同他们说话，直到把里奥吓哭才停下。

“等会儿我给你的茶里加一滴蜂蜜。今天你必须吃点东西了，好吗？就今天。”

母亲拍拍维拉的手，轻轻地叹了口气。

那个冬季里，维拉每天清晨醒来后想到的只有两件事：今天会好起来，还有一切就快过去了。她不知道自己是怎么做到在坚信情况会好起来同时又觉得她就快死了。每一个寒冷的早晨她都是在惊恐中醒来，然后立刻伸手摸摸睡在身边的两个孩子。直到感觉到他们缓慢平稳的心跳后她的呼吸才会恢复顺畅。

从床上起来需要极大的勇气。就算把所有能穿的衣服都裹在身上，再把所有的毯子都拉来盖上她都觉得暖不过来，而只要一离开床就会立刻被冻僵。一觉醒来水壶里的水已经成了冰块。他们的睫毛被冻得跟皮肤粘在一起，需要费上一番劲才能把眼皮睁开，有时甚至还会流血。

她还是强撑着掀开了毯子，跨过两个孩子从床上下来。孩子在睡梦中轻轻呻吟，睡在另一侧的母亲一点声音也没有。不过维拉看到她翻了个身，动作轻细得几乎察觉不到。为了取暖现在他们全部人都挤在一张床上睡觉，就是维拉的外婆曾经睡的那张床。

维拉穿着袜子走到火炉旁。炉子离得不远，他们得让床尽量挨着那只大肚火炉。而其他的家具则胡乱堆在一处，要不是需要木料生火，它们早就没有用处了。她从柜子里拿出斧头，把原来她睡的床最后剩的几块木头劈开，放进炉子里生起火，再烧上一壶水。

等着水开的这段时间，她悄悄走进厨房的一个角落，跪在地上将那里的地板撬开，然后把藏在下面的备用物资取出来清点一遍。这是她每天都要做的事，已经成了一种神经质的习惯，有时候甚至能一天来数上四遍。

一袋洋葱，半瓶葵花籽油，几块粕饼，一罐已经见底的蜂蜜，两罐泡菜，三个土豆，还有最后剩的一点白糖。她小心翼翼地拿出一个个头稍大的黄洋葱和蜂蜜，然后又把地板盖回原处。她打算煮半个洋葱当早餐，再往茶水里滴一滴蜂蜜。就在她仔细地将一小口茶水分成几份的时候，传来了一阵敲门声。

起初她完全没意识到有人在敲门，那声音太陌生。如今在列宁格勒已经听不到人和人的交谈声了，邻里之间也不会互相串门。只有回到家里，一家人在一起的时候才有所不同。

意外的敲门声很危险。有人会为了一克黄油或者一勺白糖杀人。

维拉拿起斧头握在胸前准备去开门。一颗心跳得又快又猛，脑袋一阵阵发晕，但这是她数月来第一次忘记了饥饿。她颤抖着伸出手握住门把，然后一扭。

他站在门外，像个陌生人。

维拉盯着他，不住地摇头。她怀疑自己是不是像母亲那样害了什么严重的病，或者是饿到已经出现幻觉了。斧头从她手中掉了下去，重重地砸在地板上。

“维鲁苏卡？”他皱了皱眉。

听见他的声音，维拉感觉自己在不断地下坠，两条腿一点劲也使不上。她心想，如果这就是临死前的感觉，那就不要再挣扎了。当他的双臂环住她将她抱起的时候，她确定自己是真的死了。她直挺挺地被他抱着，感受着他温热的呼吸一阵阵扑到她的颈间。已经许久没有人这样抱过她了。

“维鲁苏卡。”他又唤了一次。这一回她听出他声音里的疑问和担心。他不知道她为什么一句话也不说。

她大笑起来，声音干瘪刺耳，像是从一台废弃多时的生锈机器里发出的。“夏沙，”终于，她说道，“你是在我的梦里吗？”

“我回来了。”他说。

她搂紧了他，可等他凑过来吻她的时候，她却害羞得直往后躲。她呼出来的气味太可怕了，饥饿让她的嘴里有一股难闻的味道。

然而他又怎么会肯轻易让她挣脱？他像从前一样吻上了她。在那甜蜜美好的一刻，她又做回了维拉，那个二十一岁、和她的王子倾心相爱的女孩。

待两人终于舍得分开的时候，她才仰着头好好地端详了他一番。她惊讶地发现他的头发没有了，一颗脑袋被剃得光秃秃的，两颊的颧骨高高凸起，他的眼睛里也多了一些东西，是一种悲伤，她想；而从现在起，这会成为永远跟随着他们这代人的印记。“你没有给我写信。”她说。

“我写了。每周都写。只是没有人送信。”

“都结束了吗？你现在可以回来了吗？”

“哦，维拉。还不行。”他反手关上身后的门，“老天，这里可真冷。”

“已经算幸运的了，我们有一个大肚火炉。”

他解开外套的纽扣。那件破破烂烂的大衣下面藏着半块火腿、六节香肠和一罐蜂蜜。

看到肉的那一刻维拉觉得一阵晕眩。她已经记不得上一次吃到肉是什么感觉了。

他把带回来的食物放到餐桌上，然后牵起她的手，绕过地上的破家具走到床边。他站在床前，低头凝视熟睡中的孩子。

维拉看到了他眼里的泪水。她很能理解为什么流泪：他的孩子已经变样了。现在的他们看起来就是两个正饱受饥饿折磨的小孩子。

阿妮娅搂着她的弟弟翻了个身。她闭着眼睛，嘴唇咂巴了几下，好像在睡梦里吃着什么东西，然后缓缓张开了眼。“爸爸？”她开口唤道。尖尖的鼻子和下巴再加上凹陷得厉害的脸颊让她看起来活像一只小狐狸。“爸爸？”她又唤了一次，同时用手肘推了推一旁的里奥。

里奥翻了个身，也睁开了眼。他满脸的疑惑，好像并没有理解眼前的一幕，或者说他根本没有认出夏沙来。“不要推我。”他哼哼唧唧地抱怨姐姐。

“这是我的小蘑菇吗？”夏沙说。

里奥猛地坐起来。“爸爸?”

夏沙俯身，毫不费力就将两个孩子抱了起来，任由他们像两只小狗似的在怀里拱来拱去，争着抢着想要引起他的注意。数月来他们小小的公寓里头一次充满了欢声笑语。他抱着他们朝炉子那边走去，维拉听着他们的对话变成了零碎的片段。

“爸爸，我学会生火了……”

“爸爸，我会砍木头……”

“火腿！你给我们带火腿来啦!”

维拉在母亲身旁坐下。

“他回来了。”母亲的脸上洋溢着微笑。

“他给我们带吃的来了。”维拉告诉母亲。

母亲挣扎着坐起来。维拉一手扶住她，一手将枕头立起来垫在她的身后。

她一立起身子，一股污浊难闻的臭气从她嘴里喷到了空气中。“维拉，和你的家人出去玩一天吧。别惦记着排队，也不用去涅瓦河打水了。忘了这是在打仗。只管带着他们去吧。”她用一块灰色的手绢掩住嘴咳嗽。她俩都假装没有看见手绢上的斑斑点点的血迹，

维拉轻抚母亲的眉头。“我给你倒甜茶来。待会儿你也要吃些火腿。”

母亲点点头，又闭上了眼睛。

维拉在床边又坐了片刻。母亲艰难的呼吸声、孩子们的笑声和丈夫的说话声以一种奇怪的方式交织在一起，让她隐约有种不适应的感觉。她拉起毯子盖到母亲瘦弱的身子上。

“你是他的骄傲。”维拉起身时听见母亲叹息着说道。

“夏沙吗?”

“你爸爸。”

一阵始料未及的闭塞感攫住了她的喉咙。她从床边走开，一句话也没有说。里奥的笑声温暖着她，这种温暖是烧再多桌椅板凳也无法比拟的。她取出一口铸铁煎锅，用很少的葵花籽油将火腿煎熟，出锅前又加了几片洋葱进去。

一顿盛宴。

吱吱作响的火腿和焦黄的洋葱散发的浓郁香气填满了他们小小的公寓。她甚至还奢侈地在茶里多加了几滴蜂蜜。当全部人坐在一张旧床垫上用餐时（家里已经没有椅子了），没有人再说话了，就连母亲都沉浸在这种陌生的用餐氛围中。

“我能再吃一些吗，妈妈?”里奥的手指在空杯子里刮着，不放过任何一滴

蜂蜜水。

“不能再吃了。”维拉轻声说。她心里明白，这顿堪比皇室的豪华早餐无法满足他们任何一个人。

“我提议，今天我们到公园去玩玩。”夏沙说。

“所有公园都被封了。”阿妮娅认真地告诉夏沙，“像监狱一样。谁都不可以进去。”

“我们就可以。”夏沙微笑着说，好像今天就是一个普通到不能再普通的日子。

外面还在下着雪。落雪仿佛为这座城市织起了一张白色的面纱，柔和了它的外貌。水泥龙牙成了一座座雪堆，纵横的战壕看上去也不过就是几道镂空的白色雕饰。一路上不时能在公园的长椅或路边看到一个鼓起的雪包，不过并不是太引人注目。维拉希望她的孩子不知道那些雪包里面埋着的是什么。

公园里的一切都是晶莹洁白的。青铜骑士雕像被沙包遮挡起来，只露出几个边角。树木覆上了一层霜白色，一溜溜的冰凌从树枝上垂下。维拉很吃惊，这里的树竟然一棵都没有被砍掉，要知道全城所有木头做的栅栏和长椅都被人砍去当柴烧了，可树却都好好的。

一进公园两个孩子就立刻往前冲，肆意地躺在雪地上打滚，笑闹着堆起雪天使。

维拉和夏沙并排坐在一张黑色的铁长椅上。旁边一棵树晃了一下，抖落下几块冰碴和雪块来。她握着他的手，尽管隔着手套触摸不到他的皮肤，但从他手上传来的坚实感对她来说就已经足够了。

“他们正在拉多加湖上修一条冰路。”夏沙打破沉默说道。她知道他来这里就是为了说这件事。

“我听说已经有不少卡车从冰上掉下去了。”

“只是暂时的。但这个法子最终能行得通，到时食品就能送进城了。他们还会把人救出去。”

“会吗？”

“拉多加湖是唯一可行的撤离路线。”

“是吗？”维拉扭开脸望向别处。所谓的疏散和撤离她早就经历过，还差点失去了他们的孩子。但她决定不告诉他了。

“等形势一有好转我就马上带你们离开。”

她一点都不想和他讨论这个问题。离不离开并不重要，眼下唯一要紧的是弄到吃的，还有取暖。她宁愿他什么话也不要说，只要抱着她吻她就好。

也许今晚他们会做爱，她想着，轻轻闭上了眼睛。可这对她来说太不现实，因为很多时候她连坐起来的力气都没有……

“维拉。”他的声音将她拉了回来。她转过头看着他。

她使劲挤了挤眼睛。她知道现在这种时候不该分神，可有时候她真的很难保持注意力集中。“什么?”她有些茫然地看着夏沙明亮的绿色眼睛，他的眼神因为恐惧和担忧而显得锋利。她突然回想起他们第一次相遇的情景。他对她说了句什么话？好像是一首诗，一句和玫瑰有关的诗句。后来在图书馆那次，他告诉她，会等她长大……

“好好活着。”他说。

她皱起眉头，努力想仔细听他说话。可他哭了，她能理解他为什么哭。

“我会的。”说完她也哭了起来。

“照顾好他们。我会想办法救你们出去，我发誓。你们只要再坚持一阵子，答应我。”他摇晃着她，“答应我。你们三个一定要撑到一切好起来。”

她凑上前舔舔他干裂的嘴唇。“我会的。”她说道。而她也相信自己的话，深深地相信。

他搂过她，开始亲吻她，他的气味就像夏天里甜滋滋的蜜桃。等那个吻结束时，他们两人都收了眼泪。

“明天是你的生日。”她说。

“二十六了。”

维拉靠在他身上，他的一只胳膊搂着她。在这短短的几个小时里，他们就是一对带着孩子来公园玩耍的普通年轻夫妇。附近的人听到小孩子的嬉笑声纷纷聚过来看。他们站在公园外围，一脸迷茫的样子好像突然重获自由的精神病人。这个城里已经许久没有听到孩子的笑声了。

尽管听上去挺不现实，但这是维拉一生中最美好的一天。就连日后回忆起来也闪着金灿灿的光。回家的路上，她握着他的手，感觉自己可以好好守护住它。正是这份洋溢在心间的勇气，这一丝光亮，成为在接下来的几个月里支撑她的力量。

踏进家的一瞬间，她几乎是立刻就察觉到了不对劲。

公寓里黑暗冰冷。她看到了自己的呼吸结成的白色雾气。餐桌上的一壶水被冻得结结实实。金属的火炉闪着寒光，里头的火早灭了。

听到母亲在床上咳嗽，她立刻朝她跑过去，一面疾声吩咐夏沙生火。

母亲的呼吸声有杂音，很吃力，像是在用滤网拼命挤压一只烂透的水果。

她的嘴巴周围有一圈乌青，皮肤的颜色好像外面被踩脏的积雪，是灰白的。“维鲁苏卡。”她的声音很轻很轻。

也许她根本就没有说话？维拉也不知道了。“妈妈。”她呼喊母亲。

“我一直在等夏沙回来。”母亲说。

维拉这时很想求她，哀求，告诉她夏沙并不是真的回来了，他只是顺道路过这里，她还是需要她的妈妈，可是她……

我一句话也说不出。

我只能坐在那里，低头看着我的母亲。我心里充满了对她的爱，连饥饿都忘记了。

“我爱你。”母亲轻声对我说，“永远不要忘了。”

“我怎么能忘呢？”

“我的意思是，你不要哭。”母亲挣扎着想靠近我，看着她吃力的样子叫我揪心不已。于是我凑上前将她抱进怀里。现在的她就像一个火柴人，头无力地向后仰着。

“我爱你，妈妈。”我说。可这样远远不够，那三个字突然间意味着告别，而我还没有准备好告别。于是我不停地说话，将她搂得紧紧的。我说：“妈，还记得你教我做罗宋汤那次吗？我们两个为了把洋葱切多大块还有先煮后煮的问题吵了起来。你索性做了一锅加了生蔬菜的汤，好叫我尝尝到底有什么区别。事后你微笑着捏捏我的脸颊，对我说：‘你可不要小瞧我，维鲁苏卡，我懂的可比你多多了！’妈，你还有好多事没有教我……”

说到这里我的喉咙一阵发紧，再也说不出话了。

她走了。

我听见我的儿子在一旁说话，他说：“妈妈，外婆怎么了？”我用尽了全力才忍住没有哭。哭出来有什么好处呢？

如今在列宁格勒，眼泪是最没用的了。

二十三

接下来是一阵密不透风的沉默，像扬起了一片灰蒙蒙的沙尘，梅瑞狄斯简直要将这沙尘吃进嘴里了。

我一句话也说不出。

她看着蜷起膝盖半卧在床上的母亲，一条毯子直拉到她的下巴下面，仿佛这块薄薄的羊毛布料可以保护她似的。

“你还好吗，妈妈？”妮娜站起身来询问。

“我怎么好得了呢？”

梅瑞狄斯也站了起来。尽管她和妮娜从头到尾一句话也没说过，甚至连眼神交流都没有，但这次她们姐妹俩却是出奇地默契。梅瑞狄斯拉起妹妹的手，一起向母亲的床靠近。

“你妈妈和你妹妹知道你已经尽力了，她们知道你有多爱她们。”梅瑞狄斯对母亲说。

“用不着这样。”

梅瑞狄斯皱起眉头：“用不着什么？”

“替我找借口。”

“这不是借口，妈妈，而是从我的角度看到的实情。她们一定知道，知道你有多爱她们。”梅瑞狄斯尽量用轻柔的语气说道。

妮娜在一旁点头。

“但你们不知道。”母亲看看梅瑞狄斯，又看看妮娜。

梅瑞狄斯大可以撒个谎来安慰她们八十一岁的老母亲，告诉她没有这回事，她们一直能感受到母亲的爱。就算在一个星期之前她也很乐意用这个无害的谎言来避免不愉快。可这一刻她真正说出口的却是另一番话：“是的。我从来不觉得你是爱我的。”

说完梅瑞狄斯静等着母亲回应。她想象不出她会说些什么，但心里却期盼着她会反驳自己，让一切有所改变。

最后是妮娜开口打破了沉默。

“这么多年来我们始终搞不懂我们究竟做错了什么。梅瑞狄斯和我不明白为什么一个深爱着丈夫的女人可以那么恨自己的小孩。”

“恨”这个字眼让母亲立时呆住了。随后她朝两姐妹摆摆手，下了逐客令：“出去吧。”

“其实根本不是我们的错，是不是，妈妈？”妮娜继续说道，“你不恨我们，你恨的是你自己。”

听到这里母亲的表情只能用破碎来形容。“我试着不去爱你俩……”她低声说，“走吧。在你们说出让自己后悔的话之前离开这里。”

“比如什么？”妮娜不依不饶。可她们心里都清楚后悔的话指的是什么。

“快走吧，求你们。在听完所有的故事前什么话也别对我说。”

母亲恳求的语气让梅瑞狄斯吃惊，她知道这时的母亲已经离崩溃不远了。“好。”她忙说道，“我们这就走。”她俯下身亲吻母亲脸颊上柔软的皱纹，同时闻到了她头发上的玫瑰味洗发水的香味，她从来不知道原来母亲会用有香味的洗发水。接着她拥抱了母亲一下，破天荒第一次。“晚安，妈妈。”她附在她的耳边轻声说道。

走向门边的那一小段路上，梅瑞狄斯一直期待着母亲能叫回她们，她竖尖耳朵就盼着能听她说“等等”。然而直到她们离开房间关上门也没有等到那声召唤。

回到隔壁的客房后，两姐妹各怀心事，谁也没有说话。在浴室里她们默契地躲开彼此，安静地刷牙、换睡衣，然后爬到各自的床上。

梅瑞狄斯现在知道了，自己和母亲的人生一切都是紧紧相连的。连接在她们之间的不仅仅是血脉。还有喜恶，或许还有性情的成分。她越来越肯定，当初压垮母亲、让她从维拉变成阿妮娅的最后一根稻草最终也会毁了她自己。至于那根稻草到底是什么，她不敢去想，也害怕去听。

“你觉得里奥和阿妮娅到底出了什么事？”妮娜问道。

梅瑞狄斯多希望这不是一个问句。她宁愿妮娜是在陈述一件事而非发问，这样她就可以充耳不闻了。在这趟旅行开始前，她对母亲、妹妹还有自己的了解不及现在，要换作那时，这个问题兴许早就让她发怒了，或者干脆粗暴地岔开话题，总之不能让它戳中自己的痛处。但现在她知道了，人的一辈子都在背负着痛苦前行，迈不过也绕不开。“我不敢去猜。”她回答。

“那么等故事讲完她会怎么样？”妮娜的声音很轻。

经这一提醒梅瑞狄斯也开始担心起来。“我不知道啊。”

据她们的旅游手册介绍，锡特卡是阿拉斯加众多市镇中最具魅力，也是历史最悠久的镇子。早在两百年前，当旧金山还只是地图上一个不起眼的小点，而加州和西雅图也不过是原始森林中一块坡地时，这个静谧的滨水小镇就已经有了自己的剧院和音乐厅。头戴水獭皮帽、穿着华丽的男子会在温暖的夏夜纵情豪饮伏特加。经历了建成，烧毁，再重建的锡特卡如今成为一个俄国人、特里吉特人和美国人共同生活的社区。

由于浅水域禁止大型游轮停靠，所以这里总是冷清而幽静。于是锡特卡就像一个独具风韵的女子，静静等候着每天搭乘小型船只前来观光的游客。从船进入锡特卡港口开始，妮娜就在不停地拍照。在她所见过的万千风景中，锡特卡算得上是最纯净古朴的了。秀美的自然风光伴随着这天的蔚蓝天空和灿烂阳光如画卷一般在眼前徐徐铺展。四周的海岛被茂密的树林覆盖，宛如一颗颗未经打磨的翡翠散落在碧蓝而平静的海面上。往陆地深处望去则是一片群山环绕，此时的山峰上还披着皑皑白雪。

上岸后，妮娜合上镜头盖，将相机直接挂在脖子上。

母亲一只手撑在眼睛上方打量着眼前这座小镇。从她们所在的地方能看到一座教堂高高矗立的尖顶，最顶端是一个俄罗斯东正教的三重十字架。

妮娜本能地去抓照相机。透过镜头，她看到母亲看着教堂尖顶时，轮廓分明的侧颜变得柔和了。“你感觉怎么样，妈妈?”她说着往母亲身边凑了凑，“你也看到那个了吧?”

“过了那么多年……”母亲的眼睛依旧盯着那个尖顶，“再看到这个……让我想起了所有的事。”

另一旁的梅瑞狄斯也靠了过来，三个人跟着同一条船上下来的乘客开始了今天的旅行。走在海港大道上顿时就感受到了浓浓的俄式风情。店名、街道名牌和餐馆菜单用的是俄语，就连立在镇子中心的图腾柱上刻着的都是代表沙俄帝国的双头鹰图案。

看着身边这一个又一个能勾起她对故土回忆的东西，母亲并没有什么表示，一路上都默默无语。只是在她们走到圣·米迦勒大教堂门前时，母亲脚下突然一晃差点摔倒，幸亏两姐妹赶上前扶住了她。

金灿灿的俄国圣像画在教堂里随处可见。有的画在木板上，一看就很古老，还有的则是在金或银上用宝石镶嵌而成，异常辉煌瞩目。白色的拱门区分出一个个独立的房间，门上有精致的金色画卷作装饰。展示区陈列着几件华丽的串珠结婚礼服和圣衣。

所有的东西母亲都要仔细看上一看，如果可以的话也会伸出手去摸摸。最后她们来到一块面积不大的区域前，那地方铺着厚厚的白色丝绸，绸布上用金线绣了一个东正教十字架，四面围绕着无数蜡烛，还有一本翻开的旧圣经。妮娜猜想这里应该是一个祭坛。

“要我们和你一起做祷告吗?”梅瑞狄斯问母亲。

“不必。”母亲轻轻摇头，然后抬手抹了抹眼睛，但妮娜并没有看到她的眼里有泪水。之后她带头走出教堂，和两个女儿之间拉开了一小段距离。

看得出来母亲事先认真研究过锡特卡的地图，她熟门熟路地走在街道上，似乎很清楚自己要到哪儿去。她们路过一个推广俄-美历史之旅的广告牌，紧接着转过弯来到一个墓园。园区建在一小块坡地上，里面的草地上种着一种看起来弱不禁风的树和棕色的灌木丛。一个顶端立着东正教十字架的铜制拱顶表明了这是一处圣地。园中的墓碑都很老式，不少还是手工做的。就连马索洛夫王子的墓碑也只是一块简单的黑色标示牌，一圈白色的尖桩篱栅圈定了这位王子最终的安息地。还有为数不多的几块墓碑因为年代久远，上面已经长满了苔藓。看样子这里很多年都没有新的人埋进来了。母亲踩着崎岖不平的路面在墓园里转了一圈，把每一块墓地都看了一遍。

在一块年代久远的墓碑前，妮娜给母亲拍了一张照。那块盖满青苔的石碑也许是在很久之前熬过了一场大风暴，以至于成了如今这副歪斜的模样。晚春的微风轻轻拂过母亲齐齐整整挽在脑后的白发，过分的苍白和纤瘦让她看起来缥缈而空灵，不像是个真人，但她蓝色眼睛里流露的悲伤却和妮娜捕捉过的所有情绪一样，真实而直接。她放下相机，让它垂在胸前，然后走到母亲身旁。

“你在找谁吗?”

“没谁。”母亲回答，随后又补充了一句：“幽灵吧。”

妮娜和梅瑞狄斯陪着母亲站在这个故于 1872 年，名叫德米特里·培提诺维奇·苏托力奇纳亚的人的墓地前。过了一会儿母亲挺直了肩膀，“我饿了。”她说，“我们去找个地方吃饭吧。”她戴上一副大大的圆形墨镜，又将一条围巾围在脖子上。

离开墓园后三人返回到镇中心，在那里她们找到一家水上餐厅，招牌上写着这里有全锡特卡最好的俄国菜。

妮娜推开大门，挂在头顶的铃铛发出欢快的响声。餐厅内部呈狭长形，摆放着数十张餐桌。大部分的桌子已经有人占了，而且在这用餐的人不大像是游客。男人们都有一副宽肩膀，高大壮实，脸上长着钢屑一般的浓密毛胡子，而女人则裹着五颜六色的头巾，穿过时的花裙子。也有少数几个男人身上穿的是黄色的塑料渔夫装。

一个女人笑眯眯地迎出来招呼她们。她的样貌要比她的声音听起来老一些，大概六十的样子。恰到好处的丰腴身材、银灰色的卷发和红扑扑的脸蛋看起来叫人颇有亲切感。总之她的外貌完美地贴合了一个祖母的形象。

“欢迎光临！我叫史黛西，很高兴为你们服务。”说着她抽出三张过塑菜单，引领她们到一个靠窗的桌位上坐下，从窗户望出去能看到一片波光粼粼的碧蓝海面。一艘渔船驶向岸口，船尾拖着一串银色的涟漪。

“有什么推荐吗？”梅瑞狄斯问。

“那我一定得向你们推荐下本餐厅的肉丸子。还有我们的面条，全手工制作的。罗宋汤也绝对值得一尝。”

“伏特加呢？”母亲说。

“这是俄国口音吗？”史黛西惊呼。

“我已经离开老家很久了。”母亲说。

“那你可算是我们店今天的特别来宾了。用不着看菜单，我来给你们上菜。”说着史黛西欢快地走开了。她吹着口哨走在狭长的过道上，不时停下来服务一下其他桌的顾客，最后她的背影消失在一副串珠的门帘后面。

很快史黛西拿着三个小酒杯，一个装伏特加的磨砂酒瓶，还有一盘黑鱼子酱配三角形面包回到了她们这桌。“可别嫌贵。”她说道，“这儿来来往往的游客不少，可俄国人却不多。这个我请客了。为健康干杯！”

母亲惊讶地抬起头。妮娜看着她，心想她到底有多少年没有听过自己家乡的话了。

“为健康干杯。”母亲也用俄语回应，然后她拿起酒杯。

母女三人碰了碰杯，将酒一饮而尽。刚一放下酒杯，三个人不约而同地拿起了鱼子酱面包塞进嘴里。

“我的女儿们已经快要变成合格的俄国人了。”母亲的语气轻松，声音里带着些许温柔。妮娜很想看看她此刻的眼睛，可无奈那副巨大的墨镜把她的半张脸遮挡得严严实实。

“喝一杯酒就成俄国人了？怎么可能呢。”史黛西在一旁打趣道。

酒和开胃菜之后，三个人闲聊着打发正餐上桌前的这段时间。大概过了二十分钟，服务员将菜品端了上来。从这时开始她们谁也不说话了。从番红花汤炖的多汁的迷你肉丸，到奶油浓汤配格鲁耶尔干酪脆皮面包，再到以新鲜鲑鱼做馅儿的烤牛肉卷配鱼子酱汁，每一道菜都让她们食指大动，别的什么也顾不上。等核桃苹果馅儿饼端上来的时候，她们三个都表示已经吃得太撑了。对此史黛西只是笑笑，放下甜点后便走开了。

妮娜是第一个去拿馅儿饼的。虽然嘴里不住地喊着太饱，但还是忍不住将这块加了满满核桃的奶油酥饼塞进了嘴里。

母亲只是稍微尝了一口。“这味道和我妈妈从前做的一样。”她说。

“真的吗？”梅瑞狄斯说。

“她常跟我说，做好馅儿饼的秘诀就是要在揉面板上使劲拍打面团。我小的时候还总为这事跟她争，因为在我看来这么做完全没必要。当然，是我错了。”她说着摇了摇头，“后来，我每次做面团的时候都没办法不想着她。我给你们的爸爸做过一次这种馅儿饼，他告诉我味道太咸。他哪知道那是因为我的眼泪滴到了面团里。从那以后我就再也不碰这道甜品了，并且努力想忘掉它。”

“那你忘了吗？”

母亲瞥了一眼窗外，“我什么也忘不掉。”

“是你不想忘。”梅瑞狄斯说。

“何以见得？”母亲问。

“那个童话。你用讲故事的方式来让我们了解你，了解你的过去。”

“可却被那年你的戏剧打断了。”母亲说，“关于这件事，我很抱歉，梅瑞狄斯。”

梅瑞狄斯重重地往后一靠，“这个道歉我等了快一辈子。现在等到了，感觉也没那么重要了。我在乎你，妈。我只希望我们以后也能这样子说话。”

“为什么？”母亲安静地说，“你怎么会在乎我呢？你们俩不管谁，都不应该。”

“我们也试过不去爱你，妈妈。”妮娜说。

“我以为这能让我们过得容易些。”

“不。”梅瑞狄斯说，“从来没有容易的事。”

母亲拿起酒瓶，又倒了三杯伏特加。她举起杯子，看着自己的两个女儿。“这一杯我们该敬什么好呢？”

“敬家人如何？”史黛西正好出现，她给自己也倒了一杯酒，“敬那些在这里和不在这里的人，还有那些我们失去的人，为他们干杯。”说完她跟母亲碰了碰杯。

“这也是传统的俄国祝酒词吗？”妮娜咽下伏特加后问道。

“我从来没听说过。”母亲说。

“这是在我家里常说的词。”史黛西说，“挺好的，你说呢？”

“啊，”母亲切切实实露出了笑容，“简直不能再好了。”

走回城区的那段路上，母亲的身影似乎比原来挺拔了一些。她好像突然爱笑起来，还不时指着某个商店橱窗里的小饰品叫两个女儿看。

梅瑞狄斯目不转睛地盯着她，感觉好像是在看一只破茧而出的蝴蝶。而看着全新蜕变的母亲，或者说以全新的视角看着她，在某种程度上让梅瑞狄斯对自己的感受也有所不同了。和母亲一样，微笑不经意间就挂在她的脸上，甚至频频放声大笑。难得一次她没有惦记着公司，没有分心去想两个女儿，也没有为可能误船而担忧。她很开心地跟着母亲和妹妹流连于这趟旅行中，也切实地享受着这份欢愉。难得一次她们母女紧密得好像缠结的绳子一样，只要有一个人动，其他人便自然而然地跟随。

"你们看。"走到一条街道尽头时母亲对两个女儿说道。

开始梅瑞狄斯只看到了被一排古色古香的蓝色商店和远处艾吉科姆山积雪的顶峰。"看什么？"她问。

"看那边。"

梅瑞狄斯顺着母亲手指示意的方向看去。

街对面的公园里，一盏爬满鲜艳的粉红花朵的路灯下站着一家人。他们都在笑着，摆出一个个傻乎乎的动作拍照。那个女人留着棕色的长发，身穿一件高领套头衫和一条利落的牛仔裤；男人则是一头金发，英俊的面庞就快要装不下他大大的笑容；另外还有两个浅黄色头发的小女孩，她们发出银铃般的笑声，互相推搡着不让对方抢镜头。

"过去你和杰夫也是这个样子。"母亲静静地说。

一种类似悲伤的感觉涌了上来。这感觉跟没有等到女儿们电话时的失望不同，也不同于疑心杰夫不再爱自己时的惶恐，更不是因为丢失太多自我而感到的忧虑。这种全新的悲伤来源于梅瑞狄斯突然意识到自己不再年轻了。那些和女儿在一起欢笑嬉闹的日子一去不返，她的孩子不再依赖她了，她要承认也得接受这个事实。诚然，他们会永远是一家人，但她在过去这几个星期里想明白了一件事，那就是一个家庭并非是静止不变的，它始终在发生着这般那般的变化。就好比地球上的陆地，有时候它们因陷落而消失不见，有时则是在爆炸中自我消亡。所以保持平衡的心态很重要。你左右不了你的家庭该何去何从，正如你无法阻止陆地的聚散离合。你能做的就是参与并享受每一个过程。

看着这个陌生家庭的时候，和杰夫婚姻的点点滴滴也从梅瑞狄斯的眼前滑过：毕业舞会上她挽着杰夫跳舞，然后在《天国的阶梯》的背景音乐中来了一次法式热吻，悬在头顶的那颗镜面舞球亮得耀眼……她在临产时尖叫着让拿碎冰块来帮忙的杰夫有多远滚多远……杰夫将自己第一本小说的开头部分递给她，认真询问她的意见……还有父亲去世前，杰夫站在她身旁想抱抱她，对她说谁来照顾你呢，梅？

“我就是个傻瓜。”这话本来只是梅瑞狄斯说给自己听的，可她全然忘了此刻自己正站在人来人往的人行道中央，旁边可能有人正竖着耳朵偷听。

“总算听到句公道话了。”妮娜笑眯眯地说，“我早就受够当这个家里唯一会干蠢事的傻瓜了。”

“我爱杰夫。”梅瑞狄斯感到既悲伤又欢欣。

“你当然爱他。”母亲说。

梅瑞狄斯转身看着母亲和妹妹，“会不会已经太迟了？”

母亲笑了，笑得很美，也叫人觉得新鲜。梅瑞狄斯被眼前这张曾让她偷偷揣摩了多年的脸深深打动。“我八十一岁才把我的故事讲给我的女儿们听。而之前的每一年我都想过要告诉你们，却又觉得等了太久一切都迟了。可妮娜不这么想，她才不接受拒绝。”

“终于，当了那么多年自私的坏人终于有回报了。”妮娜伸手进相机包里掏出一个笨重的手提电话，打开翻盖，“打给他吧。”她对梅瑞狄斯说。

“我们正玩得开心呢，等等再说吧。”

“不。”母亲严厉地说，“永远不要等。”

“可要是……”

母亲抬起手搭在她的手臂上。“你看看我，梅瑞狄斯。我是一个担惊受怕了一辈子的女人。你想最后变成我这样吗？”

梅瑞狄斯慢慢地伸出手去摘下母亲的墨镜。看着那双永远让她为之着迷的水蓝色眼睛，梅瑞狄斯笑了，“知道吗，妈妈？要是能活得像你这般坚强我会很骄傲的。你的种种经历，虽然我们还不知道最糟的那部分，可也足以要了一个普通女人的命。只有最卓绝的人才能扛下来。所以是的，我很想变成你这样。”

母亲重重地吞咽了一下。

“但你说得对，我不想再害怕了。妮娜小乖乖，把该死的电话给我，我要打这个早就该打的电话了。”

“那我们在船上碰头吧。”妮娜说。

“去哪找你们？”

母亲笑出声来，“当然是酒吧。能看到风景的那一个。”

梅瑞狄斯目送妹妹和母亲离开，看着她们在人行道上越走越远。徐徐的微风拂过，碰响了旁边屋檐下的一串贝壳风铃，不知何处有一艘船拉响了汽笛，可这些声音她统统听不到，只有母亲的笑声还依旧回响在她的耳畔。这个声音她会永远珍藏，要是有一天她不再相信奇迹了，她就把这声音翻出来重新说服自己。

她向马路对面走去，微笑着伸出手示意往来的车辆停下。她从还在没完没了拍照的那一家子旁边路过，来到一张小小的木制长椅前。仔细看能发现长椅上刻了一排字，写着：纪念默娜，这里有她最爱的风景。

她在默娜的长椅上坐下，盯着下方海面上喧闹的渔船和游艇。船只的桅杆随着海面看不见的波动轻轻摇晃。一群聒噪的海鸟在游客头顶盘旋，随时准备着冲向一根炸得金黄的薯条。

她看了眼手表，估计了一下杰夫的日程安排，然后拨通了他的号码。

等待应答的铃声响了好几遍，她差点挂了电话。

但最终他还是接起了电话，她听到了他气喘吁吁的声音："你好?"

"杰夫?"一张口她就有种想哭的冲动。她忙继续说话，以免眼泪真的掉下来，"是我。"

"梅瑞狄斯……"

从他声音里她判断不出他的情绪，这让她有些焦躁。曾经，他再微小的情绪变化也能被她敏锐地捕捉到。"我在锡特卡呢。"她感觉自己完全是在拖延时间。

"那里是不是真像他们说的那么漂亮?"

"不是。"她把心一横，决定把所有的害怕和担心抛到脑后。她不想再把时间浪费在这种毫无营养的对话上，这样只会把她拖入困境里。"我是说，这里是很美。但我要说的不是这个，也不是要跟你聊我们的女儿、工作或者我妈妈的事。我打电话是想跟你说我很抱歉，杰夫。你之前问我是不是还爱你，而我却无法给出明确的答案，说实话我现在也没搞懂为什么会这样。我只知道我错了，而且蠢得厉害。我当然还爱你。我爱你，而且很想你，我只是希望现在说出来不会太迟，因为我想和那个从年轻时就陪伴我至今的男人一起变老，也就是你。"说完她狠狠地吸了一口气。她感觉自己说了好久好久，简直像把五脏六腑吐了个干净，而现在该轮到他来表态了。她是不是已经深深地伤害了他?是不是等了太久一切都晚了？她不知道。继续的沉默中，她听见他在电话那头坐上了一张破沙发，老旧的弹簧发出吱吱悠悠的声音，接着是他的一声叹气。"说点什么吧。"她催促道。

"1974 年的十二月。"

"什么?"

“记得我那时站在童子军的队伍里。凯瑞·多弗勒用手肘推了推我，我抬头一看，看到了站在绳球旁边的你。那次圣诞戏剧表演之后你就一直躲着我，你还记得吗？有两年时间里你连看都不看我。多少次我都想去跟你打个招呼，可老在最后一秒失去勇气。直到十二月的那一天。天下着雪，你一个人站在那儿，全身发抖。我还没来得及劝阻自己就已经朝你走去了。凯瑞在后面大吼，抱怨我白白在小吃店门口排了半天队。可我不在乎。我还记得你抬头看我的那一瞬间，我真觉得我气都喘不上来了。我以为你会跑开，但你没有，然后我问你想不想吃香蕉船。”说着杰夫大笑起来，“我真是个傻瓜。那天外面气温大概只有零下四度，而我竟然问你想不想吃冰淇淋。但你答应了。”

“我记得。”梅瑞狄斯轻声说道。

“我们有无数这样的回忆。”

“是的。”

“我试过让自己不再爱你，梅。可我做不到。不过我相当确定你做到了。”

“我也没有不爱你了。我只是……迷失了。我们可以从头开始吗？”

“绝对不要。我一点都不想从头开始。我更喜欢中间的部分。”

梅瑞狄斯笑起来。其实她也不想倒回到年轻时，那个时期的种种彷徨和焦躁她一点儿都不想再经历一遍。她只是想再找回年轻的感觉。她想要的是改变。“我以后会多多展示我的裸体的，我保证。”

“我也会多让你笑的。老天，我太想你了，梅。你能现在回家来吗？我这就去暖床。”

“快了。”她舒服地靠在被太阳烘烤得暖暖的木头椅背上。

之后他们又聊了半个小时，就像以前一样无话不说。杰夫告诉她小说就快完成了，梅瑞狄斯也跟他讲了讲母亲的故事。他一边听一边连连发出惊叹。同时他们也回想起了母亲之前的种种怪异举动，现在看来都说得通了。

“她拼命藏吃的，还有她说的那些奇怪的话……”他说。

当然也少不了要聊到两个女儿。她们在学校里过得怎么样，等她们放暑假回来，家里又会热闹起来了……

“你想到自己想要什么了吗？”最后，杰夫说道，“是不是除了我以外都可以？”

“我还在想。我想扩大礼品店的规模。也许以后就把贝耶诺奇交给黛西打理，或者干脆卖了它。”梅瑞狄斯被自己说出来的话吓了一跳。她自认为过去从来没有动过这样的念头，只是突然间这些想法都变得合情合理了。“我还想去一趟俄罗斯，列宁格勒。”

“你是说圣彼得堡吧，可是……”

“对我来说那里永远叫列宁格勒。我想去看看夏宫花园，涅瓦河，还有弗唐卡桥。说来我们一直没有去度一次真正的蜜月……”

杰夫大笑，“你真的是梅瑞狄斯·库珀吗?”

“梅瑞狄斯·伊万诺娃·库珀。在俄罗斯我的名字应该是这样的。没错，是我。我们可以去吗?”

她能听出杰夫声音里的快乐和满满的爱意，他说：“宝贝，我们的孩子都不在，我们可以去任何地方。”

二十四

朱诺是阿拉斯加最具代表性的一座城市——作为一个州的首府，却没有任何能进出的道路，要到这里只能靠船或飞机——夹在比某些州都辽阔的冰原之间，被终年积雪的巍峨雪山环绕，拓荒者带来的新事物与浓厚的乡根气息在这座城市激烈地碰撞。

要不是她们这一趟来有正事要做，或者这天不是下着滂沱大雨的话，妮娜觉得她们大概会来一趟短途旅行，去看看著名的门登霍尔冰川。事实上她们三个哪也没去，而是来到了冰河景私立疗养院。

“你害怕吗，妈妈？”站在疗养院入口处时梅瑞狄斯问。

“我不觉得他会愿意见我。”母亲说。

“不好说。”妮娜说，“不过我有办法让每一个人都愿意跟我说话，或早或晚吧。”

母亲面露微笑，“这绝对是一句天大的实话。”

“那么你害怕吗？”妮娜问。

“不。这件事我好多年前就该做了。要是我能早点来……不，我不害怕把我的故事讲给一个愿意收集这些回忆的人听。”

“要是你能早点来，然后会怎么样？”梅瑞狄斯问。

母亲转过身来看着她们。黑色羊毛帽在她的脸上投下了一片阴影。“我希望让你俩知道这趟旅行对我的意义。”

“为什么你的话听起来像是在告别？”妮娜问。

“今天你们将会听到我做的那些可怕的事。”母亲说。

“每个人都做过可怕的事，妈妈。”梅瑞狄斯说，“你不必担心。”

“是吗？每个人都做过可怕的事吗？”母亲发出厌恶的声音，“你们这一代人就是受了那些乱七八糟的脱口秀的影响。在我们进去前，我有一句话想说。那就是我爱你们。”她的声音嘶哑了，语气非常严肃，可她的目光依然温柔，“我爱你们，我的妮诺苏卡……还有我的梅鲁什卡。”

母亲用她俩的俄文昵称来称呼她们，听起来是那样悦耳，可她们还没来得及回应一声，母亲就已背过身，朝着疗养院的主楼走去了。

妮娜小跑了两步才追上她们八十一岁的老母亲。

在接待台前，妮娜对那个黑发圆脸，穿红色珠饰毛衣的接待员微笑。

“我们姓惠特森，”她告诉接待员，“早前我给埃德莫维奇教授写了信，告诉他今天我们会过来拜访。”

接待员皱着眉迅速地翻了翻日历，“啊，没错。教授的儿子，麦克斯，他说好中午时过来这里跟你们见面。请稍等一会儿吧，要喝咖啡吗？”

“那太好了。”妮娜笑着说。

三个人随接待员的指引走进一间等候室。墙上挂着的一幅幅单调的黑白照记录下了朱诺辉煌而多彩的过去。

妮娜选了靠窗的位置，椅子坐起来意外地舒适。从她身后巨大的落地景观窗看出去是一片笼罩在又急又密的雨丝中的绿色森林。

等待的时间一分一秒地过去。期间她们看着这间疗养院迎来送走了几拨人，有走着进出的，也有坐在轮椅上的；喧哗的说话声随着人们的出现和离开掀起又落下。

“很想知道这里的白夜是什么样的。”母亲凝视着窗外安静地说。

“要看白夜最好是能再往北一点。”妮娜说，“当然这是我查的。不过据说运气好的话，在这里就能看到北极光。”

“北极光啊……”母亲说着往橘色椅子的椅背上靠了靠。“以前我爸爸偶尔会在深夜里带我出去。等其他人都睡着的时候。他小声地唤我：‘维鲁苏卡，我的小作家。’他用一条毛毯裹着我，牵着我的手去屋外。我们站在列宁格勒的街道上抬头看天。真的漂亮极了。好像是上帝为我们表演的灯光秀，我爸爸是这么说的，当然他说得很小声。那种时候他说的任何一句话都可能招来危险。只是当时我们并不知道。”她叹了口气，“这好像是我第一次说起他来。就是突然想到了这件普普通通的小事。”

“心里难受吗？”梅瑞狄斯问她。

母亲思索了片刻，然后回答道：“难受也是好的。我们一直害怕提起他。我初来美国时简直不敢相信这里竟然这么开放自由，这里的所有人都是，脑子里想什么立马就脱口而出。而且那还只是在六七十年代时……”她摇了摇头，然后微笑了。“我父亲一定会很想见识一下静坐示威是什么样的，还有大学里孩子们搞的论文演讲。他就像他们一样，还有……夏沙和你们的爸爸。他们都是梦想家。”

“维拉也是一个梦想家。”妮娜温和地说道。

母亲点了点头，“有那么一阵子是吧。”

这时一个穿法兰绒衬衫和褪色牛仔裤的男人走进了等候室。他棱角分明的脸几乎被浓密的黑胡子遮去了一半，很难判断他的年纪。“惠特森夫人?”他询问道。

母亲缓缓地站起身。

男子抢上前一步，同时伸出了手。“我叫麦克西姆。你们远道而来要见的人就是我的父亲，瓦西里·埃德莫维奇。”

妮娜和梅瑞狄斯同时站了起来。

“你父亲给我写信已经是很多年前的事了。”

麦克西姆点点头。“很遗憾，这几年里我父亲一直受中风的折磨。现在他已经说不出话了，而且左半边身子完全动不了。”

“这么说我们这趟来已经没意义了。”母亲说。

“不，完全不会。我接手了我父亲的几个研究项目，‘列宁格勒大围困’就是其中之一。收集幸存者的故事对这个项目来说非常重要。毕竟当年事情的真相也只是最近二十年才渐渐浮出水面。他们真的非常擅长保守秘密。”

“一点也不错。”母亲说。

“可以的话希望你们到我父亲的房间来，我会记录下你的叙述，以完善我父亲的研究。他可能没办法做出什么回应，但是我向你们保证他会很高兴最终能将你的故事收入课题中。而这会是他收集到的第五十三个以第一人称做的记述。今年底我会去一趟圣彼得堡，收集更多的记录。你的故事有着重大的意义，惠特森夫人，我向你保证。”

母亲淡淡地点了点头。妮娜忍不住好奇此刻母亲心里究竟在想什么。她们来到这里时故事已经接近尾声了。

“请跟我来。”麦克西姆转过身，在前面领着她们走进一条灯光明亮的走廊。途中他们遇见了好几个扶着助步车的驼背老太太和坐在轮椅上的小老头。最后他们进了走廊尽头的一个房间里。

房间的中央摆着一张窄小的床，样式和医院的病床差不多；还有几张很明显是为了这次会面临时搬来的椅子。床上躺着一个干瘪瘦小的老人，他的脸极其消瘦，两条手臂像牙签一样细；几缕稀疏的白色毛发从他满是老人斑的头顶和皱巴巴的粉红色耳朵里冒出；他的鼻子就像鹰嘴，而嘴唇基本上已经看不见了。在他们进门时，他的右手颤抖起来，右边的半张嘴努力扯出了一丝笑意。

麦克西姆俯下身凑近他的父亲，在他耳边小声地说了几句话。

躺在床上的老人也说了句什么，但妮娜一个字也听不懂。

“他说很高兴见到你，阿妮娅·惠特森。他已经等了那么久。这就是我父亲瓦西里·埃德莫维奇，他衷心欢迎你们所有人。”

母亲点点头。

“请坐下吧。”麦克西姆指了指房间里的椅子。窗户旁边的桌子上摆着一个萨摩瓦尔铜茶壶，还有一盘煎饺和几块奶酪饼干。

瓦西里又说了几句话，声音像碾碎干枯的树叶。

麦克西姆仔细去听他父亲讲话，随后摇了摇头。“抱歉，爸爸，我没听明白。他好像说下雨什么的，我也不确定。那么，惠特森夫人，我这就开始记录你的故事吧。阿妮娅——我可以叫你阿妮娅吗？我可以开始录音了吗？”

母亲没回答，眼睛一直盯着桌上那个锃亮的铜茶壶和几只用银饰包裹的玻璃茶杯。“哎。”她的声音很轻，随后摆了摆手，像是要把什么东西赶走。

妮娜突然意识到只有自己还傻愣愣地站着，她忙坐到了梅瑞狄斯旁边的椅子上。

有那么片刻，整个房间都如同静止了一般。唯一的响动是大雨敲打屋顶的声音。

母亲长长地吸了一口气，又缓缓地吐出，“很长时间以来我只用一种方式来讲述这个故事，如今我也不知道该如何从头说起了。”

麦克西姆按下了录音键。随着按键发出的咔嗒声，录音带开始慢慢转动。

“我并不是阿妮娅·培提诺夫娜·惠特森。这是我给自己取的名字，而我也成了这个女人。”她又深吸一口气，“我真正的名字应该是维罗妮卡·培提诺夫娜·马切科·惠特森，我的家乡是列宁格勒。它就是我的一部分。很久以前，我像是熟悉自己的身体一样熟悉那里的每一条街道。但我想你感兴趣的并不是我的青春往事。当然现在回想起来，我也没有太多那样的往事可说。十五岁那年他们带走了我的父亲，我便是从那时候开始长大，而等战争结束时，我已经老了……”

“我要说的就是中间这一段。真正的开始是在 1941 年的六月。我走在从乡下回家的路上，我带回了一些蔬菜打算储藏起来，为即将到来的冬天做准备……”

妮娜闭上眼睛靠在椅背上，在脑海中将那些词语组成一幅幅的画面。她听到了以前在童话里听过的事，只不过这一次一切都是真实的。故事里再也没有黑暗骑士，也没有王子和矮精灵。只有维拉，起初是一个年轻的少女，她和丈夫相爱，然后生下他们的孩子……到后来她变成了一个永远在担惊受怕的女人，在卢加河畔没日没夜挖战壕，脚下踏着被炸弹摧毁的土地……

在听到奥尔嘉被炸死那一段时妮娜哭了，而后面维拉母亲去世时她又一次抹了抹眼泪。

“她走了。”母亲说得极其简洁，简洁到令人害怕，“我听见我的儿子在一旁说：‘妈妈，外婆怎么了？’”我用尽了全力才忍住没有哭。

我把毯子拉起来盖到母亲的胸口，努力不去看她在最后这一个月里熬得只剩皮包骨的脸。我是不是该强迫她多吃点东西？这个问题会一辈子折磨着我。要是我把食物分给母亲，那么现在这张毯子就会盖在我一个孩子的身上，我又怎么能这么做呢？

“妈妈。”里奥又叫了我一次。

“外婆去陪奥尔嘉了。”我告诉他。我越是努力想坚强起来，声音就越是哽咽，之后我的孩子们都哭了起来。

安慰他们的人是夏沙。因为我的心里已经没有任何安慰了。我觉得冷，冷得彻骨。我害怕要是这时有人来碰我一下，我都会像鸡蛋一样碎成一摊。

在我们阴暗寒冷的小公寓里，我在我死去的母亲身边久久地坐着，低下头做着已经来不及的祷告。我想起很久以前她对我说过的一句话。而那时的我还小，还需要安慰。我们永远不要再提起他。她说。

当时我以为她这么说是因为父亲的罪人身份会给我们招来危险，可我坐在母亲身旁时，我感觉她在向我靠近——我发誓我真的感觉到了——她伸出手握住我的手，那么久以来我第一次感觉到温暖。我突然理解了她说的那句话。

往前看。该忘的就忘了。活下去。

母亲的那句嘱咐跟我父亲是什么身份的人并没有太大关系，她是在告诉我们生活的真相。还有如何面对死亡。我低下头去看，她当然不可能动过，她的皮肤冷冰冰的，我知道她也没有和我话。但是我都听到了。于是我做了我必须要做的事。我站起来，感觉到我的角色已经改变。我是一个没有母亲的女儿，一个没有姐妹的女人。在我诞生的那个家庭里我已经没有一个亲人了，我现在只有我自己组建起来的这个家庭。

母亲成了我们所有人的一部分，尤其是我。阿妮娅继承了我母亲的严肃和坚强，里奥则像奥尔嘉一样爱笑。而我……我的心里和身里留着她俩最好的部分，也有我父亲的梦想，所以现在我必须变成我们大家。

夏沙突然来到我身边。

他将我抱进怀里，我把脸埋在他的颈窝。

“有一天我们会离开这个地方。”他向我保证，“我们去阿拉斯加，就像我们曾说起过的那样。我们不会永远过这种日子的。”

“阿拉斯加。”我喃喃道，记起了他的这个梦想，我们的梦想，“一个可以在午夜看到太阳的地方。当然……”

可是这样的梦想，应该说任何梦想在现在都是遥不可及的，空谈梦想只会让我更痛苦。

我看着他，他还在跟我说话，但我已经在他的绿眼睛里看到了他的想法，又或许是我自己的想法映在了他的眼中，都有可能吧。我们分开后，夏沙对两个坐在地上，哭红了眼睛的孩子们说：“现在妈妈和我要照顾一下外婆。”

我看到坐在厨房地板上的里奥又哭了起来，但我心里知道，那样的哭泣只是苍白地仿制出了我儿子的悲伤和眼泪。我见过他在身体健壮时号啕大哭的样子，而现在的他只是……只是坐在那，任由水分从他的眼睛里渗漏出来，他太饿太疲惫，已经没有办法再做什么了。

“我们会乖乖待在这里，爸爸。”阿妮娅严肃地说，“我会照顾好里奥的。”

“我的好孩子。”夏沙说。

接下来他带着两个孩子找事情做，而我负责清洗我的母亲，替她穿上她最好的一身衣服。我努力不让自己去在意她干瘪瘦小的身体……那样的她一点也不像我的母亲……

有句话说得不假，小孩子慢慢长成大人，而大人又慢慢变回小孩。我轻轻地擦洗我母亲的身体，替她扣上纽扣，将她的头发挽起，脑子里不停地想着这样的轮回。一切做完以后，她看起来就像是睡着了一样，我俯下身体，亲吻她冷冰冰的脸颊，小声向她告别。

然后是时候了。

夏沙和我穿上御寒的衣服。我把我有的衣物都裹在身上——四双袜子，母亲那双过大的毛毡靴，裤子，裙子，毛衣，最后差点套不上我自己的外套。等最后我用一条围巾裹住脑袋后，我的脸看起来就像一个小孩。

我们出了门，走进黑暗寒冷的冬夜。街边的路灯亮着，只是灯光在大雪中暗淡又模糊。我们把母亲绑在那个红色的小雪橇上，在过去这雪橇只是我们家里的一件玩具，而今却成了我们最重要的财产。感谢上帝，夏沙还有力气在厚厚的积雪上拖着它走。

我太弱了。我已经尽力在我丈夫面前掩饰我的虚弱了，可这又怎么能藏得住呢？在没膝的积雪中每跨出一步对我来说都像在受刑。我的呼吸短粗而滚烫。我很想坐下来，可我的头脑还很清醒。

一个男人走在我们前面，步子歪歪扭扭像喝醉了一样，他突然抓住一旁的灯柱，弯下腰来急促地喘气。

我们从他身旁走过，并没有停下脚步。这就是我们现在的所作所为，我们已经变成了无情的人。我自己也快喘不过气来了，但我还是回头看了一眼，我看到他倒在了雪地里。我知道等我们回家时就会看到他泛青的僵硬尸体。

“不要看。”夏沙说。

“我已经看见了。”我继续艰难地往前走着。我怎么能看不见呢？传言说现在每天都要死三千个人，大部分是老头和年幼的孩子。反而是我们女人要更强壮一些。

幸亏夏沙是军人，所以我们只排了几个小时的队就开到了死亡证明。从此以后我们会失去母亲的食物配给，但我们也不能瞒报她的死，撒谎比饥饿更危险。

等我们从还算温暖的队伍里走出来时我已经虚脱了。饥饿在啃噬我的肚子，脑袋一阵阵的发晕。我有好几次毫无来由地哭起来，落下的眼泪立刻就在脸颊上冻住。

尽管墓园的大门口点着灯，但我更希望那里什么也看不见。裹着白布的尸体与漫天大雪融成了一体，但你绝对不会认错，因为所有的尸体就像柴火一样摞起来，堆在墓园门口。

土地冻得太硬没法埋葬尸体。我早该意识到这个问题的。要是我的脑袋还能思考问题的话也许我早就想到了，可是饥饿让我变得又蠢又钝。

夏沙看着我。他眼里的悲伤让我难以承受。当时我就想放弃，干脆一屁股坐到雪地里，什么也不要操心了。

“我不能把她留在这。”我看着这堆根本数不过来的尸体对夏沙说。但是我也不能再把她带回家。虽然我们很多邻居都这么干，就在公寓里腾出一个位置摆放他们亲人的遗体，可我不能这么做。

夏沙点点头。他拖起雪橇，绕开那些藏着尸体的雪包，走进黑暗寂静的墓园。

我俩手拉着手。只有这样我们才能确认彼此还在身边。我们在一棵被雪和寒霜裹住的树下找到块空地。我心里默默希望这棵树能代替我守护着她。

我和夏沙商定就在这了，我们说话的声音在漫天的飞雪里回荡。我要永远记得这棵树，永远都要能认出它来，将来有一天我会再回到这里找到她，最起码我会站在这里缅怀她。从现在开始，不管我在哪，我都会在每年的十二月十四号这天怀念她。虽然微不足道，却好过什么纪念也没有。

我跪在雪地里，把绳子从她早已僵硬的身体上解开。尽管戴着手套，但我的手指还是被冻得发抖。

“对不起，妈妈。”我小声说着，牙齿止不住地打战。黑暗中我伸出手去摸了摸她的脸，好像一个瞎眼的女人。我想记住她的模样。“明年春天我就会回来。”

“快起来。”夏沙用力地将我拽起。我很清楚在雪地里这样跪着会有什么后果，哪怕只是短暂的片刻，我的腿也会很快失去知觉。

之后我们把她一个人丢在那了。

“我们只能这样做。”在漫长的回家路上，夏沙这么对我说道。这时我俩的呼吸已经接近支离破碎了。

而此时此刻我只渴望能原地躺下。我已经被饥饿、疲惫和悲伤彻底耗尽，就算这样死了我也不在意。

“是啊。”我嘴上应着，可心里什么感觉也没有。我只想停下来。

但幸好夏沙在我身边，拉着我继续往前走。当我们回到家，搂着两个孩子躺在床上的时候，我一个劲地感谢上帝让我的丈夫在我身边。

“你不要放弃。”那天晚上在床上他在我耳边轻声说，“我一定会想办法带你们离开这儿。”

我保证。

我答应他不会放弃，虽然我已经不知道自己在说什么了。

第二天早晨，他吻了吻我的脸颊，低声对我说他爱我，然后他就走了。

十二月末时，这座城市在寒冷中慢慢走向死亡。几乎所有的时候天都是黑沉沉的。飞鸟被冻得硬邦邦地从天上掉下来。我记得，最先被冻死的是乌鸦。这是叫人难以置信的冷，零下二十度的气温也变成了常态。街上的有轨电车就直接停在半路上，像是被孩子们厌弃然后随手扔掉的玩具。自来水管道也是破裂的。

现在随处能见到雪橇。女人们把各种物品放在雪橇上拖回家——从烧毁的建筑里捡来的木头，从涅瓦河打上来的水，但凡可以拿来烧或者吃的东西都会出现在她们的雪橇上。

你可能都想象不到你会把什么东西放进嘴里吃。有传言说市场上售卖的香肠是用人肉做的。于是我再也不去市场了。但这么做又有什么意义？华贵皮草和珠宝分文不值，而用仓库里的垃圾和锯木屑做的粕饼却贵得离谱。

我和孩子们尽可能地减少活动，少做事。我们的公寓里基本随时都是黑漆漆的——只有每日瞬息的日光和我们仅剩的一点蜡烛能带来那么片刻的光亮。那只兼具取暖和照明功能的大肚火炉成了我们的全部。命根子。家里大部分的家具都被我们劈来烧了，不过好歹还剩了一些边角碎料。

我们三个人整个晚上都紧紧地挤在一起睡觉，到了早上又迟缓地醒来。家里所有的毯子都被我们抓来盖在身上，床也尽可能地挨着火炉，但是我们每天醒来时头发都是被冻住的，脸上结着一层霜。里奥开始咳嗽了，这让我非常担心。我逼着他喝些热水，但他相当不配合。我无法去责怪他什么，因为就算是烧开了的水喝起来也有一股怪味，就像那些在冻结河面上的死尸发出的味道。

我在寒冷中从床上爬起来，花很长时间劈下一条椅子腿或一截抽屉，然后放进炉子里生起火。我的耳朵里一直有嗡嗡的声音，奇怪的晕眩感经常让我连一小步路都走不稳。现在我可以清晰地摸到我身上的每一块骨头。但我还是会在吻醒我的孩子时面带着微笑。

被我叫醒的阿妮娅发出不舒服的闷哼声，但这样也比里奥强，他只是一动不动地躺在那儿。

我用力摇晃他，大声叫他的名字；当看见他睁开眼睛的那一刻，我不受控制地瘫坐在床上。“傻孩子。”我一边怪他一边抹眼泪。除了耳朵里接近咆哮的耳鸣和猛烈的心跳声之外我什么也听不见。

如果能再听到我的小儿子喊一声饿，我愿意付出任何代价。

接着我给我们每人倒上一杯浮着一层酵母粉的热水。这种东西自然毫无营养可言，但至少能往我们肚子里填点东西。我取出一片厚厚的黑面包——我们这个星期最后的口粮——小心翼翼地切成三份。我愿意把食物全部让给我的孩子吃，但我很清楚，如果没有我，他们根本不知道该怎么活下去。所以我必须吃。

我们都把那三分之一片面包又分成几小块，尽可能地慢慢吃。我把我那份的一半装进口袋，打算留到后面再吃。之后我站起来，穿上所有的衣服。

孩子们躺在床上，紧紧地依偎在一起。就算离得老远都能看到现在他们有多瘦。上一次我给里奥洗澡的时候看见他的身体已经瘦得只剩一把骨头，皮肤深深凹陷下去。

我走到床边，在他们身旁坐下。我摸摸里奥的脸颊，将他的针织帽往下拉了拉，好盖住他的耳朵。

“妈妈，别走。”他说。

“我必须出门。”

这个对话我们每天早上都要重复一遍，但其实他们现在不会争也不会闹，就连勉强都不剩多少了。“我会找些糖果回来，你喜欢糖果吗?”

“糖果。”他梦呓般地说道，然后又瘫软地躺回到扁平的枕头上。

阿妮娅抬起头看着我。和她的弟弟不同，她没有生病，她和我一样，只是在日渐衰弱。“你不该告诉他会有糖果。”她对我说。

“哦，阿妮娅。”我将她揽入怀里，用力抱紧她，亲吻她干裂的嘴唇。虽然我俩的嘴里的气味恶臭难闻，但我们都察觉不到了。

“我不想死，妈妈。”她对我说。

“你不会的，莫亚杜沙。我们一定能挺过去的。”

莫亚杜沙，我的灵魂。

她是我的灵魂。他们两个都是。也正因为这样我必须爬起来，穿上衣服出去工作。

我拖着雪橇走在清晨黑暗冰冷的街道上。来到图书馆，我走进那间还开着门的阅览室，里面点的油灯只能发出些许光亮。很多图书馆的工作人员已经病得无法走动了，所以就由我们这些尚有一丝力气的人来做事：搬书，配合政府和军队做调查研究。我们的工作也包括找书，在被炸弹炸毁的建筑里搜寻抢救各类书籍。无事可做的时候我就到各个定量供应口粮的地方排队。今天我很走运，抢到了一罐泡菜和当日配给的面包。

回家的这段路是可怕的。我的两条腿使不上劲，呼吸困难，头昏眼花。一路上遍地是死尸，然而我已经不会刻意去绕开他们，我没那个力气了。

走到半道，我从口袋里掏出早上省下的那一小块黑面包，放进嘴里，让它在我的舌头上慢慢化冻。

我能感觉到自己在左摇右晃。那个平直单调的噪音又在我耳朵里嘶吼，不过最近几个星期我已经习惯了这个声音。

我看到前面有一张长椅。

去坐下。稍微闭一会儿眼。

我太累了。腹中痛苦的饥饿感已经消失，取而代之的是无尽的疲惫。疲惫到连呼吸都觉得勉强。

就在那时，我惊讶地看到夏沙就站在我前面。他的样子就和我第一次见到他时一样，那是很久以前的事了，感觉有一辈子那么久；他连一件外套也没穿，金色的头发蓄得很长。

“夏沙。”我听到自己破碎的声音。我很想跑到他身边，可我的腿动不了。我只是瘫软地跪在了厚厚的积雪里。

我感觉到他来到了我的身边，伸出胳膊抱住我。他的呼吸是那么温暖，带着樱桃的香气。

樱桃。就像以前爸爸带回家给我们的那种……

还有蜂蜜。

我闭上眼，饥渴地嗅着他的气味，感受他香甜的呼吸。

我还闻到了我妈妈做的罗宋汤。

“站起来，维拉！”

一开始我听到的是夏沙的声音，深沉又熟悉。后来我意识到那是我自己的声音。我在尖叫。

“站起来，维拉！”

我还是一个人。我的身边谁也没有，也没有爱人如蜜糖如樱桃的甜美呼吸。只有我一个人，跪在深深的积雪里，被寒冷一点一点地夺走生命。

我想到了里奥的笑声，想起阿妮娅一脸严肃的样子，还有夏沙的吻。

我缓慢地支起身子，极其痛苦地站了起来。

回家的路并不远，可我却用了几个小时才走完。等跌跌撞撞地走进相对温暖的公寓时，我又一次跪倒在地。

阿妮娅过来了。她伸出手臂将我抱住。

我也不知道我们互相拥抱着在地板上坐了多久。大概是一直到冷得受不了，我们才相拥着爬到床上。

那天晚上，我们的晚餐是热泡菜和一只煮熟的土豆，简直是天堂。之后我和我的孩子围坐在大肚火炉旁。

“给我们讲个故事，妈妈。”阿妮娅说，“里奥，你不想听故事吗？”

我把里奥抱起来，低下头看他惨白的小脸。在火光的映照下，他的脸变得柔和而美好。我很想给他讲个故事，讲一个能让他做个好梦的童话故事，可我的喉咙紧得发不出声，嘴唇上的裂口也叫我张不开口，所以我只是抱着我的两个宝贝，直到寒冷的寂静催我们入眠。

我本以为一切已经不可能更糟糕了，但我想错了。我们面临的状况越来越严峻。

这是列宁格勒有记录以来最冷的一个冬天。粮食的配给再一次削减。为了取暖，我把父亲珍爱的书一页一页撕下来烧掉。我坐在冰冷的黑暗中，抱着我骨瘦如柴的孩子，讲故事给他们听。《安娜·卡列尼娜》《战争与和平》《奥涅金》。我给他们讲了好几遍我和夏沙的故事，重复得多了，那些话语自然深深烙在了我的心里。

然而这些往事离我越来越远。一些日子里我连自己长什么样都快记不起来，更别说我丈夫的模样了。我回想不起过去的事，但却能看到未来：未来就在我的孩子拉长的脸上，就在开始从里奥身上冒起的青色肿疮上。

坏血病。

幸好我是在图书馆工作的。我在书上看到松树的针叶里有维生素C，于是我就出去掰松树枝，放在雪橇上带回家。用松树叶煮的茶水很苦，但里奥已经不会抱怨什么了。

我真希望他还能抱怨。

依旧是没完没了的黑暗。寒冷。

躺在床上，我能听到我孩子的呼吸。里奥的呼吸声里有痰音。我摸了摸他的额头，他没有发烧，谢天谢地。

我知道我为什么会突然醒来。炉子里的火灭了。

我一点也不想去管。

这念头早在我察觉到屋子变冷前就有了。我什么也做不了，就抱着我的孩子，静静地躺在床上，然后永远地睡去好了。

有的是比这还遭的死法。

后来我感觉阿妮娅的腿轻轻蹭到了我的腿。她在睡梦中喃喃地唤着“爸爸”，这时我才猛地记起了我跟夏沙的保证。

我用了好长好长一段时间才从床上爬起来。每一个动作都让我感到无比痛苦。我耳朵里嗡嗡作响，身体无法保持平衡。还没等走到火炉旁，我感觉自己直直地倒了了下去。

从昏厥中醒来后，我彻底迷失了方向。有那么一瞬间，我似乎感觉到我父亲就坐在书桌旁写字。笔尖刮在粗糙的亚麻纸上发出清晰的唰唰声。

不可能。

我走向书柜。只有最后几本宝贵的书本还留在上面：我父亲写的诗。

这些诗我不能烧。

那就留到明天再烧好了，反正今天不行。于是我拿起斧子——它是那么的重——从书架的一侧劈下一块木头。这是种很厚的老木头，硬得像铁一样，燃烧时能产生很多热量。

我走到床边，站在火炉前，我感觉自己晃得厉害。

我突然想到，如果我再回到床上躺下可能就会死。是我母亲告诉的吗？还是我妹妹？我也不知道。我只是记得有这么一种说法。

“我不要死在我的床上。”我对自己说。我看到了家里唯一的一件家具——我父亲的写字桌。于是我披上一条毯子，走过去坐下。

我是不是真的闻到了他的味道，还是我又产生幻觉了？我不知道。我抓起他的笔，找出墨水瓶，里面的墨水已经冻成了固体。我把它拿到火炉边，很快墨水化开了，而我身上也有了些温度。我给自己倒了杯热水，又回到写字桌前。

我点亮了手边的油灯。这么做很蠢，我知道。应该把油省下来的，可我不能干坐在黑暗里，我必须做点事情来让自己活下去。

所以我要写字。

一切都还不算晚。我还没死。

我叫维拉·培提诺夫娜，一个无名之辈……

我写啊写，用来写字的这张纸很快就会被我拿去烧掉，我的手颤抖得厉害，写下的字母一个个在纸上飞来跳去，不成行列。但我还是拼命地写，一直到浓浓的夜色逐渐淡去。

也不知过了几个小时，当一缕浅灰色的光从报纸缝隙渗入屋内时，我知道自己成功熬过了这一夜。

就在我准备搁下笔的时候听到了敲门声。我强迫自己站起来，缓慢地向门口挪动。

门外站着一个穿黑呢子大衣、头戴军帽的陌生男人。

“你是维拉·培提诺夫娜·马切科吗？”

我感觉他的声音很是耳熟，可我无法去辨认他的脸，因为我的视线根本集中不了。

“是我。我是住走道尽头那间屋的迪玛·纽斯凯。”说着他将一瓶红酒，一包糖和一袋土豆递给我，“我妈妈病得太重，已经吃不下东西了。她可能连今天都熬不过去。她让我把这些东西交给你，说是给两个宝贝的。”

“迪玛。”我重复了一遍他的名字，但依旧不知道他是谁。也想不起他妈妈，也就是我这个邻居究竟是哪一位。

但我收下了食物，连假装推让一下的意思都没有。为了这点东西我甚至可能杀了他。谁知道呢？“谢谢。”我对他说。又或许我什么也没说，没有表示任何谢意。

“亚历山大好吗？”

“我们谁能好得了？要进来坐会儿吗？家里稍微暖和点……”

“不了。我必须回去陪着我妈妈。我在这儿待不了太久，明天就要返回前线了。”

他离开后，我心怀敬畏地盯着手里的食物。那天早上我是笑着唤醒里奥的，我对他说：“我们有糖果了……”

一月的时候，我把可怜的里奥绑在雪橇上。他已经太虚弱了，所以并没有挣扎。他小小的身体生满了肿疮，泛着青黑色。阿妮娅冷得无法从床上爬起来，所以我嘱咐她乖乖待在床上等我们回去。

走到医院用了三个小时，等到了那以后……

有不少人在排队等候看医生的过程中就死了。医院里到处是死人。空气中弥漫着尸体的气味。

我凑近我的里奥。他又瘦又肿，小脸看起来就像一只饿猫。“我在这呢，我的小狮子。”我对他说，而我也想不出别的话对他说了。

一个护士朝我们看过来。

尽管医院里有几百号人，但她还是一眼看到了我们。她走过来，低头看看里奥。等她再抬起头看我时，我从她眼里看到了同情。

“给你。”她递给我一张纸，“拿着这个去领一些小米汤和黄油给他。去药房可以拿阿司匹林。”

“谢谢你。”我对她说。

我和她又对视了片刻，我们心里都清楚这点东西根本不够。“他叫里奥。”我告诉她。

“我的儿子叫尤里。”

我点点头，心里都明白了。有的时候你能留下的就只是一个名字而已。

从医院回到家后，我把我能找到的所有东西都做成了吃的。

墙纸撕下来放进水里煮。糨糊是用面粉和水做的，可以做成类似浓汤一样的东西。木匠用的胶水也大同小异。我把这些“食谱”教给了我的女儿。愿上帝保佑我们。

我还煮了一条夏沙的皮带，最后做成了胶冻。那东西的味道令人作呕，但我还是强迫里奥吃了少许……

一月中旬时，夏沙的一个朋友来到我们的公寓。我看得出，他被眼前的景象惊呆了。夏沙托他带了一个盒子给我。

他才刚走我和孩子们就立刻围拢过来，好奇地看着那只盒子。就连里奥的脸上也露出了微笑。

盒子里装着同意撤离的批文，通知我们在二十号那天离开。

文件下面摆着一卷新鲜香肠和一袋坚果。

我在一片漆黑中，将我这一生所剩不多的东西收拾起来。老实说我也不知道该带走些什么，又该丢下些什么。我们大部分财产不是被冻住就是被烧掉了，不过我没忘了拿上我自己写的东西和我父亲的作品，还有我最后一本安娜·阿赫玛托娃的诗集。我把我们所有的食物都带上了——香肠，半袋洋葱，四片面包，一点粕饼，四分之一罐葵花籽油和最后剩的一点泡菜。

我必须抱着里奥走，因为他的脚已经浮肿到走不了路，胳膊上也生满了肿疮。更何况我根本狠不下心去叫醒熟睡中的他。

那天早上十点左右，我们三个人离开了黑暗的公寓。小阿妮娅提着我们仅有的一只小行李包，里面装的全是食物。我们的衣服都被我们穿在身上了。

外面在下着大雪，冷得刺骨。我拉着阿妮娅的手走了很长一段路去火车站。一到那以后，我和女儿都累瘫了。

上了火车，我们三个就紧紧地挤在一起。这一路同行的人很多，但没有一个人说话。车厢里有一股霉味、体臭和口臭混在一起的难闻气味。这气味我们所有人都再熟悉不过了。

我把孩子们拉过来紧贴着我，然后让里奥和阿妮娅喝了一点红酒，但里奥不喜欢那个味道。当着车厢里那么多人的面我不敢把吃的拿出来。光那点粕饼就可能给我招来杀身之祸，更别说香肠了。

我把手深深插进外套的口袋。来之前我在那里面装满了土，那是专门从被烧毁的贝德耶夫食品仓库外刮来的。

由于土里夹杂着一些糖粒，里奥贪婪地吃了起来，吃完又哭闹着还想要。这时候我只能想到一个办法，并且我也做了：我划破了手指放进里奥嘴里。他像个新生婴儿一样吮吸着我的手指，喝下我温暖的血。弄伤自己很疼，但总比听着他肺充血的声音，或者摸到他滚烫的额头强。

我压低声音给他们讲我和夏沙的故事。我们宛如童话一般的爱情故事如今看来是那么的遥远。晃晃荡荡的火车也不知拉着我们到了哪里，一路上我都在提心吊胆，里奥又咳得那么厉害，再加上阿妮娅一个劲地问我什么时候能看到爸爸，我竟然开始把我的丈夫讲成了王子，某人变成了黑暗骑士，而涅瓦河也有了魔法……

那段旅程似乎持续了很长一段时间。一连数小时在火车上摇来晃去让我的内脏好像翻绞一般地疼起来。我们尚能保持理智全因为我的童话故事。要没有它，我可能早就大哭或尖叫起来，并且再也不会停止。

最终，我们到达了拉多加湖的边岸。就我所看到的，我只能说湖面已经冻住了。而且不管是隔着干净的车窗玻璃，还是隔着我自己呼出的雾气去看，这冰于我来说几乎没有什么区别。

随后我们站在了冰路的起点。

二十五

数月来，军方一直努力在拉多加湖面上开一条冰路。现在这条路就在我们眼前，大伙儿管这叫“生命之路”。他们都说，很快，运输食品的货车就会隆隆地驶过冰面，向着列宁格勒进发。可到目前为止，人们所说的那种货车还在一辆接一辆地掉下冰面，消失在黑色的湖水里。当然，德国人也在不断地往湖面投炸弹。

我检查了一下孩子们的衣服。所有东西都好好的，和我们离开列宁格勒时一样。里奥和阿妮娅先在身上裹了一层报纸，然后再穿上他们所有的衣服。我们的脑袋和脖子也用围巾严严实实地裹起来。我尽可能把我们身上的每一寸皮肤都盖住，就连里奥红彤彤的小鼻子也没放过。

我深吸一口气，肺里立刻剧烈地疼痛起来。我旁边的里奥开始咳嗽了。

黑色的天空中挂着一轮满月，月光把雪染成了青蓝色。从火车上下来的所有人全部站在一起，挤作一团，像一群不知所措的牲口。很多人都在咳嗽。不知从哪传来了一个孩子的哭闹声，我突然很希望那是里奥在哭。他安静得让我害怕。

“我们该怎么办，妈妈?”阿妮娅问我。

“我们去找一辆卡车。来，拉着我的手。”

一迈开步子，眼泪立刻就涌上来，刺痛了我的眼睛。里奥被我抱在怀里，尽管他已经很瘦了，可这一丁点的负重也让我走得无比艰难。再加上迎着呼啸的狂风，我每走一步都需要绝对集中精神，调集我全部的意志力。在这个冰封的蓝黑色世界里，唯一让我感到真实的是我女儿的手。我听到很远的地方传来发动机空转的声音，接着转成了轰鸣声。是车队吧，我心里默默希望着。

“快来!”我在风中大吼，或者说我是打算吼出来的。我的全身的关节被冻得生疼，就连弯一下手指握紧阿妮娅的手都做不到。

我走啊走。

走啊走。

可前方什么也没有。只有无尽的冰面和黑沉沉的天，还有远处不时响起的枪炮声。

我心里想着，我必须加快速度，为了我的孩子。这时我感觉夏沙来到了我的身边，我能感觉到他喘出来的气，是那么温暖。他在小声说爱我，向我描绘将来到了阿拉斯加要找个什么样的地方来盖我们的房子，然后他告诉我累了就休息一下，没关系的。

“就一会儿。”话还没从我口中说出我就双膝跪倒在地。

整个世界完全静止了。不知哪里有人在笑，那笑声听起来就像奥尔嘉的。我只要打一个盹就能见到她了，这就是我此刻的想法。

我闭上了眼睛。

“妈妈。”

“妈妈。”

“妈妈!”

她冲我的脸大声喊叫。

我缓慢地张开眼，看见阿妮娅在我面前。我的女儿把她的围巾取下来绕在我的脖子上。

“妈妈，你得站起来。”阿妮娅用力拽着我。

我低下头。里奥软绵绵地在我怀里，脑袋向后仰着，但是我感觉到他还在呼吸。

我把阿妮娅给我的围巾解开，重新裹住她的脖子和小脸。“再也不要把围巾取下来了。”我说，“不要把围巾给任何人，就连我也不可以。”

“可是我爱你，妈妈。”

这就是我的力量。我咬牙忍着重新被唤醒的疼痛，艰难地站起来，又开始往前走。

一次就迈一步。直到我看清楚了前方切切实实停着一辆货运卡车。

一个身穿宽大的迷彩服的男人站在车门旁吸烟。顺风飘来的烟味让我想起了我的母亲。

“能载我们过湖吗?”我听见自己发出的声音破碎又虚弱。

这个男人的脸并不憔悴，也没有太消瘦，可见他不是个普通人，最起码也是党员，刚升起的希望骤然下跌。

他凑过来瞧了瞧里奥，“死了?”

我忙摇头，“没有，他只是睡着了。”

“求求你。”我的声音已经变成了绝望。周围的卡车都开走了，我知道如果不赶快搭上一辆车，那我们今晚就得死在这里。我掏出我祖父做的那只珐琅蝴蝶递过去，“这个你收下。”

“不，妈妈。”阿妮娅伸手过来跟我抢蝴蝶。

可那个男人没有接蝴蝶，只是皱了皱眉，“这种小玩意儿能有什么用?”

我脱下手套，将我的结婚戒指取下来给他，“这是金的。求求你……”

他抽着烟定定地看着我。最后一口烟吸完，他把烟蒂扔在雪地上，“好吧，老婆婆。”他接过我的戒指装进自己的口袋，“上车。我就送你和你孙子们一程。”

我满心的感激，完全没注意到他对我说的话有什么不对。一直到我和孩子们挤进卡车的驾驶室里……

老婆婆。

他以为我是个老人。我扯下头巾往挡风玻璃上方的后视镜里看了一眼。

我的头发已经和我的肤色一样白了。

待我们过了湖后已到了白天。当然，就算是白天也不会亮到哪去，不过足够了，起码我可以看清楚我们来到了一个什么样的地方。

一望无际的雪地上有一排排的货车，车上满载的食物是要送去我可怜的列宁格勒的。士兵们都穿着白色的军服。不远处——大概就三百码开外的距离——有一个火车站，那是我们接下来要去的地方。

车刚一离开冰面立刻就碰到了空袭。我们的司机马上停下车，逃了出去。

老实说我一点都不想离开这辆车，虽然我很清楚坐在车上有多危险。油箱里有汽油，且这车没有做任何伪装，从空中看完全就是一个活靶子。可是我们好久没有这么暖和过了……我下意识地看了一眼里奥，这一看让我把所有危险丢到了脑后。

我感觉不到他的呼吸了。

我用力地摇晃他，撕开他的外套，扯下裹在他小身子上的报纸。他的胸膛几乎就是一副骨架，青色的皮肤上满是肿疮。“醒醒，里奥。快点喘气吧，我的小狮子，求你了……”我把嘴覆到他的嘴上，往他的口里吹气。

最终，他在我怀里颤抖了一下，将一口带着酸味的微弱气息吐进我的嘴里。

他哇的一声哭起来。

我也哭着把他拉过来贴紧我，我对他说：“我不准你离开我，里奥。妈妈受不了。”

“妈妈，他的手好烫。”阿妮娅战战兢兢地对我说，看得出来我突然这一通乱吼把她吓坏了。

我赶紧摸了摸里奥的额头。

他在发烧。我两只手颤抖着把报纸裹回到他身上，再扣上毛衣和外套的纽扣。

我们再次走进寒冷中。

阿妮娅带头跳下卡车。而我所有注意力都集中在里奥身上，炸弹和炮火声在我们四周大作。一辆卡车就在离我们很近的地方爆炸了。

感觉就像走进了飓风的风眼中。一辆接一辆的卡车从我身边开过，拉着武器弹药的马撒开蹄子往前奔，士兵们也在四处逃窜，而我们这些穷困潦倒、饥肠辘辘的列宁格勒人则在焦急地寻找可以搭乘的车辆。

我幸运地找到了这里的医务所。一个临时在雪地上搭起的白色帐篷，帐篷的帆布脏兮兮的，被寒风一吹扑棱作响。

走进去才发现这根本算不得一个医院了，不过是一个摆放尸体，还有供将死之人熬尽最后生命的地方。里面的气味简直难闻得可怕，活着的人就躺在他们已经被冻干的排泄物上呻吟。

我不敢把里奥放下来，我害怕会加重他的病情。我觉得我们在里面徘徊游荡了几个小时，想找到一个能帮帮我们的人。

最终我看到了一个老人。他拄着拐杖弓腰驼背地站在那里，眼神空洞又麻木。我朝他走去完全是因为他穿着白色的衣服。

“求你帮帮我。”我走到他身边，对他说道，“我的儿子在发烧。”

他看向我。他的脸像我一样疲惫不堪。他朝里奥伸出手，我看到他微微颤抖的手指上有肿起的水泡。

他摸摸里奥的额头，然后看着我。

我永远也忘不了他的那个眼神，感谢上帝我无法用语言来形容这样的眼神。“送他去切列波韦茨的医院。”他耸耸肩，“也许吧。”

我没有要求他再告诉我些情况。事实上，我也不希望他告诉我。

他给了我四片白色的药，“一天服两片。”他说，“用干净的水送服。他最后一次吃东西是什么时候?”

我摇摇头。实情叫我怎么说得出口呢？我根本没办法让他吃东西了。

“切列波韦茨。”他又说了一遍，也是他说的最后一句话，之后他就转身走开了。他每走一步都有人拉住他，求他救命。

“我们走。”

我拉起阿妮娅的手，慢慢地走出令人痛苦不堪的医务所，然后又踏着雪来到火车站。文件通过审查后，我们再次爬上了一节拥挤不堪的车厢。我和我的孩子们都没有座位，所以我们就坐在冷冰冰的地板上。我把里奥放在我的膝头，阿妮娅坐在我旁边。一直等天完全黑下来后我才拿出那袋坚果。我大着胆子尽量多地把坚果分给阿妮娅吃，我自己只吃了少许。我设法用我们自己带来的清水让里奥吞下一片药。

那一夜漫长又煎熬。

我不停地低下头去检查里奥是不是还有呼吸。

我还记得火车在中途停了一次。车厢门打开，有个人大声冲我们喊："有没有人死了？有死人吗？把尸体交给我们。"

无数只手伸向里奥，试图把他从我怀里拉走。

我死死地抓住他，不住口地尖叫："他还有气，他还有气。"

门关上了，车厢里再次陷入黑暗中。阿妮娅靠近我。我听到她在哭。

切列波韦茨的情况也没有好太多。我们可以在这里停留一天。一开始我还暗自庆幸，在我们登上下一辆火车前还有点时间来救救里奥，但是他已经越来越虚弱了。我努力避免去看这个事实，可这个事实就躺在我的怀里。他每时每刻都在咳嗽。现在还会咳出血沫来。他不吃东西也不喝水，烧得滚烫，身体一个劲地发抖。

切列波韦茨的医院是一个令人深恶痛绝的地方。所有病人都患有痢疾和坏血病。在这里站不到片刻就会看到一个患病的列宁格勒人蹒跚地走进来寻求救助。每过一小时就有几辆卡车把医院的死尸拉走，但不过是腾出空位给新的尸体填进去。活着的人也就是站在那垂死挣扎而已。

我又饿又虚弱，但这倒成了一件好事。我没有力气满医院奔走寻找帮助。我只是抱着我的儿子，站在阴冷的走廊里。看到有人经过我就小声恳求："救救他，求求你。"

阿妮娅在冰冷的地板上睡着了，嘴里吮着她的大拇指。这时一个护士在我们旁边停下。

"救救他。"我把我的儿子抱给她。

她温柔地接过里奥。我逼自己不要去看他朝后仰着的脑袋。

"他是营养不良，第三级。已经没有第四级了。"她对迷茫不知所措的我解释道，"快死了。如果我们可以给他输点液体的话……也许吧。我可以带他去找医生。接下来也许会痛苦那么几天。”

这个护士是那么年轻。和战争开始前的我一样年轻。我不知该如何去相信她的话，或者如何不去相信。“我有撤离文件。我们要赶明天的火车去沃洛格达。”

“他们不会让你儿子上火车的。”年轻的护士告诉我，“病得这么重肯定不行。”

“可要是我们留下，往后根本不可能再买到车票。”我说，“我们会死在这里的。”

护士不说话了。撒谎只会浪费时间。

“我们现在就可以开始给里奥治病，对不对？”我又说道，“也许到明天他就好起来了。”

护士再也掩饰不住对我的同情。“当然了。也许他会好起来的。”

也确实如此。

他好了。

我和阿妮娅蜷着身子在地板上睡了一夜，里奥睡在我们旁边的一张脏兮兮的儿童病床里。我是被冷醒的，身上被地板硌得生疼。我跪起来去看里奥，发现他醒着。那么久以来第一次，他的蓝色眼睛又像从前那样清澈明亮了。“嗨，妈妈。”他那声沙哑、仿佛蒙着一层雾气的呼唤直直穿进了我的心脏，“我们在哪儿？爸爸呢？”

我叫醒阿妮娅，把她拉到我旁边。“我们都在这呢，宝贝。我们就在去找爸爸的路上。他在沃洛格达等我们。”

我低头看着我的儿子，我的心肝宝贝，又是哭又是笑。也许是泪水模糊了我的视线，或者不如说是希望让我看不清真相。我这样的年纪理应知道得很清楚，可听见他声音的一瞬间我还是把所有常识都抛到了九霄云外。我没有看到他的皮肤已经变成了乌青色，没有看到他胸口上肿疮都破开，在往外渗黄色的脓水，我也没有听出他的咳嗽声变得有多粗重。我只看到了里奥，我的小狮子，我这个有着最蓝的眼睛和最纯净笑声的宝贝。

所以当护士走过来提醒我们该去赶火车的时候，我是那么的困惑。

“他已经好起来了。”我低头看着他对护士说道。

沉默在我们之间拉伸。是里奥的咳嗽声，和远处哒哒哒的枪声打破了这阵沉默。护士示意地看了一眼阿妮娅。

我第一次看清了阿妮娅的脸色有多苍白。她开裂的嘴唇是灰色的，脖子上长出大个大个的脓包，她的头发也脱落了许多。

这些我之前怎么就没注意到？

“可是……”我四下里看了看，“你说过他们不会让我儿子上火车的。”

“要撤离的人太多。他们不会送一个要死的人走。你的批文还可以给你自己和你女儿用，不是吗？”

我为什么直到那时才听懂了她对我说的话是什么意思？这种恍然大悟的感觉要我怎么解释才好？就算被一把刀插进心脏也没有这么疼。

“你是说我应该把他一个人丢在这里等死？”

“我想说的是他会死。”护士又看了阿妮娅一眼，“但你还可以救她。”她拉了拉我的胳膊，“我很遗憾。”

我僵立在那目送着她走开。我也不知道我站了多久。后来我听到了火车的汽笛声，我低头看看我爱进命里的女儿，又看看我即将死去的儿子。

“妈妈？”阿妮娅皱着眉头看着我。

我拉起阿妮娅的手，带她走出了医院。

在火车上，我跪在她的面前。她瘦小的身子裹在一件鲜红色的外套里，脚上穿着一双大得过头的毛毡靴。

“妈妈？”

“我不能把里奥丢在这。”我哽咽着对她说。其实我真正想说的是，我不能让他一个人死去，可要我如何对我五岁的女儿说出这种话呢？她能不能明白我正在做一个全天下的母亲都不应该做的选择？将来有一天她会因为这个选择恨我吗？

她皱成一团的小脸是那么熟悉，看得我的心都要碎了。有一瞬间我好像又看到了她婴儿时的样子。“可是……”

“你是我最坚强的孩子。你一个人也会没事的。”

她使劲摇头，哭了出来，“不，妈妈。我要跟着你。”

我伸手从口袋里掏出一张纸。这张纸片上残留的香肠味让我的胃里一阵痉挛。我把她的名字写在纸上，然后别进她的翻领里。“爸……爸爸会在沃洛格达等你。你找到他，然后告诉他我们会在星期三那天到。到时你俩可以来接我和里奥。”

我的话听起来就像是假的，一股浓浓的谎言味道。可她信任我。

我不让她来抱我。我看见她不停地向我伸出手，而我一次又一次地把她往我们周围的人群里推。

阿妮娅撞到了一个站在近旁的妇女身上，她踉跄地退到一旁，接着轻声咒骂起来。

“妈妈……”

我再次把女儿推到这个陌生人跟前。她用空洞的眼神注视着我。

“带我女儿走。”我说，“她有文件。她父亲在沃洛格达等她。他的名字叫亚历山大·伊万诺维奇·马切科。”

“不，妈妈。”阿妮娅大哭着来抓我。

我打算狠狠将她推开，好叫她再也扑不过来，可我做不到。最终我还是把她揪进我怀里，紧紧地拥抱了她。

火车的汽笛声拉响了。一个人大吼着问：“她走不走？”

我掰开阿妮娅缠在我脖子上的胳膊。“你要坚强一点，阿妮娅。我爱你，莫亚杜沙。”

我怎么可以一边把她唤作我的灵魂，一边又狠心将她推开呢？可是我就是这么做了。就是这么做了。

我在最后一刻将那只珐琅蝴蝶交到她手里，“给你蝴蝶。替我保管好它。我会回来找它，也会来找你。”

“不，妈妈……”

“我保证。”我将她抱起来，塞到一个陌生人的怀里。

她还在哭，凄厉地叫着我的名字，用尽全力想挣脱出来。这时火车的门关上了。

我在原地站了很久，看着火车越行越远，越变越小，直至最后消失在我的视野中。德国人又开始扔炸弹了。爆炸声，人们的喊叫声，还有碎片砸在铁皮屋顶的声音从四面八方传进我的耳朵。

但我一点也不关心。

我转身往医院的方向走去。感觉有什么东西从我身上掉了出来，但我没有费心低下头去找，不想看我到底丢了什么。我走在纷纷扬扬下落的尘土和大雪中，去找我的儿子。

我的胸口隐隐作痛，呼吸也不顺畅，这是失去的感觉。但我告诉自己，我做了正确的事。

我要用我强大的意志力让里奥活下去，而夏沙会在沃洛格达找到阿妮娅，我们一家四口会在星期三团聚。

这是多么美好的梦想啊。我要让它活着，留住它的呼吸。就像双手围拢护住蜡烛微弱的火苗那样。

回到医院时，天又黑了下来。这个地方的气味实在让人难以忍受。还有寒冷，我能听见风在外面徘徊的声音，不怀好意地尝试建筑物上的每一处缝隙和裂口，随时准备钻进来。

窄小下陷的儿童病床上，里奥在睡梦中发出吮吸的声音，咀嚼着并不存在的食物。他现在几乎是一刻不停地咳嗽，口里一阵阵喷出的血沫在毛毯上留下了一片网格状的纹路。

我再也忍受不了了，于是爬上小床抱住他。他像婴儿时那样往我的怀里拱，轻声呢喃着我的名字。他糟糕的呼吸声让人不忍心去听。

我轻抚着他滚烫濡湿的额头。虽然我的手很冰，但我还是愿意摸着他，让他知道我在这里，在他身边，陪着他。我给他唱他最喜欢的歌曲，给他讲他最喜欢听的故事。他不时会醒过来一阵，虚弱地冲我微笑，要糖吃。

“没有糖果。”我告诉他，又吻了吻他塌陷的青色脸颊。我再一次划破手指给他含着，直到疼得受不了我才把手指抽出来。

我在给他唱已经记不起歌词的歌，唱着唱着，我就发现他没有呼吸了。

我亲吻他的冰冷的脸颊和嘴唇，我想我听到他跟我说话了，他说：“我爱你，妈妈。”这当然只是我的幻想罢了。我怎么能忘得了这一切是如何发生的？他每天都在一点点地死去，而我束手无策。也许我们根本就不应该离开列宁格勒。

我以为我承受不了这样的痛苦，但我承受下来了。那一整天和接下来的半天时间里我都和他躺在一起，抱着他逐渐冷透的身体。要是在平常时期，医院大概是不会允许我这么做的，但那种时候毫无平常可言。最终，我放开了他小小的尸体，爬了起来。

尽管我很想就这样永远躺在他的身边，守着他直到我自己慢慢饿死。但我不能这么做，我向夏沙保证过。

活下去，他对我说，我也答应了。

带着一颗变成了石头的心，和空荡荡的怀抱，我离开了我的儿子，让永远不会再醒来的他一个人躺在门边的小病床上。而当我再次迈开脚步时，我知道，现在我儿子留给我的念想就只剩下一个日历上的日期，和装在我行李包里的一只玩具兔子。

我不会告诉你们，为了在那辆开往东边的列车上得到一个座位我都干了些什么。反正也不重要，我已经不是我了。我只剩下一具没有血肉的身体，和满头的白发；这具空洞的躯壳得不到丝毫平静，也不能休息，不管我有多渴望能躺下来，闭上眼睛就此放弃。

阿妮娅。

夏沙。

我死死地抓住这两个名字，在梦里也不敢放开，尽管很多时候我连自己梦见的是谁都想不起来了。我坐在火车上，看见了沿途无数被摧毁的乡村，成堆的尸体，还有被炸弹炸得伤痕累累的大地。飞机和枪炮的声音从头到尾没有消停的时候。

火车缓缓地向东开着，中途在几个小镇短暂停靠。每次一停车就有无数饥民争抢着爬上车，混入到我们这群眼神空洞、肮脏不堪的人中来。我身边有人在小声谈论前方的战况有多激烈，但我压根听不进去。也不关心。我的心和身体被掏得太空，已经操心不了那么多事了。

最终我们奇迹般地到达了沃洛格达。我也是在车厢门打开的一瞬间才突然意识到，我根本没有指望能活着来到这里。

我还记得要微笑。

微笑，我对自己说。

我甚至特意将我的头发往头巾里塞了塞，这样夏沙就不会注意到我变得有多苍老了。我身边只有那只小小的旅行包，里面装着我所有的财产——我们的财产。我把它紧紧抓在手里，卖力地挤到人群的前面。

一走进车外寒冷的空气中，人群就迅速地朝四面八方散开，大概是去找吃的或者寻找亲友了吧。

我站在原地没有动，任凭其他人推挤着从我身边走过。远远地，我听到飞机的嗡鸣声，我知道这意味着什么。我们所有人都清楚。当空袭警报响起的时候，和我同行的乘客都跑起来，到处找可以掩蔽的地方。我看着人们一个接一个地往战壕里跳。

我并没有跟着他们一起逃命，因为我看到夏沙了，他就在我前面，和我隔着不过一百码的距离。我也看到他正牵着阿妮娅的手。她身上那件鲜红色的外套活像一只从雪地里飞出的羽翼丰满、健康的小红鸟。

还没迈出第一步我就哭了。我的两只生疮的脚浮肿得厉害，但此刻已经被我完全忽略。我只想着，那是我的家人，然后不顾一切地跑了起来。对夏沙怀抱的强烈渴望叫我忘了思考。

愚蠢。

真正听到炸弹落下的声音时已经太晚了。我是不是把那个尖厉的啸声当成了我的心跳，或者是我的呼吸声？

一瞬间所有东西都爆炸了：身后的火车，我旁边的树，一辆停在路边的卡车……

几秒钟前我还看着夏沙和阿妮娅就在我眼前，可接下来他们就横飞到空中，身后燃着一团火。

我是在一顶医疗帐篷里醒来的。也不知我在那躺了多久，一直到所有的记忆重新在我的脑海浮现后我才慢慢地爬起身来。

我的四周有无数具被烧焦的破碎尸体。还有人的哭泣声和呻吟声。

过了片刻我才意识到我的眼睛看不见颜色了。听力模模糊糊的，就好像我的耳朵里塞了一团棉花。我的半边脸上被刮破了好几处，还在流着血，但我几乎没有任何感觉。

那团橘红色的火是我这辈子看到的最后的颜色。

“你不该起来的。”一个男人走过来对我说道。他的神色憔悴，但又有一种见了太多战争悲剧的麻木。他的制服有好几处被磨破了。

“我的丈夫……”我必须要大吼着说话才能盖过这里的吵闹声和我耳朵里的耳鸣，“我的女儿。一个穿红外套的小女孩和一个男人。他们就站在……火车被炸了……我必须找到他们。”

“很遗憾……”我的心在狂跳，所以他后面的话我没有听清楚，只隐约记得几个单词：无一幸存……只有你……这里……

我推开他，跌跌撞撞地走到一张张病床前，可我看到的全是陌生人。

帐篷外面天寒地冻，雪下得又大又急。我认不出这个地方是哪儿，茫茫无尽的雪地仿佛延伸到了天尽头。所有被炸弹破坏的痕迹此刻都被白雪盖住了，不过我还是能看到一个凸起的雪包，那下面埋着的一定是尸体。

接着我看到了那个小小的东西，它皱成一团被扔在附近的一顶帐篷旁，看过去就仿佛是雪地上的一点深色污渍。

我很想说我是跑过去的，但事实上我只能走。一阵寒意像火烧一样从我的脚底传上来，我这才发现我竟然打着赤脚。

这是她的外套，阿妮娅的红色外套。或者说这是那件外套仅存的一部分。我是再也看不到那鲜亮的红色了，但我看到了她的名字，那是我亲手写在一张碎纸片上，然后又别进翻领里的。纸片已经湿了，上面字迹也变得模模糊糊，但它就在那儿。外套的一半不见了——我不敢细想这究竟是怎么发生的——一面被撕得破破烂烂。

我也看到了浅色内衬上的黑色血迹。

我把外套捂在鼻子上，用力地吸气。我还能从布料上闻到她的气味。

在口袋里我找到了阿妮娅和里奥的合照，是我将照片缝进外套的内衬里的。看见了吧？我想起在我们把照片藏起来的那天我对她说过的话，那是列宁格勒第一次疏散儿童的时候，现在回想起来好像过了数十年那么久：你要时刻陪在你弟弟身边。

从现在起你弟弟就永远陪在你身边了。

我把那张写着她名字的纸片紧紧攥在手心里。我究竟在冰天雪地里坐了多久，又花了多长时间来一遍遍地抚摸我宝贝女儿的外套，回忆她的微笑呢？

永无止境。

没人肯给我一枪。我求遍了所有人，可他们对我说的话都一样，冷静下来，明天你就会好受些了。

我应该去求一个女人的，一个像我这样的母亲。冒冒失失地把孩子带出来，结果害得一个病死，而另一个也因为我狠心丢下她而永远地离开了我。

或许这世上不会再有另一个这样的母亲了，我是唯一一个……

反正我已经忍受不了了。我一点也不想好受，再痛苦悲伤也是我应得的。于是我回到我的病床，穿上靴子和外套离开了那里。

我就像一个幽灵一样走在雪茫茫的乡郊野外。一路上碰到了很多像我一样的活死人，没有一个人上前来阻止我。只要哪里有枪炮和炸弹的声音我就往哪里走。如果我的脚能疼得轻一些，我一定会用跑的。

到了第八天的时候我找到了我想要的。

战争的最前线。

我从我的俄国同胞身边走过。他们拼命想叫住我，追上来拉住我。

但我挣开了，必要的时候还用蛮力，拳打脚踢，然后继续往前走。

最后我靠近了一伙德国人，迎着他们的枪口站住。

“开枪打死我。”我对他们说，然后闭上了眼睛。我知道在他们眼里的我是什么模样：一个疯癫、半死不活的老女人，手里拿着破烂的旅行包和一只脏兮兮的灰色玩具兔子。

二十六

"但我并不是一个幸运的女人。"母亲平静地说完最后一句话，叹了口气。

随之而来的是沉默。

妮娜抹去眼里的泪水，敬畏地看着母亲。

她是怎么做到一直背负着那些痛苦的？一个人是怎么从那样的经历中活下来的？

母亲速度很快地站起身来，先朝左边走了一步，停下来，然后又转朝右边，再停下来。好像她刚做了一场梦，现在突然醒来，却发现自己身在一个无法逃脱的房间里。最后随着肩膀朝下微微一缩，她慢慢走到了窗边，凝视着窗外。

妮娜看看梅瑞狄斯，发现她的脸色很难看，想必她的感受和自己差不多。

"我的老天。"是麦克西姆打破了沉默。他关上录音机，按键发出的咔嗒声在安静的房间里显得突兀，但也提醒了妮娜，他们刚听到的这个故事不仅对她们家有重要意义。

母亲还站在窗边。她的手掌按在自己胸膛，好像是在检查自己的心脏。她似乎以为那颗心会停止跳动，或者直接从身体里挣脱出来。

那一刻浮现在她脑海中的是什么？也许是她深爱的列宁格勒，曾经熠熠生辉，后来却变成了一个被炸毁的酷寒荒地，人们一个接一个的横死街头，飞鸟像石头一样从天上掉落。

也许她想到的是夏沙的脸？阿妮娅的笑声？或者是里奥最后那个令人心碎的微笑？

妮娜看着这个生养她，而她一直到最后才真正了解的女人。

她的母亲才是凝聚整个狮群的母狮，是一位勇士。她为自己选择了一条地狱般的人生路，只因为她想放弃自己，但又迷茫不知该怎样做。

理解一点一滴地汇集在一起，拼凑出了她真正的母亲。妮娜突然认真地审视起自己的人生来。这些年她一直在满世界跑，在其他女人的生命中寻找属于自己的真相。

可其实她要找的一直在这里，在家里，在那个她从来没有尝试去理解的女人身上。难怪妮娜永远都有一种未能圆满的感觉，也从来没有想真正去发表她拍摄的女性系列的照片。她所追寻的东西自始至终都在牵引着她，要她坚持到这一刻，突破这一层理解。她一直躲在照相机后面，渴望通过镜头来寻找自己。可她又怎么能找得到呢？若一个女人不了解自己的母亲，那她还能真正了解自己吗？

"他们只是俘虏了我。"母亲依然看着窗外。

妮娜微微一皱眉。她感觉母亲说完上一句话到现在足有半小时那么久，可事实上只是过了几分钟而已。就在这短短的数分钟里妮娜窥见了属于她自己的真实人生。

"囚犯。"母亲喃喃着摇了摇头。"我一心求死。试了又试……可我太软弱，最终也没有杀死自己……"她的视线从窗外收回，转过身来看着她们。"你们的父亲是当年解放囚犯劳动营的美国士兵，那时我们在德国。是几年之后的事了，战争已经结束。他第一次同我说话的时候我都没有留心听，我只是想着如果我能再坚强一点，我的孩子们就会一直在我的身边，和我一起等到劳动营大门打开的这一天。后来伊凡问我叫什么名字，我说的是，阿妮娅。当然，在以后的时间里我本来有机会解释这个误会，只是我真的很喜欢在每次有人叫我的时候听到她的名字。这让我痛苦，但我却心甘情愿地接受这份痛苦。这已经是我应受的惩罚中最轻的了。我跟了你们的父亲——嫁给了他——因为我想要离开，而他是唯一能带我离开的人。我从来不期待能重新开始生活——我病得太重。我只期待，也巴不得自己能死掉，但我没有。再后来……我怎么可能不爱上伊凡呢？好了。我说完了，现在你们都知道了。"她伸出手拿起她的手包，开始向房间的门口走去，她的身体在轻轻摇晃，仿佛她在讲故事的过程中弄丢了平衡感。

妮娜立即站起身。她和梅瑞狄斯虽然没有说话也没有交换眼神，可动作却一致得像连体人一样。她们赶上前，一人搀住母亲的一条胳膊，从两边架住了她。

在她们的搀扶下母亲似乎摇晃得更厉害了，几乎要摔倒。"你们不应该……"

"不要再告诉我们该怎么想，妈妈。"妮娜轻柔地说。

"也不要再推开我们。"梅瑞狄斯伸出手轻轻抚摸母亲的脸颊，"你已经失去太多了。"

母亲发出了哽咽的声音。

“但不包括我们。”妮娜说着，感觉眼泪又一次灼痛了她的眼睛，“你永远不会失去我们。”

母亲的两条腿好像彻底被抽走了力量。好似一个坏掉的帐篷，她慢慢扁塌、瘫软下来。但妮娜和梅瑞狄斯在她身边，两姐妹齐力将母亲拉起来，扶她回椅子上坐好。

接着她们两个跪坐在母亲跟前，仰头看她，就好像她们无数次做过的那样。可现在故事已经结束，或者说基本都讲完了，所以从这里开始，这个故事会有一个完全不同的后续。从现在起，这将是她们的故事。

每一次妮娜看向母亲那张漂亮的脸，看到的永远是她尖锐而分明的轮廓和冷如冰霜的眼睛，还有永远没有笑意的嘴唇。

而现在妮娜的视线已经不会再停留在表面，她看穿了那些刻意加上去的生硬的线条，看到了那张冰冷的面具下面藏着的柔软和温情。

“你们应该恨我才对。”母亲摇头说道。

梅瑞狄斯稍微直起上半身，刚好可以把手放在母亲的手上。“我们爱你。”

母亲颤抖了一下，好像有一阵冰凉的风吹进了她的身体。看到母亲眼眶里充盈的泪水——这还是妮娜第一次在她眼里看到眼泪——她感觉自己的眼里也噙满了泪。

“我好想念他们。”说完，母亲放声哭了出来。这样简简单单的一句话母亲始终克制着没有说，而最后终于将它说出口的感觉可想而知。

我想念他们。

寥寥数字。

却意味着全部。

妮娜和梅瑞狄斯站起来。她们一起拥抱住母亲，任她痛痛快快地哭。

妮娜深深体会到了母亲的感受，同时也意识到自己从来没有好好拥抱过这个了不起的女人是多大的损失。

当母亲终于抽出身子时，她的脸上爬满了泪痕，头发松散开来，眼眶又红又肿，泪水依然在眼睛里打转，可她从来没有像现在这样美丽过。因为她在微笑。

母亲伸出手抚摸两个女儿的脸颊，“莫亚杜沙。”她轻声地唤着两个女儿。

一直在瓦西里床边的麦克西姆这时也站了起来。他清了清嗓子，提醒她们这个房间里还有别人。

“在所有关于列宁格勒大围困的讲述中，你的故事是我听过的最震撼人心的。”麦克西姆把录音带从机器里取出来，“他们将这段往事隐瞒了很久，一直到最近才开始一点一点地揭露。惠特森夫人，你们的故事会对我们所有人产生深刻的影响。”

“都是为了我的女儿们。”母亲再次挺直了身子。

妮娜注意到了母亲的这个动作，心想，是不是所有列宁格勒的幸存者都懂得如何以强硬的面貌示人？也许是的。

“自然，要政府站出来说出一个准确的数字很困难，但是据保守估计，有超过一百万人死于那次围困，仅是饿死的人数就超过了七十万。你不仅讲出了自己的故事，也替那些逝者说出了他们的故事。真的谢谢你。”麦克西姆本来还想再说点什么，可这时躺在床上的瓦西里发出了含糊不清的声音。

麦克西姆凑近他的父亲。“什么？”他皱着眉，又凑近了一些，“我没明白……”

“谢谢你。”妮娜轻声对母亲说道。

母亲俯下身，吻了吻她的脸颊，小声说：“该谢的是你，我的妮诺苏卡。是你一直没有放弃。”

母亲的话本应让妮娜感到骄傲才对，尤其是她看到一旁的梅瑞狄斯也赞同地点了点头，可她的心里却一阵难过。“我只想着我自己。每次都是。我想听你的故事，于是就不顾一切地逼你讲出来，丝毫没有考虑过这会对你造成多大的伤害。”

一丝笑意点亮了母亲依然湿润的眼睛。“这就是为什么你会对这个世界如此重要，妮诺苏卡。我早就该给你们讲讲这个故事了，却一直把你父亲拉来挡在我们中间，让他替我说话。这是我做的又一个错误选择。你把光亮引入黑暗，这就是你照片的力量。你不让人们麻木地走过，对那些苦难视而不见。我是真的，真的很为你骄傲。你救了我们。”

“确实如此。”梅瑞狄斯也赞同道，“要是我早就不让她讲下去了。是你带着我们走了到这里。”

直到那一刻妮娜才知道，原来像“骄傲”这样的字眼真的可以撼动一个人的世界，至少她的世界被撼动了，而她也以一种以往从未有过的方式——一种激烈而令人着迷的方式——重新领悟了爱的意义。

她知道这种对爱的理解会改变她的生活，但她已经无法想象没有它，没有她们的生活会是怎样的了。她还知道，在亚特兰大，还有更多的爱在等着她，唯一的问题是她该如何去抓住它。也许明天她就会去发一份电报，连电文她都想好了：

如果我不想去亚特兰大定居呢？我想要另一种人生，一种跟其他人都不一样的人生，可我希望这个人生里有你。你愿意跟随我吗？你会怎么说？如果我说我爱你呢？

但那也要等到明天再说。

“我怎么能再次拍拍屁股就走呢？”妮娜看着梅瑞狄斯和母亲，“我怎么能再离开你俩？”

“我们不必为了在一起而在一起。”梅瑞狄斯说。

“你的工作成就了你。”母亲说，“亲情并不会束缚你。你只要能时常回来就好了，但愿吧。”

妮娜还在想该如何回答，这时麦克西姆说话了，“冒昧打断你们很抱歉，但我父亲好像不太舒服。”

母亲立即站起来，越过两个女儿来到瓦西里的床前。

妮娜也跟了上去。

母亲低头看着瓦西里，他的脸因为中风变得歪斜扭曲，两边的太阳穴上有泪痕，枕头上也湿了一片。母亲俯下身，轻轻触摸他的脸，对他说了几句俄语。

妮娜看到他努力挤出了一点笑容，她突然意识到这时她在想的是自己父亲。她闭上眼睛祈祷，这大概是她生平第一次祈祷吧。也许也算不得是祈祷，她其实只是在心里默念，谢谢你，爸爸，并且就到这里为止。剩下的话他都知道。他一直都在听着。

“请带着这个。”麦克西姆的眉头皱得更紧了，他把几个黑色的盒式录音带递给母亲，“我很肯定他希望你能把这些录音带转交给他以前的学生，菲利普·基谢廖夫。虽然他已经离开这个项目好多年了，但是他手头有大量的原始资料。并且他住的地方离这不远，就在对面的锡特卡。”

“锡特卡？我们才刚去过那儿。我们的船肯定不会折头回去的。”母亲说。

“事实上，”梅瑞狄斯看了一眼手表说道，“船已经在四十分钟前离开朱诺了。明天一整天应该都是在海上。”

瓦西里又发出了含糊的声音。妮娜能感觉得出来，他在因为无法表达自己而感到焦躁和沮丧。

“不能把带子邮寄给他吗？”母亲问。妮娜猜想母亲也许是不敢去碰那些录音带。

“有好几年时间菲利普都是我父亲在这个项目上的得力助手。他的母亲和我父亲是在明斯克认识的。”麦克西姆告诉她们。

妮娜低头看着瓦西里，又想起了她的父亲。她知道就算是一件微不足道的小事也可能有重大的意义。“没问题，就让我们去送这些录音带吧。”她果断地说，“我们现在就出发。之后再去史凯威赶船，时间很充裕。”

梅瑞狄斯接过那摞录音带，还有一张写着地址的纸条，“谢谢你，埃德莫维奇教授。也谢谢你，麦克西姆。”

“不。”麦克西姆神情庄重地说，“要谢谢你们。我非常荣幸能认识你，维罗妮卡·培提诺夫娜·马切科·惠特森。”

母亲点点头。她迅速地瞥了一眼梅瑞狄斯手里的黑色录音带，然后再次俯下身在瓦西里耳旁说了几句话。待她站直身子时，那位老人的眼睛湿了。他在尝试着露出微笑。

妮娜搀扶着母亲的胳膊，领着她走出了瓦西里的房间。等走到疗养院的大门口时，梅瑞狄斯也走到了母亲的另一侧。三个人肩并肩，手挽着手走进了暮春浅青色的天光里。雨已经停了，留下了一个晶莹闪耀的世界。

傍晚七点半时水上飞机降落在锡特卡。

“这么长时间都可以飞到洛杉矶了。”跟在梅瑞狄斯后面下飞机的妮娜抱怨道。

“作为一个环游过世界的旅行家，你的抱怨还真不少。”梅瑞狄斯一边揶揄妹妹一边带头朝码头走去。

“还记得她小的那会儿吗？”母亲附和着梅瑞狄斯，“要是她的袜子在鞋里起皱了，她就直接坐下来尖叫。还有，只要我在鸡蛋上加的番茄酱不合她的意，那张小嘴就会毫不客气地抱怨。”

“绝对没这回事。”妮娜反驳，“我可是个乖女儿。你把梅瑞狄斯想成我了。还记得你不让她去凯瑞·多弗勒家参加睡衣派对那次吗？她可是为了这事发了好大一通脾气呢。”

“再怎么也比不上你参加垒球锦标赛那次。就因为妈妈送你去参赛时没跟你挥手告别，结果你回来把我们所有人都折磨得够呛。”梅瑞狄斯说道。

妮娜一下子呆住了。她停下来站在码头中心看着母亲。“是因为火车，对不对？你做不到把我送上火车后再一直望着它开走。”

“我已经努力让自己坚强起来了。”母亲安静地说道，“可还是没办法去看……那一幕。我知道那件事让你伤心了，对不起。”

梅瑞狄斯知道她们和母亲之间有过无数这样的不愉快。但既然现在她们已经在一点一点修复这些裂痕和误会，那许多回忆也需要不断地更改才行。比如她跑到母亲最珍视的花园里乱挖的事。现在想来她那天的行为无异于挖开了一座坟墓，然后还把墓碑刨出来丢在一边。怪不得那天母亲会失控。怪不得冬天在他们家永远那么难熬。

还有那年的戏剧表演。有了新的了解后再来看这件事，梅瑞狄斯觉得当时母亲粗暴地打断他们完全在情理中。她和杰夫是那么欢快地将母亲的爱情故事表演出来……那种痛苦是旁人无法想象的。

“不要再道歉了。”梅瑞狄斯说，“让我们把抱歉的话一次说完，就现在——我们为以往的每一次互相伤害道歉，因为那时的我们并不懂。然后我们让这些事都过去吧，好吗？”她看看母亲，母亲点点头，再看看妮娜，她也点了点头。

她们走进锡特卡，在镇子边缘找到了一家提供食宿的旅馆。在旅馆的露天平台上可以享受极佳的视野，从平静的海湾，到附近岛屿上翠绿的山丘，再到披着白雪的艾吉科姆山顶峰都能尽收眼底。妮娜在客房洗澡的时候梅瑞狄斯就来露天平台坐着。她把腿抬起来搁在护栏上。一只孤鹰在深蓝色的水面上自在盘旋，暗色的翅膀在空中划出一道道弧线。

梅瑞狄斯闭上眼睛靠在椅背上。在经过了无比真实的一天之后，她的脑子里装满了各种各样的想法、回忆和体会。她重新评估了自己的童年，将事情一块块拆开，然后又带着对母亲的新认识将它们拼凑起来，重新审视一切。她惊异地发现，她在母亲身上看到的那种力量现在也成了自己的一部分。之前杰夫的那句话——你和她一模一样——如今想来也有了全新的意义，这个发现让梅瑞狄斯重拾起了信心。而这一切让她想明白了一件事，那就是生命，还有爱，随时可能消失不见。所以当你拥有的时候要用尽全力紧紧抓牢，并且认真体会和享受每一刻。

她听到身后的门拉开，又轻轻关上的声音。一开始她还以为是妮娜来告诉她可以用浴室了，但她闻到了玫瑰的香气，那是母亲用的洗发水的味道。

“嗨。”梅瑞狄斯微笑着打招呼，“我还以为你已经上床睡觉了。”

“我睡不着。”

“是因为这里的夜色太亮了吧。”

“那些录音带放在我屋里，我没法睡觉。”母亲说着在梅瑞狄斯旁边的椅子上坐下。

“那就拿到我们房间里好了。”

母亲的两只手不安地搅在一起，“我得今晚上就把那些带子送走。”

“今晚吗？现在已经九点一刻了，妈妈。”

“唉。我刚在楼下打听了，那地方跟这儿就隔着三条街区。”

梅瑞狄斯在椅子里扭过身子看着母亲，“你是认真的。出了什么事吗?”

“说实话，我也不知道。我年纪大了，人越来越糊涂，这我知道。我只是想赶紧了结这件事。”

“那我去给他打电话。”

“他的电话没有登记。我在房间里打查询电话问过。我们只能直接找上门了。今晚是最好的时机，到了明天他可能会去上班，然后我们又得等了。”

“还得拿着那些录音带。”

“还得拿着那些录音带。”母亲看着她，说得很小声。梅瑞狄斯看到了母亲想隐藏起来的脆弱，也看到了恐惧。她经历了那么多常人难以想象的事，可到头来却被几盒记录着她人生的录音带吓得不知所措。

“好吧。”梅瑞狄斯说道，“我去叫上妮娜。我们一起去。”她从椅子上站起来，准备折回客房。在经过母亲身边的时候她停了一会儿，轻轻把手放在母亲的肩膀上。隔着那件手织的粗针线毛衣，她清晰地摸到了母亲棱角分明的肩骨。

最近一段时间她每次从母亲身旁走过时都会停下来摸摸她。她们母女之间的关系多年来一直疏远淡漠，像这样的亲密举动不可不说是奇迹。她拉开露天平台的玻璃门，回到和妮娜住的小客房里。

房间里摆着一对单人床，上面都铺着红绿色的格子呢被单，还有一对绘着驼鹿图案的黑色枕头。墙上挂了几幅锡特卡原住民的黑白旧照。妮娜的床已经被掀得乱七八糟了，堆满了衣服和摄影器材。

梅瑞狄斯敲了敲浴室的门，可没人应答，于是她自己开门走了进去。

妮娜正一边吹头发一边扯着嗓门唱麦当娜的《为你疯狂》。黑色的短发和紧致的皮肤显得她很年轻，看上去也就二十出头的样子。

梅瑞狄斯从背后拍拍她的肩膀。这一下惊得妮娜跳了起来，手里的吹风机差点甩出去。在看清是梅瑞狄斯后她咧开嘴一笑，关掉吹风机转过身来。“你可把我吓得够呛。我太需要去理个发了。我这模样简直就像剪刀手爱德华。”

“妈妈想今晚就把录音带送过去。”梅瑞狄斯告诉她。

“哦，好。”

这个回答让梅瑞狄斯忍不住笑了。这两姐妹之间的反差就是这么明显。妮娜才不关心现在是不是太晚，或者不事先打电话就贸然拜访会不会太没礼貌，她也不考虑母亲累了一天，这会儿是不是应该休息了。

对妮娜来说，她听到的就是叫她去冒险的召唤。而她随时随刻都准备好响应这样的召唤。

梅瑞狄斯暗自下定决心，往后也要慢慢培养这种性格。

母女三人不到十分钟后就离开，照着旅馆老板给她们画的路线去找那个地方。这个时候夜色依旧不是很浓，天空是深紫色的，布满繁星。三个人挨得很近，彼此的身体轻轻碰在一起。一缕微风轻抚过常绿植物，整条街道除了这清风的絮语外还有她们踏在水泥地上的脚步声。远处一艘船拉响了雾角。

这条街上的房屋外观都很老式，尖尖的屋顶，门口有一条门廊。院子是精心打理过的，空气中有一股浓郁的玫瑰花香，冲淡了附近海上飘来的刺鼻气味。

“就是这栋房子了。”梅瑞狄斯说道。这一路上都是她在负责看地图。

“灯还亮着呢，太棒了。”妮娜说。

母亲站在那，打量着这所整洁的白色房屋。门廊栏杆和她们家里的是同一种，连上面华丽的回纹雕饰都一模一样，一圈屋檐也做了不少装饰。这些雕刻和装饰让这栋房子看起来颇有些童话的感觉。“这屋子很像我祖父在乡下的老宅。”母亲说道，“十足的俄式风格，也很美式。”

妮娜靠近母亲，挽住她的胳膊，“你确定就要现在吗?”

母亲向前走去。她坚定的脚步就是回答。

到了门口，母亲先是深吸一口气，绷直肩膀，然后抬手重重地在门上敲了两下。

没等多久房门打开了。出来应门的是一个体格魁梧的男人，他的眉毛又黑又浓，胡子花白。看见三个陌生的女人站在门外，而且还是在不合时宜的晚上九点半，也不知他有没有被吓到，反正他脸上丝毫没有表露出惊讶的神色。“你们好啊。”他招呼道。

“你是菲利普·基谢廖夫吗?”母亲说着就伸出手要拿过妮娜手里的录音带。

“这名字我可有一阵子没听过了。”他回答说。

母亲猛地缩回手，“你不是菲利普·基谢廖夫?”

“不是。我叫杰拉德·昆兹。菲利普是我的表亲。他现在不在这。”

“这样啊。”母亲皱起眉头，“很抱歉打扰你。是我们的信息有误。”

梅瑞狄斯看看握在妹妹手里的那张纸条。她们并没有看错字什么的，纸条上的地址就是这里。“埃德莫维奇教授一定是……”

“你说瓦西亚吗?”杰拉德上唇的小胡子向上一抬，露出了一个大大的笑。他扭过头冲屋里喊：“亲爱的，她们是瓦西亚的朋友。”

“其实不算是朋友。”母亲说道，“很抱歉这么晚打扰你。我们回去再确认一下。”

这时候一个女人轻快地从屋里走了出来；她穿一条黑色的丝绸裤子，上身是一件下摆宽松的长衬衣，灰白的头发在脑后束起一条松散的马尾辫。

“史黛西?”妮娜惊呼。一秒钟之后梅瑞狄斯也认出这个女人就是之前在俄国餐厅碰到的女招待。

“瞧瞧，瞧瞧。”史黛西笑得很灿烂，“这不是我新结识的俄国朋友吗？快请进，快请进!”接着转头又对杰拉德解释：“前两天她们去餐厅吃饭来着。我还给她们上了鱼子酱呢。”

“那她一定是第一眼就喜欢上你们了。”杰拉德咧着嘴笑着说道。

最先动起来的是妮娜。她拉起母亲就往屋里走。

“快请，快请。”史黛西把母女三人领进客厅，“你们先坐。我去泡茶，一会儿再跟我说说，你们是怎么找到这儿来的。”

史黛西家的客厅布置得温馨又舒适，她们看见那里面也放了一张软榻和一个点着三根蜡烛的“朝圣角”。史黛西看着她们都坐下后又说道：“刚才杰尔说你们是瓦西里的朋友?”

“不算是朋友。”母亲回答。她的坐姿很僵硬。

这时不知从哪里发出了一声巨响，杰拉德一下子惊呼起来：“哎呀，我的小孙子。”然后忙不迭地跑出了客厅。

“这个星期我们要帮忙照看儿子的小孩。我都忘了这个年纪的小孩子有多能闹腾了，”史黛西笑着向她们解释，“我去泡茶，马上回来。”随后也匆匆走出客厅。

“你们想，是不是埃德莫维奇教授糊里糊涂交代错了什么？还是麦克西姆把地址弄错了?”待客厅里只剩她们三个人时，梅瑞狄斯立刻说出心中的困惑。

“是巧合吧，碰巧他们都是俄国人，而且都认识教授。”妮娜说。

母亲突然站了起来，由于动作太大，她的腿撞到了咖啡桌上，但她好像并没有察觉。她绕过咖啡桌，走到客厅的另一边，最后停在“朝圣角”的前面。梅瑞狄斯也朝那边望了望，但没发现有什么特别：一张布置成祭坛模样的桌子，几张圣像，一两张家庭照，还有几个正在燃烧的蜡烛杯。

史黛西重新回到客厅了。她把托盘搁在咖啡桌上，然后先倒了一杯茶递给梅瑞狄斯，“给你。”

“你认识埃德莫维奇教授吗?”妮娜问她。

“认识。”史黛西回答道，“他和我父亲是好朋友。他有一个研究项目我帮了点忙。当然不是学术方面的。就是录录音，抄写点东西之类的。”

“是关于围困列宁格勒的研究吗？”梅瑞狄斯问。

“就是这个！”史黛西说。

“这些是录音带。”妮娜指了指搁在脚边的一个皱巴巴的纸袋，“我母亲刚给埃德莫维奇教授讲了她的故事，然后他就让我们来这儿了。”

史黛西顿了顿，“‘她的故事’是什么意思？”

“我母亲当时就在列宁格勒。我是指战争期间。”梅瑞狄斯说。

“然后他就让你们来这里了？”史黛西转过头去看看母亲，母亲还站在“朝圣角”前面，身体绷得笔直，看起来像一尊大理石塑像，“他为什么要这么做呢？”

史黛西走到母亲身旁，递上一杯茶。茶杯摇晃，和配套的茶托碰撞发出咔咔的声音。“喝茶吗？”她看着母亲严肃的侧脸问道。

梅瑞狄斯也不明白为什么，总之她站了起来。一旁的妮娜也一样。

她们一齐站到母亲的身后。

这时梅瑞狄斯看清了是什么东西吸引了母亲的注意力：角落里的桌子上摆着的两张用相框框起来的照片。其中有一张年轻夫妇的黑白照片。照片里的女人瘦瘦高高，头发乌黑发亮，一个大大的笑容挂在脸上；在她旁边的是一个非常英俊的金发男子。横竖两条明显的白色折痕将照片分成了四块，像是被折叠起来放置了很久的样子。

“这是我的父母。”史黛西缓缓地说，“他们婚礼那天拍下了这张照片。我母亲是个大美人，头发又黑又软，还有她的那双眼睛……她那双眼睛我至今都记得牢牢的，是不是很好笑？那双眼睛是那么蓝，泛着点点金色的光……”

母亲慢慢地转过身来。

史黛西深深地望着母亲的眼睛，茶杯从她手里滑落，掉在硬木地板上摔成了几瓣，里面的茶水溅得到处都是。

史黛西微胖的手颤抖着伸出去，从桌子上抓过一样东西来，而从头到尾她的视线都没有从母亲脸上移开。

接着她把那个东西递到母亲面前：一只小小的宝石蝴蝶。

母亲跪倒在地板上，口里念着：“我的上帝……”

梅瑞狄斯很想上前扶住她，可是她和妮娜都往后退了一步。

因为史黛西也跪在了她的面前。“我是阿娜斯塔尼娅·亚历克索夫娜·马切科·昆兹，从列宁格勒来。妈妈？真的是你吗？”

母亲倒抽了一口气，然后放声哭了出来：“我的阿妮娅……”

梅瑞狄斯的心脏在那一刻好像要碎掉了，可同时又有种膨胀满溢的感觉，眼泪止不住地往下掉。想想她们两个人所经历的一切，想想她们失去彼此的那些日日夜夜，再度重聚需要动用的奇迹已经超过了梅瑞狄斯可以相信的范畴了。她往妮娜那边挪了挪，姐妹俩自然地挽起手臂，看着她们的母亲慢慢地活了过来，这是唯一能形容母亲此刻状态的词。好像那些眼泪——数十年来第一次因为快乐而流的泪——灌溉了她干涸的灵魂。

“怎么可能？”母亲说道。

“爸爸和我是在一辆往东开的医疗列车上醒来的。他伤得很重……反正后来我们又回到了沃洛格达……就在那里等。”史黛西抹抹眼泪，“我们一直都在找你。”

母亲使劲咽了一口唾沫。梅瑞狄斯看得出她是在拼了命地克制，让自己坚强起来。“我们？”她说。

史黛西伸出一只手。

母亲抓住了那只手，抓得紧紧的，好像已经不打算再放开了。

史黛西牵着她走出客厅，穿过一扇法式大门。门外是一个精心打理过的后院。里面栽种的紫丁香、忍冬和茉莉往空气里释放着甜美的花香。史黛西打开一个开关，一串饰灯亮起，照亮了整个院子。

这时梅瑞狄斯才看见，原来院子最里面还有一块方方正正的“园中园”。尽管还隔着一段距离，光线也不那么均匀，但她还是能看到一小部分装饰华丽的栅栏。

史黛西牵着母亲继续往前走，母亲用俄语说了几句什么。所有人顺着石头小路走进后院深处。螺旋纹饰的尖顶白色栅栏将这个小小的花园与院子的其他部分分割开来，布置和母亲家中的那个几乎一模一样。里面摆着一张光亮的铜长椅，正对着三个被盛开的鲜花围绕的花岗岩墓碑。

此时头顶的天空爆发出惊人而神秘的颜色，有紫罗兰、粉色和橘色的光带在繁星间迅速地移动。北极光。

母亲一下子瘫坐到铜椅上。史黛西也在她身边坐下，握住了她的手。

梅瑞狄斯和妮娜站在她的身后，她们都伸出一只手轻轻放在母亲肩头。

维罗妮卡·培提诺夫娜·马切科

1919—

记住夏宫花园里属于我们的那棵青柠树

我会在那儿等你，我的爱人

里奥·亚力克索维奇·马切科
1938—1942
我们的小狮子
走得太匆忙

在顺着看到第三块墓碑上的碑文时，梅瑞狄斯放在母亲肩头的手攥紧了。

亚历山大·伊万诺维奇·马切科
1917—2000
挚爱的丈夫和父亲

“去年？”母亲转过头看着史黛西，史黛西的眼里已噙满了泪水。

“他等了你一辈子，”史黛西说，“可去年冬天，他的心脏……终于坚持不下去了。”

母亲闭上眼睛低下了头。

那样的痛苦梅瑞狄斯根本无从去想象。母亲深爱的人其实并没有死，而且苦苦寻找了她那么多年，一直到几个月前两个人才永远地错过了，想一想在得知这一切真相后的母亲的感受是怎样的。然而他就在这里，以某种方式留在了这个花园里，而母亲也在别处为他建了一个一模一样的冬季花园。

“他一直说会在夏宫花园等你。”

母亲缓缓地睁开眼睛，“那里有属于我们的树。”她说，久久地凝视着他的碑文。之后，母亲如往常那样做了一件事，一件极少有人能做到的事：她慢慢地挺直了身子，抬起下巴，勉强露出了一个微笑。尽管迟疑又不那么自信，但那确确实实是一个笑。“来。”她用充满魔力的声音，那个在这短短几个星期里彻底改变了她们人生的声音说道，“我们去喝茶。我们有好多话要说。阿妮娅，我来给你介绍一下你的两个妹妹：一向有条理有规矩的梅瑞狄斯和有那么一点疯狂的妮娜，但是我们现在都改变了，我们所有人都是，而你会让我们改变更多。”

如果说母亲微笑的眼睛里有一抹悲伤的阴影，有一丝对碑文里提到的那个地方的思念，那也在意料之中，而这样的悲伤和思念已被她喜悦的声音磨去了尖锐的棱角，变得温柔而平和。也许一切本就该如此，当一个人活得足够长，生命就会为你展现出它真实的面貌，喜乐和悲伤并存，无过又无不及。诀窍是好好去感受其中的一切，并且将它给予你的欢乐抓得紧一点，再牢一点，因为你永远不知道一颗坚强的心脏何时就会停止跳动。

梅瑞狄斯握住她姐姐的手，对她说：“很高兴能见到你，阿妮娅。我们已经听说了许多许多你的事情……”

异域的天空不能保护我，
陌生人的翅膀无法藏住我的面庞。
我与普通的人民站在一起，
那在彼时彼地遭遇不幸的幸存者。
——安娜·阿赫玛托娃，《阿赫玛托娃诗选》

尾声

2010

她的名字叫维拉，一个贫穷的乡下女孩，一个无名之辈。

在美国的人没有一个能真正地理解这个女孩和她生活的地方。她深爱的列宁格勒——著名的通往西方世界的窗口——就像一朵正在凋零的花，外表依然美丽，可内里却在慢慢腐烂。

可那时的维拉并不知道这些，她只是一个小女孩，怀揣着无数的大梦想。

夏天的深夜里，她常会被一些声音唤醒，而那些声音她却再也回想不起来了。她将头探出窗外，视线一直延伸到桥那边。六月的空气里弥漫着青柠和鲜花的香气，夜晚短得就像蝴蝶翅膀上的鳞毛一样。她兴奋得难以入眠。

这是贝耶诺奇，白夜。是黑暗永远不会降临的夏季之夜，热闹的街道永远没有安静的时候……

掩上这本书——我的书，我情不自禁地露出了微笑。经过这几年的时间，我的日记已经完成。它不是童话故事，不掺任何虚假；这是我的故事，我已尽我所能去真实地讲述。我父亲会为我骄傲，因为我终于有了自己的作品。

这是我送给女儿们的礼物，可反过来看，她们给我的远比一本书多。如果没有她们，这些字句也许至今还困在我的身体里，折磨着我。

这时候梅瑞狄斯和杰夫在家里，正忙着准备吉莉安的婚礼，他们的每一项计划都费时费力。麦蒂还在工作，打理她妈妈开的四间礼品店。我从来没有见过梅瑞狄斯像现在这样开心过。最近她的日程表上都排满了她喜欢做的事，没事的时候她就和杰夫到处旅行，表面上说旅行是为了给杰夫的小说寻找素材，顺便说，杰夫的小说卖得非常好，但我觉得他们只是单纯地喜欢待在一起。

妮娜这会儿正和丹尼尔在楼上。他们两个至今也没有结婚，但我知道她对他的爱其实远超她自己的想象。两个人相互追随辗转于全世界，开展一段又一段的冒险旅程。此刻他们就是在楼上收拾行李准备离开，当然是他们自己说的，而我怀疑两个人其实是在做爱。这是好事。

还有阿妮娅——我才不管她那个美国味十足的名字是什么，她对我而言永远是阿妮娅——这时正在教堂里，和她的家人在一起。现在阿妮娅每年都会带着家人来这里好几趟，只要他们一来，这个家里就会充满了欢声笑语。每次相聚我的长女和我都会花很长时间单独待在厨房里，用俄语交谈，回忆房间里的幽灵。终于，我们能用适当的语言、表情和微笑来缅怀他们，给予他们应有的尊重了。

我最后一次翻开日记，在一页上写下，献给我的孩子们。我只能尽量用我不大听使唤的手把字体写得很粗，毕竟我已经很老了。之后我合上本子，将它放到一边。

我的眼睛忍不住要闭上。最近一段时间我总是很轻易就会睡过去，再加上房间里又那么温暖，尽管时值十二月末，可外面的寒冷对这里没有丝毫影响……

我觉得我听到了孩子的笑声。

那大概只是圣诞晚宴的余音吧。今年圣诞，我们这个新家庭的所有成员再一次聚到了一起。

我是个幸运的女人。以前我一直不知道，但我现在知道了。我曾犯下了许多的错，也做了许多可怕的错误决定，可到了晚年时我依然是被爱着的，更重要的是，我也还在爱着别人。

一阵吵闹声惊醒了昏昏欲睡的我，我睁开了眼睛。一时间我有些迷糊，不确定自己究竟处在何时何地。后来我看到了那个熟悉的壁炉，依旧立在角落里的圣诞树，还有壁炉框上挂着的照片。

照片里的人是我。那个地方过去是挂了一幅三套车的油画，后来换成了妮娜给我拍的这张。一开始我并不喜欢，因为照片里的我看上去实在太悲伤了。

但渐渐地我对它越来越有好感。因为它就是我们这段新生活的开始，而那时的我终于明白了“爱会带来宽恕”这个道理。现在这张照片已经出名了，全世界的人都看过它，还管我叫英雄。真是荒唐，不过是一张女人的照片而已，这个女人在自己人生中失去也抛弃了太多，只是她还算幸运，最终将一些东西找了回来。

房间的一个角落里放着我的“朝圣角”，蜡烛从早到晚都点着。我的结婚照也摆在那儿，每天都在提醒着我，我一直是幸运的。一只脏兮兮的灰色玩具兔子垂头丧气地坐在阿妮娅和里奥的照片旁边，它身上的人造绒毛已经结块，一只眼也没了。耷耳兔同志。感到不安的时候我会把它带在身边，这会让我重新平静下来。

我站起身来。我的膝盖很疼，两只脚也是浮肿的，但是我不在乎。我从来都不在乎这样的事。我是列宁格勒人。我穿过静悄悄的厨房来到餐厅。从这里可以看到已经被白雪覆盖的冬季花园。天空如抛过光的铜块般黝黑。冰霜像是钻石耳环一样从屋檐上垂下。我想起了我可爱的伊凡，他在我最需要拯救的时候救了我，之后又给了我太多太多。是他耐心地劝慰我，说如果我主动伸出手就能得到宽恕。我很后悔没有早点听他的话，但我也知道我的心声他都听到了。

我赤着脚，身上只穿了一条法兰绒的睡裙。如果这时候跑出去，梅瑞狄斯和妮娜会担心我是不是又发疯了，或者我的身体是不是出了什么问题。只有阿妮娅能理解我。

我还是打开了门。门把在手里轻轻一转，凛冽的冷空气立即狠狠向我扑来，一瞬间，美好又悲情的一瞬间，我又回到了涅瓦河畔那座我挚爱的城市。

我踏在新落的雪上，脚底感受到了它燃烧一般的寒意。

他是在我快走到冬季花园的时候出现的。一个男人，全身黑衣，金黄色的头发闪闪发光。

我知道，那不可能是他。

我走到长椅前，握住冰冷的黑色扶手。

他向我靠近，我感觉他几乎是在雪地上滑动的。我从来没有见过这么优雅的动作，或者说是我不记得了。当他来到我面前时，我抬起头，凝视着他绿色的眼眸，这双眼睛的主人我爱了七十多年。

绿色的。

这个颜色带走了我的呼吸，让我感觉自己又变年轻了。

他是真实的。他就在这里。我能感觉到他温暖的气息包围着我，当他触碰我的时候，我全身颤抖，跌坐在长椅上。

想说的话有好多，可我什么也说不出来，除了他的名字，“夏沙……”

“我们一直在等你。”他对我说。话音刚落，一片阴影从他漆黑的外套上分离出来，形成了一个人的形状。那是一个缩小版的他。

“里奥。”我叫了一声，然后便再也说不出话。我的手臂似有千斤重，无法伸出去够我的宝贝儿子，无法将他抱进怀里。他看上去是那么健康，那么强壮，粉嘟嘟的小脸充满了生气。突然这张小脸在我眼前迅速地塌陷，变成了泛着寒光的青灰色。我听见他说：“妈妈，我饿……不要离开我……”

一阵剧烈的疼痛在我的胸口蔓延，我大口大口地喘着气。幸好夏沙在这里，他牵起了我的手。“来，我的爱人。我们去夏宫花园……”他对我说道。

疼痛消失了。

我看着夏沙碧绿幽深的眼睛，想起了那片草地。记得那时我们在那片草地上坐了很久，我便是在那一刻不可自拔地爱上了他。里奥像从前那样攀缘在我身上，我一把将他抱起。我开怀地笑了起来，忘了曾经无法将他抱在怀里的痛苦。

"来。"夏沙又说道，他俯下身吻了吻我，于是我顺从地跟着他走了。

我知道如果这时我回头，就会看到我苍老枯萎的尸体，委顿地坐在那张落满雪的长椅上。如果我再犹豫片刻，就会听到我的女儿们寻到这里的声音，等她们发现出了什么事以后一定会哭。

所以我不回头。我紧紧地拉着我的夏沙，亲吻着我的小狮子的脖子。

我等了太久太久才等到这一刻。我终于和他们团聚了。我知道我的女儿们会好好的，因为她们还有彼此。她们是姐妹，是亲人，这是伊凡送给她们的礼物，而我的故事已将她们紧紧地连在了一起。过去这十年的时间里，我们的爱于这一生来说已经足够了。

我可以安心地走了。

致谢

写小说也许是一项孤独的事业，但是努力“做对”并顺利出版的过程绝对不孤独。而这本书格外幸运地获得了无数人的帮助。首先我想感谢我的天才编辑詹妮弗·恩德林，还有圣马丁出版社的全体同人，特别是马修·希尔，萨莉·理查森，乔治·维特，马特·巴尔达奇，南茜·特里伯克，安妮·玛丽·泰尔伯格，丽萨·森斯，萨拉·戈德斯坦，金·路德伦，迈克·史多林斯，凯瑟琳·帕丽思·艾莉森·拉撒鲁，杰夫·凯普修，肯·霍兰德，汤姆·西诺，马丁·奎恩，史蒂夫·克莱内尔，梅丽尔·博根菲尔德，阿斯特拉·伯辛斯卡，约翰·爱德华兹，布莱恩·赫勒，克里斯汀·耶格，罗伯·伦思乐，还有百老汇全体销售人员，第五大道全体销售人员，萨拉·古德曼，塔莎·赫内德兹和史蒂芬·李。感谢你们创造了如此精彩的一年。

谢谢汤姆·霍尔曼设计的漂亮的封面。

也感谢新闻记者萨莉·萨拉为我提供的宝贵的帮助。书中任何错误都由我一人承担。

书中所有跟苹果和韦纳奇峡谷相关的讯息都由玛丽·摩洛提供，感谢她的帮助。

感谢汤姆·亚当斯在那天晚上提到了俄国……

感谢梅根·钱斯和金·费斯克，他们永远都知道该在何时欢笑，在何时哭泣，并很快地给我反馈，鼓励我再尝试一次。